명(明), 구영(仇英), 〈춘야연도리원도(春夜宴桃李園圖)〉, 224X130cm

오대(五代), 주문구(周文矩), 〈십팔학사도(十八學士圖)〉, 44.5x206cm

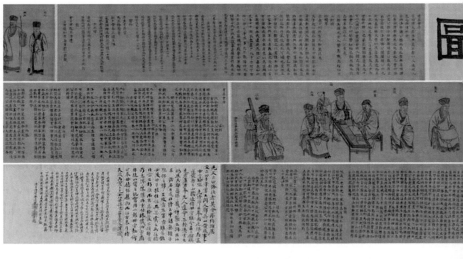

명(明), 진홍수(陳洪綬), 〈화산오로도(華山五老圖)〉

송(宋) 작가미상, 〈송인기영회도(宋人耆英會圖)〉, ≪석거보급초편(石渠寶笈初編)≫,
대만고궁박물원(臺灣故宮博物院)

명(明), 두경(杜瓊), 〈경강전별도(京江餞別圖)〉

명(明), 대진(戴進), 〈남병아집도(南屏雅集圖)〉, 33X161cm, 북경고궁박물원(北京故宮博物院)

명(明), 증경(曾鯨), 〈누동십로도(婁東十老圖)〉

청(淸), 오운(吳雲) 등, 〈오중칠로도(吳中七老圖)〉

청(淸), 호감(胡淦), 〈오중칠로도(吳中七老圖)〉

일상과 일탈의 경계적 유희

中國雅集

가슴속의 그윽한 감정을 마음껏 풀다

일상과 일탈의 경계적 유희

中國雅集

가슴속의 그윽한 감정을 마음껏 품다

초판인쇄 2015년 04월 21일
초판발행 2015년 04월 30일

저 자 권석환
발행인 윤석현
발행처 도서출판 박문사
등 록 제2009-11호

주 소 서울시 도봉구 우이천로 353 성주빌딩 3F
전 화 (02) 992－3253 (대)
전 송 (02) 991－1285

전자우편 backmunsa@hanmail.net
홈페이지 http://www.jncbms.co.kr
편 집 최현아
책임편집 김선은

ISBN 978－89－98468－62－0 93820   값 31,000원

일상과 일탈의 경계적 유희

中國雅集

가슴속의 그윽한 감정을 마음껏 풀다

권석환 저

박문사

* 원과제명: 中國의 雅集文化 研究
* 이 저서는 2010년 정부(교육부)의 재원으로 한국연구재단의 지원을 받아 수행된 연구이
  다(NRF-2010-812-A00173).
* This work was supported by the National Research Foundation of Korea Grant funded
  by the korean Government(NRF-2010-812-A00173).

머리말

　동서고금을 막론하고 사람들은 지속적으로 모임을 통해 만남을 가졌
다. 그 모임에서는 어떤 형태로든 '행사'와 '놀이'를 진행하였다. 그러나
현대에 이르러 사람들은 바쁜 일상에서 빠져나오지 못하거나 인터넷의
새로운 사회 관계망(SNS)을 통해 과거와 다른 만남을 추구하고 있다. 여
러 사람이 모여서 공유하던 '놀이'에서 점점 멀어져 보이지 않는 관계망
을 통해 소통하거나 음주·도박·게임·오락에 탐닉하는 경향을 보이고
있다. 그래도 한편으로 사람들은 이러한 현상에 익숙하면서도 과거의
만남처럼 흉금을 털어놓고 아취를 향유하며 마음껏 노니는 것에 대한
아련한 그리움을 가지고 있는 것 같다.

　이러한 그리움의 근원에는 옛 지식인들의 아취가 담긴 모임이 자리하
고 있다. 동아시아 문명권의 지식인들은 오랜 역사를 통해 독특한 만남
의 문화를 만들었다. 이런 모임을 아집(雅集)이라 부르는데, 이것은 서양
의 살롱(salon) 문화와 비견된다.

　'아집'에서 '雅'자는 사전적으로 '우아하다'·'고상하다'·'저속하지 않다'·
'모범적이다' 등의 의미를 가지고 있고, '集'자는 모임이라는 의미를 가지
고 있으니, 이 두 글자를 합하면 '우아한 만남' 정도라고 해석할 수 있다.
그런데 이러한 '우아한 만남'은 '놀이'와는 거리가 먼 듯하다. 왜냐하면
'놀이'란 일상으로부터의 일탈에서 시작하는데, 이것은 오히려 일상보다

더 모범적이며 우아하며 고상하기 때문이다.

그러나 '아집'은 어휘적 의미 외에 매우 풍성한 내용을 담고 있다. 중국 전통 지식인들은 아집을 통해 술을 마시며 시를 짓기도 하고, 가슴속에 깊이 간직한 감정을 마음껏 풀기도 하였다. 또한 우주의 질서와 인간의 삶에 대한 고담준론, 산수 자연 완상, 음악과 그림 감상, 심지어는 기녀들과의 가무 등 다양하였다.

이렇게 보면, 중국 전통 지식인의 '아집'은 일상과 일탈의 경계에 있었다고 할 수 있다. 이것은 공자의 말을 빌리자면 '낙이불음(樂而不淫, 즐기되 지나치지 않는다.)'의 중용적 경지를 추구했다고 볼 수 있다. 그들은 금곡원(金谷園)의 모임처럼 물질적이고 향락적인 방향으로 흐른 것을 경계하였고, 난정(蘭亭)의 모임처럼 초월적이거나 무미건조함을 극복하려고 했으며, 명청대에 이르러 권세가와 부호가 개최한 아집에서조차 문학적 아취와 도덕적 기준을 버리지 않으려고 노력하였다.

이런 의미에서 이 책의 제목에 "일상과 일탈의 경계적 유희"·"가슴속의 그윽한 감정을 마음껏 풀다"라는 두 개의 부제를 붙였다. 이것이 바로 현대인들이 중국 전통 아집으로부터 얻을 수 있는 문화적 유산이라고 할 수 있다. 따라서 이 책은 중국의 역대의 개별 아집에 대하여 심도 있게 천착하기보다는 문화사적 관점에서 그 면모를 총체적으로 파악하려고 노력하였다.

현대를 살아가는 독자들이 중국의 전통 아집의 주인을 따라 일상과 일탈의 경계를 즐기며, 가슴속의 깊은 감정을 마음껏 펼치는 체험에 동참하는 기회를 가질 수 있길 바란다.

끝으로 교수로 생활한 지 20년 동안 옆에서 아낌없이 후원해 주신

부모님과 아내 그리고 사랑하는 가족(인영·지영·대영)과 새로 태어난 손녀 은수에게 이 책을 바치며, 어려운 출판 사정에도 불구하고 인문학의 발전을 위해 선뜻 출판하여 주신 윤석현 박문사 대표님께 고개 숙여 감사를 드린다.

2015년 4월
저자 권석환

목차

일상과 일탈의 경계적 유희

中國雅集

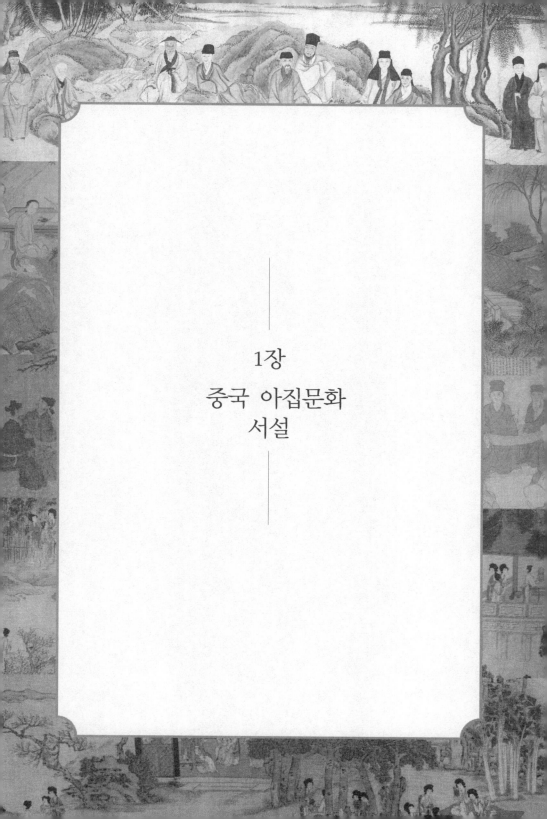

1장
중국 아집문화
서설

1. 중국 아집문화에 대한 인식

　인간은 홀로 존재하지 않고 다른 사람과의 관계 속에 놓여 있다. '인간(人間)'이란 말 자체가 사람과 사람의 '관계'를 의미한다. 그 관계는 '만남'이라는 매개체를 통하여 이루어진다. '만남'에 참여하는 수가 여럿이 되거나 일정한 성격을 가지며 또한 형식을 갖추게 될 때 우리는 이것을 '모임'이라고 부르게 된다. 이 '모임'을 한자(漢字)로는 '회(會)', 혹은 '집(集)'이라고 한다.

　인간은 지속적으로 모임에 참여하고, 이것을 통하여 관계를 형성해 간다고 할 수 있다. 인간의 사회적 기본 행위인 노동, 생산, 소비 역시 모임을 통해 이루어지며, 정신적인 사고와 심리적 쾌락 역시 모임을 통하여 얻기도 한다. 이런 면에서 보면, 모든 인간은 모임에서 벗어날 수 없다고 할 수 있다.

지식인들도 예외일 수 없다. 심지어 사회적 관계에 염증을 느껴 산수에 몸을 의탁하거나 사회적 관계를 부정하기 위해 현실을 탈피하려 했던 은자(隱者)들조차 모임에서 자유롭지 못하였다. 모든 지식인이 적극적으로 모임을 추구한 것은 아니지만, 특히 대중을 책임져야 한다고 생각했던 전통 지식인은 통치 집단과의 회합, 대중과의 접촉, 그리고 동료들 간의 부단한 모임을 통하여 자신이 가지고 있던 지식과 재능을 실현하고자 하였다. 또한 자신이 가지고 있던 지식과 사고를 모임을 통하여 발전시켰다. 자신과 필적한다고 생각되는 사람들과 상호 교류함으로써 자기의 사상을 검증하기도 하였다. 같은 생각을 공유하거나 같은 취미와 지향을 가진 사람들은 모임을 확대하거나 조직화하여 공통의 방법론이나 평가의 기준, 그리고 그들의 행동지침이 되는 공통 규범을 발전시켰다. 또한 현실을 벗어나 산수 자연을 찾아 감상하거나 고양된 우주관과 인생관을 공유하면서 시문을 통하여 마음속에 담겨 있는 정서를 풀기도 하였다.

이러한 지식인의 모임을 우리는 '아집(雅集)'이라고 부른다. '아집'은 산수 자연을 감상하면서 청담(淸談)을 나누거나, 시문과 서화를 창작하며, 술과 차 마시기, 바둑 두기, 거문고 타기 등 여기(餘技)를 즐기면서 가슴속의 정취를 풀거나 집단의 문화적 결집을 위한 모임을 통틀어 부를 수 있다.

중국의 아집은 오랜 역사를 가지고 있다. 한대(漢代)의 '상산사호(商山四皓)', 동진(東晉) 시대 왕희지(王羲之)의 '난정아집(蘭亭雅集)', 조비(曹丕)와 조식(曹植) 형제의 '서원지회(西園之會)', 사령운(謝靈運)과 사혜련(謝惠連)의 '사우지회(四友之會)', 이백(李白)의 '도리원춘야연(桃李園春夜宴)', 백거이(白居易)의 '향산구로회(香山九老會)', 문언박(文彦博)의 '낙양기영회(洛陽耆英會)',

소동파(蘇東坡)의 '서원아집(西園雅集)', 원대(元代)의 '옥산아집(玉山雅集)', 명청대(明淸代)의 '위원아집(魏園雅集)'·'상우재아집(尙友齋雅集)', 그리고 근대에 이르러 1909년에 개최된 '호구아집(虎丘雅集)' 등, 2천 년 이상의 오랜 역사 동안 아집 활동은 지속되어 왔다. 이러한 아집은 현대에도 일부 계승되고 있다.

이상의 아집들은 표면적으로는 사대부들의 '우아한[雅] 모임[集]으로 보이지만, 군신 간의 긴장 관계, 사대부 간의 재능 경쟁, 관료들의 인적 관리, 그리고 상인의 후원이나 여인의 시종과 가무 참여 등 다양한 계층과의 관계 속에서 진행되었고, 또한 시대에 따라서 형식과 담당층이 나누어지는 복잡한 양상으로 전개되었다.

아집은 처음에는 민속적 행위에서 출발하였던 것 같다. 농경사회에서의 민속적 행위는 농업생산을 증진시키거나 계절의 변화에 대한 인체의 적응 행위의 일종이었다. 그래서 아집은 겨울이 끝나고 다시 만물이 약동하고 농사가 시작되는 봄에 주로 개최되었다. '춘계(春禊)'를 예로 들면, 기온이 올라감에 따라 생기는 사악한 기운을 씻어낸다는 원시제례 행위에서 출발하였지만, 농사를 준비한다는 의미의 '답청(踏靑)'으로 이어졌고, 위진(魏晉) 시대에 이르러 봄놀이라는 유희 행위로 변형되었던 것이다. 유희 행위는 '수계(修禊)'로서, 술을 마시면서 시를 짓는[음주부시(飮酒賦詩)] 귀족들의 문학 모임 형식으로 변화되었다.

아집의 형식 역시 시대에 따라 변화하였다. 권력을 창출하기 위해 결집했던 동지나 같은 부서에서 뜻을 함께했던 학사들의 모임, 관직을 받고 장도를 떠나는 관리와 중앙무대에서 실각하여 지방으로 폄적(貶謫)되거나 혹은 산수 간으로 떠나는 사람을 위해 벌였던 이별 잔치, 같은 해 과거에 급제한 사람들끼리 모였던 동년회(同年會), 시를 짓기 위해 모인 시회(詩會), 국화나 매화 등을 감상하는 상화회(賞花會), 차를 마시는 차회(茶會), 서화 골동을 감상하는 완고회(玩古會) 등 다양한 형식으로 변화되었다.

이러한 관점에서 보면, 아집은 중국 지식인 문화의 핵심을 차지했다고 할 수 있다. 아집은 때에 따라 권력을 쟁취하거나 강화하는 방편으로 쓰이기도 하고, 때로는 문화 권력을 형성하는 결합체가 되기도 하였으며 또한 문학 작품의 창작과 고담준론을 통하여 새로운 문화 사조를 창출하였기 때문이다.

필자는 이 책에서 중국 지식인과 아집문화의 총체적 관계를 파악하는 데 중점을 두려고 한다. 이를 위해서는 아집을 형성하는 가장 중요한 3가지 요소 즉, 아집의 담당층, 형식, 기능 측면을 종합적으로 고찰하려고 한다. 어떤 사람이 아집을 주관했고, 누가 여기에 참여했는가에 따라 그 아집의 성격이 드러나기 때문이다. 하나의 아집은 한 시대 한 지역에서 끝나지 않고 후대로 계승되거나 다른 지역으로 확산되어 왔다. 그리고 계승과 확산 과정에서 담당층도 변화하였다. 이것은 지식인 계층의 분화와도 관계가 된다. 담당층의 변화에 따라 아집의 성격이 결정되는데, 이는 아집의 형식과 기능을 변화시키는 데에도 작용하였다.

다음으로는 아집이 개최된 뒤 남는 결과물에 관하여 살피려고 한다. 아집 개최 장면을 묘사한 아집도(雅集圖)가 대표적인 것이다. 이 그림은 아집 개최 현장에서 그리기도 하고 며칠 뒤에 정리하여 그리는가 하면 혹은 몇 십 년의 시간이 흐른 뒤에 과거의 행사를 회상하여 그리기도 하였다. 아집도는 아집 현장의 기록으로, 촬영 기술이 발달한 현대에서 보면 이것은 기념사진에 해당한다고 할 수 있다.

아집 현장에서는 대체로 술을 마시면서 시문을 짓게 되는데 그 결과물을 아집시문(雅集詩文)이라고 부른다. 이 역시 현장에서 짓기도 하지만 나중에 보충하여 시문집으로 완성하기도 한다. 현장에서 시문을 완성하는 속도에 따라 상벌을 결정하는 유희를 즐겼는데, 이것은 다분히 참석자 간의 재능 과시와 경쟁의 표현이기도 하였다. 시를 지을 때에는 당일에 동일한 운자를 가지고 화운(和韻)하거나 혹은 사람마다 다른 운자를 얻어[得韻] 짓거나 또는 여러 사람이 하나의 운자를 가지고 돌아가면서 한 구절을 지어서 한 편의 시를 완성[聯句]하기도 한다. 말하자면, 개인 창작과 집단 창작 형태를 모두 취한 것이다. 그리고 이러한 창작 행위는 새로운 문학사조와 문체의 탄생으로 이어지기도 하였다. 또한 창작된 시문은 시문집으로 출판되었다. 이는 문화 확산의 기능을 담당하기도 하였다.

아집 장면을 묘사한 아집도는 아집의 기록인 동시에 회화적 재현이다. 이것은 아집 장면에 대한 공간적 표현이기도 하지만, 그 안에는 수많은 제화시문(題畫詩文)을 포함하고 있어 시문서화의 결합체라고 할 수 있다. 제화시문은 아집 당시의 생생한 모습과 아취(雅趣)를 전달한다. 따라서 아집도를 통하여 아집의 시문서화적 재현 관계를 살피는 것도 매우 중요한 일이다. 또한 아집도 안의 인물의 배치와 동작 및 자세를 통해 아집의 분위기를 연상할 수 있다.

아집의 원활한 진행과 효용을 높이기 위해 공간과 장소가 필요하였다. 아집 개최지는 산수 명승지가 많은데, 그 이유는 이곳이 우주의 심원한 세계를 이해하고 산수의 아름다움을 느끼기 적합하기 때문이다. 또한 우아하고 그윽한 원림에서 아집을 개최하였는데, 그 이유는 원림이 시문과 서화를 창작하거나 청담을 나누기 좋은 환경때문이며, 모임 후의 결과물을 출판하고 유통하기에 유리했기 때문이다. 원림에서 아집을 개최하는 경우는 원림 주인이 후원하는 경우가 많았다. 아집 행사에 소요되는 음식과 도구를 제공하기 위해서는 상당한 경제적 기반과 상업자본이 요구되었다. 따라서 아집과 그 장소로서의 원림의 관계를 살펴보면 원림 담당층의 변화와 상업자본과의 관계를 알 수 있다. 원림 주인의 정치 문화적 권력과 상인자본의 힘이 결합하여 아집의 사회적 영향력이 결정되었던 것이다.

이상과 같은 관점에서, 제2장에서는 중국 역대 아집의 전개 과정을 파악하였으며, 제3장에서는 아집의 시서화적 통합에 관하여 살펴보고, 제4장에서는 공간으로서의 산수 자연과 장소로서의 원림이 아집과 어떤 상호 관계가 있는지 파악하고자 한다. 제5장에서는 아집이 가지는 문화적 가치를 총결하고자 한다.

이상을 요약하면, 아집은 중국 전통 지식인들의 고양된 세계관, 자연관, 문학 창작, 예술세계, 교유 관계와 문화권력 등이 집약적으로 반영된 것이다. 따라서 아집의 총체적 내용과 그 문화적 가치를 규명하는 일은 중국 지식인의 일상생활의 일면을 파악하는 작업이라고 여긴다.

그러면 그동안 중국과 한국에서는 중국의 아집 문화에 관하여 어떤 방식으로 접근하였는가? 중국 학계가 아집문화에 대하여 관심을 보이기 시작한 것은 최근의 일이고, 그것도 2000년대에 이르러 연구가 집중되어 나타나고 있다.

연구를 내용별로 요약하면, 첫째 아집도(雅集圖), 아집과 시문의 관계,[1] 그리고 개별 아집, 예를 들면 난정아집(蘭亭雅集),[2] 서원아집(西園雅集),[3] 옥산아집(玉山雅集)[4] 등에 대한 연구로 나눌 수 있다.

먼저 아집과 서화활동에 관한 연구에 대하여 알아보자. 조계빈(趙啓斌)

은 아집의 핵심을 '문인들의 모임'이라는 각도에서 고찰하는데, 이 모임을 '문회(文會)'라고 규정하고 현장의 기록인 문회도(文會圖)의 변화 과정을 파악하였다.[5] 그는 중국의 문회도가 문인 사대부의 국가에 대한 '공적 쌓기'를 표현하던 것에서 개인의 '자유 의지'를 표현하는 방향으로 변화되어 왔다고 하였다. 당송 시대 이후에 이르러 문회도가 문인 사대부의 정치적 공적을 널리 알리기 위한 목적에서 벗어나서 사적 감정이나 자유의지를 나타내는 방향으로 전환되었다는 것이다.

그러나 문제는 문회도가 그의 주장대로 결코 단선적으로 전개되지는 않았다는 점에 있다. 예를 들어 명대에 이르러 동년회도(同年會圖)와 동관회도(同官會圖) 등도 일종의 문회도라고 할 수 있는데, 이 그림 속에는 다분히 관장(官場)에서의 자신들의 공적을 과시하려는 의도가 담겨 있다는 점이다. 또한 명대의 대각대신(臺閣大臣)들은 아집을 통하여 '인재육성'과 '정치 강화'를 추구했고, 문회도 역시 이러한 목적에 부흥하였기 때문이다.[6]

다음은 아집 담당층에 관한 연구를 들 수 있다. 중국의 전통아집은 문인 지식인층의 전유물이 아니라 명청대에 이르러 상인들 특히 염상들이 문인들의 아집 활동을 후원하게 되었다. 이것은 아집 담당층의 변화를 의미한다. 강남 지역 문인 사대부들의 아집과 아집도가 상업 자본을 가진 염상들의 원림 경영과 물질적 후원에 의해 이루어졌고, 문학 생산의 장소로써 원림이 매우 중요한 역할을 담당하였다[7]는 점을 알 수 있다.

또한 문인 아집이 문학 생산 외에도 중요한 여론의 도구로서 정치적 주장을 전파하는 새로운 경로였다는 점이다. 아집이 "사대부들의 학술과 사상 교류의 경로"로서 사상 의식을 전파하는 계기가 되었고, 사회에 대한 관심 및 경세치용(經世致用)을 제고시키는 목적을 가지게 되었다. 즉 문인 사대부들의 음주부시(飲酒賦詩)가 문학적인 절차탁마뿐 아니라, 동지를 널리 찾거나 성현을 본받고 실천하며, 국가 정치에 대한 관심을 불러일으키는 장이 되었다는 것이다. 따라서 문인 결사나 아집이 표방하는 문학적 행위의 또 다른 목적이 경세치용에 있었음을 알 수 있다.[8]

최근 연구에서 시선을 끄는 것은 아집과 가족 집단의 관계에 관한 것이다.[9] 청(淸) 옹정(雍正)·건륭(乾隆) 시대 천진(天津) 사씨가족(查氏家族)이 수서장(水西莊, 일명 개원(芥園))에서 지역의 문인들과 함께 아집을 개최하였다. 사위인(查爲仁)과 사례(查禮)가 이 아집의 주인이고, 왕항(汪沆)과 같은 한사(寒士), 영렴(英廉)과 같은 관료 문인들이 참여하였다. 수서장 아집은 친척 사제 간의 유대를 중심으로 각계각층의 인사를 망라하였다. 여기에 참석한 문인들의 아집은 문학적 성과를 축적하였고, 지역의 문학 활동을 촉진시켰다.

이상의 연구 성과를 통하여 보면, 중국 전통 지식인들은 아집이 자아 표현의 장이었고, '글쓰기'·'그리기'·'장소로서 경승지와 원림'과 깊은 관계가 있음을 알 수 있다.

그러나 이상과 같은 왕성한 연구 성과에도 불구하고 중국 아집과 사대부 문화와의 관계를 총체적으로 규명하는 단계까지는 이르지 못한 것이 아쉽다.

그러면 국내의 아집 연구 성과는 어떠했는가?[10] 국내의 아집 문화 연구는 '계회(契會)' 혹은 '계회도(契會圖)' 연구에 집중되어 나타나고 있다. 송희경의 조선후기 아회도 연구(2008)는 한국의 아회도에 대한 총체적 고찰이라고 할 수 있다. 다만 이 역시 '아회 문화'에 전반에 관한 연구로 확대되는 데까지는 이르지 못하였다. 따라서 중국 아집 문화가 한국으로 전래되어 끼친 영향에 대한 규명뿐 아니라 한국의 전통 아집문화에 대한 총체적 연구가 요구된다.

이상과 같은 기존 연구 성과를 볼 때, 아집과 사대부의 '글쓰기', 아집과 사대부의 '교우' 관계, 그리고 그것의 생산 공간 및 이들 간의 상호관계를 총체적으로 정리하는 작업이 필요한 시점이 되었음을 알 수 있다.

따라서 필자는 중국 아집 문화의 원류 파악, 아집도에 담겨 있는 제화 시문의 분석, 아집 활동의 의미, 중국 시문의 탄생 공간으로서의 원림에서 개최된 아집의 의미, 그리고 문화권력 형성, 상업자본과의 관계, 더 나아가 그것의 문화적 의미를 총체적으로 다루고자 한다.

2. 중국 아집문화의 범위

위에서 언급한 아집문화의 원류, 아집도, 아집 시문 등 총체적 면모를 파악하기 위해서는 먼저 아집의 범위를 설정할 필요가 있다.

이를 위하여 필자는 중국의 역대 아집의 명칭, 아집의 주인, 아집의 참석자, 아집도, 아집시문, 아집 장소, 아집 관련 근거 자료를 조사하여 일람표를 만들었다. 이것이 바로 부록1에 제시한 〈중국 역대 아집 일람 表(中國歷代雅集一覽表)〉이다.

이 표에 근거하면, 아집의 범주를 대략적으로 파악할 수 있다. 아집이 언제 시작되어 언제 끝났는지, 그리고 아집은 어떤 계층이 개최했고 누가 참가했는지, 그리고 더 나아가 아집은 어떤 공간이나 장소에서 개최되었는지, 마지막으로는 아집을 통해 어떤 결과물이 탄생했는지를 알 수 있다.

이제 좀 구체적으로 아집의 시기, 아집의 담당층, 아집의 공간과 장소, 아집 결과물의 범주 등에 대하여 알아보자.

2.1. 아집 시기의 범주

먼저 아집의 시기적 범주에 대하여 알아보자. 중국 사람들은 언제 아집을 시작하였고 이것은 언제까지 지속하였는가?

'아집(雅集)'이란 용어가 처음 사용된 것은 북송 시대 화가인 이공린(李公麟, 1049~1106)이 그린 〈서원아집(西園雅集)〉으로 추정된다. 이 용어는 이미 천여 년 이상의 시간이 흘렀고, 현재까지 가장 보편적으로 사용되고 있다. 그 이전에 사용되었던 '문회(文會)'·'수계(修楔)'·'연회(宴會)'·'야연(夜宴)'·'구로회(九老會)' 등을 모두 포괄하는 명칭으로 볼 수 있다.

그리고 전통적 아집은 고대와 중세 시대의 모임을 지칭한다. 그것의 역사적 시기는 춘추 전국 시대(春秋戰國時代, 기원전 770~221)부터 근대 이전까지 해당한다. 중국역사에서 '근대'를 어떻게 설정할 것인가에 대해서는 이론이 많지만, 본 연구에서는 현재까지 공인된 근대의 기점으로서 1911년 신해혁명(辛亥革命) 이전으로 설정하였다.

그러면 아집은 언제 처음 시작되었는가? 아집은 춘추 전국 시대에 시작되었을 가능성이 많다. 이 시기 학사(學士)들은 자신들의 학술 주장을 관철하기 위해 학술유파를 결성하였는데, 이것이 중국 역사상 최초의 학술 모임체이다. 이들은 학문을 창시한 스승을 중심으로 사제지간 혹은 동료 간에 학술적 토론을 전개하였는데 이것이 이른바 백가쟁명(百家爭鳴)의 국면을 조성하였다. 그리고 책사(策士) 그룹은 자신의 정치적 이념과 부국강병책을 실현하기 위해 각 제후와 회합을 가지기도 하였다. 또한 공자(孔子)처럼 "제자와 함께 늦은 봄에 기수(沂水)에 나가 목욕재개하고, 무우(舞雩)에서 기우제를 지내고 노래 부르며 돌아오겠다."[11]는 것은 일종의 민속행위이면서 놀이의 일종이었다. 이것은 아집의 초보적 형태라고 할 수 있다.

그러나 이상의 사 계층의 활동이 아집과 관련이 있다고 볼 수 있지만, 이는 정치적 혹은 사상적 결집에 그치고 있다. 다시 말하면, 아집의 주인, 참여자, 아집 장소, 아집의 결과물, 근거 자료 등을 고려할 때, 이는 본격적인 아집 행위로 보기 어렵다.

전통적 아집은 아마도 진말 한초(秦末 漢初, 기원전 200년 전후)에 이르러야 가능했으리라 추측한다. 상산사호(商山四皓)가 그 시작을 알리고 있다. 상산사호는 동원공(東園公) 당병(唐秉)·하황공(夏黃公) 최광(崔廣)·기리(綺裏) 계오실(季吳實)·록리선생(甪里先生) 주술(周術)을 말하는데, 이들은 진말(秦末)의 혼란을 피해 상산(商山)으로 은거하였다.[12] 그들의 은일적 생활은 후대인들의 모방과 묘사의 대상이 되었다. 시를 예로 들면, 상산사호에 대하여 영호초(令狐楚)는 '황기배(黃綺輩)',[13] 유우석(劉禹錫)은 '상산일객(商山逸客)',[14] 이백(李白)은 '황기옹(黃綺翁)',[15] 두보(杜甫)는 '상노(商老)',[16] 왕유(王維)는 '상산옹(商山翁)'[17]으로 표현하고, 그들을 추앙하고 계승하였다.

이들의 모임은 그림의 대상이 되었는데, 마원(馬遠, 1140~약 1225)·대진(戴進, 1388~1462) 등 역대 화가들은 〈상산사호(商山四皓)〉를 그렸다. 이것을 보면 이 모임은 명대에 이르러 아집의 일종으로 간주되었음을 알 수 있다. 후대 문인 사대부들이 그들의 정신적 이상과 포부를 모방하여 아집으로 계승·발전시켰다고 할 수 있다.

이런 관점에서 보면, 이 모임은 아집으로서의 구체적인 활동이나 결과물은 없지만 ≪사기(史記)≫ 〈유후세가(留侯世家)〉의 기록이 있고 후대 사람들에게 아집의 원형을 제공하였거나, 시와 그림으로 재현되었기 때문에, 아집의 초보적 형식이라고 평가할 수 있다.

위진 시대(魏晉時代, 220~589)에 이르러 귀족들의 문화 활동이 많아지면서 산수 자연을 노래하고 그려내는 산수 문화가 탄생하였다. 석숭(石崇)이 열었던 금곡원(金谷園)의 모임, 왕희지(王羲之, 303~361)가 난정(蘭亭)에서 펼쳤던 유상곡수연(流觴曲水宴), 그리고 죽림칠현(竹林七賢)의 모임 등이 이 시대에 진행되었던 것도 산수문화의 영향 때문이다. 이 아집들은 아집의 형식을 구체화시켰다는 점에서 특기할 만하다. 특히 난정곡수연은 후대의 '흐르는 물에 술잔을 띄우기[유상곡수]'라는 전형적인 아집 형식의 원형을 제공했을 뿐 아니라, 사대부들의 '음주부시(飮酒賦詩: 술을 마시며 시 짓기)'와 '창서유정(暢敍幽情: 가슴속의 감정을 마음껏 펼치기)'의 우아한 전통을 수립하는 데 절대적인 영향을 끼쳤다.

청(淸), 화암(華嵒), 〈금곡원도(金谷園圖)〉, 178.7×94.4cm, 상해박물관(上海博物馆) 소장

중국에서 아집문화의 본격적인 시작은 수·당대(隋, 581~618·唐代, 618~907)

에 이르러서이다. 수당 시대에 이르러 과거제가 시행되어 문인들이 귀족을 대신하여 지식인 계층을 형성하였으며, 이들의 사회적 장악력이 강화되면서 그들만의 교류가 필요하였다. 이러한 필요에 따라 아집이 자주 개최되었다. 이세민(李世民: 唐太宗, 598~649)이 진부(秦府)에서 '십팔학사(十八學士)'를 모아 문헌에 대하여 토론하고 고금의 역사에 대하여 의견을 나누었던 것은 당시 지식인 계층의 형성과 깊은 관계가 있다.

한편 당대 문인들은 술을 마시며 시를 짓던 음주부시의 전통을 계승하였고, 대표적인 것이 이백이 봄밤에 복숭아 밭에서 펼쳤던 연회였다. 이 모임은 금곡원(金谷園)의 규정을 계승한 것이었다. 백거이(白居易, 772~846)의 〈향산구로회(香山九老會)〉는 후대 기로회(耆老會)의 시작을 알리는 매우 중요한 아집이었다. 이것은 세상의 혼란을 멀리하고 은거하여 산수를 즐기고 청담을 나누는 전형적인 아집이 되었다.

송대(宋代, 960~1279)는 전통 아집의 핵심적인 시기에 해당한다. 이 시기에 이르러 문언박(文彦博, 1006~1097)은 백거이(白居易)의 향산구로회를 계승하여 낙양기영회(洛陽耆英會)를 개최하였고, 소동파(蘇東坡, 1037~1101)는 서원아집을 개최하였다. 서원아집에 참석한 북송의 사대부들은 '문장을 통하여 세상을 논하고(文章議論)', '널리 배워 사물을 분별하며(博學辨識)', '아름다운 표현으로 뛰어난 글을 짓고(英辭妙墨)', '옛것을 좋아하고 많은 것을 들으며(好古多聞)', '호탕한 기상과 세속을 초월할 수 있는 자질을 키우려고(雄豪絶俗之資)' 하였다.[18] 이 아집에 참석한 사람들은 고상한 운치를 마음껏 과시하였고, 이로 인해 세상에 명성이 자자하였다고 한다. 그래서 후대 사람들은 그들의 인품과 행위를 모범으로 삼았고, 중국 아집의 전형적 형식이 되었다.

북송 시대 이공린(李公麟, 1049~1106)은 〈서원아집도〉를 그렸고, 이것을 남송 시대 조천리(趙千里, 1127~1162 伯駒)가 계승했다. 이것은 다시 명대 오문화파(吳門畵派)로 이어졌다. 명대(明代) 중엽 서원아집(西園雅集)을 제재로 한 작품이 오문(吳門) 화가들에게 크게 유행하였다. 당시 문인 화가들은 서원아집을 통하여 자신들의 정신세계와 감정을 투영하였던 것이다.

명·청대(明, 1368~1644·淸, 1636~1912)에 이르러 아집이 거행되는 수가 증가하였고 관련 자료 역시 풍부하게 남아 있다. 그 주요 원인은 시기적으로 현재와 가까워 관련 기록이 많이 보존된 것도 있지만, 이 시기에는 문인 사대부 외에 다양한 계층이 아집에 참여하였고, 또한 이전 시대의 아집을 모방하거나 이를 시와 그림으로 재현했기 때문이다. 예를 들면, 명청 시대의 서원아집과 난정수계 등은 실제 개최된 아집을 근거로 한 것이 아니라, 명청 시대 화가들이 이전의 아집을 시와 그림으로 재현한 결과물들이다. 상산사호·난정수계·서원아집·춘야연도리원·동년회 등은 전형적인 아집을 역사적으로 계승하거나 모방하는가 하면, 그 형식과 정신을 가지고 새로운 아집을 결성하기도 하였다.

이렇게 진행되었던 전통 아집은 언제 마감되었을까? 1911년 이전 가장 대표적인 아회로는 호구아집(虎丘雅集)을 예로 들 수 있다. 1909년 11월 13일 유아자(柳亞子, 1887~1958)·고천매(高天梅, 1877~1925)·황회문(黃晦聞, 1873~1935)·진거병(陳去病, 1874~1933) 등이 오강(吳江)에서 모여 명말의 기사(幾社)·복사(復社)를 모방하여 남사(南社)를 결성하였고, 호구에서 아집을 개최하였다. 주요 활동은 시문을 논하고 시를 읊조리며 그 결과를 ≪남사총각(南社叢刻)≫으로 간행한 바 있다.

이상에서 본 바와 같이, 중국의 전통 아집은 진말 한초에 시작되어 1909년 무렵에 끝났음을 알 수 있다. 더 구체적으로 말하면, 중국의 전통 아집은 왕족 귀족을 포함한 지식인이 등장하여 그들 간의 모임이 생겨난

이래, 과거제를 통하여 문인 사대부가 공식적으로 사회 계층을 형성하기 시작하는 수당 시대를 거쳤고, 이는 다시 송·명·청 사대부의 전형적인 아집으로 계승되었다. 이후 아집은 과거제가 공식적으로 폐지된 1906년 전후까지 개최되었다고 할 수 있다.

이것을 몇 개의 단계로 나누어 볼 수 있다. 〈중국 역대 아집 일람표〉에서 보는 것과 같이 1. 한에서 위진남북조, 2. 수당 시대, 3. 송원 시대, 4. 명청 시대로 구분할 수 있다. 그중에서 아집의 핵심 시기는 문인 사대부가 사회의 중심 계층을 이루었던 송대와 이를 계승한 명대가 될 것이다.

2.2. 아집 담당층의 범주

그럼 어떤 사람들이 아집을 주관했을까?

아집은 기본적으로 모임을 주관하는 주인과 그의 초청에 응하여 참가하는 사람으로 구성된다. 이들을 아집 담당층이라고 부른다.

초기의 아집 주인은 황제와 귀족들이 주종을 이루었다. 서한 시대 양원(梁園)에서 군신 간의 모임을 가졌던 양효왕(梁孝王 劉武, 기원전 184~144), 건안(建安)의 인재들을 모아 서원아집(西園雅集)을 개최한 조비(曹丕, 187~226), 진부학사(秦府學士)와 모임을 결성했던 당 태종(太宗), 개원십팔학사(開元十八學士)와 모임을 결성했던 당 현종(唐 玄宗 李隆基, 685~762) 등은 모두 황제들이었다. 그 부름에 응했던 손님들은 귀족이나 사대부 계층이었다. 이처럼 초기의 아집 주인으로는 왕족과 귀족들이 주류를 이루었다.

위진남북조 시대에 개최되었던 금곡원 아집과 난정아집은 모두 귀족들이 담당층을 이루었다.

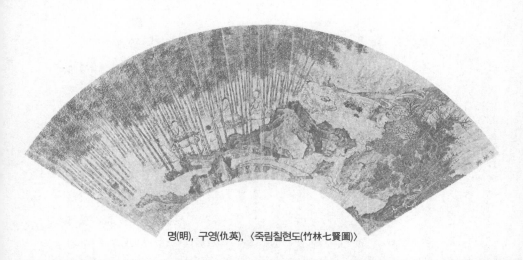

명(明), 구영(仇英), 〈죽림칠현도(竹林七賢圖)〉

명(明), 이사달(李士達), 〈죽림칠현도권(竹林七賢圖卷)〉, 상해박물관(上海博物館)

송대(宋代), 〈백련사도(白蓮社圖)〉

다음으로 수당대에 이르러 과거(科擧)를 통해 지식인이 사회로 진출하여 지배 계층의 중요한 위치를 차지하게 되었다. 향산(香山)에서 구로회

북송(北宋), 장격(張激), 〈백련사도(白蓮社圖)〉,
848.8×34.9cm, 요령성박물관(遼寧省博物館)

(九老會)를 개최했던 백거이 (白居易), 유리당(琉璃堂)에서 시우(詩友)들과 함께 모임을 개최했던 왕창령(王昌齡, 698~756), 서원아집을 개최한 소동파 그룹 등은 모두 당송대의 문인 사대부들이었다. 문인 사대부들은 과거제가 시행되었던 청말까지 아집의 주요한 주체 세력이었다.

한편 지식인 계층 속에는 동림연사(東林蓮社)를 주관했던 혜원(慧遠, 334~416)과 같은 고승이나 도사, 더 나아가 죽림칠현과 같은 은일인사들도 포함되어 있다. 예를 들면, 명대 진홍수(陳洪綏, 1599~1652) 가 그린 〈아집도권(雅集圖卷)〉에 등장하는 우암화상(愚庵和

尚)은 명말 관리와 문예계의 명사, 특히 공안파(公安派)의 거두 원종도(袁宗道, 1560~1600)·원굉도(袁宏道, 1568~1610) 등을 초청하여 아집을 개최하였다.

명청대에 이르러 문인 사대부와 함께 아집에 참여한 계층으로 유학자와 상인을 겸한 '유상(儒商)'을 들 수 있다. 대표적인 유상으로는 청대의 휘상(徽商) 출신인 마왈로(馬曰璐, 1701~1761)가 있다. 마왈로는 자신의 별서

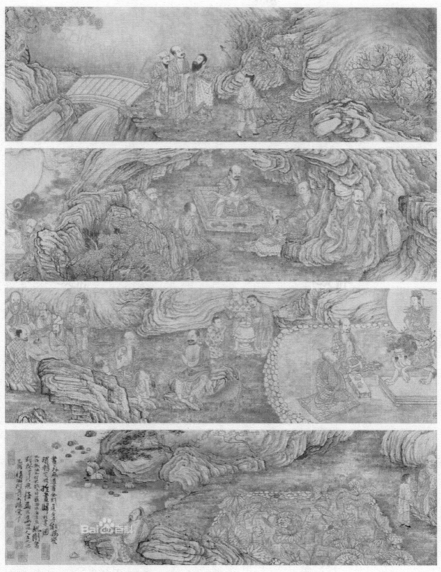

청(淸), 석도(石濤), 〈연사도(蓮社圖)〉, 개인 소장

명(明) 말, 항성모(項聖謨), 〈상우도(尚友圖)〉

인 소영롱산관(小玲瓏山館)에서 명사들과 함께 시회를 개최하였다. 그 외에도 휘상 출신 정협여(鄭俠如, 명말 청초)는 휴원(休園)으로 시인들을 초청하여 아집을 개최하였다.

청대에 이르러 개최의 참여자 중 새로운 계층이 등장하는데 바로 일군의 여자들이다. 원매(袁枚, 1716~1797)가 개최한 수원아집(隨園雅集)에 그의 여 제자(女弟子)들이 참여하였다. 그 이전 여자들이 아집에 참여한 것은 대부분 아집의 보조자이거나 기생들이었다. 원매의 수원여 제자(隨園女弟子)는 이전과 전혀 달랐다. 이 모임에 참석한 여인들은 강남지역의 고관들의 부녀자들로서, 시를 배우고 여러 차례의 모임을 통하여 지은 시집을 출판할 정도로 인기가 있었다. 원매는 화조일(花朝日)에 모임을 개최하였다. 이 날은 음력 2월 초이틀(혹은 2월 11일, 2월 15일)로서, 여인들이 야외로 떼를 지어 나가 꽃구경하는 날이었다. 오색 채색지를 오려 꽃가지에 붙이는 상홍(賞紅), 혹은 푸른 잔지를 밟는 '답청(踏青)' 행사를 하는 날이었다. 이러한 아집을 볼 때 청대에 이르러 여자들의 아집 활동에 참여하는 것이 비교적 일반화되었을 것으로 추측된다. 그러나 기록으로 남은 것은 극히 드물다.

이상과 같이 아집담당층의 범주에는 왕공대신에서 문인 지식인, 승려와 도사, 상인, 여자 등 다양한 계층이 포함된다. 전체적으로 보면 초기의 황제와 귀족 중심에서 점점 문인 사대부들이 중국 전통 아집의 주류를 형성하게 되었다. 근대에 이르러 상업 자본을 획득한 상인들과 신진 여자 지식인들도 참여하게 되었다고 할 수 있다.

2.3. 아집 공간과 장소의 범주

아집을 개최하려면 일정한 공간과 장소가 필요하였다. 여기서 말하는 공간은 자연공간으로서 풍경 명승지에 해당하였다. 이것은 장소적으로 특정되지 않아 비록 안정성은 없었지만, 그중 봉우리[峰], 고개[嶺], 뫼[岀], 계곡[溪], 천[川], 골[谷], 샘[泉] 주변이 아집의 공간으로 손색이 없었다. 이러한 공간은 산수 자연의 아름다움을 감상하며 시문을 짓거나 청담을 나누는 한편 호연지기를 함양하기에 안성맞춤이기 때문에 종종 아집의 공간으로 이용되었던 것이다.

예를 들면 원말에 정언진(鄭彦眞 鄭鉉)은 절강성(浙江省) 포강현(浦江縣) 동쪽에 있는 도화간(桃花澗)에서 수계 행사를 개최하였다. 여기는 산수 자연 경관이 빼어나 아집의 공간으로 자주 이용되었다. 송염(宋濂)은 〈도화간수계시서(桃花澗修禊詩序)〉[19]에서 수계 행사가 진행되었던 도화간 일대의 풍광을 걸음걸이를 옮기면서 눈에 보이는 대로 현장감 있게 묘사한바 있다. 동시에 산수 공간 속의 아집을 통해 현실을 살면서 자연의 즐거움을 찾아 음주부시(飲酒賦詩)하던 사대부적 세계관을 피력하였다. 이것을 보면, 산수 자연에서 개최된 아집은 사대부의 세계관을 피력하기 매우 적절한 곳이었음을 알 수 있다.

그러나 특정한 장소가 공간보다 아집에 더욱 적합하였다. 특정한 장소는 우선 자연의 변화에 크게 영향을 받지 않고 접근성이 수월하며 원

명(明), 우주(尤求), 〈원림아집도(園林雅集圖)〉, 26×158.49cm

만하고 왕성한 활동을 지속적으로 펼칠 수 있기 때문이다. 아집은 어느 정도 정기적 모임 성격을 가지고 있었기 때문에 장소로서의 인지도가 높아야 한다. 때문에 아집의 장소로 가장 보편적으로 이용되었던 것이 원림이다. 원림은 담으로 구획되어 있어 외부의 소음을 차단할 수 있고, 여러 개의 건물로 구성되어 있어 기후 변화에 적응하기 용이하였다. 수로 개설과 수목 식재를 통하여 산수 자연의 의경을 구현하였기에 도시 속에서 자연을 느낄 수 있었다. 한편 원림은 아집 활동을 기록할 수 있는 지필묵과 각종 도구 및 음주 다과에 필요한 설비를 제공하기 편리하였다. 이런 연유에서 보면, 원림은 아집 장소로 매우 적합하다고 할 수 있다. 이 때문에 양원(梁園)과 같은 황가원림으로부터 명청대 위원(魏園)을 비롯하여 소주의 원림, 양주(揚州) 수서호(瘦西湖) 주변의 수많은 원림 등이 아집 장소로 사용되었던 것이다. 특히 서원(西園)은 중국 아집 장소

명(明), 우주(尤求), 〈원림아집도(園林雅集圖)〉 2 부분

의 상징이었다. 위고부제(韋皐府第)와 같은 주택, 이도방(履道坊)과 같은 택방(宅房)·별서(別墅), 분우(賁愚)와 같은 초당(草堂) 등도 역시 원림과 함께 아집의 전형적인 장소였다. 이외에 독서와 청담, 나아가 학술적 토론으로 적합했던 것으로는 송대 이후 번성했던 장서루(藏書樓)를 들 수 있다. 이곳은 장서가 풍부하여 독서에 유리할 뿐 아니라 장서루 안에는 원림이 조성되어 있어 아집 장소로 손색이 없었다. 특히 장서루 안에는 출판 설비가 갖추어져 있어 아집 결과물의 출판과 유통에 매우 유리한 장소였다. 한편 산수 자연 가까이에 있어 산수를 유람하고 시작 흥취를 돋우는 데 도움이 되는 곳으로는 산수 누정이 있다. 예를 들면, 난정(蘭亭)과 등왕각(滕王閣) 같은 누정(樓亭)도 역시 자주 거론되는 아집의 현장이었다. 또한 사묘(寺廟) 역시 종교적 장소를 떠나 정신적 교류의 장으로 활용되었는데, 유불이 연합하여 개최하였던 동림사(東林社)의 연사(蓮社)가 대표적

인 예가 된다. 사묘는 속세와 멀리 있어 고요하면서 산수승경을 감상하는 아집에 잘 어울렸다.

이상에서 알아본 바와 같이, 아집 장소로는 공간으로서의 산수명승지, 장소로서의 사찰·별서·원림·누정·장서루·부제 등이 사용되었음을 알 수 있다.

2.4. 아집 결과물의 범주

그럼 아집 개최 후 어떤 결과물을 남겼는가?

아집은 기본적으로 만남이 목적이지만, 만남 뒤에는 결과물을 남겼다. 그중에서 가장 대표적인 것이 시문과 아집도이다. 아집은 술을 마시며 시를 짓는 '음주부시(飮酒賦詩)' 전통이 있었기 때문에 아집에서의 시의 창작은 매우 보편적인 일이었다. 난정아집을 예로 들면, 물길에 잔을 띄워 시인이 앉아 있는 자기 자리에 도달할 때까지 시를 짓지 못하면 벌주를 마시는 행사를 통해 볼 때 아집 자체가 시를 짓는 행위임을 알 수 있다. ≪양주화방록(揚州畫舫錄)≫에서는 아집 장면을 다음과 같이 묘사하였다.

> 모임에 때가 되면 원림 안에 각 책상 하나를 설치하고 그 위에 붓 2개, 먹 1개, 벼루 1개, 연적 1개, 종이 4장, 시운(詩韻) 1개, 차 주전자, 다기 1개, 과일 그릇과 다식 함 각 1개를 놓는다. 시가 완성되면 즉시 발간하고, 3일 내 다시 수정해서 출간하고, 출간 일에 성 안으로 두루 배달된다.
> 至會期, 于園中各设一案, 上置筆二·墨一·端研一·水注一·箋紙四·詩韵

一·茶壺一·碗一·果盒茶食盒各一. 詩成即發刻, 三日內尙又改易重刻, 出日編送城中矣.

위 인용문에서 보면, 아집은 시를 짓기 위한 모임이며, 여기에서 만들어진 창작물은 즉시 출판이 되었고 당일에 널리 유통되었음을 알 수 있다. ≪한강아집(邗江雅集)≫의 출판이 그 대표적인 예이다. 위 인용에서 각 책상마다 시운(詩韻)이 주어졌다고 한 것으로 보아 이 아집에서는 동일한 주제와 동일 운율을 가지고 시를 집단적으로 창작하였음을 알 수 있다. 시집에는 아집 현장에서 지은 시뿐 아니라 나중에 지어 붙인 서발문(序跋文) 등도 포함되어 있는데, 이것을 보면 당시 아집의 상황을 알 수 있다.

이외에도 아집도 위에 쓰여진 제화(題畵) 형식의 시문도 역시 아집의 결과물이라고 할 아집에서는 시만 지어진 것이 아니라 아집 장면을 서술한 문장도 있다는 의미이다. 예로는 〈난정유상곡수도기(蘭亭流觴曲水圖記)〉·〈갑신십동년도시서(甲申十同年圖詩序)〉·〈수원여 제자도권발(隨園女弟子圖卷跋)〉 등을 들 수 있다.

아집의 결과물로는 시문 외에 아집도가 있다. 예를 들어 〈문회도(文會圖)〉·〈문원도(文苑圖)〉·〈청금도(聽琴圖)〉·〈난정수계도(蘭亭修禊圖)〉·〈서원아집도(西園雅集圖)〉 등이 그것이다. 아집도는 산수명승지나 원림 등의 산수경물을 배경으로 참여하는 사람들 각각의 풍모를 묘사하였다. 이를테면 산수화와 인물화가 결합된 형태라고 할 수 있다. 대략 시작(詩作), 음주(飮酒), 품차(品茶: 차 마시기), 사색(思索), 청금(聽琴: 거문고 소리 듣기), 산수 감상, 품화(品畵: 그림 감상과 평가), 토론 등이 그림의 주제가 된다. 그림 속에는 대략적으로 과일쟁반, 술 단지, 술잔, 거문고를 비롯한 악기, 악보, 향로, 찻잔, 차호, 탕병, 차로 등이 그려진다. 그리고 앞에서 언급한 아집 관련 시문 등이 제화 형식으로 붙게 된다.

아집도 중에서 '난정아집도'와 '서원아집도'가 정형적인 형태이다. 이것은 오랫동안 많은 사람에 의해 지속적으로 재현되어 형성된 것이다. 여기서 '난정아집도'를 예로 들어보자. 원대 황진(黃潛, 1277~1357)은 〈발난정도(跋蘭亭圖: 난정도 발문)〉에서 다음과 같이 말했다.

> 왼쪽 난정도(蘭亭圖)는 조천리(趙千里)의 작품이다. 영화년(永和年) 수계회[禊集]에 42명이 모였으나 역사에 나타나 있지 않아 세상 사람들은 간혹 그들의 이름을 모른다. 천년 이후에 그들의 모습과 풍류를 묘사하여 역사의 빠진 부분을 보충할 수 있었으니, 단지 한 시대의 서화에 도움이 될 뿐만이 아니다. 이백시(李伯時, 이공린)가 상영도(觴咏圖)를 그리니 호사가들이 어느새 돌에 새겨 전했다. 이 그림은 섬세하고 아름다워 뛰어난 조각장이라도 쉽게 새길 수 없으니 더욱 귀중하다고 할 것이다.
> 右蘭亭圖 趙千里作 永和禊集四十有二人 其不見于史傳者 世或莫知其姓名 千載之下乃有能摹寫其儀刑風度 以補史氏之闕者 非直可資一時之清玩而已 李伯時有觴咏圖 好事者已爲刻石以傳 此圖纖麗微密 雖有善工亦未易刻 尤可貴也. 　　　　(≪金華先生文集≫ 卷二十二)

이상의 인용문을 보면, 왕희지가 〈난정집서〉에서 묘사한 난정아집의 장면이 북송 시대 이공린(李公麟, 1049~1106)에 이르러 〈난정유상도(蘭亭流觴圖)〉라는 이름으로 그려졌고, 한편으로는 이 그림이 돌에 새겨져 전해 왔다는 사실을 알 수 있다. 이어서 남송 시대 조천리(趙千里, 1127~1162)는 난정아집을 〈난정도〉로 재현하였다. 난정수계에 참여했던 42명의 명사들의 이름과 그들의 풍류, 그리고 역사적 사건이 천년 후의 사람들에게 계승될 수 있도록 그림으로 묘사했다고 하였다.

〈서원아집도〉는 당대 이소도(李昭道)가 처음 그렸고, 북송 시대 이공린(李公麟)이 이것을 근거로 다시 그렸으며, 이어서 남송 시대 조천리가 재현하였다. 그리고 명대에 이르러 구영(仇英, 1498~1552)의 그림이 널리 호평을 받았다. 명대(明代) 중엽에 이르러서는 서원아집(西園雅集)을 제재로 한 작품이 오문(吳門) 화가들 사이에서 크게 유행하였다. 당시 문인 화가들은 자신들의 정신세계와 감정을 이 그림을 통하여 투영하였던 것이다.

이상과 같이 아집도는 시대에 따라 재현이 되었지만, 당송대에 그 전형적 형식이 형성되었다고 할 수 있다. 당송 사대부들은 문자 지식과 과거제도를 통해 지배 계층을 이루었고, 그들은 자신이 속한 집단의 계층적 지위를 확대하고 사회적 영향력을 확대하기 위해 아집을 적극적으로 전개하였기 때문이다. 그들은 그 이전의 아집을 계승하여 그 문화적 함의를 확대하였으며, 아집도의 내용을 시대에 맞도록 풍성하게 만들었다. 아집에 참석한 사람들의 풍류와 풍모를 구체화하였고, 아집도를 인물 산수화의 하나로 만드는 데 공헌하였다.

2.5. 아집 명칭의 범주

부록1 〈중국 역대 아집 일람표〉에 나타난 아집의 명칭을 통해 보면, 아집 명칭의 범주를 가늠할 수 있다. 중국의 아집은 문인들이 모여 시문을 짓던 문회(文會)를 비롯하여, 물가 혹은 야외에서 모여 심신을 깨끗하게 하며 시를 짓던 수계(修禊), 같은 해에 과거에 급제한 사람들의 모임인 동년회(同年會), 음주가무적 성격이 강했던 연집(宴集), 꽃을 감상하던 모임(賞菊會 등), 노인들의 모임인 기영(耆英)·오로(五老) 혹은 구로회(九老會) 등으로 명칭이 다양하였다. 그러나 모두 지식인 집단이 모여 문화지식을 교류하던 모임이라는 점에서는 대동소이하다.

이들의 명칭을 정리해 보면, 아집은 대략 '아회(雅會)'·'연집(宴集)'·'문회(文會)'·'계회(契會)'·'수계(修禊)'·'기영회(耆英會)'·'기로회(耆老會)'·'시사회(詩社會)'·'음사회(吟社會)' 등의 명칭과 유사하게 사용되고 있음을 알 수 있다.

'아집'과 '아회'는 구분하기 어려운 것이 사실이지만 '아집도'라는 명칭이 보편적으로 사용되기 때문에 '아집'으로 통일하여 사용하는 것도 무방할 것이다. '연집'은 잔치를 벌여 마시고 먹는 성격이 강한데, '연집(讌集)'이라고도 쓴다. 이 명칭은 당나라 때 궁정의 잔치에 쓰이던 음악인 연악(燕樂)·연악(宴樂)·연악(讌樂)으로부터 비롯되었다. 일찍이 당나라 시인 장적(張籍, 약 766~830)은 봉황루(鳳凰樓)에서 개최된 연집에 참여하였고,[20] 송나라 안수(晏殊, 991~1055)의 〈화지일북원연집(和至日北園讌集)〉[21]과 송기(宋祁, 998~1061)의 〈연집(讌集)〉, 매요신(梅堯臣, 1002~1060)의 〈화원보회영연집지십(和原甫會靈讌集之什)〉 등의 시를 통해 볼 때 연집 역시 아집의 일종으로, 먹고 즐기는 잔치 외에 문학 창작 행위가 진행되었음을 알 수 있다.

'문회'는 문학적인 모임을 말하는데, 주로 문인 사대부들의 모임으로 한정할 때 이 용어를 사용한다.

'기영회'·'기로회'·'구로회'·'오로회'는 모두 '아집'과 행위는 유사하면서도 연령을 고려했거나 은일 등 특수한 상황이 반영된 명칭이다.

'사(社)'는 신앙이나 지향하는 바가 같은 사람들이 상호 의기투합하여 문화 활동을 펼치는 단체로서, 모임을 운영하기 위해 사약(社約)과 조직체가 존재하는 경우가 많다. 회원을 규제한다거나 정기적으로 회합한다 거나 규모가 큰 것이 특징이다.

이상에서 볼 때, '아집'은 이상의 활동들을 모두 포괄하는 보통명사로 서, 아집문화를 통괄하는 명칭으로 사용되고 있다고 할 수 있다.

2.6. 기타 아집 범주

술, 차, 금기서화(琴棋書畵), 향(香) 등은 아집의 매개적인 역할을 담당하 였다.

〈등왕각연회(滕王閣宴會)〉·〈한희재야연(韓熙載夜宴)〉·〈유상곡수연(流觴 曲水宴)〉 등의 명칭을 볼 때, 아집에서는 식사를 하거나 혹은 술과 차를 마시는 행위가 수반되었다. 또한 〈문원도(文苑圖)〉 등을 보면, 현악기를 연주하거나 서화를 감상하며, 향을 피우는 장면을 볼 수 있다.

특히 명대 중기 이후 오문 화파들의 그림 속에는 차회(茶會) 장면이 자주 등장한다. 문징명(文徵明, 1470~1559)이 1518년에 그린 〈혜산차회도 (惠山茶會圖)〉, 1534년의 〈품차도(品茶圖)〉, 당인(唐寅, 1470~1523)의 〈품차도 (品茶圖)〉, 구영(仇英, 약 1494~1552)의 〈송정시천도(松亭試泉圖)〉, 육치(陸治, 1496~1576)의 〈죽천시명도(竹泉試茗圖)〉 등은 모두 차를 맛보는 모임을 그 린 것이다. 모두 아집과 관련이 있다.

이상을 요약하면, 전통 아집은 한대에서 시작하여 근대 이전(1906년)까 지 진행되었다. 아집의 결과물로서 아집 관련 시서화, 아집의 공간으로 서 산수 자연이, 아집의 장소로서 별서와 원림이 사용되었다. 또한 아집

은 조직화된 시사 및 음사, 음주가무적 성격이 강한 연집, 참가자의 연령
이나 상황이 반영된 기영회, 문인 사대부 계층이 모여 상호 간 소통하던
문회 등을 포괄하는 명칭으로 사용되고 있다.

주(註)

1) 陳正宏,〈傳統雅集中的詩書合璧及其在十六世紀的新變〉,《文學遺産》, 2013年 4期.
   陳才訓,〈文人雅集與文言小說的創作及發展規律〉,《求是學刊》, 2012.11.15.
   方盛良,〈小玲瓏山館詩人群体考略〉,《安慶師範學院學报(社會科學版)》, 2005年 1期.
   熊海英,〈北宋文人集會與詩歌〉, 復旦大学 博士論文, 2005.
   吳在庆,〈論唐代文士的集會宴游對創作的影響〉,《廈門大學學報(哲學社會科學版)》, 2003.9.
   何宗美·李冰,〈明代的臺閣雅集與怡老詩社〉,《唐山師範學院學報》, 2001年 3期.

2) 林木,〈從蘭亭修禊到文人雅集-對中國繪畫史一個母題的研究〉, 中國國家博物館館刊, 2013.11.15.
   劉躍進,〈蘭亭雅集與魏晉風度〉,《安徽大學學報》, 2011年 4期.
   孫明君,〈蘭亭雅集與會稽士族的精神世界〉,《陜西師範大學學報(哲學社會科學版)》, 2010.3.5.
   許曉晴,〈蘭亭雅集與隱逸詩的唱和探析〉,《北京科技大學學報》, 2006.12 22권 4期.

3) 裴麗曼,〈西園雅集研究〉, 河北大學 碩士論文, 2009.
   魏平柱,〈西園雅集系年考〉,《襄樊學院學報》 29권, 2008.1.
   薛穎·郎寶如,〈西園雅集的眞伪及其文化意蘊〉,《内蒙古大學學报(人文社會科學版)》, 2004年 2期.
   (美)梁莊艾倫,〈理想還是現實—西園雅集和西園雅集考〉,《海外中國書研究文選》, 上海人民美術出版社, 1992.

4) 周海濤,〈"玉山文人"心態研究-以于立·顧瑛·袁華爲例〉,《南陽師範學院學報》, 2013.4.26.
   査洪德,〈元代詩壇的雅集之風〉,《安徽師範大學學報(人文社會科學版)》, 2013.11.30.
   王進,〈元代後期文人雅集的書畫活動研究〉,《中國藝術研究院 博士論文》, 2010.
   王進,〈元末文人雅集中的繪畫創作研究〉,《美術觀察》, 2010年 8期.
   左東嶺,〈玉山雅集與元明之際文人生命方式及其詩學意義〉,《文學遺産》, 2009年 3期.
   谷春俠,〈顧氏家族與玉山雅集〉,《青岛大學師範學院學報》, 2007年 3期.
   中國書家與贊助人(五)-玉山雅集:十四世記昆山的贊助情況, 大衛 森若鮑 石莉 陳傳席,《榮寶齋》, 2003.5.
   谷春俠,〈論謝節在玉山雅集中的地位和作用〉,《五邑大學學報(社會科學版)》, 2008年 1期.
   李曉航,〈顧瑛與玉山雅集研究〉, 中南大學 碩士論文, 2008.
   谷春俠,〈元末玉山雅集研究綜述〉,《昆明理工大學學報(社會科學版)》, 2007年 4期.
   張玉華,〈玉山草堂與元明之際東南的文士雅集〉,《廣西社會科學》, 2004年 10期.

5) 趙啓斌,〈中國繪畫史上的文會圖〉,《榮寶齋》, 2005年 6期.

6) 명대의 행원아집은 문인아집에서 관원아집으로 전환된 것이다. 이에 관한 연구는 다음 논문을 참고할 것. 付陽華,〈由文人雅集圖向官員雅集圖的成功轉換-析明代杏園雅集圖中的轉換元素〉, 美術, 2010年 10期.

7) 王崇賈,〈清代徽州鹽商的文化貢獻之三:園林聚會〉,《鹽業史研究》, 2005年 4期.
   朱宗宙,〈明淸時期揚州鹽商與文人雅集〉,《鹽業史研究》, 2001年 2期.

范金民,〈明淸地域商人與江南文化〉,《江海學刊》, 2002.1.

8) 罗检秋,〈嘉道年間京師士人修禊雅集與經世意識的覺醒〉,《西方思想在近代中國》, 社科
文獻出版社, 2005.12.

9) 陳玉蘭·項姝珍,〈天津查氏水西莊詩人群的文化心態及雅集内涵〉,《浙江師範大學學報(社
會科學版)》, 2013年 1期.
項姝珍,〈天津查氏水西莊雅集研究〉, 浙江師範大學 碩士論文, 2013.
羅時進,〈淸代江南文化家族雅集與文學創作〉,《文學遺産》, 2009.3.
劉尚恒,《天津查氏水西莊研究文錄》, 天津社會科學院出版社, 2008.

10) 安輝濬,〈蓮榜同年一時曹司契會圖 小考〉,《역사학보 65권》, 역사학회, 1975.
安輝濬,〈16세기 중엽의 계회도를 통해 본 조선왕조시대 회화양식의 변천〉,《한국
회화사 연구》, 한국미술연구소, 1975.
安輝濬,〈고려 및 조선왕조의 문인계회(文人契會)와 계회도(契會圖)〉,《고문화》 20,
한국대학박물관협회, 1982.
朴銀順,〈16세기 讀書堂契會圖 硏究〉,《美術史學硏究》제212호, 1996.
朴銀順,〈朝鮮初期 江邊契會와 實景山水畵: 典型化의 한 양상〉,《美術史學硏究》,
1999.
李源福·趙容重,〈16세기말 契會圖 新例〉,《미술자료》 61, 1998.
李秀美,〈19세기 契會圖의 變貌〉,《미술자료》 63, 국립중앙박물관, 1999.
柳玉暻,〈國立中央博物館所藏 松都四壯元禊會圖屛 硏究〉,《미술자료》 64, 2000.
유홍준·이태호,《만남과 헤어짐의 미학 : 조선시대 계회도와 전별시》, 학고재, 2000.
이태호,〈예안김씨 가전 계회도 석 점을 중심으로 본 16세기의 계회산수〉,《만남과
헤어짐의 미학》, 학고재, 2000.
尹軫英,《松澗 李庭檜 소유의 同官契會圖》, 한국미술사학회, 2001.
尹軫英,〈朝鮮時代 契會圖 硏究〉, 한국학중앙연구원, 2004.
權普恩,〈朝鮮時代 西園雅集圖 硏究〉, 고려대학교 석사논문, 2006.
송희경,《조선 후기 아회도》, 다할미디어, 2008.
권석환,〈중국 강남지역 아회문화의 전개과정에 대한 고찰〉,《중국문학연구》 제32
집, 한국중문학회, 2006.
권석환,〈중국 중세문인 사대부의 아집과 그 시화적 재현에 관한 연구〉,《중국문학
연구》 제35집, 한국중문학회, 2008.

11) 《論語·先進》 "莫春者, 春服既成, 冠者五六人, 童子六七人, 浴乎沂, 風乎舞雩, 咏而歸"

12) 《史記·留侯世家》 漢十二年, 上從擊破布軍歸,疾益甚,愈欲易太子. 留侯諫, 不聽, 因疾不
視事, 叔孫太傅稱說引古今, 以死爭太子. 上佯許之, 猶欲易之. 及燕, 置酒, 太子侍. 四人從
太子, 年皆八十有餘, 鬚眉皓齒, 衣冠甚偉. 上怪之, 問曰:"彼何爲者?"四人前對, 各言名姓,
曰東園公, 角里先生, 綺里季, 夏黃公. 上乃大驚曰:"吾求公數歲, 公辟逃我, 今公何自從吾
兒游乎?"四人皆曰:"陛下輕士善罵, 臣等義不受辱, 故恐而亡匿. 竊聞太子爲人仁孝, 恭敬
愛士, 天下莫不延頸欲爲太子死者, 故臣等來耳."上曰:"煩公幸卒調護太子"

13) 令狐楚,〈將赴洛下旅次漢南獻上相公二十兄言懷八韻〉"許隨黃綺輩, 閑唱紫芝歌"

14) 劉禹錫,〈和留守令狐相公答白賓客〉"麥隴和風吹樹枝, 商山逸客出關時"

15) 李白,〈東武吟〉"書此謝知己, 吾尋黃綺翁"

16) 杜甫,〈收京三首之二〉"羽翼懷商老, 文思憶帝堯"

17) 王維,〈送陸員外〉"行當對侯歸, 肯訪商山翁"

18) 米芾〈西園雅集圖說〉(≪式古堂書畫彙考≫卷三十三·≪文章辨體彙考≫卷二百八十四·≪寶晉英光集補遺≫)

19) ≪宋文憲公全集≫卷三十五.

20)〈和崔駙馬聞蟬〉
　　鳳凰樓下多歡樂, 不覺秋風暮雨天.
　　應爲昨來身暫病, 蟬聲得到耳傍邊

21)〈和至日北園讌集〉
　　清曉融風蕭桂堂, 郡寮多暇舞筵張.
　　臺高已驗雲容媚, 日暖懸知刻漏長.
　　溪子弩寒千命中, 蘭英酒熟百傳觴.
　　官曹事集神都近, 豫拜需函慶一陽.

일상과 일탈의 경계적 유희

中國雅集

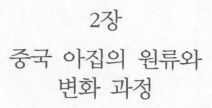

2장
중국 아집의 원류와
변화 과정

　이제 중국 아집문화가 어떻게 탄생하고 그것이 어떻게 전개되었는가를 알아
보자. 아집의 원류와 변화 과정을 파악하기 위해서는 3가지 관점이 필요하다.
먼저 아집 담당층 즉 아집의 주인과 참가자들이 어떤 변화 과정을 거쳤는가를
살펴보아야 할 것이다. 이어서 아집의 형식이 어떤 변화 과정을 밟았는지 역시
매우 중요한 관건이라고 할 수 있다. 마지막으로 앞선 두 요소들이 변화함에
따라 아집의 기능이 어떻게 변화하였는지에 대해서도 살펴야 한다.
　이상의 3가지는 긴밀한 관계를 가지고 있다. 다만 아집의 변화 양상을 다각적
인 측면에서 종합적으로 파악하려는 의도에서 구분한 것일 뿐이다.

1. 아집 담당층의 변화 과정

아집 담당층의 변화는 아집의 성격을 규명하고, 아집의 변화 과정과 법칙을 발견하는 데 매우 중요하다.

담당층의 변화에 따라 아집의 형식이 달라지고, 그것이 가지는 문화사적 의미가 변화되었음을 짐작하게 한다. 그 구체적인 변화 과정은 다음과 같다.

1.1. 군신 간의 창화와 권력강화

초기 아집은 정치 지배 계층 내에서 이루어졌다고 할 수 있다. 특히 전제 권력을 가진 황제와 신하는 정치적인 모의를 위해 모임이 필요했다. 아집에 모인 사람들의 신분과 계층을 고려할 때 모임의 주인은 황제와 황족이 주를 이루었고, 그들의 초청에 호응하여 참석한 사람은 신하들이었다. 그래서 이들은 정치적 모의 외에 시를 주고받았기 때문에 이들의 모임을 군신 간의 창화(唱和)라고 부르고 있다.

군신 간의 창화는 양효왕(한문제의 차자) 유무(劉武) 시대에 시작되었다. 양효왕은 본래 원림 경영을 좋아하였다. 그가 자주 찾았던 곳은 토원(兔園, 양원(梁園)이라고도 부름)이다. 당시의 토원은 규모가 매우 컸으며 놀이와 사냥 및 유람이 가능했던 원유(苑囿)의 일종이었다. 그는 토원 안에 망우관(忘憂館)을 짓고 천하의 문인학사를 초청하여 그들과 더불어 노닐었다. 이 모임에 초청을 받아 참석한 문인들은 추양(鄒陽, 기원전 약 206~129)·매승(枚乘, ?~기원전 140)·사마상여(司馬相如, 기원전 약 179~118)·양웅(揚雄, 기원전 53~서기 18) 등이었다. 매승의 〈양왕토원부(梁王兔園賦)〉·〈망우관유부(忘憂館柳賦)〉가 당시 모임에서 지어진 것들이다. 이들의 모임은 한(漢) 사부(辭賦) 문학의 발전을 촉진하여 문화부흥의 견인차 역할을 하였다. 노신(魯迅)은 "천하에 문학이 흥성하기로 현재 아마도 양원만한 것이 아직 없었을 것이다."[1]라고 한 것을 보면, 비록 군신 간의 창화였지만 아집과 문화의 관계를 엿볼 수 있다.

군신 간의 창화는 조조(曹操, 155~220) 시대로 이어진다. 조조는 업도(鄴都)에 세운 동작전(銅爵殿)의 서쪽 정원인 서원(西園)에서 문사들을 접견하였다. 조비(曹丕)는 자기 아버지의 뜻을 계승하여 서원(西園)에서 건안(建安) 시인 왕찬(王粲, 177~217)·유정(劉楨)·진림(陳琳, ?~217)·서간(徐幹, 170~217) 등의 문인재자(文人才子)들과 종종 아집을 개최하였다. 이것은 송대 서원아집의 전범이 되었고, 후대 화가들이 즐겨 그리는 〈서원아집도(西園雅集圖)〉의 모델이 되기도 하였다.

진무제(晉武帝 사마염(司馬炎), 236~290)는 태시(泰始) 2년(266) 화림원(華林園)에서 군신들을 모아 연회를 열고 시를 짓게 하였다. 군신들의 뜻을 관찰하기 위해서였다. 그는 군주로서 산림 별업(別業)에서 중신·귀족들과 모여 시문을 창작하고 수창(酬唱)하면서 자기의 감정과 이상을 펼쳤다.

수양제(隋煬帝, 양광(楊廣), 569~618)는 진왕부(晉王府)에서 문인을 모아 아집을 개최하였다. 수양제는 진왕 시절에 학사인 유철(柳鐵)·우세남(虞世南, 558~638) 등 100여 명을 불러들였고 그들을 스승이나 친구로 대접하였다.2) ≪수서(隋書)≫ 권 76 〈문학전(文學傳)〉을 보면, 수양제가 이들을 궁궐 안으로 불러 아집을 개최한 사실을 기록하고 있다.

당태종(唐太宗)은 진부(秦府) 시절에 학사들을 초청하여 모임체를 결성하였는데, 이것을 역사에서는 진부십팔학사(秦府十八學士, 혹은 貞觀十八學士)'라고 부른다. 당 현종(唐玄宗, 685~762)은 정치에 정성을 쏟기 위해 상양궁(上陽宮)의 함상정(含象亭)에서 장열(張說, 667~730)·서견(徐堅, 660~729)·하지장(賀知章, 659~약 744)·조동희(趙冬曦, 777~750)·위술(韋述, ?~757) 등 십팔학사를 초치(招致)하였다. 역사에서는 이것을 '개원십팔학사(開元十八學士)'라고 부른다. 현종은 법명(法明)에게 칙령을 내려 그 모습을 그리도록 하였다.

무측천(武則天, 624~705) 역시 널리 인재를 모아 문회 활동을 전개하였던 인물이다.

송 태조(宋太祖 조광윤(趙匡胤), 927~976)는 정권을 창출한 뒤 병권을 무력화시키기 위해 '배주석병권(杯酒釋兵權)' 정책을 사용하였다. 이런 분위기를 타고 연회가 자주 개최되었고 군신 간의 창화 열기가 무르익었다. 이에 대해 ≪몽계필담(夢溪筆談)≫에는 다음과 같이 기록되어 있다.

"당시 천하가 무사해지자 황제는 신료들에게 명승지를 골라 잔치를 열도록 허락하였다. 당시 시종관 문관 사대부들이 각각 모임을 개최하였다. 저자의 주루와 술 가게까지 모두 쉬고 노는 장소가 되었다."3)

이상에서 예시한 군신 간의 창화는 아주 뚜렷한 예시만을 들었다. 전제국가가 지속되고, 지식을 가진 신하가 정치 권력 집단과 관계를 가지고 있는 구조에서 이러한 형식의 아집은 내내 지속되었다고 할 수 있다.

군신 간의 창화는 정권 창출과 강화를 목적으로 하는 동시에 상대집단의 권력을 약화시키려는 기능을 함께 가졌다. 문학적으로 보면, 군신 간의 창화는 양원 모임처럼 사부(辭賦)를 견고한 문체로 확립하거나, 조조(曹操) 부자의 창화처럼 건안문풍(建安文風)을 낳기도 하였다. 정치문화적으로 수양제(隋煬帝)는 중국 남북문화의 통합을 이루는 계기를 마련하였으며, 또한 당나라 '정관지치(貞觀之治)'나 '개원지치(開元之治)'처럼 문화의 부흥기를 맞이하는 결과로 이어졌다. 결국 군신 창화는 국가의 문화건설에 매우 중요한 역할을 담당했음을 알 수 있다.

1.2. 문인 지식인 간의 아집과 시서화 창작

여기서 말하는 '문인 지식인'이란 문자 지식을 가진 사람으로서, 왕공 귀족이나 관리들도 모두 여기에 포함되지만 대체로 문자정보나 문학 작품을 위주로 소통하던 계층을 의미한다.

이런 점에서 볼 때, 상산사호(商山四皓)의 모임은 최초의 문인 지식인 간의 아집이라고 할 수 있다. 상사사호는 남산사호(南山四皓)라고도 하는

데, 동원공 당병(東園公 唐秉)·기리 계오실(綺裏 季吳實)·하황공 최광(夏黄公 崔廣)·록리선생 주술(甪裏先生 周術)을 말한다. 이들은 진말(秦末)의 전쟁과 분서갱유를 피해 섬서성(陝西省) 상락(商洛)의 상산으로 은거하였다고 전해진다. 그들은 상산에서 모여 자지가(紫芝歌) 혹은 자지곡(紫芝曲)을 불렀다고 한다.

서진(西晉) 시대 석숭(石崇, 249~300)의 금곡원의 모임 역시 사대부 간의 아집이라고 할 수 있다. 석숭은 형주자사(荊州刺史)를 지내면서 별업(別業)인 금곡원(金谷園)에서 구양건(歐陽建, 269~300)·육기(陸機, 261~303)·육운(陸雲, 262~303)·반악(潘岳, 247~300) 등과 모임을 가졌다. 이 모임에서 석숭(石崇)은 스스로 술을 마시고 악기를 연주하며 밤낮으로 잔치를 베풀면서 시를 지었고, 문인들은 자신들의 고양된 이상과 포부를 시문을 통해 표현하였다.

이를 보면, 이 모임은 군신 간의 창화 형식이 아니라 문인들 간의 자발적인 아집이라는 점, 아집 장소가 황제의 어원(御苑)이 아니라 개인 별서라는 점에서 문인간의 아집이 이미 서진 시대에 시작되었음을 알 수 있다.

금곡원의 모임을 그대로 계승한 것이 바로 왕희지(王羲之)의 난정에서의 유상곡수(流觴曲水) 모임이다. 왕희지는 소흥 지역 명사들과 난정(蘭亭)에서 수계(修禊) 행사를 치루고 유상곡수(流觴曲水) 놀이를 통해 시를 지었다. 왕희지는 〈난정집서(蘭亭集序)〉를 통해 당시의 이 광경을 묘사하였다. 왕희지는 명사들과 함께 이 모임을 통해 '마음속의 감정을 마음껏 풀고(暢敍幽情)', '고개 들어 우주의 위대함을 관찰하며(仰觀宇宙之大), 고개 숙여 만물의 흥성함을 살폈다(俯察品類之盛)'고 하였다. 왕희지는 〈난정집서〉를 통해 자연을 사랑하는 마음, 유한한 삶을 영원한 세계에 담으려는 의지를 표현하였다. 이때부터 유상곡수는 아집문화의 새로운 형식을 개척하였고, 후대 '술 한 잔에 시 한 수―觴―詠'의 모델이 되었다.

당대에 이르러 중앙정권에서 실각한 문인들이 각 지방으로 좌천되면서 아집 활동이 다양해지기 시작하였다. 문사들은 아집을 통하여 시대에 대한 우환(憂患) 의식과 우아한 생활 및 은일 사상을 표출하였다. 그리고 이러한 아집의 유행은 시문을 집단으로 창작하는 계기가 되었다.

안진경(顔眞卿, 709~784)은 절강성 호주자사(湖州刺史) 시절에 육사수(陸士修)·장천(張薦, 744~804)·이악(李崿) 최만(崔萬)·교연(皎然) 등을 초청하여 차회를 개최하였고, 그들과 함께 연창하였다. 연시연구(聯詩聯句)의 창작은 문인들의 아집에서 종종 행해지던 방식이었다. 이 모임에 참여한 육사수는 가흥현위(嘉興縣尉), 장천은 심주(深州) 육택(陸澤) 사람으로 이관수찬(吏官修撰)을 역임하였다. 이악(李崿)은 여주자사(廬州刺史), 최만(崔萬, 崔石)은 호주자사(湖州刺史)를 지냈다. 교연(皎然)은 시승(詩僧)이었다. 안진경은 호주아집의 주인으로서 당시 문단의 영수였다. 이 아집은 호주의 서남쪽 저산(杼山) 일대에서 진행되었고, 〈오언야연등연구(五言夜宴燈聯句)〉·〈오언완초월중유연구(五言玩初月重遊聯句)〉·〈등현산관이좌상석존연구(登峴山觀李左相石尊聯句)〉 등의 작품이 나왔다. 산수 자연에 대한 감상 외에도 송별의 정, 시대에 대한 해학 등을 읊기도 하였다. 당시에 ≪차경(茶經)≫을 지은 육우(陸羽)는 안진경의 요청을 받고 ≪운해경원(韻海鏡源)≫에 참여하고 집단 창작의 대열에 끼었다.

당 무종(武宗) 회창(會昌) 5년(845) 3월 21일, 백거이는 자신의 이도리 집으로 6명의 노인을 초청하여 모임을 개최하였고, 〈칠로회시〉를 지었다. 이 모임에 참여한 7명은 모두 70세가 넘은 퇴직 고위 관원이었다. 호고(胡杲)는 89세, 길민(吉旼)은 86세, 정거(鄭據)는 84세, 유진(劉眞)은 82세, 노진(盧眞)은 72세, 장혼(張渾)은 74세, 형부상서(刑部尚書)로 퇴직한 백거이(白居易)는 74세로, 이상 일곱 사람의 나이를 합하면 570세가 되었다. 잔치가 끝나고 시를 지었는데, 당시 비서감(秘書監) 적겸모(狄兼謨)와 하남(河南) 윤노정(尹盧貞)은 70세가 안 되어 비록 모임에 참석했으나 대열에는 끼지 못하였다.[4] 이 해 여름에 다시 같은 모임을 개최하였는데, 두 사람이 추가로 참여하였다. 두 사람은 이원상(李元爽)과 승(僧) 여만(如滿)이었다. 이들을 따로 그려 이전에 그렸던 〈칠로도〉에 붙여 〈구로도〉를 만들었고, 여기에 대하여 칠언 절구 〈구로도시서(九老圖詩序)〉를 지었다.

중당 이후 낙양(洛陽, 동도(東都))의 한관(閑官)과 사인(士人)들은 잔치[宴集]를 열어 노닐기를 좋아하였다. 잔치에서의 주요 행사는 시 짓기, 술 마시기, 가무, 차 마시기 등이다. 백거이가 화가를 초청하여 모임의 장면을 그리도록 하였다는 언급으로 보아 그림 그리기도 포함된다. 백거이가 지은 〈야연석별(夜宴惜別)〉·〈여우가기악우후합연(與牛家妓樂雨後合宴)〉 등의 시를 보면, 당시 낙양 지역 사대부들이 잔치에 대하여 얼마나 광적으로 열광했는지를 알 수 있다. 잔치는 음주 가무뿐 아니라 기녀도 참여하였다. 이들 잔치가 이처럼 방탕하고 향락적이기까지 한 것은 중당 시대의 정국과 관련이 있었다. 당시 백거이가 함께 노닐었던 우승유(牛僧孺, 779~847), 배도(裴度, 765~839), 유우석(劉禹錫, 772~842) 등은 시대에 대해 비판적인 태도를 가지고 있었던 현실 참여적인 작가들이었다. 그럼에도 불구하고 향락에 참여한 것은 사대부들이 불안 정국 속에 잔치를 통하여 사적인 안존을 추구하려고 했던 것으로 볼 수 있다. 당시 사대부들의 행위는 은일이 아니고 현실적 삶을 벗어나 산수 자연을 완상한다거나 약간의 일탈을 꿈꾸는 정도였다. 따라서 당시 정국은 혼란스럽고 사회적 병폐는 속출하였지만 사대부들은 이러한 모임을 통하여 사적 쾌락을 탐닉했다고 볼 수 있다.

송대에 이르러 문사들은 '道'의 직접적 계승자를 자임하였다. 그들은 개인의 주체 정신을 극대화하면서 고매한 사상과 은일의 상징이 되고자 하였다. 따라서 아집의 중심이 객관적인 주체에서 주관적인 정신을 표현하는 방향으로 전환되었다. 다시 말하면, 문인 지식인들은 국가 사업에 집중하기 보다는 내재적인 주체 정신에 침잠하였다. 송대에 이르러 서원아집이 재현된 것은 문인 사대부 아집문화의 가장 강렬한 신호였다.

서원아집은 송(宋) 원풍(元豊) 연간(1078~1085)에 부마도위(駙馬都尉)였던 왕선(王詵, 1048~1104)이 소동파를 비롯하여 황정견(黃庭堅, 1045~1105)·미불(米芾, 1051~1107)·소철(蘇轍, 1039~1112) 등 당시 문단의 거두 16명을 자신의 서원(西園)으로 초청하여 개최한 모임이다. 이 아집에 참석한 사람들은 고상한 운치를 가지고 있어 명성이 자자하였다. 그래서 후대 사대부는 그들의 인품과 행위를 본받기 위해 서원아집을 지속적으로 재현하였고, 이는 사대부 문화가 독립적으로 발전해 가는 모종의 상징이 되었다.

송대에는 이외에도 백거이의 영향을 받아 이방(李昉, 925~996)의 구로회, 문언박(文彦博, 1006~1097)의 낙양오로회(洛陽五老會)와 낙양기영회(洛陽耆英會), 두연(杜衍, 978~1057)이 조직한 회양오로회(睢陽五老會) 등 이로회(怡老會) 형식의 아집이 유행하였다. 낙양 지역의 이런 모임은 대부분 퇴임(退任 치사(致仕))한 사대부들에 의해 이루어졌고 시문의 창화가 주요 활동 내용이었다. 창화시는 당시 원로 문인들의 윤리도덕을 반영하였다. 이들의 시는 진실[眞]·도리[道] 등의 주제를 표현하였기에 시적 경지가 매우 고아하였다. 이런 점에서 보면, 송대의 아집은 중당 시대 구로회 등의 시회와는 품격이 달랐음을 알 수 있다.

원대에 이르러 개최된 문인 아집의 대표로는 옥산아집을 들 수 있다. 이 아집은 양유정(楊維楨, 1296~1370)이 고아영(顧阿瑛, 1310~1369)의 옥산초당(玉山草堂)에서 개최한 것이다. 양유정이 지은 〈옥산아집도기(玉山雅集圖記)〉에 당시 아집의 상황이 자세하게 기록되어 있다. 고아영은 원나라 후기 강남 명사로서 뛰어난 재주와 호방한 성격의 소유자였다. 재물을 가볍게 여기고 손님과 관계를 맺으며 여러 문사를 모으는 것을 즐거움으로 삼았다. 그는 옥산초당을 짓고 문인들의 모임 장소로 삼았다. 원 정부의 부패, 사회의 요동, 황실의 권력 쟁탈, 빈번한 전쟁으로 인하여 많은 사대부 문인들은 국가에 대한 믿음을 잃고 강호에 들어가 시문과 서화를 가지고 스스로 위로하였다. 옥산아집은 여러 차례 개최되었지만, 지정(至正) 무자(戊子, 1348) 2월 19일의 모임이 가장 성대했다. 이 아집에서는 술을 마시며 시문을 짓고 서화를 창작하는 것 외에 술시중을 들거나 요리를 제공하는 기녀와 시동들도 참가하였다. 양유정은 이 아집이 난정아집과 서원아집의 전통을 계승하였지만 두 아집보다 성대하였다고 평가하였다. 옥산아집은 난정아집처럼 맑으면서도 막힘이 없고, 서원아집처럼 화려하면서도 쏠림이 없다고 평가하였다. 반면에 금곡원(金谷園)과 용산(龍山)의 아집은 두 아집보다 수준이 낮다고 평가하였다. 이런 점에서 볼 때, 원대의 아집은 송대 문인 아집을 계승하면서도 자신들만의 아집을 정립했다고 할 수 있다.

원대 말기에 이르러 문인 사대부들의 아집에 상인들이 참여하기 시작하였지만 명대에 이르러 문인 사대부의 아집은 다시 부활되었다. 소주(蘇州) 지역을 중심으로 문인 아집이 왕성하게 개최되었다. 아집을 개최한 이 지역 문인 사대부들은 자신들의 지향하는 바를 확대하기 위해 다양한 아집을 개최하였고, 관련된 시서화를 많이 남겼다. 오문화파(吳門畵派)를 열었던 심주(沈周, 1427~1509)를 예로 들면, 그는 아집에 참여하여 〈위원아집도(魏園雅集圖)〉(1469)와 〈명현아집도(名賢雅集圖)〉(1489)를 그렸고 시문 창작을 통해 적극적으로 교류하였다.

명대 사대부들이 개최한 아집의 특징 중 하나는 전별의 형식을 취한다는 점이다. 먼 길을 떠나는 동료 사대부를 전별하는 모임이었다. 예를 들면, 1492년 9월 문림(文林, 1445~1499)이 왕오(王鏊, 1450 ~1524) 일행을 위한 전별 자리를 베푼 것이 대표적이다. 당시 왕오는 오관(吳寬, 1435~1504)과 함께 응천부(應天府) 강남향시(江南鄕試) 주관자로 부임하면서 도중에 소주를 지나게 되었다. 심주는 이 전별연에 참여하여 함께 시를 짓고 〈전별도(餞別圖)〉(1492)를 그렸다. 당시 전별 모임은 소주 지역 지식인들의 아집 생활과 정신적 면모를 반영하였다.

청대의 대표적인 문인 사대부들의 아집은 홍교수계(虹橋修禊)였다. 이 모임을 처음 개최한 사람은 청대 시인 왕사정(王士禎, 왕어양(王漁洋), 1634~1711)이다. 그는 이 모임을 모두 두 차례에 걸쳐 진행하였다. 제1차는 강희(康熙) 원년(1662)에 두준(杜濬, 1611~1687)·원우령(袁于令, ?~1674)·장계(蔣階)·주극생(朱克生, 1631~1679)·장양중(張養重)·유양숭(劉梁嵩, 1617~1684)·진유숭(陳維崧, 1625~1682) 등 10여 명과 함께 개최하였다. 두 번째 수계는 강희 3년(1664)에 송지울(孫枝蔚, 1620~1687)·장강손(張綱孫) 등과의 모임이었다. 두 차례의 '홍교수계'로 수많은 문학 작품이 생산되었고, 왕사정의 '신운(神韻)' 문학 이론이 확산되는 계기가 되었다는 평가를 받고 있다.

왕사정의 두 번째 홍교수계가 개최된 지 4년이 지나 강희 27년(1688년) 3월 3일, 공상임(孔尙任, 1648~1718)은 24명의 명사를 모아 수계 행사를 거행하였다. 이 모임은 참석자가 8개의 성에서 모였다고 하여 '팔성지회(八省之會)'라고 부른다.

노견증(盧見曾, 1690~1768)도 홍교수계를 개최하였다. 그는 건륭 23년(1757년)에 제2차 양회염운사(兩淮鹽運使)로 부임하여 의홍원(倚虹園)의 홍교수계청(虹橋修禊廳)에서 당시 이 지역 문인인 정섭(鄭燮, 1693~ 1765)·진찬(陳撰, 1678~1758)·금롱(金農, 1686~1763)·려악(厲顎, 1692~1752)·나빙(羅聘, 1733~1799) 등과 아집을 개최하였다. 이 모임의 규정에는 시를 짓지 못하면 벌주 한 잔을 마셔야 했다. 노견증은 아집 개최 당시 4수를 지었고, 이 시에 화운한 사람이 7천 명이 되었다. 이 모임에서 나온 결과물을 정리한 시집은 3백 권에 달했다.

이와 같이 문인 사대부 간의 아집은 중국 중세의 문인 사대부의 중요한 문화적 징표가 되었다. 문인 사대부들의 아집은 본격적인 은일이 아니고 산수 자연의 완상과 사적 일탈행위에 해당하였다. 아집을 통하여 시서화를 공동으로 창작하면서 주체의 정신을 극대화하였고, 문인 사대부 자신은 고매한 사상과 은일적 상징을 갖추게 되었다. 아집에 참여한 문인 사대부들은 객관적인 주체의 표현으로부터 주관적인 정신을 표현하는 방향으로 변화하기 시작하였다. 그들은 국가의 공적 업무에 집중하기 보다는 내재적인 주체 정신에 침잠하는 계기를 마련하였다.

이상과 같은 문인 사대부 간의 아집은 과거제의 지속적 시행과 문인 사대부의 사회적 영향력이 유지되었던 청말까지 지속되었다.

1.3. 관료들 간의 아집과 문화권력 형성

관료 간의 대표적인 아집은 명대에 이르러 본격화되었다. 그 예로 행원아집(杏園雅集)을 들 수 있다. 이 아집은 명초(明初)에 양영(楊榮, 1371~1440)이 소집한 것이다. 화가 사환(謝環, 1426~1435)은 이 아집에 참여하여 〈행원아집도(杏園雅集圖)〉를 그려 당시 상황을 묘사하였으며, 양사기(楊士奇,

1366~1444)는 그림에 발문을 붙였다. 이 발문에 의하면, 명 황실도서관(延閣)에 근무하던 양부(楊溥, 900~938)와 양사기 등 8명은 바쁜 업무 끝에 휴가를 얻어 양영의 행원에서 만나 아집을 열었다고 한다.

양사기는 발문에서 자신들이 개최한 모임이 인재 육성의 법칙(備菁莪之儀)을 마련하고, 정부요직을 관장하겠다는 의지(治臺之意)를 다지며 스스로를 지키고 경계하는 [衛武自警之心] 마음을 제고시키는 계기가 되었다고 하였다. 따라서 이 모임은 아정(雅正)한 예술적 세계를 추구하였다. 이 아집은 대각체(臺閣體)라는 문체를 탄생시켰다. 결국 명(明) 영락(永樂, 1403~1424)에서 성화(成化, 1465~1487)까지 대각체가 문단을 독점하기에 이르렀다. 대각지신(臺閣之臣)은 문인결사(文人結社)를 금림(禁林)으로 끌어들였다. 궁정에서 연회를 베풀며 진행하는 아집 형식을 낳았던 것이다. 행원 아집은 비록 금원에서 개최된 연회 성격을 가지고 있지만, 문인결사(文人結社)를 활성화시켜 이로시사(怡老詩社)가 생겨나는 계기를 마련하였다. 이로창화(怡老唱和)는 대각적 분위기가 짙었지만, 금림에서의 아집과 산림에서의 아집을 하나로 만드는 역할을 담당하였다.

명청 시대에 유행했던 동년회(同年會) 역시 관료들끼리 개최한 아집의 형태이다. 명대 중기 이래 저명한 관료들 간의 모임이 빈번해졌다. 예를 들면, 홍치(弘治) 말년 소주(蘇州) 출신 예부상서(禮部尙書) 오관(吳寬)·이부시랑(吏部侍郞) 이걸(李杰)·남경부도어사(南京副都御史) 진훤(陳譓)·이부시랑(吏部侍郞) 왕오(王鏊)·태복시경(太僕寺卿) 오홍(吳洪)이 개최한 오동회(五同會)(〈명인오동회도권(明人五同會圖卷)〉이 전해진다)를 들 수 있다. 그리고 이동양(李東陽, 1447~1516)·오관·왕오·진훤(陳譓)·이걸(李杰)이 1489년 개최한 아집(〈동일상국도(冬日賞菊圖)〉가 전해진다), 1499년 도용(屠滽, 1440~1512)·여종(侶鍾)·민규(閔珪, 1430~1511)가 개최한 아집(呂文英·呂纪가 그린 〈죽원수집도(竹園壽集

圖)〉가 전해진다), 1503년 오관·이수(李鐩, 1448~1529)·장헌(張憲)이 개최한 삼동년아집(三同年雅集, 〈동년삼우회(同年三友圖)〉가 남아 있다), 1503년 이동양·민규·유대하(劉大夏, 1436~1516)가 개최한 십동년아집(十同年雅集, 〈십동년도(十同年圖)〉가 남아 있다), 1640년 정원훈(鄭元勛, 1598~1645)이 개최한 영원아집(影園雅集) 등이 있다.

이상에서 열거한 아집은 대부분 같은 해에 진사에 합격한 사람들이 자발적으로 조직한 동년문회(同年文會)이다. 이들의 모임은 정치조직 내의 사회적 유대와 더 나아가 문화권력의 형성으로 이어졌다. 과거를 통해 성공한 관료의 문화생활과 그 문화 가치를 반영하였기 때문이다.

1.4. 사대부와 상인 계층 간의 아집과 문화 후원

앞서 언급한 바와 같이 원말에 이미 상인들이 사대부의 아집에 참여하기 시작하였고, 명말에 이르러는 상인과 사대부가 공동으로 아집을 개최하는 것이 보편화되었다.

명 만력(萬曆, 1573~1620) 연간에 이르러 문인 지식인 사회는 전면적인 위기에 봉착하였고, 청나라의 건국으로 정신적 해체에 접어들었다. 전체 봉건 사회는 명말에 이르러 전면적으로 퇴각하였고, 문인 지식인들 역시 이러한 변화를 감지하였다. 명청대 강남 지역은 상품 생산이 발달하였고 이것이 전국적으로 유통되었다. 객상과 염상 등의 적극적인 활동으로 인하여 상업 자본이 형성되기에 이르렀다.

특히 당시 강남 지역에는 전국적인 유통망을 가지고 활약한 휘상(徽商)과 양주(楊州) 주변의 염상들이 왕성하게 활동하였다. 이들은 소금, 면화,

면포, 생사, 비단, 그 밖의 수공품 및 농산물의 집산에 이르기까지 광범한 상업 활동을 전개하였다. 그들은 여기서 얻어진 막대한 자본을 금융업, 고리대금업을 운영한 것 외에 사대부의 문화 활동을 지원하는 데 투입하였다. 상인들의 활동거점인 회관(會館)이나 공소(公所), 사원, 원림, 장서루 등에서는 상인과 지식인 간의 회합을 통해 친목을 다지기도 하면서 문화 상품의 매매가 진행되었다.

이러는 과정에서 상인들은 사회 전면으로 부상하였고 상업적 능력과 함께 문화지식까지 갖춤에 따라 문인 사대부와의 교류가 빈번해졌다. 청대 양주 지역의 염상 중 휘상 출신인 마왈관(馬曰琯, 1687~1755)과 마왈로(馬曰璐, 1701~1761) 형제는 소영롱산관(小玲瓏山館)을 짓고 문인 당건중(唐建中)·전조망(全祖望, 1705~1755)·요세옥(姚世鈺, 1730~1757) 등 40여 명과 자주 아집을 개최하였다. 마씨 형제는 사방의 명사들을 소영롱산관으로 불러 숙식을 제공하는 한편 독서와 시회(詩會)를 즐겼다. 두 형제는 양포(讓圃, 天寧寺 馬氏行庵의 서쪽)에서 한강아집(韓江雅集, 혹은 邗江雅集)을 개최하였다. 아집 후에는 ≪한강아집(邗江雅集)≫ 12권을 출판하였고, 화가 방사서(方士庶, 1692~1751)·엽진초(葉震初)에게 ≪구일행암문연도(九日行庵文讌圖)≫를 그리도록 하였다. 상인들은 아집을 위해 물질적 공간과 자본을 제공하였다. 아집에서 지어진 시문을 신속하게 출판하였고, 시집이 출간된 후 재차 아집을 개최하여 이것을 다시 감상하는 방식을 취하였다. 이러는 과정에서 아집의 개최와 시집 발간이 증가하였으며, 학술계의 영수나 문단의 중견들이 총결집하는 계기를 만들었다.

상인들이 경영하던 원림은 아집 활동을 왕성하게 하였고, 뛰어난 풍광과 안락한 건축물은 상상력을 자극하고 고아한 정취를 보태어 시화 창작을 촉진시켰다. 또한 풍족한 물질적 후원이 다량의 문학 생산과 함께 이를 널리 소통시키는 역할을 담당했다.

청대에 이르러 공상업이 발전함에 따라 아집도 창작에 미묘한 변화가 나타났다. 상업 집단이 출현하여 문화사업의 발전을 견인하였고, 아집도 창작에 새로운 활력을 일으켰다. 그들은 막대한 경제적 능력을 빌어 서화와 골동품을 소장하였고, 시사·아집을 조직하였다. 강춘(江春, 1720~1789)의 강산초당(康山草堂), 강방(江昉, 1727~1793)의 자령용각(紫玲瓏閣), 정몽성(程夢星, 1678~1747)·정진방(程晉芳, 1718~1784)의 조원(篠園)·의남별업(漪南別業), 증오(曾燠, 1759~1831)의 제금관(題襟館)·정씨(鄭氏)의 휴원(休園) 등은 상인들이 참여하였던 아집 장소였다.

이처럼 상인의 아집 참여는 아집의 성격을 본질적으로 바꾸는 계기를 마련하였다. 아집 결과물의 유통과 재결합이 용이해졌고, 문화생산력이 극대화되었기 때문이다.

이상에서 중국 아집의 원류를 개략적으로 정리하였다. 초기의 아집은 군주의 초청에 의해 진행이 되었다. 황족과 귀족들이 아집을 주도했던 것이다. 이들의 초청에 따라 참여했던 계층은 주로 관료들이었다. 이것이 군신 간의 창화 형식을 이루었던 것이다. 군신 간의 창화는 집권 집단의 정권 유지 강화라는 기능 외에도 문체를 확립하거나 문풍(文風)의 부흥을 이룩하기도 하였다. 결국 문화사적으로 보면, 군신 창화는 국가의 집단 문화 수립에 매우 중요한 역할을 담당했다고 할 수 있다.

당대에 이르러 과거제의 시행으로 배출된 문인 지식인이 하나의 사회 지배 계층으로 등장하였는데, 이들은 자신들의 상호 교류와 계층의 지향과 이념을 확충하기 위해 다양한 아집을 진행하였다. 이와 같은 문인간의 아집은 중국 중세 문인 사대부의 중요한 문화적 징표가 되었다. 한편 문인 사대부들의 아집은 은일적 성격을 가지며 산수 자연의 완상과 더 나아가 사적 일탈에 대한 갈망의 표출이었다. 아집을 통하여 시서화를 공동으로 창작하였고, 주체 정신을 극대화시켰다.

한편 권력에 의해 형성된 관료들은 자신들의 인적 관계를 지속하고 정치 체제를 유지하기 위해 이념 생산의 기제가 필요했고 이것이 아집으로 나타났다. 이들의 아집은 주로 궁궐과 관서 및 그 주변 산천에서 행해지는 것이 특징이었다.

중세 후기에 이르면 아집 담당층의 근본적인 변동이 일어났다. 상인 부호들이 새로운 사회 계층으로 등장하고 그들의 사회적 영향력이 강화되면서 문인 사대부들이 개최하던 아집에 참여하거나 후원하게 되었다. 상인들은 이를 통해 문인 지식인들과 교류하며, 지식 정보를 상품화하는 계기로 삼았다.

이상에서 아집 담당층에 따라 아집의 변화 과정을 살펴보았다. 그러나 문제는 담당층에 따라 각 단계별로 아집이 일직선적으로 변화하지 않는다는 점이다. 즉 아집의 변화에는 일률적 법칙이 작용하지 않는다. 예를 들어 관료들 간의 아집 단계에도 군신 간의 창화나 사대부 간의 아집은 여전히 거행되었고, 또한 상인들이 참여한 아집에서도 문학 창작의 본질적 기능이 발휘되었다는 점이다. 따라서 아집 담당층의 변화는 있었지만 아집의 핵심적인 변화는 없었다는 결론에 도달하였다.

총체적으로 말하면, 중국의 전통 아집은 군신 간의 창화 단계에서 문인 사대부간의 아집으로 변화되었고, 명대에 이르러 관리간의 아집이 강세를 보이는 가운데 상인들이 사대부와 함께 아집을 개최하는 방향으로 변화되었다고 할 수 있다.

2. 아집 형식의 변화 과정

이상에서 아집의 변화 과정에 대하여 알아보았다. 앞서 말한 바와 같이 담당층의 변화만을 가지고 아집의 원류를 파악하기 어렵다. 아집의 형식이 어떻게 변화되었는지에 대해서도 함께 고찰할 필요가 있다.

2.1. 민속활동 행위(春禊)

아집은 상사절(上巳節) 민속 행사와 관련이 깊다. 중국에서는 오래전부터 상사절(上巳節) 풍속이 전해오고 있는데, 진(晉) 종름(宗懍, 약 501~565)은 ≪형초세시기(荊楚歲時記)≫에서 상사절 민속에 관하여 전반적으로 기술하였다.5) 그 내용을 간추려 보면 상사절의 의미를 알 수 있다. 첫째 상사절은 고대 제례 의식과 관련이 있다. 중국의 상사절 활동은 주대(周代)로 거슬러 올라간다. 주공(周公)이 낙읍(洛邑)의 성터를 고르고 나서 흐르는 물에 술잔을 띄웠다는 기록이 보인다. 아마도 이 활동은 택지(擇地: 땅 고르기)와 관련이 있었던 것 같다.

남조(南朝) 양(梁)나라 유신(庾信, 513~581)은 ≪춘부(春賦)≫에서 황하 가에서 열린 곡수연의 광경을 이렇게 묘사하였다.

> 삼짇날 구불구불한 물길이 하진을 향해 흐르고 저녁 무렵 황하 가에서 모두 나와 토지신에게 제사를 지낸다. 나무 아래에서 손님들이 흐르는 물에 잔을 띄우고, 나루터에는 뱃사공이 노를 젓는다.6)

하진(河津)은 산서성(山西省) 서남부에 있는데, 분하(汾河)와 황하(黃河)가 합류하는 삼각지대에 위치하고 있다. 이 지역에서는 물가에서 진행된 '해신(解神)' 활동이 유행하였다. 한(漢)나라 왕충(王充)은 ≪논형(論衡)≫에서 "세간에서 집 자리를 잘 다스리기 위해 땅을 파고 집이 완성되면 토지신에게 제사를 지내는데 이것을 해토(解土)라고 한다"7)라고 하였다. 이것을 보면, 곡수연은 집을 짓고 나서 토지신에게 제사지내는 제례 행위의 일종이었음을 알 수 있다.

상사절은 이상과 같이 집터 고르기와 해토 의식 외에도 목욕재계를 통한 육체의 청결 행위도 포함되었다. ≪주례(周禮)·춘관(春官)·여무(女巫)≫에서 상사절 민속에 대하여 "여자 무당[女巫]이 계절의 목욕재개[불제(祓除)]와 향초 목욕[흔욕(釁浴)]을 관장하였다"라고 했다. 이 기록에 대하여 한(漢) 정현(鄭玄)은 "계절의 목욕재계는 오늘날 삼월 상사일에 물가에서 하는 것과 같다."라고 설명하였다. 이것은 보면, 상사절 행사는 물로 몸을 씻고, 향초 연기를 쐬거나 약초 물에 목욕하는 활동을 포함하고 있음을 알 수 있다.

춘추(春秋) 시대에 이르러 정(鄭)나라의 남녀가 복숭아꽃 아래 흐르는 물가에 나와 난초를 들고 혼백을 부르며 상서롭지 못한 기운을 몰아내는 활동이나, 공자(孔子)가 기수(沂水)에서 제자들과 목욕을 한 것도 상사절 목욕 행위의 일환으로 볼 수 있다.

여기서 말하는 불제(祓祭)의 '불(祓)'에 관해, ≪설문(說文)≫ 등의 설명을 참고하면 대체로 "악(惡)을 제거하는 제사"를 의미하며, 불양(祓禳) 혹은 지불(祗祓)로도 불렸다.8)

이상의 설명을 참고할 때 상사절은 땅을 고르기 전이나 집을 완성하고 난 뒤 토지신에 감사의 제사를 지내는 제의, 그리고 신체적인 청결을 유지하기 위해 물과 향을 가지고 하는 목욕재계, 혼백을 불러 악을 물리치는 행위를 포함하고 있음을 알 수 있다.

둘째, 한대에 이르러 상사절의 행사가 제례로부터 유희적 성격으로 전환되기 시작했다. 응소(應劭, 약 153~196)는 ≪풍속통의(風俗通義)≫에서 "계(禊)라는 것은 청결을 위해 만드는 것이다"9)라고 하였고, 장형(張衡)은 〈남도부(南都賦)〉에서 "3월 상사일 목욕재계를 위해 마차를 몰고 물가에 가서 몸을 씻는다"10)라고 한 것으로 보아 이전 시대 유풍이 한대로 이어져 상사절의 풍속이 되었음을 알 수 있다. 그러면서도, 유정(劉楨)은 〈노도부(魯都賦)〉에서 "9월 27일에 이르러 은하수가 중오(中午)를 가리키면 사람들은 모두 목욕재계하고 온 나라가 물놀이에 한창이다"11)라고 읊은 것을 보면, 상사절에 물놀이[水嬉]적 활동이 추가되었음을 알 수 있다.

남조(南朝) 송(宋) 유의경(劉義慶, 403~444)은 ≪세설신어(世說新語)·기선

(企義)≫ 편에서 왕희지가 석숭의 〈금곡원시서〉를 모방하여 〈난정집서〉를 짓고, 세상 사람들이 자신을 석숭과 필적한 것에 대하여 매우 기뻐했다[12]고 말했다. 이 기록을 보면, 석숭과 왕희지가 벌였던 '수계(修禊)'는 흐르는 물에 잔을 띄우고 시를 짓는 일종의 놀이였음을 알 수 있다.

수계 활동은 당대(唐代)로 이어졌다. 장지화(張志和, 732~774)는 〈상사일 억강남계사(上巳日憶江南禊事: 상사일에 강남의 수계 행사를 추억하다.)〉에서 "황하가 서쪽으로 성을 끼고 돌고 있으니, 상사일에 어찌 목욕재계 놀이를 하지 않으랴"[13]라고 읊으면서 '수계 놀이[祓禊游]'라고 표현하였다. 수계를 놀이의 일종으로 인식하였던 것이다.

≪요사(遼史)·왕정전(王鼎傳)≫에는 "상사일을 맞이하여 동지들과 물가에서 목욕재계하고 술을 마시고 시를 지었다"[14]라고 기록했는데, 이것을 보면 술을 마시며 시를 짓는 '음주부시' 활동이 요(遼, 1115~1234) 시대에도 계승되었음을 알 수 있다.

이상의 기록을 보면, 상사절은 몸을 씻고 제사 지내는 것 외에 물놀이 혹은 술을 마시며 시를 짓는 행위라는 의미를 지닌다고 할 수 있다.

셋째, 상사절은 남녀 음양의 화합과 생명의 탄생을 축원하는 축제적 의미를 가지고 있다. 상사일의 활동은 청춘남녀가 만나 즐기던 축제의 일종이었다. 농경 사회에서 겨울은 노동이 없는 계절로서 '와동(窩冬)'이라고 불렀고, 대지에 봄이 오면 노동을 시작하는 동시에 푸른 풀을 밟으며 봄놀이를 하게 되었다[踏靑游春]. 중국 그림 중에서 〈상사유춘도(上巳游春圖)〉는 이런 풍속을 묘사한 것이다. 한편 '상사일에 아들을 기원(上巳祈子)'하는 풍속이 있었는데, 이 때문에 '곡수에 흰 계란 띄우기(曲水浮素卵)' 행사가 생겨났다. 반니(潘尼, 약 250~311)는 〈삼일낙수작시(三日洛水作詩)〉[15]에서 "흰 계란이 흐르는 물을 따라 돌아온다."라고 노래하였다. 위진(魏晉)

이후에 이 풍속은 "곡수에 붉은 대추 띄우기[曲水浮絳棗]"의 형식으로 바뀌었다. 이상은 모두 생명 숭배 사상을 담고 있는 민속 행사와 관련이 있다.

　이상에서 보는 바와 같이, 상사절은 목욕재계와 신에게 올리는 제사를 통해 사악한 기원을 막거나, 봄이 되면 만물이 음양의 화합을 통한 생명의 탄생을 축원하던 제의적 성격이 있었고, 더 나아가 술을 마시며 시를 짓는 놀이라는 의미를 복합적으로 지니게 되었다.

2.2. 음주부시(飲酒賦詩)

　문인들이 술을 마시며 시를 짓는 아집 형식은 한(漢) 양효왕(梁孝王 劉武, 기원전 약 184~144)이 처음 시작했던 것 같다. 기록에 의하면, 양효왕은 하남성(河南省) 상구현(商丘縣) 동쪽에 토원(兎園 혹은 梁園이라고도 부름)을 짓고 그 곳의 망우관(忘憂館)에서 연집(宴集)을 개최하였다고 한다. 이 아집에서 매승(枚乘, ?~기원전 140)은 〈유부(柳賦)〉, 로교여(路喬如)는 〈학부(鶴賦)〉를 지어, 각각 비단 5필(匹)을 상으로 받았고, 추양(鄒陽)은 〈주부(酒賦)〉, 한안국(韓安國)은 〈궤부(几賦)〉를 지으려고 했으나 완성하지 못하여 벌주 3승(升)을 마셨으며, 공손승(公孫升)은 〈월부(月賦)〉, 양승(羊勝)은 〈병풍부(屏風賦)〉를 완성했지만 상벌은 없었다고 한다.16)

　여기서 주목해야 할 또 다른 것은 양원의 모임이다. 이 모임에서는 원림이라는 특정한 장소에서 술을 마시며 시를 지었고, 시를 짓는 완성도에 따라 상벌을 내리는 놀이가 진행되었다. 군신이 특정한 장소에서 모여 시를 짓는 행사가 시작되었음을 알 수 있다.

　≪송서(宋書)·악지(樂志)≫의 기록에 의하면, 위 명제(魏 明帝: 조조(曹操)

의 손자, 206~239) 당시 어원(御苑)의 천연지(天淵池) 남쪽에 있는 돌 위에 유배구(流杯溝)를 파서 계음(禊飮) 행사를 거행하였고, 진 폐제(晉 廢帝, 342~386)는 종산(鍾山) 뒤에서 곡수를 파고 술잔을 띄우는[流杯曲水] 행사를 개최하였는데 모두 100여 명을 초청하였다[17]고 한다. 이런 사실에서 볼 때, 이때부터 유상곡수(流觴曲水)를 이미 원원(苑園)에 설치하고 아집을 진행하였음을 알 수 있다.

궁궐이 아닌 민간에서 술을 마시며 시를 짓던 모임은 서진(西晉) 시대 석숭(石崇, 249~300)이 시작하였다. 그는 하남(河南)의 금곡간(金谷澗, 일명 梓澤, 西晉 都城 洛陽 北郊에 위치하고 있다.)에 금곡원(金谷園)이라는 별서를 짓고 그 지역 명사 30명을 초청하여 아집을 개최하였다. 그는 〈금곡원시(金谷詩序)〉에서 다음과 같이 말하였다.

> "나는 여러 현인들과 함께 계곡으로 가서 자리를 여러 번 옮기면서 밤낮으로 잔치를 벌였다. 어떤 때는 높은 곳에 올라 아래를 바라보기도 하고 어떤 때는 물가에 나란히 앉기도 하였다. 때때로 거문고·가야금·생황·축을 수레에 함께 싣고, 가는 도중에 연주를 하였다. 도착해서는 북을 치고 돌아가며 연주를 하였고, 각자 시를 지어 마음속의 감정을 풀어냈다. 어떤 사람은 시를 완성하지 못하여 벌주 3말을 마셨다"[18]

석숭은 이처럼 금곡원의 아집 장면을 기록하였다. 그는 여러 사람과 금곡원에 함께 모여서 술을 마시고, 악기를 연주하며 밤낮으로 잔치를 베풀었으며 시를 지었다고 하였다. "마음속의 감정을 풀었다[敍中懷]"라고 하는 것은 음주부시를 의미한다. 양효왕의 아집처럼 시의 완성 여부에 따라 상벌을 주는 형식은 같았으나, 그 아집이 군신 간의 창화가 아니라 동일 계층 간의 아집이라는 점이 달라진 것이다. 또한 모임 장소가 황제의 어원(御苑)에서 개인 별서로 바뀐 점에 주목할 필요가 있다.

금곡원의 모임을 그대로 계승한 것이 바로 진 목공(晉 穆帝) 영화(永和) 9년(353년) 3월 3일 왕희지(王羲之)가 개최했던 유상곡수(流觴曲水) 모임이다. 왕희지는 소흥 지역 명사들과 회계산(會稽山) 남쪽 교외 난정(蘭亭)에서 수계(修稧) 행사를 치루고 유상곡수 형식으로 시를 지었다. 이때 지은 시를 나중에 시집으로 발행하였다. 왕희지는 이 시집의 서문인 〈난정집서(蘭亭集序)〉를 통해 당시의 연집(宴集) 광경을 묘사하였다.19)

이 이후 난정아집은 민국(民國) 2년(1912년)까지 약 1,500년 동안 전통 지식인들에 의해 지속적으로 계승되었다.20) 이 기간 동안 기록에 남아 있는 난정에서의 아집 활동은 모두 45차례였다. 육조 시대 3차례, 당대(唐代) 4차례, 송대(宋代) 6차례, 원대(元代) 6차례, 명대(明代) 7차례, 청대 18차례, 민국 1차례가 열렸다.

대표적인 것을 들면, 남조의 사혜련(謝惠連)의 곡수아집, 당 헌종(憲宗) 원화(元和) 10년에서 12년(817년)까지 열렸던 맹간(孟簡) 등의 난정연회, 남송 광종(光宗) 소희(紹熙) 4년(1193년) 갈천민(葛天民) 등의 곡수연, 원 혜제(惠帝) 지정(至正) 20년(1360년) 장헌(張憲) 등의 속난정회(續蘭亭會), 명 세종(世宗) 가정(嘉靖) 28년(1549년) 문징명(文徵明)·서위(徐渭)·도망령(陶望齡)·장대(張岱) 등의 아집, 청 건륭 8년(1743년) 상조원(桑調元) 등의 아집, 건륭 16년 건륭제의 남순(南巡)에 맞추어 열린 난정 군신 창화 등이다.

이상과 같이 오랫동안 난정아집이 지속되었음에도 불구하고 시집은 대부분 소실되고 겨우 4개만이 남아 있다. 송(宋) 조훈(曹勛)의 《소흥계축상사일(紹興癸丑上巳日)》, 명(明) 장대(張岱)의 《계축모춘난정후집심득구지유작(癸丑暮春蘭亭後集尋得舊址有作)》, 청 서건복(徐虔復)의 《계축추일해사중제자수계난정(癸丑秋日借社中諸子水禊蘭亭)》, 유순(裕恂)의 《난정수계(蘭

亭水禊)≫가 바로 그것이다.21) 북조(北朝) 시대 왕욱(王彧)은 법운사(法雲寺)의 정원 안에서 빈객과 함께 왕희지의 방식을 계승하여 아집을 개최한 바 있다. ≪몽양록(夢梁錄)≫에도 음력 삼짇날에 답청(踏靑) 행사와 유상곡수 아집을 개최한 기록이 보인다.22)

당(唐) 개성(開成) 2년(837년) 이대가(李待價)는 낙수(洛水)에서 배도(裴度)·백거이(白居易)·유우석(劉禹錫) 등을 초청하여 수계 행사를 개최하였다. 이 자리에서 백거이는 〈삼월삼일불계낙빈(三月三日祓禊洛濱)〉을 짓고 서문을 썼다.

〈삼월삼일불계낙빈서(三月三日祓禊洛濱序
: 3월 3일 낙수가에서 수계 행사를 하고 서문을 짓다)〉
백거이(白居易)

개성(開成) 2년(837) 3월 3일, 하남윤(河南尹) 이대가(李待價)가 백성들을 화합시키고 풍년이 들자 낙수 가에서 수계 모임을 개최하였다. 하루 전에 유수(留守) 배령공(裴令公:裴度)에게 알렸다. 배령공은 다음날 태자소부(太子少傅) 백거이(白居易)·태자빈객(太子賓客) 소적(蕭籍)·이영숙(李仍叔)·유우석(劉禹錫) 〈중략〉 등 15명을 불러 배 안에서 합동으로 잔치를 열었다. 두정(斗亭)을 경유하여 위제(魏堤)를 지나 진교(津橋)에 도착해서는 물가로 올라가 물길을 따라 걸었다. 새벽부터 저녁까지 비녀와 관대가 교대로 반짝였고, 노래와 웃음이 사이사이 들렸다. 앞에서 뱃놀이 뒤에서 기생 놀이, 왼쪽에 붓과 벼루 오른쪽에 술 단지와 잔이 놓여 있었다. 신선 같아 보이니 구경꾼이 많이 모였다. 경치를 진탕 구경하고, 뱃놀이를 마음껏 즐겼다. 오늘 하루에 아름다운 경치와 좋은 날씨를 모두 얻었다. 만약 기록하지 않으면 낙양에 사람이 없었다고 말할 것이다. 진공(晉公)이 앞장서 한 장(章)을 노래하였다. 목소리가 힘차게 퍼졌다.

그가 사방에 앉은 사람을 돌아보며 이어서 화답하자고 말하자, 백거이
는 술을 들고 붓을 휘둘러 12운을 지어서 바쳤다.[23]

이상의 서문을 보면, 백거이의 수계 행사는 이전과 달랐음을 알 수
있다. 난정 수계에 참석한 문사들은 우주만물의 번성함을 발견하고 즐거
워하면서도 짧은 삶을 애통해했던 것과 비교하면, 백거이 등의 낙수 수
계 행사는 자연 속에 노니는 즐거움에 온통 빠져 있었던 것 같다. 기녀의
비녀와 관리의 관대가 어울려 반짝이고, 노래와 웃음이 뒤섞였다고 표현
한 것이 이를 말해 주고 있다.

이 모임에 참석한 유우석도 시를 지었다.[24] 그는 낙수 수계에 참석한
인물이 난정수계에 참여한 인물보다 뛰어났다고 자랑하였다. 그는 풍광
이 아름다운 낙수에서의 화려한 뱃놀이에 흠뻑 빠져 있는 장면을 생생하
게 전했다.

백거이는 〈유평천연읍간, 숙향산석루, 증좌객(游平泉宴浥澗, 宿香山石樓,
贈座客: 평천을 유람하고 읍간에서 잔치를 열었으며, 향산 석루에서 잠을 자며 손님에게
시를 바치다.〉)[25]에서 자신들이 펼친 낙수 수계 행사는 금곡과 난정의 수
계 모임을 계승한 것이라고 생각하였다. 그러면서도 세 개의 수계 모임
에 대해 평가를 내렸다. 금곡 아집은 너무 화려했고, 난정아집은 악기가
빠져 무미건조하였다는 것이다. 그리고 난정 수계에 참석한 사람은 초
월적인 명사들이었던 반면에 낙수 수계에 참여한 사람은 문인적 아취가
매우 풍성했다고 하였다. 낙수 수계가 난정 수계에 비하여 물질적이고
향락적이라는 사실을 인정한 셈이 된다. 백거이의 의도는 자신들의 모
임이 세속적인 금곡 수계와 초월적인 난정 수계를 모두 아우르는 중간
적인 형태로 만들려고 했던 것이다. 그러나 한편으로 보면, 백거이가

난정 수계를 현학적이라고 비판한 것은 다분히 자신들의 행락(行樂)적인 모습을 감추고 싶은 의도가 내재되어 있다고 볼 수 있다.

송 원우(元祐) 7년(1092년), 철종(哲宗)이 관각(館閣) 관원을 불렀고, 36명이 호응했다. 그들은 먼저 금명지(金明池)와 경림원(瓊林苑)을 유람한 뒤 국부인원(國夫人園)으로 갔다. 당시의 사인(詞人)이었던 진관(秦觀)도 이 아집에 참가하여 〈서성연집(西城宴集)〉 시와 서문을 남겼다. 그 후 소동파도 〈화왕승지(和王勝之)〉라는 시에서 유상곡수에 대해 읊었다.26) 이것으로 보아 유상곡수 모임이 송대에도 계승되었음을 알 수 있다.

이 모임에서의 창화 형식은 다양했다. 하나의 주제를 정하고 서로 대련(對聯)을 짓는 경우, 동일한 운율을 정하고 차운하는 경우, 참석자가 운을 달리하거나 운을 제한하는 경우 등 다양하였다.

이상의 논의에 비추어 볼 때, 난정 아집은 중국 사대부의 음주부시(飮酒賦詩) 전통을 수립하였고 아집문화의 새로운 경지를 열었음을 알 수 있다.

2.3. 동년회(同年會)

수당(隋唐) 이래 과거(科擧)시험에 함께 급제한 사람들의 모임 활동이 이어져 내려왔다. 조승(趙升)은 "과거에 함께 급제한 사람의 모임을 동년회라고 한다"27)고 하였다. 여기에는 조정이 급제자를 위해 개최하는 공식적인 경축 행사와 사적인 모임이 모두 포함된다. 동년회는 과거 중에서 진사과(進士科) 출신의 모임이 주종을 이루었다.

당나라 때에는 과거에 급제하면 자은사(慈恩寺)에 있는 안탑(雁塔)에 이름을 올렸는데 이것을 '안탑제명(雁塔題名)'이라고 불렀다. 황제는 이들을 위하여 곡강(曲江)에서 연회를 베풀었다. 이것을 '곡강연회(曲江宴會)'라고도 한다.

당(唐) 이원(李遠)이 쓴 〈새로 급제한 자를 모시고 동년회에 참여하다(陪新及第赴同年會)〉라는 시를 보면 동년회의 장면이 어떠했는지 알 수 있다.

曾攀芳桂英,	일찍이 과거에 급제하여
處處共君行.	가는 곳마다 그대와 함께했지.
今日杏園宴,	오늘 행원(杏園)에서 연회를 여니
當時天樂聲.	마침 하늘에서 즐거운 소리가 들린다.
柳濃堪繫馬,	버드나무 녹음이 짙어 말을 맬 만한데
花上未藏鶯.	꽃은 앵무새를 가리지 못한다.
滿座皆仙侶,	고상한 친구들이 자리 가득
同年別有情.	동반 급제한 특별한 감정을 나눈다.

이 시에 언급한 행원연(杏園宴)은 당나라 조정이 과거급제자들을 위해 개최한 잔치를 말한다. 행원은 장안(長安)의 곡강(曲江)의 언덕에 있기 때문에 '곡강연'과 같은 말이다. 또한 관시(關試) 이후에 거행하기 때문에 '관연(關宴)'이라고도 부른다. 당대의 과거 시험 중 진사과 합격자는 상사절(上巳節) 이전에 발표되었기 때문에 상사절이 되면 곡강 주변은 황족과 급제자의 주요한 활동 공간이 되었다.

이 연회는 왕희지의 '유상곡수'의 방식대로 진행되었기 때문에 '곡강유음(曲江流飮)'이라고 부른다. 이 행사는 나중에 시인들의 시회(詩會)로 발전하였다.

명(明) 홍치(弘治) 16년(1503년), 〈갑신십동년도(甲申十同年圖)〉,
비단에 채색, 48.5×257cmcm, 고궁박물원 소장

동년회의 행사는 명대에 가장 유행하였다.

〈갑신십동년도(甲申十同年圖)〉는 명 홍치(弘治) 16년(1503년)에 민규(閔珪, 1430~1511)·장달(張達)·증감(曾鑑, 1434~1507)·사탁(謝鐸, 1435~1510)·초방(焦芳, 1434~1517)·유대하(劉大夏)·대산(戴珊, 1437~1505)·진청(陳淸, 1438~1521)·왕식(王軾, 1439~1506)·이동양(李東陽, 1447~1516) 등 10명의 고관들이 벌였던 모임 장면을 그린 그림이다. 권 뒤에 쓴 서발(序跋)을 참고하면, 참여자 10명은 명 천순(天順) 8년 갑신년(甲申年 1464)에 시행되었던 진사과에서 합격한 사람들이었다. 그들은 그 뒤 약 40년이 지나 홍치 16년(1503년) 3월 25일 민규의 저택인 달존당(達尊堂)에서 다시 모였다. 참가자 중 당시 조정의 중신이었던 민규가 가장 나이가 많았고, 이동양이 57살로 가장 어렸다.

그림 끝에 이동양(李東陽)이 지은 〈갑신십동년도시서(甲申十同年圖詩序)〉와 이 모임의 참가자 10명의 창화시가 붙어 있다. 이 시는 모두 7언 율시로 참가자가 각 1~2수를 지어(이동양만 3수) 모두 18수가 되었다. 참가자는 그림 위에 친필로 시를 썼다. 이 그림에는 이외에도 모임 다음 해(明

弘治 17년, 1504년)에 사탁(謝鐸)의 〈서십동년도후(書十同年圖後)〉, 유동(劉棟)이
가정(嘉靖) 기해년(己亥, 1539)에 쓴 〈서장의공동년연회권후(書莊懿公同年燕會
卷後)〉·왕세정(王世貞, 1526~1590)이 융경(隆慶) 기사년(己巳年, 1569)에 쓴 발
문·민규의 현손인 민성(閔聲)이 명나라 멸망 후에 쓴 〈갑신십동년도권후
발(甲申十同年圖卷後跋)〉·민규의 후손 생질인 심삼증(沈三曾)이 강희 27년
(1688년)에 쓴 도고(圖考)·심함(沈涵)이 지은 7언 장시, 민국 20년(1931년)에
담택기(潭澤闓, 1889~1948)가 쓴 발문이 붙어 있다.

그림 속의 인물은 3조로 나누어진다. 권수(卷首) 제1조에는 남경호부
상서(南京戶部尙書) 왕식(王軾)·이부좌시랑(吏部左侍郎) 초방(焦芳)·예부우시
랑(禮部右侍郎) 사탁(謝鐸)이 그려져 있다. 그 다음 제2조는 4명이 그려져
있는데, 공부상서(工部尙書) 증감(曾鑑)·형부상서(刑部尙書) 민규(閔珪)·공
부우시랑(工部右侍郎) 장달(張達)·도찰원좌도어사(都察院左都御使) 대산(戴
珊)이다. 제3조 3사람은 호부우시랑(戶部右侍郎) 진청(陳清)·형부상서(兵部
尙書) 유대하(劉大夏)·호부상서겸근신전대학사(戶部尙書兼謹身殿大學士) 이
동양(李東陽)이다.

기록에 의하면, 이 모임은 사전에 철저한 준비를 거친 것으로 보인다. 연회를 개최하여 시를 창화한 것 외에 그림을 통하여 현장을 상세하게 기록한 것에서 확연하게 그 사실을 느낄 수 있다. 당시 이 그림은 모두 10본을 그려 각 집마다 하나씩 나누어 가졌다고 한다. 이 모임에서 참석자로 알려진 초방(焦芳)은 실제로 호남(湖南) 출장 때문에 직접 참석하지 못하고 원고만을 보냈다는 사실에서 알 수 있다.

그림 속에 묘사된 사람의 모습은 실제 사실과 비슷하고 인물의 배치가 매우 안정감이 있다는 평가를 받고 있다. 오동(梧桐)·대나무·파초(芭蕉)·소나무가 배경을 이루고, 사람들의 앞에는 책상·서책·술 그릇이 놓여 있고 몇 명의 동자가 배치되어 있다. 배치된 물건은 간단하면서도 질서정연한 느낌을 준다.

이와 같은 명대의 고관의 아집은 퇴직 명사가 참여했던 이전의 아집과 다르게, '기영석덕(耆英碩德: 명망 있는 원로)'을 추모하는 것 외에 자신의 지위와 공적을 과시하려는 의도, '성세명군(盛世明君)'을 찬미하려는 목적을 가지고 있다.

이 그림은 통해 명대의 마지막 태평성대의 일부 모습을 발견할 수 있다. 육부 대신의 근엄하고 신중한 모습과 화려하고 고아한 분위기가 이를 대변하고 있다. 명대 효종 이후에 이르면 대신들의 이런 성대한 모임을 다시는 발견할 수 없었기 때문이다. 이 그림은 민규의 가문에서 대대로 보관해 오던 것이다.

이동양(李東陽)의 〈갑신십동년도시서(甲申十同年圖詩序)〉의 일부분을 보자.

당나라의 향산구로회, 송나라의 회양오로회는 모두 퇴직 후에 시를 노

래하며 벌인 잔치이다. 지금 10명은 모두 국사를 책임지고 있기에 그
시가 평화롭고 여유로워 마치 주어진 일을 열심히 하겠다는 의지가 담
겨 있는 것 같다. 나중에 공적을 이룩하고 은퇴하여 각자 자기 고향으로
돌아가면 노래할 틈이 없을 것이다. 태평성대를 노래하여 이전 왕조의
고사(故事)를 계승한다면, 이 시 속에는 반드시 감정과 의지를 담을 수
있을 것이다.[28]

이동양은 이 동년회가 현직 고관들의 모임이라는 사실을 강조하였다.
따라서 그들의 시에는 국사를 책임지고 일을 열심히 하겠다는 의지가
담겨 있고, 그래서 시의 경지가 평화롭고 여유롭다고 하였다. 한편으로
보면, 이 글 속에는 아집을 통해 국정에 참여하고 있는 대신이 군주의
태평성세를 찬양하려는 의도가 강하게 나타나 있다.

왕세정(王世貞)은 〈갑신십동년회도발(甲申十同年會圖跋)〉에서 다음과 같
이 말하였다.

명나라 인재의 흥성을 손꼽으라고 하면 유독 효종 당시가 될 것이고,
효종의 여러 대신 중에서 손꼽으라면 또 유독 갑신년(甲申年) 급제자가
해당된다. 진사에 합격한 사람 가운데 유충선(劉忠宣, 劉大夏)·대공간(戴
恭簡, 戴珊)·이문정(李文正, 李東陽)·사문숙(謝文肅, 謝鐸)·왕양민(王襄敏,
王軾)·장의공(莊懿公, 閔珪) 등은 안팎으로 이름을 날렸고, 황제를 보좌하
는 자리에서 충성을 바쳤으며 보필을 잘하기로 이름이 났다. 기타 부류
역시 청렴하고 교양이 높은 인사였지만 유독 초방(焦芳)만 아둔했다. 향
산과 낙사의 노인들과 달리 재야에 있지 않고 조정에 있었기 때문에
효종의 뛰어난 지혜를 엿볼 수 있었다. 한 시대의 광채어린 경물은 사람

들의 부러움을 샀고 쉽게 만날 수 없으니 삼가 여기서 관람하노라.[29]

왕세정의 설명 역시 이동양과 유사하다. 동년회의 목적이 황제를 보필하는 대신들의 충성을 표현하는 데 있음을 다시 알 수 있다.

동년회는 관리들의 지속적인 교류와 우의를 강화시키는 중요한 무대가 되었다. 따라서 이것을 중국 고대 사대부 사회의 중요한 교류방식이었다[30]고 할 수 있다.

2.4. 전별연(餞別宴)

인간은 만났다가 헤어지는 운명을 가지고 있는 것 같다. 전통 사대부들은 특히 서로의 헤어짐과 만남을 중요하게 여겼다. 그중에서 만남보다 헤어짐에 대한 아쉬움의 표현으로 모임이 자주 진행되었다. 당대에 이르면 중앙정부가 지방을 통치하기 위해 번진(藩鎭)을 설치하고 관리를 파견하였고, 정치적 문제로 지방으로 좌천되는 사대부들이 많아지게 되었다. 이러한 정치적 분위기에 힘을 얻어 전별 모임 역시 생겨나기 시작하였다.

왕발(王勃)이 지은 〈추일등홍부등왕각전별서(秋日登洪府滕王閣餞別序: 가을 홍부의 등왕각에 올라 펼친 전별 모임의 서문)〉를 볼 때, 당대에는 전별 혹은 송별연이 보편화되었음을 알 수 있다.

당대의 대표적인 전별 모임은 이백이 사조루(謝朓樓餞)에서 거행한 것이다.

〈선주사조루전별교서숙운(宣州謝朓樓餞別校書叔雲
: 선주의 사조루에서 교서 이운을 전별하다.)〉

이백(李白)

棄我去者,	나를 버리고 가 버린
昨日之日不可留;	어제는 붙잡을 수 없고.
亂我心者,	나의 마음을 어지럽게 흔들고 있는
今日之日多煩憂.	오늘이 더 근심걱정이다.
長風萬里送秋雁	장풍 따라 만 리 떠나는 가을 기러기를
對此可以酣高樓.	바라보며 높은 구각에 올라 술을 마신다.
蓬萊文章建安骨,	그대는 비장(祕藏)한 문장과 건안(建安)의 시풍을 지녔고
中間小謝又淸發.	나는 사조(謝朓)처럼 청순하며 호탕하다.
俱懷逸興壯思飛,	품고 있는 뛰어난 흥취와 호방한 생각은
欲上靑天攬明月.	파란 하늘로 날아올라가 밝은 달을 어루만지려는 듯하다.
抽刀斷水水更流,	칼을 뽑아 물을 갈라도 물은 다시 흐르고
擧杯消愁愁更愁.	잔을 들어 근심을 달래도 근심은 또 생긴다.
人生在世不稱意,	살아 있는 인생은 결국 마음대로 되지 않으니
明朝散髮弄扁舟	내일 아침 머리 헤치고 작은 배나 젓자꾸나!

이백은 선성(宣城)에서 이운(李雲)을 만나 함께 사조루(謝朓樓)에 올라 송별의 정을 나누었다. 직접 이별을 노래하지 않았지만, 회재불우한 심정과 고달픈 세상살이에서 겪는 심경이 절절하게 나타났다. 이 시를 볼 때 이 모임은 특별하게 준비하거나 여러 사람이 모이는 정기적인 것은 아니었던 것 같다.

명대에 이르러 전별연이 조직적으로 개최되었고 규모를 갖추게 되었다. 그 예를 들면, 심주가 참여했던 전별연이 대표적인 것이다. 심주 등 13명은 소주의 경강(京江)에서 모임을 가졌다. 친구 오유(吳愈)가 서주태수로 부임한다는 소식을 듣고 그의 장거를 다음과 같이 위로하였다.

<장행도(壯行圖)>

金閶流水清如玉,	금창정(金閶亭)의 흐르는 물은 옥처럼 맑고
楊柳千條萬條綠	수많은 버들가지마다 푸르름 일색이다.
畫舫勞勞送客亭,	화방선은 애써 손님을 정자로 나르고
勾吳人去官巴蜀	오 지방 사람을 파촉으로 보낸다지.
巴蜀東南僰道開,	파촉의 동남쪽으로 복도(僰道)가 열리고,
尙好路鑿顚崖腹	가파른 절벽 사이로 길이 열렸다고 좋아한다.
不知置郡幾何年,	고을이 언제 설치되었는지는 모르지만
卽敍西戎啓荒服	서융의 서주로 부임하여 변방 지방을 개척한다지.
太守嚴程五馬裝,	태수는 촉박한 일정 때문에 오마차를 준비하고
山人尺素雙江景	산 사람은 두 강의 풍경을 화폭에 담았다.
草色官橋從者行,	관리가 지나는 푸른색 다리로 수행자가 따르고
花時祖帳青尊飲	꽃 피는 시절 송별연을 열어 푸른 단지 술을 마시네.
碧樹遙遙留客情,	아득히 멀리 푸른 나무가 떠나는 사람의 마음을 붙들고
青山疊疊征帆影	첩첩 푸른 산이 먼 길 떠나는 배에 그림자를 드리우네.
此地居然風土佳,	이 땅은 정말 풍광이 아름다워
文人仕宦堪高枕欣際	문인 관리들이 숨어 살기 그만이지.
聖人御世眞成康,	성군께서 진짜 태평성대를 만들었으니
相逢親好游羲皇	친밀한 친구와 만나 복희묘를 유람해야지.
瞿塘劍閣失險阻,	구당협과 검문각의 험난함도 잊고,
出門萬里皆康莊	문 밖 만 리가 모두 사통팔달한 대로이거늘

雖爲邊郡二千石,	변방은 비록 까마득히 넓은 곳이지만.
徑過黑水臨靑羌	흑수(黑水)를 지나면 청강(靑羌) 땅에 이른다.
去國豈愁親故遠,	도성을 떠난다고 어찌 친구와 멀어진다고 근심하리.
還家詎使鬢毛蒼	집으로 돌아오면 구렛나루가 푸른빛으로 변하리.
射瀆千帆估客船,	사독(射瀆) 포구의 수많은 돛단배는 손님을 맞고
虎邱依舊靑如黛	호구(虎邱)는 여전히 검푸르다.
緘墨塗成叢浩歌,	먹을 갈아 그림을 완성하여 노래를 모으니
一天詩思江山外	수많은 시상이 강과 산 밖으로 흐른다.

이 전별연이 개최되었던 배경을 심주는 다음과 같이 말하였다.

돈암(遯菴) 오유(吳愈)가 남경(南京) 형부낭중(刑部郞中)로부터 남사구(南司寇)로 임용되었다. 홍치(弘治) 3년, 배속의 조서를 받았다. 장차 파격적인 승진을 기다리고 있었는데, 상서가 미처 도착하기 전에 서주(敍州) 태수로 임명되었다. 이미 인사 명령을 받았지만 서주는 험하고 또한 멀었다. 그러나 공만은 그렇게 생각하지 않았다. 우리 고향 여러 군자들이 호구에서 전별하고 시를 짓고 그림을 그려 그의 장도를 축원하였다. 돈암은 나[沈周]에게 그림을 부탁하였고 아래 열 세 명은 한때의 아름다움을 기록하였다. 채림옥(蔡林屋)·도남호(都南濠)·양남봉(楊南峰)·주대리(朱大理)·팽용지(彭龍池)·원서대(袁胥臺)·당육여(唐六如)·오포암(吳匏菴)·심석전(沈石田)·문형산(文衡山)·왕유실(王酉室)·서천전(徐天全)·축지산(祝枝山) 등 13명이 한때의 아름다움을 기록하였다. 홍치(弘治) 기유(己酉) 3월 17일. 장주(長洲) 심주(沈周).[31]

돈암 오유가 서주태수로 임명되자 지역 인사들이 전별연을 열었던 것이다. 장소는 소주의 호구(虎丘)였고, 행사에 참여한 사람은 명 중기 소주 지역 명사 13명이었다. 그들은 이별의 정을 노래하고, 그림을 그려 오유의 장도를 축원하였다.

이와 같이 명대의 전별연은 문인 사대부들의 아집 형식을 취하여 음주부시하였으며, 그 장면을 그림으로 남겼다는 사실을 알 수 있다.

2.5. 꽃 감상(賞花會), 품차(品茶), 완고(玩古)

중국에는 꽃 감상을 표방한 모임이 있었다.

명대의 두근(杜菫, 15세기~16세기 초)은 겨울의 어느 아집에 참가하여 〈동일상국도(冬日賞菊圖)〉를 그렸다. 오관(吳寬, 1435~1504)은 이 그림의 제발(題跋)을 통해서 그 상황을 묘사한 바 있다.

오관은 명나라 홍치 연간에 소첨사(少詹事) 벼슬을 맡고 있었다. 그는 일찍이 경사(京師)에 있던 해월암(海月庵)의 벽원(辟園)에 국화를 심었다. "홍치 2년(1489) 2월 28일에 한림의 여러 선생들이 우리 집에 모여 국화를 감상하는 모임을 가졌다. 각자 시를 지었으니 그림이 있는 것이 마땅하여 고향 사람 두겸(杜謙)에게 그려달라고 요청하였다"32)라고 하였다. 이 모임에 참여한 명사는 태자태보(太子太保) 예부상서(禮部尙書) 이동양(李東陽)·남경도찰원좌첨도어사(南京都察院左僉都御史) 성재(成齋) 진옥녀(陳玉汝)·태상시소경겸한림원시독학사(太常寺少卿兼翰林院侍讀學士) 석성(石城) 이세현(李世賢)·한림원시독학사(翰林院侍讀學士) 이재(冶齋) 육겸백(陸廉伯) 그리고 오관의 가족 등이었다.

꽃 감상 모임 중에서 국화 감상이 많았지만, 매화를 감상해야 할 겨울에 국화 감상은 매우 특이한 경우이다. 이 모임에서 시를 짓고 모임 장면을 그림으로 남긴 것은 다른 아집과 유사하다.

심주(沈周, 1427~1509)는 〈분국유상도(盆菊幽賞圖)〉(23.4×316.2cm, 요령성박물
관 소장)를 그렸다. 마당이 달리 초정에서 활짝 핀 국화를 구경하는 장면
을 그린 것이다. 건물 안에는 3명이 마주보고 술을 마시고 있고, 시동
하나가 술 단지를 들고 서있다. 술을 마시며 국화를 감상하는 장면을
심주는 다음과 같이 읊었다.

盆菊幾時開,	화분의 국화가 언제 피었지?
須憑造化催.	분명 조물주가 재촉했으리라.
調元人在座,	재상께서 자리에 참석하여
對景酒盈杯.	경치를 대하면서 잔에 술을 가득 채웠다.
滲水勞僮灌,	물이 스며들면 동자에게 물주기 시키고
舍英遣客猜.	꽃 봉우리가 맺히면 손님에게 알아맞추게 하였다.
西風肅霜信,	서풍이 불어 스산한 서리 소식이 들리니
先覺有香來.	먼저 깨어나 향기를 풍긴다.

長洲沈周次韻幷圖　장주 심주가 차운하고 그림을 그리다.

시 속의 장면을 보면 명대 강남 지역에서 국화 감상 모임이 열렸고,
술을 들고 꽃을 바라보는 시선과 향기 가득한 정원 풍경이 눈앞에 펼쳐
지는 듯하다.

이 그림은 청나라 궁내부로 들어갔고, 건륭제는 이것을 감상하고 원
시를 차운하여 다음과 같은 시를 붙였다.

圖中生面開	그림 속에 새로운 장면 펼쳐지고
秋意鎭相催	온종일 가을의 의지를 재촉한다.

명(明), 심주(沈周), 〈분국유상도(盆菊幽賞圖)〉,
종이에 채색, 23.4×86cm, 요령성박물관(遠寧省博物館)

籬下香盈把	울타리 아래에 국화 향이 가득하고
霜前酒當杯	서리 내리기 전에 술잔에 담기리.
畵詩皆可入	그림과 시를 모두 그려 넣을 수 있으니.
蜂蝶豈容猜	벌과 나비가 어찌 의심하랴.
展卷清吟處	그림을 펴고 맑은 노래 부르던 곳
重陽得得來	중양절에 오게 되었구나.

乾隆御題 卽用卷中原韻　건륭이 그림 속의 원운을 이용하여 노래하다.

중국은 위진시대 이래 음력 9월 9일 중양절에 국화를 감상하는 풍속이 전해져 내려오고 있다. 송대에는 국화의 품종이 70여 종으로 다양해지면서 궁궐과 귀족 집안, 그리고 서민까지 국화 감상 모임을 즐겼다.[33] 명청대에 이르러서는 국화 감상 모임에 술을 마시며 시를 짓는 아집 형식이 보태졌던 것이다.

차회 형식을 빌린 모임도 있었다. 차회는 당대(唐代) 시인 육구몽(陸龜蒙, ?~881)이 피일휴(皮日休, 약 838~883)의 〈차중잡영(茶中雜咏)〉 10수에 대하여 창화한 것이 유래가 되었다. 그 이후 중국의 문인들은 종종 차회를

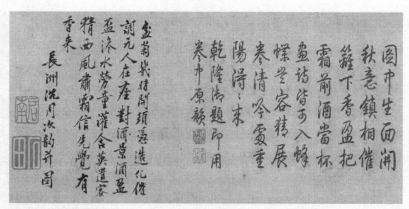

沈周, 〈盆菊幽賞圖〉 부분

즐겼다.

이러한 전통은 명대로 이어졌고, 특히 강남 지역에서 성행하였다. 명대에 차회를 주도한 가장 대표적인 사람으로는 문징명(文徵明, 1470~1559)을 뽑을 수 있다. 문징명은 차회를 진행하고 나서 여러 개의 그림을 그렸다. 〈혜산차회도(惠山茶會圖)〉·〈품차도(品茶圖)〉·〈임사전차도(林榭煎茶圖)〉·〈송하품명도(松下品茗圖)〉·〈자차도(煮茶圖)〉 등이 그것이다. 이 그림의 명칭을 보면 차회는 '품차(品茶)'·'전차(煎茶)'·'품명(品茗)'·'자차(煮茶)'·'팽차(烹茶)' 등 '차를 음미하다' 혹은 '차를 끓이다' 등의 다양한 동사가 사용되고 있다. 숲 속의 누정이나 소나무 아래에서 주로 모임이 진행되었다.

구체적인 예를 들면, 문징명은 강소성 무석(無錫)의 혜산(惠山) 산기슭에 위치한 죽노산방(竹爐山房)에서 종종 차를 음미하는 모임을 개최하였다. 이 자리에 모인 사람들은 차를 마시면서 시를 지었다고 한다. 당시 문징명은 49살이었고, 이 해는 정덕(正德) 13년(1518년) 2월 19일이 된다. 친구 채우(蔡羽, ?~1541)·왕수(王守, 1492~1550)·왕총(王寵, 1494~1533)·탕진(湯

명(明), 문징명(文徵明), 〈혜산차회도(惠山茶會圖)〉, 종이에 채색, 21.9×67cm,
고궁박물원(故宮博物院)

珍) 등 당시 오문 지역 명필들과 함께 차를 마시며 시를 창화하였다. 그
리고 이 모임의 장면을 〈혜산차회도〉[34]로 묘사하였다. 그림에는 채우·
탕진·왕충의 시와 채우의 〈서기(序記)〉, 그리고 후대 고문빈(顧文彬, 1811~
1889)이 붙인 제기(題記)가 있다.

그림 속에 큰 소나무가 우뚝 솟아 있고 그 아래의 차정(茶亭)의 우물가
에 두 사람이 앉아 있다. 문징명이 시를 펼쳐서 읽으니, 친구가 그 소리
를 경청하고 있다. 그들 좌측에 있는 한 문사는 손을 모은 채 우물가의
두 사람에게 이 시의 의미를 묻고 있다. 정자 뒤 숲 속으로 곡경(曲徑)이
뻗어 있고, 그 위에서는 두 명의 문사가 대화를 나누면서 동자의 안내를
받으며 서서히 정자 쪽으로 오고 있다. 소나무 아래에는 차동(茶童)이
차를 준비하고 있는데, 차조에는 우물물이 막 끓고 있다. 차궤에는 여러
가지 차구(茶具)가 놓여 있다.

이상의 장면을 보면, 표면상으로는 차를 마시는 모임이지만 문인 사대부들의 아취가 담긴 시회와 다를 바가 없다.

문징명은 또한 〈품차도〉[35)]를 그리고 나서 다음과 같이 읊었다.

> 碧山深處絶塵埃, 푸른 산 깊은 곳은 세속과 단절되었고,
> 面面軒窗對水開. 사방의 큰 창이 물길을 향해 열려 있다.
> 穀雨乍過茶事好, 곡우가 막 지나 차 마시기 좋은데,
> 鼎湯初沸有朋來. 솥의 물이 막 끓자 친구가 찾아왔다.

곡우가 막 지나 차 맛이 좋은 시절, 속세와 단절된 심산유곡에 손님이 찾아와 주인과 마주앉아 차를 마시고 있다. 그림의 발문에 "가정 신묘년 산중에 바야흐로 차 마시기가 무르익고 있는데, 육자부가 지나다가 방문하여 마침내 샘물을 길어다가 차를 끓여 감상하였다. 참으로 하나의 아름다운 이야기이다"[36)]라고 했다. 이것을 보면, 가정(嘉靖) 신묘년(辛卯年,

1531)에 문징명은 자신의 제자인 육자부(陸子傅: 陸師道, 1510~1573)가 방문하자 차회를 열었던 것임을 알 수 있다.

이 그림 속에 등장하는 차회 장소를 명대에는 차료(茶寮)라고 불렀다. 조용하고 아늑하여 문인들의 생활정취에 잘 어울리는 곳이다.37)

이처럼 차회는 큰 규모는 아니지만 문인 사대부 간의 조촐한 아집 형식의 일종이었음을 알 수 있다.

완고회(玩古會) 역시 아집의 일종이었다. 여기에서 '완고'란, 골동품에 대한 감상과 수장(收藏)을 모두 포괄한다. 골동품은 서화, 도자기, 옥, 조각, 금석, 벼루, 연환화 등을 포함하고 있다. 명대 중기 강남 지역을 중심으로 서화골동을 감상하고 품평하는 모임이 유행하였다. 두근(杜菫, 1465년에서 1509년 사이에 활약)은 〈완고도(玩古圖)〉38)를 통해 당시의 장면을 묘사하였다. 물가의 정원에서 완고회가 진행되고 있다. 중간에 큰 병풍이 놓여 있고 두 사람이 긴 탁자 위에 진열되어 있는 골동품을 사이에 두고 한 사람은 오른쪽 의자에 앉아 있고, 또 한 사람은 반대편에서 서서 허리를 굽혀 골동품을 감상하고 있다. 두 사람의 오른쪽 앞의 시녀는 부채로 나비를 희롱하고 있고, 왼쪽의 시동은 화축을 메고 들어오고 있다. 오른쪽 우측으로 두 사람은 차를 끓이느라 여념이 없다. 정원 안에는 완고회를 열기 알맞은 장소를 마련하였고, 화려한 가구와 고급스런 기물을 배치하여 분위기를 고조시켰다.

16세기 명말에 이르러 휘주(徽州) 출신 상인들은 완고회를 자주 개최하였다. 휘상들은 축적한 부를 통해 당시 경제의 전면에 부상하기 시작하였고, 이를 기초로 문인 사대부와 적극적으로 교류를 통하여 신분상승을 시도하는 한편 문화활동에 투자하는 등 유상(儒商)으로서의 지위를 확보하였다. 예를 들면, 오국정(吳廷: 吳國廷, 1575~1625)과 오정(吳楨, 1621~1627

명(明), 두근(杜菫), 〈완고도(玩古圖)〉, 비단에 채색, 126.1×187cm,
대북고궁박물원(臺北故宮博物院)

활동) 같은 당시 거상들은 예술의 후원자로서 동기창(董其昌, 1555~1636)과
진계유(陳繼儒, 1558~1639) 등 당대의 저명한 문인들과 교류했으며, 골동품
의 수집에 열을 올렸다. 당시 골동품을 소유하고 그것을 감상하는 것은
한 개인의 고상함과 비속함을 판가름하는 문화적 척도였다. 휘상 출신인
황숭성(黃崇惺)은 ≪초심루독화집(草心樓讀畵集)≫에서 이런 말을 하였다.

> "휴령(休寧)과 흡현(歙縣)의 명족(名族), 즉 정씨동고재(程氏銅鼓齋), 포씨
> 안소헌(鮑氏安素軒), 왕씨함성연재(汪氏涵星硏齋), 정씨심락초당(程氏尋樂
> 草堂)은 모두 백년 된 큰 집안으로, 대부분 송원대의 서적, 법첩(法帖),
> 아름다운 벼루, 기이한 향, 진귀한 약, 그리고 청동기, 옥 구슬, 그릇
> 류를 쌓아놓고 있는데, 매번 물건이 하나 나올 때마다 모두 역대의 감상
> 가들이 입이 닳도록 칭찬하는 것들이었다."39)

이것을 보면, 당시 휘주의 거상들은 각종 기이한 물건들을 많은 돈을 들여 수집하고 감상하였던 것을 알 수 있다. 특히 이들이 주목했던 것은 석고문(石鼓文)이나 법첩, 그림 등이었다. 실제로 휘상 중에는 화상(畫商)이 많았다. 예를 들어 앞에서 인용한 흡현인(歙縣人) 황숭성 외에도 휴령(休寧) 상인 오용량(吳用良), 휘주인(徽州人) 곽차보(郭次父) 등은 모두 서화를 매매하여 높은 이윤을 남겼던 사람들이었다. 그래서 명청대 강남에는 서화 시장과 공예품 시장이 형성되었는데, 이것은 강남의 신사층과 휘상이 공동으로 조성한 것이다. 휘주 상인들은 당대의 저명한 문인 화가들과 교류하고, 골동품을 수집하여 감상하였다. 또한 그들은 당시의 예술가들을 후원함으로써 그들의 문화적 고상함을 과시했으며 이를 통해 기존 문인사회로의 진입을 시도했다.

1909년 왕일정(王一亭, 1867~1938)은 예원(預園)의 대월루(得月樓)에서 전혜안(錢慧安, 1833~1911)·예묵경(倪墨耕, 1855~1919)·고옹(高邕, 1850~1921)과 함께 예원서화선회(預園書畫善會)를 창립하였다. 이것은 반상업화 단체이면서 아집의 형식을 취하였다. 이들의 모임은 양주의 문인 사대부들의 아집과 다르게 교류 목적 외에 항회(行會)의 형식을 취하여 일종의 자선 단체이면서 후원 단체였던 것으로 보인다. 왕일정의 이러한 활동은 화가의 사회적 지위를 높이는 한편 그림의 가격을 높이는 결과로 이어졌다.

이상에서 보는 바와 같이, 상화회, 차회, 완고회 등도 중요한 아집 중의 하나였음을 알 수 있다.

3. 아집 기능의 변화 과정

이상에서 아집의 형식에 대하여 알아보았다. 그 형식의 변화에 따라 아집의 기능도 다양하기 마련이다. 이런 차원에서 아집의 기능의 변화 과정도 면밀히 파악할 필요가 있다.

3.1. 권력 강화의 기능

중국의 역대 통치 계층은 종종 문사들을 초청하여 모임을 갖고 글과 시를 지었다. 이것은 일종의 인재 결집이면서 통제수단이기도 하였다. 따라서 초기 아집은 군신들을 결집하여 권력을 강화하는 기능이 강했다.

예를 들면, 수양제(隋煬帝, 569~618)는 양주총관과 행군원수의 신분이었을 때, 양주 지역 등 강남일대를 통괄하는 한편 강남 지역 문화에 정통한 제갈영(諸葛穎, 539~615)·유철(柳鐵)·우세남(虞世南, 558~638)·왕주(王胄) 등 100여 명을 불러 문화적 행사를 치루면서 인재들을 결집하고 이를 통해 권력을 쟁취하였다. 이러한 그의 활동은 왕위에 오른 후에 과거제 시행이라는 일대 혁명적인 인재 선발제도로 이어졌다고 할 수 있다.

이러한 사대부들의 결집은 당대로 이어졌다. ≪구당서(舊唐書)≫ 권72 列傳22 〈저량전(褚亮傳)〉의 다음 기록을 보자.

애초에 태종은 정적의 난리를 평정하고 유학에 뜻을 두어 궁성의 서쪽에 문학관을 건립하여 사방의 문사(文士)를 기다렸다. 이때 대행대사훈랑중(大行臺司勳郎中) 두여회(杜如晦), 기실고공낭중(記室考功郎中) 방현령(房玄齡)과 우지영(于志寧), 천책부기실(天策府記室) 설수(薛收), 문학(文學) 저량(褚亮)과 요사렴(姚思廉), 태학박사(太學博士) 육덕명(陸德明)과 공영달(孔穎達), 주부(主簿) 이현도(李玄道), 천책창조(天策倉曹) 이수소(李守素), 기실참군(記室參軍) 우세남(虞世南), 참군사(參軍事) 채충공(蔡允恭)과 안상시(顏相時), 저작좌랑섭기실(著作佐郎攝記室) 허경종(許敬宗)과 설원경(薛元敬), 태학조교(太學助敎) 개문달(蓋文達), 군자전첨(軍諮典籤) 소욱(蘇勖)을 위촉하고 아울러 본래 관직에 문학관학사를 겸직하도록 하였다. 설수가 죽자 동우주록사참군(東虞州錄事參軍) 유효손(劉孝孫)을 문학관에 보직하였다. 남아 있는 그림을 찾아 그 모습을 그리고, 그 이름과 벼슬과 본향을 기록한 뒤 저량에게 상찬(像贊)을 지으라고 명령하여 〈십팔학사사진도(十八學士寫眞圖)〉라고 불렀다. 이 그림을 서부(書府)에 보관하여 현인을 예후하는 중요성을 널리 알렸다. 아울러 여러 학사들에게는 진귀한 음식을 대접하고 세 순번으로 나누어 각하(閣下)에서 숙직을 하도록 하였다. 매번 군국(軍國) 업무가 평온해지면 배알하고 돌아가 쉬었다가 즉시 다시 불려와 고적에 대하여 토론하고 이전 왕조의 기록에 대하여 상의한다. 당시 문학관 입관 예약자를 "별천지에 들어갔다(登瀛洲)"고 말하며 추앙하였다.40)

당태종은 왕위에 오르기 전 진부(秦府)에 있을 당시부터 인재를 모으기 시작하였다. 정권을 장악하고 안정된 뒤에도 문학관을 설치하여 지속적으로 인적 자원을 축적하였다. 당시에 문학관에 모인 인재들은 삼교대로 제왕의 부름에 대응하였는데, 고적과 이전 왕조의 기록에 대하여 토론하는 업무를 맡았다. 인재들은 물질적 예우와 함께 문학관 학사라는 직위를 얻었다. 그래서 당시 사람들은 문학관에 들어가는 인재를 "별천지에 들어갔다(登瀛洲)"라고 하였다. 당(唐) 이조(李肇)가 지은 ≪한림지(翰林志)≫, 그리고 ≪자치통감(資治通鑑)·당고조문덕4년(唐高祖武德四年)≫에도 별천지로 들어가는 인재들에 대하여 기록41)한 것으로 보아 당시에 이들의 국가적 영향력을 익히 알 수 있다. 영주(瀛洲)는 봉래(蓬萊)·방장(方丈)과 함께 신선이 산다는 삼신산(三神山) 중의 하나였다. 속세의 인간이 함부로 다다를 수 없는 높은 지위에 올랐다는 의미로 사용된 것 같다.

그런데 이 모임에 참가한 학사들의 역할이 국정에 필요한 계책을 제공하는 데 있었지만, 이것은 전적으로 당태종의 정치적 고려에 의해 진행된 것이었다. 당태종은 십팔학사의 대부분을 적대적 관계에 있었던 왕세충(王世充, ?-621)·벽거(薛擧, ?-618)·수양제(隋煬帝)·두건덕(竇建德, 573-621)·이밀(李密) 등의 진영에서 발탁하였다. 그래서 책사, 유학자, 지방세력 등 다양한 인재가 포함되었다. 이렇게 발탁된 인재들은 태종이 정적을 제거할 때부터 계책을 제공하였고 집권 후에도 태자들 간의 권력 암투를 종식시켰다. 그들은 정권의 안정을 도모하거나 왕위 계승에도 개입할

정도로 정치적 역할이 매우 뚜렷하였다.

결국 당태종이 개최한 아집은 십팔학사로 하여금 다양한 재주를 적극적으로 발휘하여 두각을 나타내도록 하였다. 그래서 두여회(杜如晦)·방현령(房玄齡)·우세남(虞世南) 등은 정치적인 업적을 세웠고, 학술 전문가로서 역사에 이름을 남겼을 뿐 아니라 그들의 시문 창작은 율시(律詩)를 낳는 결과로 나타났다.

이상에서 보는 바와 같이, 궁정과 관리들 간의 아집은 인재 모집[儲才]·인재 양성[養士]·인재 등용[用士] 등 정치적 기능이 매우 강했음을 알 수 있다.

이는 당 초기 이른바 '문장사우(文章四友)'로 지칭되었던 최융(崔融, 653~706)·이교(李嶠, 644~713)·소미도(蘇味道, 648~705)·두심언(杜審言, 약 645~708)의 경우도 비슷하다. 표면적으로 '이문회우(以文會友: 글을 통해 친구와 만나다)'를 표방하였지만 궁궐에서 개최하는 연회에 참여하여 권력의 공덕을 칭송하는 등 권력의 창출과 강화의 목적을 가지고 있었다.

3.2. 문화 권력 형성의 기능

아집은 조직화 과정을 통하여 사대부 계층의 소통 기능을 가지게 되었다. 아집은 비정기적이거나 규정이 없는 자연발생적인 경우가 많았는데, 원대(元代)에 이르러 조직화된 결사(結社)로 변화하기 시작하였다.

원대의 월천음사(月泉吟社)가 그 좋은 예시라고 할 있다. 이 음사는 원(元)나라 초기에 송(宋)나라의 유민들이 창립한 것이다. 송말의 사대부들은 송 왕조의 멸망으로 인하여 이민족에게 중화문화의 전통이 유린되는 역사적 체험을 겪었다. 당시 사대부 중 일부는 적극적으로 항몽(抗蒙) 투쟁에 참여하였지만 대부분은 은거를 선택하였다. 송말에 의오현령(義烏縣令)을 지냈던 오청옹(吳淸翁, 吳渭)은 원 정부에 참여하지 않고 오계(吳溪)로 은거하였고, 은거지에서 월천음사를 창립하였다. 여기에는 방봉(方鳳, 1241~1322)·사고(謝翶, 1249~1295)·오사제(吳思齊, 1238~1301) 등 유민이 된 시인과 절동(浙東)과 절서(浙西) 지역 시인들이 참여하였다.

이들의 시회는 연창(聯唱) 형식으로 진행되었는데, 이는 집단적인 문화운동의 일종이었다고 할 수 있다. 이 시들은 표면적으로 은일적이고 전원적인 내용을 담고 있지만 실제적으로는 반항적이었다. 또한 이들의 시는 남송 이후 퇴락한 시풍을 변화시켰다.

원말에 이르러 시사(詩社)의 결성이 빈번해졌다. ≪명사(明史)·장간전(張簡傳)≫의 기록을 보자.

> "원말에 절동(浙東)과 절서(浙西)의 사대부들은 시문을 가지고 서로 숭상하여 매해 시사에 의뢰하고 한두 명의 문장 대가를 초빙하여 주관하도록 하였다. 사방의 명사들이 모두 모였다. 잔치를 열어 밤새도록 글을 품평하여 우수한 시에 대하여 즉석에서 후한 상을 주었다."[42]

이상의 기록을 보면, 이 모임은 매년 정기적으로 지정 주제를 가지고 개최한 백일장 형식으로서, 모집된 시문은 평가를 통해 물질적인 보상을 제공했음을 알 수 있다. 예를 들어 어느 해에는 〈춘일전원잡흥(春日田園雜興)〉이란 지정 주제를 가을에 공개하였는데, 다음 해 정월 15일까지 3개월 동안 5, 7언 율시가 무려 2,735권의 분량이 모였다[43]고 한다.

표면적으로는 이민족의 침략에 무심하거나 자연 풍광을 노래하는 것처럼 보였지만 실제적으로는 원나라에 대한 집단 항의 혹은 거절을 표현하였고, 유민(遺民) 시인들의 애국사상과 민족적 절개를 반영하였다[44]고 할 수 있다.

명대(明代)에 이르면 정기적인 모임을 유지하기 위하여 결사(結社)로 바뀌었다. 이것은 규칙인 '사약(社約)'을 만들어 모임을 제도화하였다. 일부 결사들은 조정의 당쟁과 정치적 혼란을 피해 음주부시하거나 산수를 즐기며 청담(淸談)을 나누는 활동을 표방하였지만, 실제적으로는 정치에 참여하거나, 사회 개혁을 추구하는 정치운동으로 발전하였다. 그들은 혼란한 시대에 정치 무대에서 자신들의 입지를 확고히 하고 과거급제를 통하여 결사의 길을 찾아야 한다고 생각했다.

명말 소주에서 결성된 응사(應社)는 정치적 취향이 같은 사람들이 서로 호응한다는 의미를 가지고 태동하였다. 구순인(瞿純仁, 1567~1619)이 소주 불수산방(拂水山房)에서 결사하였고, 소주 지역 주변의 허사유(許士柔, 1587~1642)·손조숙(孫朝肅, 1593~1682)·범문약(范文若, 1587~1634)·풍명개(馮明玠)·왕환여(王煥如) 등이 구순인의 뜻을 계승하였다. 이들은 정치적 이념을 통합하는 과정에서 결사의 세력을 확대하였고 유력한 정치집단으로 발전하였다.

명말 혼란기를 틈타 현실정치 투쟁에 참여하였던 복사(復社)는 강력한 정치력을 가진 집단이었다. 복사는 모두 세 차례의 대회를 통해 정치집단이 되었다. 제1차 대회는 숭정 2년(1629년) 윤산(尹山)에서 오강현령(吳江縣令) 웅개원(熊開元, 1598~?)의 초청으로 개최되었다. 제2차 대회는 숭정 3년(1630년) 금릉(金陵)에서 개최되었다. 당시 경오향시(庚午鄕試)에서 복사의 회원들이 대대적으로 합격하였다. 제3차 대회는 숭정 5년(1632년) 호구(虎丘)에서 열렸다. 회합 때마다 뱃놀이 유람을 하거나 술을 마시면서 아름다운 강남 산수를 감상하였다. 모임 참석을 위해 배를 타고 온 사람들이 물가에 배를 정박하였는데 무려 8천 척에 달했다고 한다. 복사는 2,000여 명의 사원(社員)을 확보하여 세력을 극대화하였고, 과거 선발권을 장악하였다. 이들은 더 나아가 숭정 내각의 조각권을 장악하였으며, 명말 최후의 관료 사대부 집단이 되었다.

복사 아래의 각 소결사는 독립 활동이 보장되어 있으면서, 영도자였던 장부(張溥, 1602~1641)는 각 소사를 지역에 따라 안배하고 책임자를 지정하였다. 그러면 각 군읍의 사인들은 사원 중에서 한 사람을 추천하여 이 사람을 사장(社長)으로 불렀고, 사장은 문장을 모으고 왕래와 소식을 전달하는 임무를 맡았다. 복사는 작은 결사 조직을 통합하였지만, 각 소 결사 조직은 상위 조직에 대한 책임 의무를 가지지 않았다. 이들의 모임은 표면적으로 보면 전혀 정치적 색깔을 발견할 수 없다.

여기서 육세의(陸世儀)가 쓴 ≪복사기략(復社紀略)≫을 보자.

> "상도(常道)가 아니면 따르지 말라. 성서(聖書: 경서)가 아니면 읽지 말라. 어른을 거스르지 말라. 자기의 장점을 자랑하지 말라. 남의 단점을 표현하지 말라. 교묘한 말로 정치를 어지럽히지 말라. 자신을 욕보이지 말라. 옛것을 오늘에 계승하라. 이를 어기는 자는 작게는 충고하지만, 크게는 방출한다. 이미 세상에 공포된 것은 모두 지켜라."[45]

전통 지식인의 아집이 원명대(元明代)에 이르러 문화운동·민족 투쟁운동·정치적 집단운동 방향으로 확산되었지만, 경서를 존중하고, 어른을 공경하라고 하거나, 어지러운 국정에 대하여 꾸며서 말하지 말라는 맹서를 볼 때, 이는 자신들이 정치적 집단으로 인식되는 것을 불식하고 '부흥

고학(復興古學: 고전학문의 부흥)'의 기치 아래 전통 사대부들의 지조를 지키려는 의지의 반영이라고 할 수 있다.

그래서 명(明) 방구서(方九敍)는 〈서호팔사시첩서(西湖八社詩帖序)〉에서 이런 말을 하였다.

> "선비는 반드시 모이는 곳이 있다. 빈궁할 때는 학교에 모이고, 출세했을 때는 조정에 모이며, 은퇴하면 결사에 모인다. (결사에서는) 그윽하고 여유로운 행적을 기탁하고 쓸쓸한 감정을 잊어버린다. 이것은 아마 선비가 일이 없이도 즐기는 사람이기 때문일 것이다. 옛날의 결사는 반드시 이치와 예술적 지향이 같은 사람이 아름다운 산수를 골라 풍광의 매력을 느끼고, 거문고와 술잔의 즐거움을 여러 편의 글에 담거나 시로 썼다."[46]

방구서는 선비들이 은퇴 후에 결사를 통하여 모인다고 하였다. 그리고 예술적 지향이 같은 사람이 "그윽하고 여유로운" 활동을 통하여 외로움을 달랬으며, 모여서 아름다운 산수를 감상하고 시문을 지었다고 하였다. 이는 다른 각도에서 보면, 서호팔사는 문인결사적 성격이 강했다고 할 수 있다. 이들은 명 가정 연간의 정치적 혼란을 피하여 산수 간에 몸을 의지하고 청담(淸談)과 부시(賦詩) 활동을 열었다.

청 중기 항주에서 항세준(杭世駿, 1695~1773)과 여악(厲鶚, 1692~1752) 등이 결성한 남병음사(南屛吟社)도 같은 성격을 가진다. 대부분의 결사들은 한가로움을 달래는 소한적(消閑的) 성격을 표방하였다. 예를 들면, 사대부 간의 우정을 증진한다거나 정신적인 향수를 공유하는 등의 문화 활동을 개최하였다. 우동(尤侗)이 지은 〈진솔회약(眞率會約)〉을 보면 모임에서는

"첫째 '정치를 논하지 않는다.', 둘째 '돈에 대해 언급하지 않는다.', 셋째 '가정사에 대하여 말하지 않는다.'"라고 하였다. "회지사(會之事)" 항목에 보면 "먹고 마시는 것 외에 어떤 사람은 시를 읊조리고 어떤 사람은 독서를 하며 어떤 사람을 글자를 쓰거나 어떤 사람은 거문고를 타고 어떤 사람을 바둑을 두는 등 각각 좋아하는 것을 하였지만, 혼자 도박을 하지 못하게 한다. 도박은 시간과 재물을 허비하니 경계해야 한다. 위반하는 사람은 벌을 받는다. 여러 사람이 모였을 때 말은 많이 하지 못하게 하고, 어떤 사람은 역사를 이야기 하고 어떤 사람은 경서에 대하여 말하며 어떤 사람은 선(禪)을 말하고 어떤 사람은 산수에 대하여 말하였다."[47]라고 하였다. 장한(張瀚)이 지은 〈이로회약(怡老會約)〉 역시 "정치와 시정 잡사를 언급하지 않는다."[48]라고 한 것으로 보아 결사에서는 정치적 관심사를 의도적으로 멀리하려고 한 것으로 보인다. 그 대신 "마음이 시키는 바에 따라 스스로 즐기고 좋아하며, 책을 읽고 시를 지으며, 거문고를 타고 바둑을 두고, 경서와 역사에 대하여 담소를 나누며, 선법과 진리를 깨닫는다."[49]는 태도를 보였다. 이 역시 아집의 전통을 계승한 것이라고 볼 수 있을 것이다.

결사는 정치적 권력 외에 문화 권력을 형성하기도 하였다. 1570년대 초반에는 남경(南京) 서하사(棲霞寺)에서 연사(蓮社)가 결성되어 이지(李贄, 1527~1602)·초굉(焦竑, 1541~1620)과 같은 문인들이 승려들과 함께 왕양명(王陽明)의 양지(良知)와 같은 신유학(新儒學)의 논제에 관해 토론을 벌였다. 양명학의 좌파인 태주학파(泰州學派)들은 이러한 시사(詩社) 모임을 통해 불교도들과 신유학에 대한 토의를 거쳐 자신들의 사상을 보강했다.

이상에 논의한 바를 정리하면, 명청대에 이르러 아집은 결사(結社)나 회(會) 등의 모임체로 조직화되었고, 문인결사는 아집의 음주부시적 전통과 산수 자연에 대한 감상이라는 본질을 계승하면서도 시대의 변화에 따라 정치적 성향을 가지거나 문화 권력을 형성하여 사회적 영향력을 확산시켰다.

3.3. 문학 생산의 기능

문인 사대부들은 아집에서 과연 무엇을 남겼는가? 가장 핵심적인 것은 시문이다. 수많은 시문들이 아집을 통하여 생산되었다는 사실에 주목할 필요가 있다.

당대(唐代)에는 '문원(文苑)'·'문회(文會)'를 표방한 아집 활동이 활성화되었다. 대표적인 모임으로는 당(唐) 대종(代宗) 대력(大歷) 연간의 절동연창회(浙東聯唱會)를 들 수 있다. 절동절도사(浙東節度使)가 주둔하고 있던 월주(越州, 오늘날 절강성 소흥紹興)에 엄유(嚴維, 756년 전후 생존)·포방(鮑防, 722~790)·진윤초(陳允初)·사량필(謝良弼)·여위(呂渭, 734~800) 등 39명이 모였다. 그들은 모임에 참석하여 집단으로 창화(唱和)하여 연구(聯句)를 만들었다. 여기에서 연구라는 것은 2인 이상이 하나의 시를 공동으로 짓는 것을 말한다. 그들의 연창의 결과를 모은 것이 ≪대력년절동연창집(大歷年浙東聯唱集)≫이다.50) 그중에서 〈경난정고지연구(經蘭亭故池聯句: 난정의 옛 연못을 지나며 연구를 짓다.)〉를 예로 들어보자.

曲水邀歡處　곡수연을 즐기던 곳,
遺芳尚宛然　그 명성이 아직도 뚜렷하게 남아 있다.
名從右軍出　명성은 왕희지에서 비롯되었고,

山在古人前　회계산이 옛사람 앞에 놓여 있었다.

蕪沒成塵迹　황무지에 묻혀 옛 터만 남았지만,

規模得大賢　옛 방식대로 큰 인물을 만났다.

湖心舟已幷　호수 가운데로 배가 이미 나란히 가는데,

村步騎仍連　마을 부두에 마차가 아직 묶여 있다.

賞是文辭會　문학 모임을 좋아하는지라

歡同癸丑年　계축년 난정 행사를 함께 즐겼다.

茂林無舊徑　무성한 숲에는 옛 길이 없어지고,

修竹起新烟　큰 대나무에는 새로 안개가 퍼진다.

宛是崇山下　또렷하게 높은 산 아래로,

仍依古道邊　여전히 옛 길이 붙어 있다.

院開新勝地　정원에 새로운 경치를 조성하니

門占舊畬田　정문이 옛 화전을 차지하였다.

荒阪披蘭築　황폐한 밭이 난정까지 뒤덮고,

枯池帶墨穿　메마른 연못에는 먹물이 띠를 둘렀다.

敍成應唱道　순서에 맞추어 따라 부르니,

杯得每推先　술잔에 따라 매번 선두가 정해진다.

空見雲生岫　공연히 구름이 피어나는 산기슭을 바라보노니

時聞鶴唳天　하늘가에 학의 울음이 퍼진다.

滑苔封石磴　미끈한 이끼가 돌계단을 덮고,

密篠碍飛泉　빽빽한 대나무 가지가 폭포를 가린다.

事感人寰變　인간세상의 변화를 느끼고,

歸慙俯服牽　돌아와 부끄러움에 옷을 늘어트린다.

寓時仍睹葉　시간에 맡긴 채 나뭇잎을 바라보다가,

嘆逝更臨川　가는 세월이 한스러워 다시 물가로 갔다.

野興攀藤坐　들에 나가 돌다가 등나무를 타고 앉으니,

幽情枕石眠　감정이 깊어져 돌을 베고 잠이 들었다.

玩奇聊倚策　잠시 지팡이에 의지한 채 기이함을 감상하고,

尋異稱移船　특이한 것을 찾고자 배를 몰았다.

草露猶霑服　풀 위의 이슬이 옷을 적시듯,

松風尙入弦　솔바람이 가야금 선율 속으로 들어온다.

山游稱絶調　산천 유람이 음악과 어울리면,

今古有多篇　예로부터 시가 많이 생겨났단다.

≪대력년절동연창집(大歷年浙東聯唱集)≫

위에서 인용한 이 시는 여러 사람이 연창한 결과를 모은 것이다. 집단
이 하나의 시를 창작한 것이다. 그들은 왕희지가 난정에서 모임을 개최
하여 흐르는 물에 잔을 띄우고 순서에 따라 시를 지은 것을 회상하고,
이들 역시 아집을 열어 이전 고사에 따라 집단으로 시를 창작하였던
것이다. 당시 절동시인들은 황무지가 된 난정을 지나면서 옛 아집 장면
을 회상하였고, 세상이 바뀌어도 아집의 전통은 계승되어야 한다고 말
하였다.

비슷한 시기에 안진경(顔眞卿, 709~784) 등 100명이 절서시회(浙西詩會)를
개최하였다. 이들 역시 연창(聯唱)을 하였다. 〈여최자향범주자초귤경약
리숙천경사(與崔子向泛舟自招橘經箬里宿天居寺)〉(≪전당시(全唐詩)≫ 卷794)
를 보자.

晴日春態深, 寄游恣所適(皎然)

寧妨花木亂, 轉學心耳寂(崔子向)

取性憐鶴高, 謀閑任山僻(皎然)

倚舷息空曲, 舍履行淺磧(崔子向)

104　中國雅集

渚箬入里逢, 野梅到村摘(皎然)

碑殘飛雉嶺, 井翳潛龍宅(崔子向)

壞寺隣壽陵, 古壇留劫石(皎然)

穿階筍節露, 拂瓦松梢碧(崔子向)

天界細雲還, 墙陰雜英積(皎然)

懸燈寄前焰, 遙月升圓魄(崔子向)

何意清夜期, 坐爲高峰隔(皎然)

茗園可交袂, 藤澗好停錫(崔子向)

微雨聽濕巾, 迸流從點席(皎然)

戲猿隔枝透, 驚鹿逢人躑(崔子向)

睹物賞已奇, 感時思彌極(皎然)

芳菲如馳箭, 望望共君惜(崔子向)

　　교연(皎然 생졸미상)과 최자향(崔子向, 773~777에 활동)이 16개 운(韻)을 가지고 순차적으로 7언 32구를 연창한 것이다. 이것은 유희적 의미도 있지만 참신하고 선적(禪的)인 시풍을 만들었다.

　　안진경은 호주자사(湖州刺史) 시절에 달밤에 친구들을 불러 차를 마시는 모임을 개최하였다. 모임의 흥이 오르자 육사수(陸士修) 등과 함께 〈오언월야철차연구(五言月夜啜茶聯句)〉를 지었다.

泛花邀坐客,　　　　　찻물 보글보글 손님을 초청하고,

代飲引情言(陸士修)　술 대신 차를 마시며 고담준론을 끌어냈다.

醒酒宜華席,　　　　　차 방석은 술 깨기 알맞다고,

留僧想獨園(張薦)　　유승은 홀로 선방에서 좌선한다.

不須攀月桂,　　　　　달을 따라 오를 필요 없는데,

何假樹庭萱(李崿)	어찌 정원에 망우초를 심으랴.
御史秋風勁,	가을바람처럼 강직한 어사,
尚書北斗尊(崔萬)	북두처럼 존귀했던 상서이시여.
流華净肌骨,	달빛이 담긴 차는 몸을 깨끗하게 하니
疏淪滌心原(顏眞卿)	차를 마셔 마음의 때를 씻자.
不似春醪醉,	차 마시기에 흠뻑 빠지니
何辭綠菽繁(皎然)	어찌 차 재배의 수고로움을 사양하랴.
素瓷傳静夜,	조용한 밤에 하얀 찻잔을 옮기니,
芳氣滿閑軒(陸士修)	꽃 차향이 한가한 정원에 퍼진다.

육사수가 첫 구를 시작하였다. 장천(張薦, 744~804)과 이악(李崿)·최만(崔萬)·엽주(葉晝)·안진경이 연구를 지었다. 술 대신 차를 마시며 청담을 끌어내자고 하였다. 그래야 교류와 우의를 증대할 수 있다고 하였다. 차를 마시는 순간은 마치 유승이 선방에서 참선하는 경지에 이른다는 것이다. 차를 마시면 몸이 깨끗해지고, 세속의 명리를 버리면 마음이 깨끗해진다고 하였다.

이런 예는 계속되었다. 왕창령(王昌齡, 698~756)은 만당 시기 자신이 근무하던 강령(江寧, 지금의 남경) 현아(縣衙)의 후원 유리당(琉璃堂)에서 모임을 가졌다. 이 모임에서 역시 공동으로 연구를 지었다.

아집은 여러 문인들이 동시에 참석하기 때문에 현장에서 창작 방식이 결정되고, 게다가 현장에 어울리는 형식을 고안하였다. 모임의 참석자 중에서 수창자(首唱者)와 창화자(唱和者)는 같은 주제와 같은 운율을 가지고 연구를 지었다.[51] 이는 문학 생산에 동기를 부여하고 창작 의욕을 고취시켜 다량의 시문 생산으로 연결되었다.

후대에 전해지는 ≪오흥집(吳興集)≫·≪여락집(汝洛集)≫·≪낙중집(洛中

集)≫·≪낙하유상연집(洛下游賞宴集)≫·≪한상제금집(漢上題襟集)≫·≪송릉집(松陵集)≫ 등52)이 모두 아집을 통해 창작된 연구를 모은 시집들이다.

이상의 사실로 비추어 볼 때, 당대(唐代)의 시인들은 아집에 참가하여 시를 지었는데, 특히 집단 창작 방식으로 연구(聯句)를 지었다는 사실을 알 수 있다.

송대(宋代)에 이르러 아집이 전형적으로 문인 사대부들의 사적 활동으로 고정되기 시작하였다. 송대 문인 사대부들은 국가을 위해 공적을 쌓는 사업 대신에 주체의 정신을 고양시키는 수양을 중요하게 생각하였다. 송대의 서원아집(西園雅集)의 출현이 이를 강렬하게 증거하고 있다.53)

서원아집은 송(宋) 원풍(元豊) 연간에 부마도위(駙馬都尉)였던 왕선(王詵, 약 1048~1104 전후)이 소동파(蘇東坡, 1037~1101)를 비롯하여 황정견(黃庭堅, 1045~1105)·미불(米芾, 1051~1107)·소철(蘇轍, 1039~1112) 등 당시 문단의 거두 16명을 자신의 서원(西園)으로 초청하여 개최한 모임이다.54) 이들은 서원에서 모여 시를 짓고 읊조리거나 그림을 감상하는 등 고아한 활동을 벌였다.

미불(米芾)이 지은 〈서원아집도설(西園雅集圖說)〉을 잠시 보기로 하자.

(상략) 아래 큰 계곡의 급류는 돌과 부딪치며 콸콸 소리를 내며 흐르고, 바람과 대나무가 서로를 삼키며, 화로에서는 연기가 막 피어오르고, 풀과 나무에 저절로 향기가 퍼진다. 인간의 맑고 광활한 즐거움이 이보다 더 한 것이 없으리라. 아! 명예와 이익이 용솟음치는 곳에서 물러날 줄 모르는 사람이 어찌 이 경지를 쉽게 터득할 수 있겠는가! 동파(東坡) 이하 모두 16명은 글을 가지고 세상을 논하고(文章議論), 널리 배워 사물을 분별하며(博學辨識), 아름다운 표현으로 빼어난 문장을 짓고(英辭妙墨), 옛것을 좋아하고 견문을 넓히며(好古多聞), 호탕한 기상으로 세속을 초

월할 수 있는 자질(雄豪絕俗之資)을 가지고 있으니, 고매하고 출중한 도사로다. 높은 인품과 운치 때문에 사방에 명성이 자자했다. (후략)[55]

　서원아집에 참석한 사람들은 글을 가지고 세상을 논하고[文章議論], 아름다운 언어로 빼어난 문장을 지었다[英辭妙墨]고 하였다. 그들은 정론(政論)이나 의론(議論)뿐 아니라 미문(美文)에도 능통했다. 구체적으로 누가 어떤 작품을 지었는지는 말하지는 않았지만, 16명의 문학대가들이 모인 자리인 만큼 반드시 집단으로 문학 작품이 생산되었을 것으로 추정된다. 그리고 자신들의 아집 활동에서 추구하는 고아한 세계와 광활한 즐거움은 이익과 명예를 추구하는 부류들이 느낄 수 없는 높은 경지를 가지고 있다고 자부하였다. 자신이 속한 계층에 대한 자긍심이 높았고, '글짓기' 행위가 사회적 장악력이 높고 고결한 품격을 갖추고 있다고 인식하였다. 그래서 아집은 개인의 주체 정신을 극대화하는 길임을 분명히 말하였다.
　월말(元末)에 이르러 열렸던 옥산초당아집(玉山草堂雅集)도 서원아집의 연장선상에 있었다. 이 아집은 고영(顧瑛, 1310~1369)[56]이 강소성(江蘇省) 곤산(昆山)의 옥산초당(玉山草堂)에서 개최한 것이다. 고영은 유불도 어디에도 구애받지 않고 자유롭게 넘나들었으며, 재물을 가볍게 여기고 교제를 중요하게 여겼던 인물이었다. 고영이 편집한 ≪옥산초당명승집(玉山草堂名勝集)≫에 근거하면, 원(元) 지정(至正) 8년(1348년)에서 지정 16년(1356년)까지 이곳에서는 크고 작은 아집이 50여 차례나 열렸다고 한다. 옥산초당을 출입하거나 아집에 참여한 사람들로는 장우(張雨, 1283~1350)·황진(黃溍, 1277~1357)·황공망(黃公望, 1269~1354)·예운림(倪雲林, 1301~1374)·양유정(楊維楨, 1296~1370)·왕몽(王蒙, 1308~1385)·양기(楊基, 1326~1378)·가구사(柯九思, 1290~1343)·진여(陳旅, 1288~1343)·진기(陳基, 1314~1370)·정원우(鄭元佑,

1292~1364)·장저(張翥, 1287~1368)·송근(宋沂, 1335년 전후 생존)·장악(張渥, 1356년 전후 생존)·당원(唐元, 1269~1349)·곽익(郭翼, 1305~1364)·여성(呂誠, 1354년 전후 생존)·서달좌(徐達左, ?~약 1369) 등으로, 당대 최고의 명사들이 총망라되어 있다. 그 아집의 결과물들이 ≪옥산박고(玉山璞顧)≫ 20권·≪초당아집(草堂雅集)≫ 13권·≪옥산명승집(玉山名勝集)≫ 8권·≪외집(外集)≫ 1권에 수록되었고, 특히 ≪옥산초당아집≫ 13권에는 역대 아집 참가자 73명의 시 2,954수가 수록되어 있다.

이를 보면, 아집이 집단 문학 생산의 중요한 방편인 것은 물론이거니와, 이것이 조직화되고 규모가 방대해지기 시작했음을 알 수 있다.

명대에도 아집문화는 계속되었고 그중에서 가장 대표적인 것이 행원아집(杏園雅集)이다. 이 아집은 명초 양영(楊榮, 1371~1440)이 소집한 것이다. 양사기(楊士奇, 1366~1444)는 그림에 아래와 같은 발문을 붙였다.[57]

열심히 일하다가 쉬고 긴장을 푸는 것이 당연하다. 비록 옛날 사람이라도 이를 그만두지 않았을 것이다. 삼월 초하루 휴가를 얻어 남군(南君) 양공(楊公, 양부(楊溥))과 우리 8명은 건안(建安) 양공(楊榮)의 행원(杏園)에서 만나 노닐었다. 영가(永嘉) 사정순(謝庭循)도 모임에 왔다. 원림의 나무숲과 샘과 돌이 아름다웠고, 봄꽃이 경쟁적으로 꽃망울을 터트려 향기가 퍼졌다. 건안공은 손님을 초대하여 모임을 개최하길 좋아하여 노니는데 필요한 도구를 모두 갖추어 놓았다. 손님들 역시 마치 고삐와 채찍에서 풀려난 것처럼 흔쾌하게 놀았다. 맑고 상쾌하게 씻기운 채 세상 밖에서 노닐었다. 손님과 주인이 끝이 보이지 않는 연못에 가서 잘 차려진 안주에 술을 마시고 시를 짓고 읊조렸다. 이때 사군(謝君, 사환(謝環))이 그림을 그렸다. 아! 즐기는 하루 동안 감성이 경치와 만났던 것이다. 의관을 갖춘 정직하고 청렴한 대부들이 모임인 것은 인재 육성의 의식이고 대각을 다스리는 의지이며 또한 자신을 지키고 스스로 경계하는 마음을 잊지 않기 위함이니, 아마 옛사람에 거의 근접하였다. 그래서 '아집(雅集)'이라고 이름 붙인 것이 그럴듯하지 않은가?

이 발문에 의하면, 명 황실도서관(延閣)에 근무하던 양부(楊溥, 1372~1446)와 양사기 등 8명이 바쁜 업무 끝에 휴가를 얻어 양영의 행원(杏園)에서 개최된 아집에 참여했다고 하였다.

이 아집은 공적 활동의 성격이 강했지만 새로운 문체의 탄생과 관련이 깊다. 문학사에서는 명(明) 성조(成祖)에서 영종(英宗)까지 수십 년 동안 이른바 '삼양(三楊)'으로 불리던 양영·양부·양사기 등에 의해 지어진 문장을 '대각체(臺閣體)'라고 한다. 이 문체는 대각중신(臺閣重臣)들이 영락(永樂)·홍희(洪熙)·선덕(宣德)·정통(正統) 왕조에 대한 충성과 황제의 공적을 칭송한 글을 지칭한다. 예술적으로는 아정(雅正)한 세계를 추구하였다. 대각중신은 궁정에서 연회 형식으로 모임을 개최하였다. 이 과정에서 대각체가 탄생하였던 것이다. 또 다른 면에서 보면 대각체는 문인결사의 분위기를 고조시켰다. 예를 들면 이로시사(怡老詩社)가 생겨난 것은 대각체의 흥성과 밀접한 관계가 있기 때문이다. 이로창화(怡老唱和)는 대각적 분위기가 짙었지만, 대각에서의 아집과 산림에서의 아집을 일체화시키는 역할을 담당하였다.[58]

청대 이후에도 아집은 문학 창작의 산실이었다. 홍교수계(虹橋修禊)[59]가 대표적인 예이다. 이 아집은 왕어양(王漁洋, 士禎 1634~1711)이 개최한 것으로,[60] 모두 두 차례에 걸쳐 진행되었다. 제1차례는 강희(康熙 원년, 1662년) 두준(杜濬, 1611~1687)·원우령(袁于令, ?~1674)·주극생(朱克生, 1631~1679)·장양중(張養重, 1617~1684) 등 10여 명의 모임이었다. 그는 이 자리에서 〈완계사(浣溪沙)〉 2수, 〈홍교유기(紅橋遊記)〉·〈홍교회고(紅橋懷古)〉를 지었다. 두 번째 수계는 강희 3년(1664년) 송지위(孫枝尉)·장강손(張綱孫) 등의 모임으로, 〈야춘절구(冶春絶句)〉 20수가 지어졌다. 두 차례의 '홍교수계'는 수많은 문학 작품을 생산하고 더불어 그의 '신운(神韻)' 문학을 확산시키는 계기를 마련했다는 평가를 받고 있다.

홍교수계에서는 대대적인 화운(和韻)이 진행되었고 그 결과물은 문집으로 발간되었다. 노견증(盧見曾, 1690~1768)은 건륭 23년(1757년)에 제2차 양회염운사(兩淮鹽運使)로 부임하여 의홍원(倚虹園)의 홍계수계청(虹橋修禊廳)에서 당시 문단의 대표였던 왕사정(王士禎, 1634~1711)·정섭(鄭燮, 1693~1765)·진찬(陳撰, 1678~1758)·금농(金農, 1686~1763)·여악(厲鶚, 1692~1752)·나빙(羅聘, 1733~1799) 등과 아집을 개최하였다.[61] 그는 이 자리에서 칠언율시 4수를 지었다. 각 지역에서 이 시운을 가지고 6, 7천 명이나 화운하였다. 그 결과 3백여 권에 달하는 거대한 시집이 완성되었다.

이상과 같이 작품이 한 개인의 순수한 창작에서 출발하기도 하지만, 환경과 시대의 영향을 받을 뿐 아니라 일정 정도 과거 작가의 작품의 영향을 받아 모방하거나, 동시대 다른 작가의 작품을 차용하거나, 혹은 심지어 집단 창작하는 경우도 있었다. '차운(次韻)'·'차제(次題)'·'방고(倣古)'·'화시(和詩)'·'창화(唱和)'·연창(聯唱) 등 집단 창작의 형식은 아집과 밀접한 관계가 있다. 문학의 집단 생산은 중세 문인 사대부들에게 매우 일반적인 생산 메커니즘 혹은 일종의 소통 시스템이었다. 이러한 환경을 제공한 것이 바로 아집이었다.

이상에서 설명한 것을 요약하면, 중국의 전통 문인 사대부들은 아집을 개최하여 상호교감하고 절차탁마를 통하여 계층 간의 긴밀한 관계를 유지하는 한편 다량의 문학 작품을 집단 생산하였음을 알 수 있다. 또한 아집은 새로운 문체의 탄생과 문학이론의 등장과 깊은 관계가 있음을 알 수 있다.

3.4. 문화 확산의 기능

중국의 전통 아집은 왕공, 귀족, 문인 사대부 등이 주로 참가하였지만, 명청대에 이르면 다양한 계층으로 확산되는데, 주목해야 하는 계층은 상인과 여성이다. 이런 현상은 명대부터 시작되었고 청대에 이르러 보편화되었다.

청대의 강남 지역의 상인들은 막대한 자본을 기반으로 원림을 경영하고 사대부들과 함께 아집을 개최하거나 이를 후원하였다. 그들은 경상(經商)을 통하여 부를 축적하였고, 생원(生員) 이상의 정치적 지위를 확보하였으며, 게다가 시서화를 수장(收藏)하고 감상할 수 있는 지적 능력까지 갖추게 되었다. 그들은 별서와 원림을 경영하여 가난한 문인들에게 숙식을 제공하고 장기간 학문을 연마하는 장소를 제공하였다. 결국 유상(儒商)들은 인재들을 결집시키는 역할을 담당하였다.

가장 대표적인 예를 들면, 청대 양주 지역의 염상 중 휘상 출신 마왈관(馬曰琯, 1687~1755)·마왈로(馬曰璐, 1711~1799) 형제이다. 그들은 소영롱산관(小玲瓏山館)을 짓고 문인 여악·전조망(全祖望, 1705~1755)·요세옥(姚世鈺, 1730~1757)·정몽성(程夢星, 1678~1747)·호기항(胡期恒, 명말 청초 문인)·왕옥추(汪玉樞, 건륭 연간의 양주염상)·방사서(方士庶, 1692~1751)·장사과(張四科)·고상(高翔, 1688~1753)·육석주(陸錫疇)·정경(丁敬, 1695~1765)·조일청(趙一淸, 1711~1764) 등 당시 청대의 명사 40여 명과 자주 아집을 개최하였다. 소영롱산관은 본래 일종의 장서루(藏書樓)⁶²⁾로서, 마씨 형제는 명사들을 소영롱산관으로 불러 숙식을 제공하고 시회를 즐겼다.

두 형제는 또한 한강아집(韓江雅集, 혹은 邗江雅集)을 개최하였다. 여악(厲鶚)은 〈구일행암문연도기(九日行庵文讌圖記)〉에서 다음과 같이 말하였다.

"행암은 양주의 북쪽 천령사의 서쪽 모퉁이에 있는데, 마왈관과 마왈로 형제가 승방의 작은 공간을 구매하여 지은 휴식처이다. 천령사는 진(晉)의 사태부(謝太傅)의 별서로서 서쪽 모퉁이는 고목이 가득 차서 짙은 그늘을 드리웠고, 숲에 들어가면 부근의 성곽도 보이지 않았다. 그 속에 행암이 있는데 수리하거나 단청을 하지 않았다. 건물과 마당이 매우 맑고 시원하여 여기에 들어와서 휴식하는 사람은 미련이 남아 떠나지 못하였다."⁶³⁾

이 아집은 양주의 천령사(天寧寺) 서쪽 모퉁이에 있는 행암(行庵)에서 개최되었음을 알 수 있다. 행암은 고목이 무성한 숲 속에 위치하고 있어 아집 장소로 매우 적합했던 것이다. 이 아집은 마왈관이 문인 호기항과 함께 중양절(重陽節)을 맞이하여 기획한 것으로, 전조망·여악·민화·장사과·정몽성·진장 등 16명이 참가하였다.⁶⁴⁾ 아회의 결과물로는 《한강아집(邗江雅集)》12권과 화가 방사서·엽진초(葉震初)가 그린 〈구일행암문연도(九日行庵文讌圖)〉⁶⁵⁾가 남아 있다.

《한강아집(邗江雅集)》 1권에는 심덕잠(沈德潛)의 서문이 수록되어 있다.

"한강아집에서 한강의 여러 시인이 함께 노래하였다. 본 고장의 여러 사람과 타향 손님이 모두 참여하였다. 지위를 생략하고 나이도 묻지 않고 대체로 동지(同志)·장풍아자(長風雅者)라고 불리는 사람들이 참가하

였다. 책으로 출판되었고, 모두 16명이 아집도를 그렸다."⁶⁶⁾

　이상의 기록에서 보면, 이 아집에는 본지와 타지 출신 시인들이 모였고, 신분과 나이를 따지지 않았음을 알 수 있다. 그 이유는 상인 계층이 주도하였기 때문으로 풀이된다. 또한 여기서 말한 아집도는 〈구일행암문연도(九日行庵文讌圖)〉이고, 책으로 편집된 것은 ≪한강아집(邗江雅集)≫ 12권을 지칭하는 것이다. ≪한강아집≫에는 25명의 시가 수록되었는데, 아집에서 지어진 시문이 신속하게 출판되었고, 시집이 출간된 후 재차 아집을 개최하여 이것을 다시 감상하였다고 한다. 이러는 과정에 아집과 시집이 증가하였으며, 학술계의 영수나 문단의 중견들이 총망라되는 계기가 되었다

　그리고 이 아집에서는 특별히 근채(芹菜)·기묘(杞苗)·채태(菜苔) 등의 진귀한 봄나물을 맛보도록 제공했다. 상인들이 아집을 위해 얼마나 주도면밀하게 물질을 제공했는지 짐작케 한다.

　명대에 이르면 상인 이외 여인들도 아집에 참여하기 시작하였다. 이것이 청대에 이르러 점점 성행하게 되었다. 청초의 모기령(毛奇齡, 1623~1716)은 서소화(徐昭華, 1701년 전후 생존)를 초대하였고, 풍반(馮班, 1602~1671)은 오초(吳綃) 등을 초대하였다는 기록이 있다.⁶⁷⁾ 건륭 시대에는 임조린(任兆麟, 1781년 전후 생존)이 여자 제자인 장청계(張淸溪)·이미(李媺)·장분(張芬)·육영(陸瑛)·석혜문(席惠文)·주종숙(朱宗淑)·강주(江珠)·심양(沈纕)·우담선(尤澹仙)·심지옥(沈持玉) 등 '오중십자(吳中十子)'와 왕옥진(汪玉軫)·김일(金逸)·마소정(馬素貞)·유지(劉芝)·주풍란(周灃蘭)·왕점화(王拈華)·엽란(葉蘭)·도선(陶善)·주불주(周佛珠) 등 20여 명을 초청하였다.⁶⁸⁾

　그중에서 원매가 여 제자를 초청하여 벌인 아집이 가장 유명하다. 이

것이 이른바 수원여 제자아집(隨園女弟子雅集)이다. 수원(隨園)은 원매(袁枚)가 남경에 살았을 때 사용하던 별서 이름이다. 원매가 남경에 있을 때 40여 명의 여 제자가 그를 따라 공부를 했다. 원매가 건륭(乾隆) 7년(1792년) 항주 서호(西湖)의 보석산장(寶石山莊)으로 옮겨 살았는데, 이때 원매에게는 시를 배우기 위해 남경과 오문(吳門) 일대의 제자들이 항주로 몰려들었다.

원매가 개최한 아집에서 창작한 시는 ≪수원여자시선(隨園女弟子詩選)≫과 ≪수원시화(隨園詩話)≫에 수록되어 있다. 그리고 아집 현장을 묘사한 그림은 〈수원여 제자도권(隨園女弟子圖卷)〉(혹은 〈十三女弟子湖樓請業圖〉라고도 부름. 상해박물관 소장)이다. 아집이 개최된 '호루(湖樓)'는 원매의 친구 손가락(孫嘉樂)의 소유로서, 서호 보석산장의 부속 건물이다. '청업(請業)'은 제자들이 스승에게 가르침을 요청한다는 의미인데, 주로 시에 대한 수업을 말한다. 이 그림은 원매의 부탁에 의해 그려진 것이다. 우조(尤詔)와 왕공(汪恭)이 1792년 제1차 아집 후에 그린 것이다(이 그림에 '婁東尤詔寫照, 海陽汪恭制圖' 낙관이 보인다). 이 그림은 우측에서 시작하여 좌측에서 끝나는데, 그림이 끝나는 부분부터 원매가 1796년 2월에 지은 발문이 붙어 있고, 그 왼쪽에는 최씨(崔氏) 성을 가진 화가가 그린 3명의 사녀도가 붙어 있다. 이것들은 1796년 제2차 아집 후에 보충하여 그린 것이다.

이 그림은 원매가 수원 여자 제자들과 함께 서호에서 개최한 아집의 상황을 묘사한 것으로, 두 편의 발문은 당시 아집 상황과 여자 제자들의 신분과 내력을 상세하게 기록하였다.

〈전발(前跋)〉

건륭(乾隆) 임자(壬子) 3월 나는 서호(西湖) 보석산장(寶石山莊)에 기거하고 있었다. 한번은 오(吳)지방 여(女) 제자들이 각각 시를 들고 와서 배우기를 청했다. 얼마 뒤 우조(尤詔)와 왕공(汪恭)에게 부탁하여 이 광경을 그림으로 그려달라고 부탁하였다. 나는 그림 뒤에 성명을 기록하여 〈도정백진영위업지도(陶貞白眞靈位業之圖: 도홍(陶弘)이 지은 신령의 계보도)〉처럼 만들었다. (그림 속에) 버드나무 아래 나란히 걷고 있는 자매가 호루주인(湖樓主人) 관찰사 손영의(孫令宜)의 딸 손운봉(孫雲鳳)과 손운학(孫雲鶴)이다. 자리에 앉아 가야금을 어루만지는 사람은 을묘년 과거급제자 손원상(孫原湘)의 처 석패란(席佩蘭)이다. 그 옆에 앉은 사람은 재상 서문목공(徐文穆公)의 딸 손유형(孫裕馨)이며, 손으로 난을 꺾는 자는 완강순무(皖江巡撫) 왕우신(汪又新)의 딸 왕찬조(王纘祖)이다. 붓을 들고 파초를 노래하는 사람은 명경(明經) 왕추어(汪秋御)의 딸 왕신(汪姍)이다. 그 어깨에 기대고 서 있는 어린 여자는 관찰사 오강(吳江) 이영인(李寧人)의 외손녀 엄예주(嚴蕊珠)이다. 책상에 기댄 채 붓을 들고 생각하고 있는 사람은 송강(松江) 명문가 요고단(廖古檀)의 딸 요운금(廖雲錦)이다. 책을 들고 마주 앉아 있는 자는 태창(太倉) 효자 금호(金湖)의 처 장옥령(張玉玲)이다. 책상 옆 모퉁이에 앉아 있는 여인은 우산(虞山)의 굴완선(屈婉仙)이다. 대나무에 기대고 서 있는 여자는 장소사농극문공(蔣少司農戟門公)의 딸 손심보(孫心寶)이다. 부채를 들고 있는 여자는 성이 김(金)이고 이름은 일(逸)이고 자는 섬섬(纖纖)이며, 오문(吳門) 수재(秀才) 진죽사(陳竹士)의 아내이다. 낚시대를 들고 산에 몸이 가려 있는 여자는 경강(京江) 포아당(鮑雅堂)의 누이인데, 이름이 혜(蕙)이고, 자가 지향(芷香)이며 장가재(張可齋) 시인의 소실이다. 13명 이외에 노인의 옆에서 아이를 데리고 있는 여자는 우리 집안 질부 대란영(戴蘭英)이다. 아이 이름은 은관

(恩官)이다. 각 사람마다 각각 시집을 가지고 있고, 현재 출판되어 있다. 가경 원년 2월 화조일(花朝日)에 수원노인(随園老人)이 향년 81살에 쓰다.[69]

이 아집은 호루 주인 손영의(孫令宜)가 후원한 것임을 알 수 있다. 이런 연유로 그림은 우측의 손영의의 두 딸로부터 시작된다. 게다가 경강의 수장가로 유명한 당시 포아당(鮑雅堂)의 누이가 참석한 것으로 보아 상인들이 아집을 후원했을 것으로 짐작된다. 이외에도 당시 강남 지역의 고관들의 부녀자들이 시를 배우고 여러 차례의 모임을 통하여 얻어진 결과를 출판을 통하여 유통시켰음을 알 수 있다.

원매는 화조일(花朝日)에 이 발문을 지었다고 했다. 이 날은 음력 2월 초이틀(혹은 2월 11일, 2월 15일)로서, 여인들이 야외로 떼를 지어 다니며 꽃구경하는 날이다. 또한 꽃가지에 오색지를 오려 붙여 감상하는 상홍(賞紅), 혹은 푸른 잔디를 밟는 '답청(踏靑)' 행사를 거행하는 날이다. 전통적인 민속행사인 화조절에 아집을 개최하였다는 것은 의미가 있다. 아집을 여인들의 활동과 맞춘 것은 아집의 사회적 전파기능이 변화되었음을 알 수 있다. 특히 여자 제자들이 모두 시집을 출판하였다는 점에서 아집이 사회적으로 널리 파급되었음을 알 수 있다.

원매는 2차 아집을 개최하였고, 다음과 같은 발문을 그림에 다시 붙였다.

〈후발(後跋)〉

을묘년(乙卯年) 봄, 나는 다시 호루(湖樓)에 와서 시회를 다시 열었는데, 뜻밖에 서(徐)·김(金) 두 여인이 모두 죽어 오랫동안 슬펐다. 요행이 배우려고 온 세 사람이 있기에 앞 그림에 끼어 넣기 어려워 오랜 친구 최군에게 부탁하여 소폭을 뒤에 보충하게 하였다. 모두 그 집안의 초상화를 얻어서 그린 것이다. 손으로 복숭아꽃을 꺾은 자는 수재 유하상(劉霞裳)의 소실 조차경(曹次卿)이다. 목도리에 패란(佩蘭) 리본을 달고 서 있는 자는 구곡(句曲) 여사 낙의란(駱綺蘭)이다. 붉은 망토를 두르고 말을 거는 여자는 복건(福建) 방백(方伯) 여사(璵沙) 선생의 작은 딸 전림(錢林)이다. 모두 시를 잘 읊었다. 낙의란은 《청추헌시집(聽秋軒詩集)》을 출판하였는데, 나는 이를 위해 서문을 썼다. 청명절 3일 전 원매가 다시 쓰다.[70]

제2차 아집에는 7명이 참가하였다. 그림 속에는 세 사람만 그려졌다. 그중에서 조차경(曹次卿)은 원매의 제자 유하상(劉霞裳)의 아내이고, 전림(錢林)은 복건포정사(福建布政使) 전기(錢琦)의 딸인데 항주의 망족에게 시집을 갔다. 보충 그림 속에 들어가 있지 않은 4명은 손운봉·손운학·반소심(潘素心), 손가락(孫嘉樂)의 첩 왕옥여(王玉如)이다. 반소심은 당시 강남 지역에서 유명했던 여류 시인이었다.[71]

이상과 같이, 명청대에 이르러 상인과 여인이 아집에 점점 많이 참여하게 되어 아집 담당층의 분화가 이루어졌다고 할 수 있다. 또한 아집의 결과물이 상인 자본의 지원을 받아 출판되었다. 이처럼 아집 담당층의 분화, 결과물의 출판 유통은 아집문화가 사회 전반으로 확충되었다는 의미와 함께, 문화적 다양성을 확보하는 계기가 되었다고 할 수 있다.

주(註)

1) ≪漢文學史綱要≫ "天下文學之盛, 當時蓋未有如梁者也."

2) ≪北史·柳纖傳≫ "以師友處之"

3) ≪夢溪筆談≫ 卷九: "時天下無事, 帝許臣僚擇勝燕飲. 當時侍從文館士大夫各爲燕巢, 以至市樓酒肆皆爲游息之地"

4) 三仙山·五天竺圖, 多老壽者. 前懷州司馬安定胡呆, 年八十九. 衛尉卿致仕馮翊吉皎, 年八十六, 前右龍武軍長史滎陽鄭據, 年八十四. 前慈州刺史廣平劉眞, 年八十二. 前侍御史内供奉官范陽盧眞, 年七十二. 前永州刺史清河張渾, 年七十四. 刑部尚書致仕太原白居易, 年七十四. 已上七人, 合五百七十歲, 會昌五年三月二十一日于白家履道宅同宴, 宴罷賦詩, 時秘書監狄兼謨·河南尹盧貞, 以年未七十, 雖與會而不及列.(≪全唐诗≫ 卷460-23)

5) ≪荊楚歲時記≫(寶顏堂秘笈本): 三月三日. 四民並出江渚池沼間, 臨清流. 爲流杯曲水之飲. 按韓詩云唯溱與洧, 方洹洹兮. 唯士與女, 方秉蘭兮. 注謂今三月桃花水下,以招魂續魄, 以除歲穢. 周禮女巫歲時祓除釁浴. 鄭注云今三月上巳水上之類. 司馬彪禮儀志曰三月上巳, 官民並禊飲於東流水上, 彌驗此日. 南岳記云其山西曲水處, 水從石上行,士女臨河一作行壇, 三月三日所逍遙處. 續齊諧記晉武帝問尚書摯虞曰三日曲水, 其義何指. 答曰漢章帝時, 平原徐肇, 以三月初生三女, 至三日俱亡, 一村以爲怪. 乃相與攜酒至東流水邊, 洗滌去災, 遂因流水以泛觴. 曲水之義, 起於此也. 帝曰若如所談, 便非嘉事. 尚書郎束晳曰摯虞小生, 不足以知此. 臣請說其始. 昔周公卜城洛邑, 因流水以泛酒. 故逸詩云羽觴隨波流, 又秦昭王三月上巳, 置酒河曲, 有金人, 自東而出. 捧水心劍曰令君制有西夏, 及秦霸諸侯. 乃因其處立爲曲水. 二漢相沿, 皆爲曰善. 賜金五十斤, 爲陽城令. 周靈 吳徽注吳地記則又引郭虞三女, 並以元巳日死. 故臨水以消災, 所未詳也. 張景陽洛禊賦則洛水之遊. 傅長虞禊飲文, 乃園池之宴. 孔子暮春浴乎沂則水濱禊祓, 由來遠矣.

6) 庾信〈春賦〉三日曲水向河津, 日晚河邊多解神. 樹下流杯客, 沙頭渡水人.

7) ≪論衡·解除≫: 世間繕治宅舍, 整地掘土, 功成作畢, 解謝土神, 名曰解土.

8) ≪現代漢語辭典≫ '祓'條를 보면, 한대(漢代) 전후의 기록에 모두 '제사'를 의미하고 있음을 알 수 있다. 다음은 관련 기록이다.
   ≪說文≫ 祓, 除惡祭也
   ≪爾雅·釋天≫ 祓, 祭也
   ≪左傳·昭公十八年≫ 祓禳于四方
   ≪國語·周語≫ 王其祇祓 監農不易
   ≪漢書·外戚傳上≫ 帝祓霸上

9) ≪風俗通義·祀典≫ "禊者, 潔也. 謹按≪周禮≫男巫掌望祀, 旁招以茅, 女巫掌歲時以祓除釁浴"

10) 〈南都賦〉: 暮春之禊, 元巳之辰, 方軌齊軫, 祓于陽濱.

11) 〈魯都賦〉: 及其素秋二七, 天漢指隅, 民胥祓禊, 國于水嬉.

12) ≪世說新語·企羨≫ 王右軍得人以蘭亭集序方金谷詩序, 又以己敵石崇, 甚有欣色.

13) 〈上巳日憶江南禊事〉黃河西繞郡城流, 上巳應無被禊游. 爲憶淥江春水色, 更隨宵夢向吳洲.

14) ≪遼史·王鼎傳≫: 適上巳, 與同志被禊水濱, 酌酒賦詩.

15) 〈三日洛水作詩〉: 晷運無窮已. 時逝焉可追. 斗酒足爲歡. 臨川胡獨悲. 暮春春服成. 百草敷英蘤. 聊爲三日游. 方駕結龍旗. 廊廟多豪俊. 都邑有艶姿. 朱軒蔭蘭皋. 翠幙映洛湄. 臨岸濯素手. 涉水搴輕衣. 沉鉤出比目. 舉弋落雙飛. 羽觴乘波進. 素卵隨流歸.

16) ≪西京雜記≫ 卷四: 梁孝王忘憂館時豪七賦: 梁孝王游于忘憂之館, 集諸游士, 各使爲賦(이하 생략). 漢代 水禊事에 관하여서는 ≪中國園林文化≫(曹明綱, 上海古籍出版社, 2001, 136쪽)를 참고.

17) ≪宋書·禮志≫: 魏明帝天淵池南, 設流杯石溝, 燕群臣. 晉海西鍾山後流杯曲水, 延百僚, 皆其事也. 宮人循之至今.

18) 〈金谷詩序〉: 余與衆賢共送往澗中. 盡夜游宴, 屢遷其坐. 或登高臨下, 或列坐水濱. 時琴瑟笙筑, 合載車中, 道路幷作. 及住, 令與鼓吹遞奏. 遂合賦詩, 以敍中懷. 或不能者, 罰酒三斗.

19) 王羲之 〈蘭亭集序〉: 永和九年歲在癸丑, 暮春之初, 會于會稽山陰之蘭亭 脩禊事也. 群賢畢至, 少長咸集. 此地有崇山峻嶺, 茂林脩竹, 又有清流激湍, 映帶左右. 引以爲流觴曲水, 列坐其次. 雖無絲竹管絃之盛, 一觴一詠, 亦足以暢敍幽情. 是日也, 天朗氣淸, 惠風和暢. 仰觀宇宙之大, 俯察品類之盛, 所以遊目騁懷, 足以極視聽之娛, 信可樂也. 夫人之相與, 俯仰一世, 或取諸懷抱, 悟言一室之內, 或因寄所託 放浪形骸之外. 雖趣舍萬殊, 靜躁不同, 當其欣於所遇, 暫得於己, 快然自足, 曾不知老之將至. 及其所之旣惓, 情隨事遷 感慨係之矣. 向之所欣, 俛仰之間, 以爲陳迹, 猶不能不以之興懷. 況脩短隨化, 終期於盡! 古人云"死生亦大矣."豈不痛哉! 每攬昔人興感之由, 若合一契, 未嘗不臨文嗟悼. 不能喩之於懷, 固知一死生爲虛誕, 齊彭殤爲妄作. 後之視今, 亦由今之視昔, 悲夫! 故列敍時人, 錄其所述, 雖世殊事異, 所以興懷, 其致一也, 後之攬者 亦將有感於斯文. (神龍本)

20) 민국 2년부터 1980년 초까지의 활동 상황은 잘 알려지지 않고 있다. 1982년 서예가 沙海孟의 발기로 蘭亭書會가 성립되었고, 1984년 소흥시 인민대표대회 상무위원회가 매년 음력 3월 3일을 紹興書法節로 결정하였다. 이 이후로 매년 이날 각종 성대한 서예 대회 및 아집 활동을 거행하고 있다. 1992년부터는 蘭亭國際書法節 행사를 병행하고 있다.

21) 鄔志方 등 편찬 ≪歷代詩人詠蘭亭≫, 新華出版社, 2002, 206~239쪽, 〈蘭亭雅集小錄〉 참조.

22) ≪夢梁錄≫ "三月三日上巳之辰曲水流觴, 故事起于晉時, 唐朝賜宴曲江, 傾都禊飲踏青, 亦是此意"

23) 〈三月三日被禊洛濱序〉(白居易): 開成二年三月三日, 河南尹李待價以人和歲稔, 將禊于洛濱. 前一日, 啓留守裴令公. 令公明日召太子少傅白居易·太子賓客蕭籍李仍叔劉禹錫〈中略〉等一十五人, 合宴于舟中. 由斗亭, 歷魏堤, 抵津橋, 登臨沂沿, 自晨及暮, 簪組交映, 歌笑間發, 前水嬉而後妓樂, 左筆硯而右壺觴, 望之若仙, 觀者如堵. 盡風光之賞, 極游泛之娛. 美景良辰, 賞心樂事, 盡得于今日矣. 若不記錄, 謂洛無人, 晉公首賦一章, 鏗然玉振, 顧謂四座繼而和之, 居易舉酒抽毫, 奉十二韻以獻 ≪全唐詩≫ 四五六.

24) 劉禹錫〈游平泉宴浥澗, 宿香山石樓, 贈座客〉: 洛下今修禊, 群賢勝會稽, 盛筵陪玉鉉, 通籍
盡金閨. 波上神仙妓, 岸傍桃李蹊. 水嬉如鷺振, 歌響雜鶯啼. 歷覽風光好, 沿洄意思迷. 棹歌
能儷曲, 墨客競分題. 翠幄連雲起, 香車向道齊. 人夸綾步障, 馬惜錦障泥. 塵暗宮墻外, 霞明
苑樹西. 舟形隨鷁轉, 橋影與虹低. 川色晴猶遠, 烏聲暮欲棲. 唯餘踏靑伴, 待月魏王堤. ≪全
唐詩≫ 卷362-25.

25) 白居易〈游平泉宴浥澗, 宿香山石樓, 贈座客〉: 逸少集蘭亭, 季倫宴金谷. 金谷太繁華, 蘭亭
闕絲竹. 何如今日會, 浥澗平泉曲. 杯酒與管弦, 貧中隨分足. 紫鮮林筍嫩, 紅潤園桃熟. 採摘
助盤筵, 芳滋盈口腹. 閑吟暮雲碧, 醉藉春草綠. 舞妙艷流風, 歌清叩寒玉. 古詩惜盡短, 勸我
令秉燭. 是夜勿言歸, 相携石樓宿.

26) 蘇東坡〈和王勝之〉: 齊釀如澠漲綠波, 公詩句句可弦歌, 流觴曲水無多日, 更作新詩繼永和.

27) 宋 趙升≪朝野类要·徐紀≫ 同榜及第聚會則曰同年會.

28) 李東陽〈甲申十同年圖詩序〉: 唐九老之在香山, 宋五老之在睢陽, 歌詩燕會皆出于休退之
後. 今吾十人者皆有國事吏責, 故其詩于和平優裕之間, 猶有思職勤事之意. 他日功成身退,
各歸其鄕, 顧不得交倡迭和, 鳴太平之盛以續前朝故事, 則是詩也, 未必非寄情寓意之地也.

29) 王世貞〈甲申十同年會圖跋〉明興人才之盛獨稱孝廟時, 而孝廟諸大臣又獨稱甲申, 成進士
者中間如劉忠宣·戴恭簡·李文正·謝文肅·王襄敏及莊懿公, 皆揚歷中外, 位承弼者篤棐聲,
其它類亦廉潔好修之士, 僅一焦泌陽(焦芳)爲耳. 以香山洛社之耆俊不在野而在朝, 固可以
仰窺孝廟如神之智, 其一時景物光彩爲人所艷羨而不可得者, 僅此在覽之.

30) 祁環雲,〈唐宋進士同年會述略〉,≪歷史研究≫ 제28권 3期, 2009.6.

31) 吳子遜菴, 由南京刑部郎中南司寇用, 弘治三年詔書得薦其屬 將待以不次, 疏未達而命守
敍州. 旣嘗調, 敍又險且遠, 公獨不以爲意. 吾鄕諸君子共餞于虎丘, 爲詩幷圖言以壯其行.
遜菴屬周寫長幅. 自蔡林屋以下十有三人以紀一時之勝, 其風致可想見焉. 都南濠, 楊南峰,
朱大理, 彭龍池, 袁胥臺, 唐六如, 吳匏菴, 沈石田, 文衡山, 王西室, 徐天全, 祝枝山 弘治己
酉三月十有七日. 長洲沈周.

32) 吳寬〈海月庵冬日賞菊圖序〉: 略弘治二年十月二十八日翰林諸公會予園居賞菊 既各有詩
宜有圖 置其首 乃請鄕人杜謙寫之 大率寫其意 不求甚似 至于衣冠古雅 亦不必似今人 而况
草木之产乎

33) 宋 孟元老≪東京夢華錄·重陽≫: 九月重陽, 都下賞菊, 有數種：其黃白色蕊若蓮房, 曰
萬万齡菊；粉紅色曰桃花菊；白而檀心曰木香菊, 黃色而圓者曰金鈴菊；純白而大者曰喜
容菊, 無處無之.
宋 吳自牧 ≪夢梁錄·九月≫ "年例：禁中與貴家皆此日賞菊, 士庶之家, 亦市一二株玩賞.
其菊有七八十種, 且作重九久."

34) 文徵明,〈惠山茶會圖〉, 지본 채색, 22×67cm, 북경고궁박물원 소장.

35) 文徵明,〈品茶圖〉, 지본 채색, 대만고궁박물원 소장.

36)〈品茶圖詩後跋文〉: 嘉靖辛卯, 山中茶事方盛, 陸子傅過訪, 遂汲泉煮而品之, 眞一段佳話也.

37) 屠隆 ≪茶說≫: 茶寮: 構一斗室相傍山齋, 內設茶具, 教一童子專主茶役, 以供長日淸談.
寒宵兀坐, 幽人首務, 不可少廢者.

38) 杜菫 〈玩古図〉, 비단채색, 126.1×187cm, 臺北故宮博物院 所藏.

玩古乃常, 博之志大. 尙象制名, 禮樂所在. 日無禮樂, 人反塊(愧) 然. 作之正之, 吾有待焉. 樗居杜菫. 東冕徵玩古圖埴題. 予則似求形外. 意托言表. 觀者鑑之.

39) 黃崇惺 ≪草心樓讀畫集≫: 休歙名族乃程氏銅鼓齋, 鮑氏安素軒, 汪氏涵星硏齋, 程氏尋樂草堂皆百年巨室, 多蓄宋元書籍, 法帖, 佳硯, 奇香, 珍藥, 與夫尊彝, 圭璧, 盆盎, 每出一物, 皆歷來賞鑑所 津津稱道者(范金民, 〈明淸地域商人與江南文化〉, ≪江海學刊≫, 2002.1 재인용)

40) ≪舊唐書≫卷72 列傳22 〈褚亮傳〉: 始太宗旣平寇亂, 留意儒學, 乃於宮城西起文學館, 以待四方文士. 於是, 以屬大行臺司勳郎中杜如晦, 記室考功郎中房玄齡及于志寧, 軍諮祭酒蘇世長, 天策府記室薛收, 文學褚亮・姚思廉, 太學博士陸德明・孔穎達, 主簿李玄道, 天策倉曹李守素, 記室參軍虞世南, 參軍事蔡允恭・顏相時, 著作佐郎攝記室許敬宗・薛元敬, 太學助教蓋文達, 軍諮典籤蘇勗, 並以本官兼文學館學士. 及薛收卒, 復徵東虞州錄事參軍劉孝孫入館. 尋遣圖其狀貌, 題其名字・爵里, 乃命亮爲之像贊, 號十八學士寫眞圖, 藏之書府, 以彰禮賢之重也. 諸學士並給珍膳, 分爲三番, 更直宿于閤下, 每軍國務靜, 參謁歸休, 卽便引見, 討論墳籍, 商略前載. 預入館者, 時所傾慕, 謂之 「登瀛洲」.

41) ≪翰林志≫: 唐興, 太宗始於秦王府開文學館, 擢房玄齡・杜如晦一十八人, 皆以本官兼學士, 給五品珍膳, 分爲三番更直於閤下, 討論墳典, 時人謂之'登瀛洲'
≪資治通鑑・唐高祖武德四年≫: "士大夫得預其選者, 時人謂之'登瀛洲'."

42) ≪明史・張簡傳≫: 當元季, 浙東西士大夫以文墨相尙, 每歲必聊詩社, 聘一二文章巨公主之, 四方名士畢至, 宴賞窮一夜, 詩勝者輒有厚贈.

43) 王次澄, 〈元初遺民詩人的桃花源 — 月泉吟社及其詩〉, ≪河北學刊≫, 1995.6, 67~74쪽.

44) 施新, 〈論月泉吟社詩及其在遺民詩史中的地位〉, ≪南昌大學學報(人文社會科學版)≫, 2007.7, 101~107쪽.

45) 陸世儀 ≪復社紀略≫: 毋蹈匪彝, 毋讀非聖書, 毋違老成人, 毋矜己長, 毋形彼短, 毋巧言亂政, 毋干進辱身. 嗣今以往, 犯者小用諫, 大則擯, 旣布天下皆遵而守之.

46) 明 方九紋 〈西湖八社詩帖序〉: 夫士必有所聚. 窮則聚于學, 達則聚于朝, 及其退也, 又聚于社, 以托其幽閑之迹, 而忘乎閴寂之懷. 是蓋士之無事而樂焉者也. 古之爲社者, 必合道藝之志, 擇山水之勝, 感景光之邁, 寄琴爵之樂, 爰寓諸篇, 而詩作焉

47) 尤侗 〈眞率會約〉(≪檀几叢書≫): 一 不談官長, 二不談阿堵(錢), 三不談帷薄事 〈會之事〉: 飮食之外, 或詩賦・或讀書・或作字・或琴・或棋, 各從所好, 獨不許賭牌. 賭牌在費. 費時費心費財. 戒之哉. 犯者罰. 數人之聚, 言語弗多, 或談史・或談經・或談禪・或談山水,固自佳爾"

48) 張瀚 〈怡老會約〉: 若官府政治, 市井鄙瑣, 自不涉及

49) 尤侗 〈眞率會約〉, 狄億의 〈菊社約〉에서 "隨心所欲, 自娛自樂, 讀書賦詩, 彈琴對奕, 淸談經史, 論禪悟道"라고 한 것을 보면, 대부분이 유상곡수의 전통을 계승하려고 한 것 같다.

50) 支彤, 〈大歷時期江南兩大詩會研究〉, 北京語言大學 碩士論文, 2009.

51) 吳在庆, 〈論唐代文士的集會宴游對創作的影响〉, ≪厦門大學學报(哲學社會科學版)≫, 2003.9.28.

52) 당대 아집의 결과물과 활동에 관해서는 ≪唐代集會總集與詩人群研究≫(賈晉華, 北京

大學出版社, 2001.6. 第1版)가 참고할 만하다.

53) 中國繪畵史上的≪文會圖≫(2005), 趙启斌, 荣寶齋; 2005年 06期.

54) 구체적인 참석자는 蘇軾·王晉卿·蔡天启·李端叔·蘇子由·黃魯直·李伯時·晁無咎·張文潛 鄭靖老·秦少游·陳碧虛·米元章·王仲至·圓通大師·劉巨济. 당시에 李伯時이 그림을 그리고 米元章이 그림의 기문을 썼다. 서원아집은 문학 생산에 그치지 않고 모임 현장에서 李公麟이 그린 〈西園雅集圖〉로 재현되었다. 이 그림은 후세 문인들과 화가들에 의해 수차례 모사되어 후대에 지대한 영향을 주었다.

55) 下有激湍漺流於大溪之中, 水石潺湲, 風竹相呑, 爐烟方裊, 草木自馨. 人間淸曠之樂, 不過於此. 嗟乎! 洶湧於名利之域而不知退者, 豈易得此邪! 自東坡而下, 凡十有六人, 以文章議論, 博學辨識, 英辭妙墨, 好古多聞, 雄豪絶俗之資, 高深羽流之傑, 卓然高致, 名動四夷. (≪式古堂書畵彙考≫ 卷三十三·≪文章辨體彙考≫ 卷二百八十四·≪寶晉英光集補遺≫)
이 글은 李公麟의 〈西園雅集圖〉에 붙인 글로써, 西園雅集의 상황과 이유 등을 밝혔다. 이 글의 생략된 부분에서는 아집에 참석한 문사 16명의 외모와 詩作, 그림 감상, 명상, 거문고 타기 등 청아한 모임 활동을 일일이 상세하게 묘사하였고, 게다가 모임의 준비를 위해 배석한 시동과 여인들의 면면까지 서술하였다. 이어서 아집 공간이 가지는 林泉之美와 홍취를 감각적으로 표현하였다. 마지막으로는 자신들의 모임이 가지는 성격과 의미 및 가치를 부여하였다.

56) 顧瑛(1310~1369), 이름은 德麟, 阿瑛. 字가 仲瑛, 만년의 호는 金粟道人. 顧瑛은 본래 倪雲林·曹梦炎과 함께 당대 江南三大巨富로 알려져 있는데, 그는 일찍이 會稽教谕로 제수되었으나 벼슬길에 나아가지 않았다.

57) 楊士奇 〈杏園雅集圖跋〉: (상략) 若劳息張弛之宜則雖古之人有所不废焉, 乃三月之朔當休假. 南郡楊公与予八人相會游于建安楊公之杏園, 而永嘉謝君庭循來會, 園有林木泉石之勝, 時卉竞芒, 香氣芬弗, 建安公喜嘉客之集也, 凡所以資娛樂者悉具. 客亦欣然如释羁策, 濯清爽而游于物之外者, 賓主適清讙不窮, 觴豆肆陳, 歌咏并作. 于是謝君寫而爲圖. 嗟夫一日之樂也, 情與境會, 而于冠衣之聚皆羔羊之大夫, 备菁莪之仪, 治臺之意, 又皆不忘乎卫武自警之心, 可爲庶幾古人之人者, 題曰雅集, 不其然哉. (후략)

58) 何宗美·李冰, 〈明代的臺閣雅集與怡老詩社〉, ≪唐山師范學院學报≫, 2001年 03期.

59) 홍교는 본래 명 숭정 연간에 목제로 건축한 다리인데, 붉은 칠을 했기 때문에 '紅橋'라고 하였다가 건륭 연간에 석교로 바꾸었다. 멀리서 보면 무지개가 내려와 시냇물을 먹고, 아름다운 여인이 거울일 비추는 것과 같다고 하여 무지개 다리(虹橋)로 이름을 바꾸었다.

60) 〈紅橋修禊序〉: 康熙戊辰春, 揚州多雪雨, 游人罕出. 至三月三日, 天始明媚, 士女袯襖者, 咸泛舟紅橋, 橋下之水若不勝載焉. 予時赴諸君之招,往來逐队. 看兩陌之芳草桃柳, 新鲜弄色, 禽魚蜂蝶, 亦有畅遂自得之意. 乃知天氣之晴雨, 百物之舒郁系焉.

61) 아집 장면은 〈虹橋覽勝圖〉에 담겨 전해지고 있다.

62) 小玲瓏山館은 10만 여 권의 비적(秘籍)과 선본(善本)을 소장하고 있었으며, ≪四庫全書≫ 편찬 시 전국의 서적을 수집하였는데, 이 장서각의 책이 거의 8백 종이 채택되었다.

63) 厲鶚〈九日行庵文讌圖記〉: 行庵在揚州北郭天寧寺西隅, 馬君嶰谷·半槎兄弟購僧房隙地所築, 以爲游息之處也. 寺爲晉謝太傅別墅, 西隅饒古木, 疆郁陰森, 入林最僻, 不知其近郭郭. 庵居其中, 無斫礱槩采之飾, 唯軒庭多得清蔭, 來憩者每流連而不能去.

64) 厲鶚〈九日行庵文讌圖記〉: 按圖中共坐短榻者二人, 右箕踞者爲武陵胡復齋先生期恒, 左抱膝者爲爲天門唐南軒先生建中也. 坐交床者二人, 中手牋者歙方環山士庶, 左仰首如欲魚者江都閔玉井華也. 一人坐藤整撚髭者鄞全謝山祖望也. 一人倚石坐若凝思者臨潼張漁川四科也. 樹下二人, 離立, 把菊者錢唐厲樊榭鶚, 袖手者錢唐陳竹町章也. 一人憑石床坐撫琴者江都程香溪先生夢星也. 聽者三人, 一人垂袖立者祁門馬半槎曰璐, 二人坐瓷整, 左倚樹·右跂脚者歙方西疇士·汪恬齋玉樞也. 二人對坐展卷者, 左祁門馬嶰谷曰琯, 右吳江王梅藻也. 一人觀者負手立于右, 江都陸南圻鍾輝也. 從後相倚觀者一人, 歙洪曲溪振珂也.

65)〈九日行庵文讌圖清〉, 비단 채색, 31.7×201cm, 미국 클리브랜드 박물관 소장.

66)《邗江雅集》1권〈沈德潛序〉. "韓江雅集, 韓江諸詩人分題倡和作也. 故里諸公曁遠方寓公咸在, 略出處, 忘年歲, 凡稱同志·長風雅者與焉. 既久成帙, 并繪雅集畫圖共一十六人."

67) 王英志, 袁枚題〈十三女弟子湖樓请业图二跋考〉,《中国典籍與文化》, 2008年 01期.

68) 娄美華,〈吳中十子及《吳中女士詩鈔》研究〉, 沈陽師範大學 碩士論文, 2010.

69) 前跋: 乾隆壬子三月, 余寓西湖寶石山莊, 一時吳會女弟子, 各以詩來受業. 旋屬尤·汪二君爲寫圖布景, 而余爲志姓名于後, 以當《陶貞白眞靈位業之圖》. 其在柳下姊妹偕行者, 湖樓主人孫令宜杲使之二女雲鳳雲鶴也. 正坐撫琴者, 乙卯經魁孫原湘之妻席佩蘭也. 其旁側坐者, 相國徐文穆公之女孫裕馨也. 手折蘭者, 皖江巡撫汪又新之女纘祖也. 執筆題芭蕉者, 汪秋御明經之女姍也. 稚女倚其肩而立者, 吳江李寧人杲使之外孫女嚴蕊珠也. 憑几拈毫若有所思者, 松江廖古檀明府之女雲錦也. 把卷對坐者, 太倉孝子金瑚之室張玉珍也. 隅坐于几旁者, 虞山屈宛仙也. 倚竹而立者, 蔣少司農戩門公之女孫心寶也. 執團扇者, 姓金名逸, 字纖纖, 吳下陳竹士秀才之妻也. 持釣竿而山遮其身者, 京江鮑雅堂之妹, 名之蕙, 字芷香, 張可齋詩人之室也. 十三人外, 侍老人側而携其兒者, 吾家倛婦戴蘭英也, 兒名恩官. 諸人各有詩集, 現付梓人. 嘉慶元年二月花朝日, 隨園老人書, 時年八十有一.

70) 後跋: 乙卯春, 余再到湖樓, 重修詩會, 不料徐·金二都已仙去, 爲凄然者久之. 幸問字者又來三人, 前次畫圖不能屬入, 乃托老友崔君, 爲補小幅于後, 皆就其家寫眞而得. 其手折桃花者, 劉霞裳秀才之室曹次卿也. 其飄帶佩蘭而立者, 句曲史駱綺蘭也. 披紅襠褕而與之言者, 福建方伯璵沙先生之季女錢林也. 皆工吟咏. 綺蘭有《聽秋軒詩集》行世, 余爲之序. 清明前三日, 袁枚再書.

71) 王英志,〈袁枚集外文《十三女弟子湖樓請業圖》二跋考〉,《中國典籍與文化》, 2008.1.

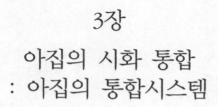

3장
아집의 시화 통합
: 아집의 통합시스템

　아집의 주요 활동은 시문을 지으며 노니는 것이기 때문에 앞서 설명한 것처럼 시문 창작의 산실이기도 하였다. 게다가 아집에서는 모임의 진행 장면을 그림으로 남기기 때문에 그림 창작의 소재가 되기도 한다. 또한 아집 장면을 그리고 나서 그 그림 속에 시문을 지어 붙이는 활동을 하였기 때문에 아집은 시화의 통합체라고 할 수 있다.

1. 아집의 회화적 재현

아집 활동이 그림으로 표현되기 시작한 것은 수당 시대에 이르러서이다. 최초의 그림은 고개지(顧愷之, 348~409)의 〈청야유서원도(淸夜游西園圖)〉(〈진사왕시도(陳思王詩圖)〉)로 알려져 있다. 이 그림은 조비(曹丕, 187~226)·조식(曹植, 192~232) 형제가 건안칠자(建安七子)와 업궁(鄴宮)의 서원(西園: 銅雀園) 연회에서 시를 짓는 장면을 묘사한 것이다. 북송 시대 곽약허(郭若虛, 생졸 미상)는 《도화견문지(圖畵見聞志)》에서 이 그림이 북송 시대까지의 전래 과정을 소상하게 밝힌 것[1])으로 보아, 비록 그림은 확인할 수 없지만 후대 〈서원아집도〉의 전범이 되었음을 알 수 있다.

앞서 언급한 〈십팔학사도(十八學士圖)〉[2])와 당태종이 정관(貞觀) 17년(643) 2월 28일 장손무기(長孫無忌, 594~659)·위징(魏徵, 580~643) 등 당 개국공신의 업적을 기리기 위해 염입본(閻立本)에게 그리도록 한 〈이십사공신도(二十

四功臣圖)〉3) 역시 일종의 아집도라고 할 수 있다.

〈회창구로도(會昌九老圖)〉는 당나라 백거이가 주관한 아집 장면을 그린 것이다. 아집의 참가자들은 '구로도(九老圖)'를 벽에 걸고 술을 마시면서 이 그림에 제시(題詩)를 썼다고 한다. 당시의 '구로도'는 남아 있지 않고 송대에 작가 미상의 〈회창구로도(會昌九老圖)〉와 명대 주신(周臣, 1460~1535)이 그린 〈향산구로도(香山九老圖)〉, 사환(謝環, 1426~1435)이 그린 〈향산구로도(香山九老圖)〉가 전해지고 있다. 이렇게 구로들의 모임은 아집의 전형적인 소재였을 뿐아니라 후대 아집도의 모델이 되었음을 알 수 있다.

오대(五代), 주문구(周文矩), 〈문원도(文苑圖)〉, 비단에 채색, 37.4×58.5cm, 고궁박물원(故宮博物院)

〈문원도(文苑圖)〉4)는 왕창령(王昌齡, 698~756)과 그의 친구 등이 개최한 아집을 묘사한 것이다. 검은 옷을 입은 왕창령, 스님 법신(法愼), 그리고 시인 고적(高適, 약 700~765), 소나무에 기대고 있는 이백(李白)의 모습이 그림 속에서 보인다. 당시 아집에는 여러 사람이 참가하였으나 그림 속에는 4명만 등장하는 것으로 보아 그림의 전반 부분이 유실된 것으로 보인다. 주문구(周文矩)가 그린 〈유리당인물도(琉璃堂人物圖)〉가 이 〈문원도〉의 앞 부분일 가능성이 높다. 유리당의 정원에 마련된 아집 장소는 아늑한 분위기를 자아내고, 아집에 필요한 도구들이 두루 잘 구비되어 있으며, 시상을 떠올리는 사람, 책을 읽는 사람, 새 소리를 듣는 사람, 한담을 나누는 사람, 시를 품평하는 사람, 아집 준비에 여념이 없는 시동 등 각기 다양한 인물의 특징이 부각되었다. 아집 참가자의 정신적 면모가 두드러지게 드러났다고 하여 아집도의 가장 전형적인 장면으로 평가된다. 그래서 왕창령의 아집은 이 그림으로 인하여 후대 문인 아집의 모델이 되었다.

북송 시대 지어진 ≪선화화보(宣和畫譜)≫ 권5의 〈인물(人物)〉에서 주문구(周文矩) 〈문회도(文會圖)〉·구문파(丘文播: 五代 後蜀) 〈문회도(文會圖)〉[5]·고굉중(顧閎中) 〈한희재야연도(韓熙載夜宴圖)〉·고대중(顧大中) 〈한희재종락도(韓熙載縱樂圖)〉·이경도(李景道) 〈회우도(會友圖)〉 등의 아집도를 소개한 것으로 보아, 북송 이전에 이미 아집도가 인물화의 하나로서 존재하였고, 아집도의 전형적인 모델이 완성되었다고 볼 수 있다.

중국의 아집도는 이렇게 당대에 시작되었고, 오대(五代)에 이르러 활기를 띠기 시작하였으며, 송대 이후에는 아집의 재현으로서의 확고한 지위를 차지했다.

그러면 중국 아집도의 가장 보편적은 모델은 무엇일까? 〈난정수계도(蘭亭修禊圖)〉·〈춘야연도리원도(春夜宴桃李園圖)〉·〈서원아집도(西園雅集圖)〉를 들 수 있다.

〈난정수계도〉는 왕희지의 '난정수계'를 그림으로 재현한 것이다. 왕희지가 아집을 개최했을 당시에는 시집이 발행되었지만, 아집 광경은 그림으로 재현되지 않았다. 앞서 말한 바와 같이 난정아집은 북송 시대 문화

명(明), 문징명(文徵明), 〈난정수계도(蘭亭修稧圖)〉, 24.2×60.1cm, 고궁박물관(故宮博物院)

와 만나 〈난정수계도〉로 탄생했던 것이다.

중국 역대 수많은 화가들은 〈난정수계도〉를 그렸다. 다음은 그 대표적인 작품들이다.

〈중국 역대 난정수계도 일람표〉

시대	아집도	소장처 및 근거
北宋	趙千里 〈蘭亭圖〉	≪金華先生文集≫ 卷二十二
北宋	李公麟 〈蘭亭觴咏圖〉	≪宋文憲公全集≫ 卷三十五
北宋	趙佶 〈蘭亭修禊圖〉	
宋	無款 〈蘭亭圖〉	黑龍江博物館 소장

明		文徵明 〈蘭亭圖卷〉	
明 二十一年(1542)		文徵明 〈蘭亭修稧圖〉	故宮博物院 소장, 24.2×60.1cm
明		祝允明 文徵明 〈蘭亭序書畵〉	遼寧省博物館 소장, 書22.9×48.7cm, 畵20.8×77.8cm
明		文伯仁 〈蘭亭圖修稧圖卷〉	
明		錢谷 〈蘭亭修稧圖〉	
明		尤求 〈群賢修稧圖〉	美國 The Nelson-Atkins Museum of Art 소장
		沈完 〈蘭亭修稧圖〉	廣東博物館 소장, 142×42cm
明 萬曆 16년(1588)		黃宸 〈蘭亭修稧圖〉	中央工藝美術學院 소장
明		無款 〈曲水流斛圖〉	
明 萬曆 19년(1591)		〈蘭亭圖〉	天津市文物公司 소장
明 萬曆 24년(1606)		魏居敬 〈蘭亭修稧圖〉	天津市藝術博物館 소장, 24.7×138.8cm
明		無款 〈蘭亭修稧圖〉	上海博物館 소장, 27×177.7cm

明	無款〈蘭亭修禊圖〉	山西省博物館 소장, 162.5×88cm
明 崇禎 15년(1642)	朱士英〈蘭亭修禊圖〉	山西省博物館 소장, 157×60cm
清	張宗蒼〈蘭亭修禊圖〉	
清	樊沂〈蘭亭修禊圖〉	
清	姚琰〈蘭亭修禊圖〉	北京市工藝品進出口公司
清	黃彌〈蘭亭修禊圖〉	浙江省紹興市博物館

난정수계는 북송 시대 조천리(趙千里)에 의해 처음 그림으로 재현되었고 이후 청말까지 지속적으로 창작되었다. 특히 명청대에는 수계도라는 이름으로 많은 그림이 창작되었다.

앞의 일람표에 수록된 〈수계도〉가 이상에서 열거한 역대 '난정아집' 현장을 직접적으로 묘사한 것은 아니지만, 전통 문인 사대부들은 '유상곡수'를 통한 '음주부시'의 문화적 전통과 예술적 아취를 면면히 계승하였고, 문인 사대부의 세계관을 묘사하고 픈 그 열망이 회화적으로 재현되었다고 할 수 있다.

이백의 도리원 아집 역시 오랫동안 회화로 재현되었다. 대시인 이백은 아집 당시의 정취를 〈춘여연도리원서(春夜宴桃李園序)〉로 담아냈다. 그의 인생관과 문학관이 절묘하게 담긴 이 글은 널리 회자되는 명문으로 평가되고 있다. 이 때문에 후대의 문인 화가들은 그 의경을 자주 재현하였다. 그 구체적인 작품을 거론하면, 명대(明代) 구영(仇英, 1482~ 1559) 〈춘야연도리원도(春夜宴桃李園圖)〉·구영(仇英) 〈도리원·금곡원도(桃李園·金谷園圖)〉(對幅)·성무엽(盛茂燁: 명대 화가 생졸미상) 〈춘야연도리원도(春夜宴桃李園圖)〉·요윤재(姚允在: 16, 17세기 화가) 〈춘야연도리원도(春夜宴桃李園圖)〉로 재현하였고, 청(淸)에 이르러서는 여성환(呂煥成, 1630~1705) 〈춘야연도리원도(春夜宴桃李園圖)〉·황신(黃愼, 1687~1768) 〈춘야연도리원도(春夜宴桃李園圖)〉·

정대(鄭岱) 〈도원야연도(桃園夜宴圖)〉·서시현(徐時顯) 〈춘야연도리원도(春夜宴桃李園圖)〉·사복(沙馥, 1831~1906) 〈춘야연도리원도(春夜宴桃李園圖)〉 등이 있다.

이렇게 이백의 아집이 여러 차례 재현된 이유는, 중세 문인 화가들이 아름다운 봄꽃이 피어 있는 원림에서 모여 형제간의 천륜의 정을 시를 통해 풀고, 고담준론을 나누었던 의경(意境)에 감탄한 것뿐만 아니라, 이를 자신들의 이상적 경지로 삼고 싶은 의지 때문이었다.

서원아집은 송대에 이르러 새롭게 변모하였다. 대표적인 것이 소식(蘇軾)과 황정견(黃庭堅)·진관(秦觀, 1049~1100) 등의 모임이다. 이 모임에서 〈서원아집도〉가 그려졌고, 미불(米芾, 1051~1107)과 양사기(楊士奇, 1366~1444) 등은 〈서원아집도기(西園雅集圖記)〉를 지어 당시의 모습을 글로 표현하였다.

여기서 서원아집이 어떻게 회화적으로 재현되었는지 잠시 표로 정리해 보자.

〈중국 역대 서원아집도 일람표〉

시대	아집도와 저자	소장처 및 근거
北宋	李公麟 〈西園雅集圖〉	明 汪軻《玉珊瑚網》卷23에는 掛軸과 手卷 각각 1건, 詹景鳳의 《詹氏玄覽篇》記에는 3건. 淸 《式古堂書畵匯考》에는 4건, 《石渠寶笈》初編에는 1건.
宋	劉松年 〈西園雅集圖〉	明 楊士奇 《古今圖書集成·藝術篇486·畵譜790·西園雅集圖記》
宋	僧 梵隆 〈西園雅集圖〉	상동
宋	馬和之 〈西園雅集圖〉	상동
宋	趙伯駒 〈西園雅集圖〉	《弘文雅集圖》
宋	馬遠 〈西園雅集圖〉	《佩文齋書畵譜》, 미국 The Nelson-Atkins Museum of Art 소장

명(明), 이사달(李士達), 〈방구영서원아집도권(仿九英西園雅集圖卷)〉

元	錢選 〈西園雅集圖〉	상동
元	趙孟頫 〈西園雅集圖〉	≪眼福編初集≫第14卷과 그림 위에 虞集의 〈西園雅集圖記〉가 있다. 臺北故宮博物院 소장
明	戴進 〈西園雅集圖〉	≪草心樓讀畫說≫
明	商喜 〈西園雅集圖〉	상동
明	王麻姑 〈西園雅集圖〉	≪自怡悅齋書畫錄≫
明	唐寅 〈臨李龍眠西園雅集〉	
明	仇英 〈臨李龍眠西園雅集〉	
明	〈九實甫倣趙千里作西園雅集圖〉	≪石渠寶笈三編避暑山莊著錄≫ 30.4×31.5cm
明	仇英 〈西園雅集圖〉	≪石渠寶笈初編良心殿著錄≫ 86.6×30cm
明	仇英 〈西園雅集圖〉	≪石渠寶笈初編≫ 141×66.3cm
明	尤求 〈西園雅集圖〉	臺北故宮博物院, 美國 The Nelson-Atkins Museum of Art 소장 ≪園林雅集≫ 1폭
明	魏居敬 〈西園雅集圖〉	
明	程仲堅 〈西園雅集圖〉	臺北 故宮博物院, ≪石渠寶笈初編御書房著錄≫
明	李士達 〈仿仇英西園雅集圖卷〉	
明萬曆	趙修祿 〈西園雅集圖〉	26.6×420cm
明	周翰 〈西園雅集圖〉	
明	高懿德 〈西園雅集圖〉	
明	陳以誠 〈西園雅集圖〉	
明	顧知 〈西園雅集圖〉	
明	陳洪綬·華嵒合卷〈西園雅集圖〉	陳洪綬의 그림에 華嵒이 보충

明	無款 〈西園雅集圖〉	≪石渠寶笈初編良心殿著錄≫, 191.2×98.2cm
明	無款 〈西園雅集圖〉	≪石渠寶笈初編良心殿著錄≫, 14.8×64.9cm
清	石濤 〈仿仇英西園雅集圖卷〉	
清	華新羅 〈西園雅集圖〉	
清	李士瑛 〈西園雅集圖扇面〉	故宮博物院 소장
清	顧洛 〈西園雅集圖〉	
清	韓璧 〈西園雅集圖〉	
清	周笠 〈西園雅集圖〉	
清	陳鋐 〈西園雅集圖〉	
清 乾隆	周皓 〈西園雅集圖〉	無錫市博物館
清	朱端凝 〈西園雅集圖〉	浙江省 紹興市博物館
清	原濟 〈西園雅集圖〉	上海博物館, 36.4×327.1cm
清	王雲 〈西園雅集圖〉	
清	朱耷 〈西園雅集〉	北京故宮博物院, 25.4×204.2cm
清 順治	王式 〈西園雅集圖〉	四川省眉山縣三蘇博物館
清	張翎 〈西園雅集圖〉	
清	顧安仁 〈西園雅集圖〉	169.8×90.8cm
清	柳岱 〈西園雅集圖〉	四川省博物館, 220×99.5cm
清	高樵 〈西園雅集圖〉	
清	趙維 〈西園雅集圖〉	
清	孟子端 〈西園雅集圖〉	
清	劉九德 〈西園雅集圖〉	

淸	吳煥成 〈西園雅集圖〉	故宮博物院
淸 康熙	兪齡 〈西園雅集圖〉	遼寧省博物館, 178,7×52cm
淸	趙維 〈西園雅集〉	
淸	高鳳翰 〈西園晚景圖〉	《支那名畫集》
淸	華冠 〈西園雅集圖〉	
淸	吳嘉猷 〈西園雅集圖〉	
淸	丁觀鵬 〈摹仇英西園雅集圖軸〉	《石渠寶笈續編重華宮著錄》
淸末	費以耕 〈西園雅集圖〉 紙本扇面	
淸	徐揚 〈西園雅集圖〉	福開森 《畵目》 229쪽
近代	傅抱石 〈西園雅集圖〉	上海博物館
近代	張大千 〈通景西園雅集八屛〉	
近代	張大千 〈西園雅集圖〉	高岭梅 소장
미상	無名氏 〈西園雅集圖〉	臺北故宮博物院
미상	無名氏 〈西園雅集圖〉	南京大學

이상의 〈중국 역대 서원아집도 일람표〉에서 보는 것과 같이, 중국 회화사상에 있어 대가라고 불리는 화가 중 〈서원아집도〉를 그리지 않은 사람이 거의 없을 정도다. 이외에도 기록이 없어 알 수 없는 수많은 사람들에 의해 이 그림이 지속적으로 모작되었을 것으로 추측된다.

북송 시대 이공린이 그린 〈서원아집도〉가 서원아집에 대한 제1차 재현이라고 한다면, 그 이후의 화가들이 그린 〈서원아집도〉는 제2차 재현이라고 할 수 있다. 예를 들면 당인(唐寅)의 〈임이용면서원아집(臨李龍眠西園雅集)〉이나 구영(仇英)의 〈임이용면서원아집(臨李龍眠西園雅集)〉이 여기에 해당한다. 모두 이공린의 그림을 임모(臨摹)하였다고 스스로 밝히고 있다. 〈서원아집도〉는 여기에서 그치지 않고 다시 제3차 재현이 되었다. 예를 들면 이사달(李士達) 〈방구영서원아집도권(仿仇英西園雅集圖卷)〉·석도(石濤) 〈방구영서원아집도권(仿仇英西園雅集圖卷)〉·정관붕(丁觀鵬) 〈모구영서원아집도축(摹仇英西園雅集圖軸)〉은 모두 명대 구영(仇英)의 〈서원아집도〉

를 다시 재현한 것이다.

이렇게 〈서원아집도〉가 이공린→구영→이사달·석도처럼 여러 단계를 걸쳐 재현되는 이유는 무엇인가? 우선 역대 문인 화가들이 서원아집에 참여한 문인들의 이상적 삶을 흠모하고 계승하려는 열망을 가지고 있었기 때문이다. 이 점에 대하여 앞서 인용한 바 있는 미불의 〈서원아집도설(西園雅集圖說)〉에서 그 의미를 파악할 수 있을 것이다. 서원아집을 통해 "인간의 맑고 광활한 즐거움"을 만끽할 수 있다고 하였다. 문인 사대부는 속세의 명예와 이익을 버리고 높은 정신적 경지를 추구했기 때문이라고 하였다. 후대 문인 화가들은 아집에 참석한 문인 사대부들이 문장을 지어 세상을 논의하고 널리 배워 사물을 분명하게 구별하며, 아름다운 표현으로 절묘한 시를 짓고, 옛것을 좋아하며 세속을 뛰어넘는 호방한 인품을 가진 문인 사대부들의 행위와 풍모를 널리 계승하려고 했던 것이다. 그래서 미불은 〈서원아집도기〉의 말미에 "후세에 이 그림을 감상하는 사람들은 이 그림의 볼만한 가치뿐 아니라 또한 그 사람을 본받을 만하리라."라고 말하였던 것이다.

이러한 이유 때문에 서원아집을 "문인 사대부의 내적 세계를 온전하게 드러낸 문화적 결정" 혹은 "문인 사대부의 문화적 상징", 내지는 "사대부 문화·문인 화가가 독립적으로 발전하였다는 상징"[6]이라고 평가할 수 있다.

이상에서 제기한 아집도 외에도, 명청대에 이르러 대진(戴進, 1388~1462) 〈남병아집도권(南屏雅集圖卷)〉·오관(吳寬, 1435~1504) 〈명인오동회도권(明人五同會圖卷)〉·정원훈(鄭元勛, 1598~1645) 〈영원아집도(影園雅集圖)〉·왕불(王紱, 1364~1416) 〈산정문회도(山亭文會圖)〉·사시신(謝時臣, 1487~1567) 〈고인아집도(高人雅集圖)〉·육치(陸治, 1496~1576) 〈원야연집도(元夜宴集圖)〉·오위(吳偉,

1459~1508) 〈사림아집도(詞林雅集圖)〉· 정운붕(丁雲鵬, 15471~628) 〈문회도(文會圖)〉· 왕휘(王翬, 1632~1717) 〈산당문회도(山堂文會圖)〉· 황이(黃易) 〈봉창아집도(蓬窓雅集圖)〉· 비단욱(費丹旭, 1802~1850) 〈호정아집도권(湖亭雅集圖卷)〉· 전혜안(錢慧安, 1833~1911)· 포자량(包子梁)· 왕추언(王秋言) 〈평화사아집도(萍花社雅集圖)〉 등이 있다.

이렇게 명청대에 아집도가 유행했던 것은 아집이 다양하게 개최되었고, 이를 그림으로 그리는 것이 보편화되었으며, 더 나아가서는 당송 시대 문인 사대부의 높은 아취와 아집의 정취를 모범으로 삼았기 때문이다.

청(淸), 작자 미상, 〈누동십로도(婁東十老圖)〉

명(明), 황권(黃卷), 〈희춘도권(嬉春圖卷)〉 38-311.2

이상의 서술을 요약하면, 고개지의 〈청야유서원도〉 이래 청말까지 중세 사대부들의 아집은 회화적으로 재현되어 왔다. 특히 북송 시대 문인화가 정착되는 시기에 궤를 같이 하여 〈서원아집도〉·〈난정수계도〉·〈춘야연도리원도〉가 집중적으로 재현되었으며, 그중에서 〈서원아집도〉는 다단계로 재현이 이루어져 중국 아집도의 상징이 되었다. 중세사대부들의 아집이 가지는 고아한 정취, 문인 사대부들의 위대한 문학성과 뛰어난 풍모 등이 회화적으로 재현됨으로써 강력한 문화적 힘을 가지게 되었다.

2. 아집의 시문적 재현

아집이 그림으로 재현되는 것은 단순히 이미지적인 묘사에 그치지 않는다. 이것이 다시 텍스트와 통합하게 되는데, 이를 시문적 재현이라고 할 수 있다. 여기서 아집의 시문적 재현이란 아집도 위에 붙인 시문의 표현 즉 아집도의 제화시문(題畵詩文)을 말한다. 일반적으로 화가가 그림을 그리고 감상가가 그림을 본 뒤에 그림에 시문을 지어 넣는다. 따라서 제화시문은 화가→그림→감상자로 전달되었다가, 이것이 다시 감상자→그림으로 전달되는 순환 창작 경로7)의 결과물이다.

중국 그림 속에 시문이 들어가게 된 것은 오랜 역사를 가지고 있는데, 그림 속에 완전히 정착한 것은 문인화(文人畵)가 주도적 위치를 점하는 북송 말년 무렵이다. 시정(詩情)과 화의(畵意)가 결합되는 경지를 표출한 것이다.

이제 시정과 화의의 결합을 옥산초당(玉山草堂雅集)을 가지고 설명하기로 하자. 〈옥산아집도〉에 쓰여 있는 〈서하앙길기문(西夏昻吉起文)〉에 다음과 같은 기록이 보인다.

옥산아집도(玉山雅集圖)는 회해(淮海) 장숙후(張叔厚)가 옥산(玉山) 주인을 위해 그린 것이다. 사람들이 꽃과 버들이 피는 맑은 봄을 맞이하여 옥산에서 잔치를 열었다. 의관을 갖춘 인물이 가득하니 산림에 광채가 가득하였다. 숙후(叔厚)가 눈앞에 펼쳐진 한 때의 경치를 보고 그림으로 완성하였다. 양철사(楊鐵史)는 그 사건을 기록하고 또 그 왼쪽에 운에 따라 시를 지어 붙였다. 당시에 이 모임에 참여한 사람들에게 이것을 보고 잊지 않도록 한 것이고, 후대에 이 그림과 시를 감상하는 사람들에게 또한 마음이 확 열리고 정신이 번쩍 나서 마치 당시 모임 속에 있었던 것처럼 만들었다. 나는 감상을 다하고 난 뒤, 시를 지어 그 뒤에 붙인다.[8]

玉山草堂花滿烟,	안개 속에 꽃이 가득 핀 옥산초당,
靑靑張樂宴群賢	잔치에 모인 인재들 즐거움에 겹네.
美人蹋舞艶于月,	미인의 춤은 달보다 요염하고
學士賦詩淸比泉	학사의 시 읊는 소리 샘물보다 맑다.
人物已同禽鳥樂,	날짐승 들짐승과 함께 즐기던 사람들
衣冠幷入畵圖傳	선비와 나란히 그림 속으로 들어갔다.
蘭亭勝事不可見,	난정의 멋진 모임은 볼 수 없지만,
賴有此會如當年	이 모임을 빌어 당시처럼 노닐었구나.

이 글의 작가는 장숙후의 그림을 감상하고 그 왼쪽에 자신의 시를 지어 붙였다고 하였다. 여기에 붙인 시는 화내타제시(畵內他題詩)에 해당한다. 그림을 그린 사람과 시를 붙인 사람이 다른 것이다. 이 시를 읽으

면, 아집 현장이 그림처럼 눈앞에 펼쳐지는 듯하다. 따라서 이 글의 작가는 시를 그림처럼 그림을 시처럼 하나의 세계로 인식하였던 것이다. 시인은 장숙후의 그림 속으로 들어가 달보다 요염한 미인의 춤을 구경하고, 샘물보다 맑은 학사들의 시 읊는 소리를 들었다. 그것도 들짐승 날짐승과 숲 속에 함께 노닐다가 그림 속으로 들어갔다고 하였다. 그림으로 풀 수 없는 감흥을 어찌할 수 없었는지 다시 시를 통해 노래하였던 것이다. 시와 그림의 세계를 자유롭게 넘나들었다. 그리고 그림과 시가 하나가 되는 순간 마음이 확 열리고 정신이 번쩍 난다[心暢神馳]라고 말하였다.

명대 오문화파(吳門畵派)를 열었던 심주(沈周, 1427~1509)를 비롯한 이른바 명사대가(明四大家)로 불리는 당인(唐寅)·구영(仇英)·문징명(文徵明) 등은 아집도를 많이 남겼다. 그중에서 심주를 예로 들어 보면, 그는 〈벽산아집도(碧山雅集圖)〉9)·〈월연도(月讌圖)〉·〈명현아집도(名賢雅集圖)〉10)·〈위원아집도(魏園雅集圖)〉11) 등을 남겼다.

〈명현아집도〉(〈장행도〉와 유사함)는 채림옥(蔡林屋, 채우(蔡羽), ?~1541)·도남호(都南濠, 도목(都穆), 1458~1525) 등 13명이 참가한 아집에서 그린 것이다. 둔암(遯菴) 오유(吳愈)가 서주(徐州) 태수로 부임하게 되니 여러 사람들이 그를 전송하는 전별연을 열었다.12) 이 자리에서 심주는 그 장면을 그림으로 그리고 장문의 시문을 달았다. 시의 마지막 구절을 살펴보자.

緘墨塗成叢浩歌,　　먹을 갈아 그림을 완성하여 노래를 모으니
一天詩思江山外　　수많은 시상이 강과 산 밖으로 흐른다.

그림[緘墨塗成]이 노래[浩歌]가 되고, 시상[詩思]이 그림[江山]이 된다고 했다. 그림과 시가 순환하는 과정을 말하였다. 그리고 이 둘이 어우러져

생긴 새로운 의경은 화가와 시인이 만들어낸 것이다. 시와 그림의 상호 소통 작용이 잘 나타나 있다.

〈위원아집도(魏園雅集圖)〉는 원림 주인 위창(魏昌)이 개최한 아집 장면을 묘사한 것이다. 위창은 다음과 같은 기문을 달았다.

> 성화(成化) 을축(乙丑) 겨울 12월 10일, 완암(完庵) 유첨헌(劉僉憲), 석전(石田) 심계남(沈啓南)이 우리 집을 지나게 되었다. 마침 동헌(侗軒) 축공(祝公), 정헌(靜軒) 진공(陳公) 두 참지정사(參政)와 가화(嘉禾) 주의방(周疑舫)이 모임에 추가로 도착하여 함께 술을 마셨다. 술에 취해 흥이 나자 정헌(靜軒)이 시를 한 수 지었고, 여러 사람이 화창하였다. 석전(石田)은 또 그림을 그리고 그 위에 시를 썼다. 손님들로 인하여 초라한 오두막집이 환하게 빛이 났다. 내 자신이 담비 꼬리를 대신하는 개 꼬리임을 헤아리지 못했지만, 자손에게 전하여 여러 선생의 고매한 뜻을 잊지 않도록 하련다. 오문(吳門) 위창(魏昌).13)

명(明), 심주(沈周), 〈위원아집도(魏園雅集圖)〉, 145.5×47.5cm, 개인 소장

이 기문을 보면, 자신을 포함하여 6명이 모임에 참가했다는 뜻인데 실제 그림에 붙어 있는 시는 모두 7편이다. 이들은 시를 짓고 화창을 하였다. 그림을 그리고 나서 그 위에 시를 썼다고 하였다. 시가 먼저인지

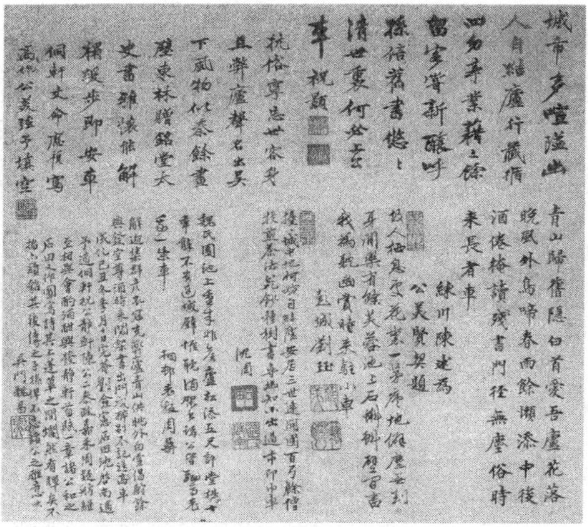

〈그림 2〉 〈魏園雅集圖〉의 局部-題畵詩文

그림이 먼저인지 분간을 할 수가 없지만, 둘 사이를 자유롭게 넘나들었음을 알 수 있다.

〈그림 1〉과 〈그림 2〉를 보면, 그림의 상단에 상하 두 단이 시로 메워져 있다. 그 상단에는 우측부터 축호(祝顥) 등의 시가 좌측으로 배치되어 있고, 하단에는 우측부터 좌측으로 진술(陳述)·유각(劉珏)·심주(沈周)·주정(周鼎)·그리고 주인 위창(魏昌)의 시와 위에서 인용한 기문이 배치되어 있다.14) 다음은 그 시들이다.

<table>
<tr><td>城市多喧隘</td><td>도시는 시끄럽고 답답하니</td></tr>
<tr><td>幽人自結廬</td><td>은자는 스스로 오두막을 지었다.</td></tr>
<tr><td>行藏循四勿</td><td>네 가지[四勿] 금기를 준수하여 진퇴를 결정하고</td></tr>
<tr><td>事業藉三餘</td><td>독서에 근거하여 일을 처리했다.</td></tr>
<tr><td>留客嘗新釀</td><td>손님은 새로 담근 술을 맛보고는</td></tr>
</table>

呼孫倍舊書　손자를 불러 옛 책을 보태게 했다.

悠悠淸世裏　맑은 세상에서 유유히 사는데

何必上公車　관리의 수레에 오를 필요가 있으랴!

祝顥　축호

抗俗寧忘世　세속을 거부하느니 차라리 세상을 잊자.

容身且弊廬　이 한 몸 낡은 오두막집이 받아주리.

聲名出吳下　명성은 오 지방에서 출중하고,

風物似秦餘　경치는 진(秦)나라의 유적지와 같다.

畵壁東林贈　동림사 벽 그림 기증하고

銘堂太史書　≪사기≫에서 당호를 취했구나.

雅懷能解榻　정성을 다해 손님을 접대하고

緩步卽安車　느릿느릿 걸어 안락한 수레에 오르자.

侗軒丈命應禎寫高作 公美强予塡空

侗軒丈(祝顥)이 이응경(李應禎)에게 고매한 글씨로 쓰라고 명령하였고,
위창[公美]이 나에게 억지로 (시를 지어) 빈칸을 채우라고 하였다.

靑山歸舊隱　청산의 옛 은신처로 돌아가

白首愛吾廬　늙도록 내 오두막집을 사랑하였다.

花落晩風外　저녁 바람 너머로 꽃이 떨어지고

鳥啼風雨餘　비바람 속에 새 울음소리가 맴돈다.

瀨添中後酒　여울물을 보태 남은 술을 걸러 내고

倦掩讀殘書　문을 닫고 남은 책을 읽었다.

門徑無塵俗　대문 앞길에 세속의 때를 없애려는데

時來長者車　수시로 관리의 수레가 당도한다.

練川陳述爲公美賢契題

연천(練川) 진술(陳述)이 공미(公美)의 현자 모임에서 시를 짓다.

故人棲息處　　친구가 거처하는 곳은
花裏一茅廬　　꽃밭 속의 초가 오두막이로다.
地僻塵無到　　궁벽한지라 세속의 먼지가 묻지 않고
身閑樂有餘　　육신이 한가로우니 즐거움이 넘친다.
芙蓉池上石　　부용화 핀 연못가의 돌 위에
蝌蚪壁間書　　올챙이 같은 옛 글씨를 썼다.
我爲耽幽賞　　내가 깊이 감상에 빠져 있는데
時來駐小車　　때에 맞추어 조그만 수레가 서 있구나.

彭城 劉珏
팽성 유각

擾擾城中地　　소란스런 성안에
何妨自結廬　　스스로 오두막집을 꾸린들 어떠랴.
安居三世遠　　삼대 넘게 편안하게 살았고
開圃百弓餘　　백고랑 남짓 채마 밭을 개간했다.
僧授煎茶法　　스님은 차 끓이는 법을 전수하고
兒鈔種樹書　　시동은 나무심기 책을 베낀다.
尋幽知小出　　숨을 곳을 찾으면 외출이 줄어들 줄 알았는데
過市印巾車　　저자를 지나니 수레 자국이 찍혀 있구나.

沈周　심주

魏氏園池上　　위씨(魏氏)의 원림에
重來非舊廬　　다시 와 보니 옛 오두막집이 아니로다.
松添五尺許　　소나무는 다섯 자 남짓 더 컸고
堂構十年餘　　집을 지은 지 십여 년이 되었다.
不貴連城壁　　겹겹이 쌓은 성벽을 귀하게 여기지 않고

惟耽滿架書　오직 서가에 가득한 책에 빠져 있다.
諸公皆駒馬　여러 선생 모두 네 필 말 타고 왔는데,
老家一柴車　낡은 집에는 땔감 수레 하나뿐이로다.

桐邨老板 周鼎
동촌 노판 주정

邂逅集群彦　여러 명사들이 모여 해후하니
衣冠充弊廬　선비들이 낡은 오두막을 가득 메웠다.
青山供眺外　청산 너머를 함께 바라보노니
白雲倡酬餘　노래 여운이 흰 구름에 감돈다.
興發空尊酒　흥이 발동하여 술 단지를 비우거나
時來閱架書　때때로 서가의 책을 펼친다.
出門成醉別　문을 나서 취한 채로 이별하였으니
不記送高車　관리의 수레를 전송한 기록이 없구나.

　　　　　(이 시 뒤에는 앞에서 인용한 기문이 붙어 있다)

　잘 알려진 바와 같이, 이 심주는 가학(家學)으로 산수화를 익혔으며, 동원(董源, 943~약 962)·거연(巨然, 생졸미상)·이성(李成, 919~967) 등을 계승하여 문인화의 새 시대를 열었던 사람이다. 그는 관리에 나아가지 않고 일생을 독서로 보냈고, 시를 짓고 그림을 그리면서 산수 자연을 유람하며 정신적 자유를 추구했던 사람이었다. 혼탁한 정치적 현실을 멸시하였지만, 높은 학식과 인품으로 교유 관계가 폭이 넓어 여러 아집에 초대되었고 아집도를 많이 남겼다. 특히 그는 문학에 뛰어났기에 시의화(詩意畵)를 잘 그렸다. 때문에 당시 사람들은 그를 '이절선생(二絕先生)'이라고 불렀다.

〈위원아집도〉는 문인 사대부들의 탈속적 삶의 한 단면을 잘 묘사하였다. 먼 산봉우리가 옅은 구름을 뚫고 우뚝 솟아 있고, 가까운 산의 정상과 산허리에는 위로 향한 평평하고 너른 바위가 보인다. 부드러운 곡선이 평온한 경관을 조성하였다. 계곡으로부터 날듯이 떨어진 물이 잔잔한 계곡을 이루고 그 계곡 위로 조금만 다리가 지나간다. 자연에서 속세로 연결하는 듯 다리를 지나면 고즈넉한 정자가 서 있다. 그 안에 네 명이 앉아 있고 시동이 주인의 부름을 기다리며 옆에 서있다. 모임에 늦은 한 노인이 지팡이를 끌고 조용히 도착하고 있다. 이 그림은 광활한 산수 자연 속에 보일 듯 말 듯한 인간의 모습을 배치하였다. 세속을 멀리하고픈 화가의 의지를 강하게 담아냈다.

7편의 시는 동일한 운자(廬·餘·書·車)를 가지고 '탈속(脫俗)'과 '유상(幽賞)'의 의경을 추구하였다. 시인들은 '도시[城市]'를 벗어난 '청산(靑山)' 속의 오두막집[弊廬]에서 살면서, '공거(公車)'나 '고거(高車)'로 상징되는 정치권력과 혼탁한 세속에서 벗어나려고 하였다. '진속(塵俗)'과의 격절을 담은 시의(詩意)가 정신적 자유를 추구하려는 화의(畵意)와 잘 어우러져 있다. '언외지언(言外之言)'과 '상외지상(象外之象)'이 한 공간에서 소통하였다.

이상의 서술을 요약하면, 중세 문인 사대부는 자신들의 이상적 세계관을 아집을 통해 실현하였고, 이를 끊임없이 시화로 재현하였다. 아집의 시적 재현은 대략 송나라 때에 완성되었는데, 이 역시 문인화의 정착과 궤를 같이 한다. 특히 〈난정수계도〉·〈춘야연도리원도〉·〈서원아집도〉는 문인 화가들에 의해 집중적으로 재현되었다. 재현 과정에서 시와 그림은 한 화면에 적극적으로 통합하여 새로운 의경을 창출하기에 이르렀다.

주(註)

1) 郭若虛 ≪圖畫見聞志≫: 淸夜游西園圖者, 晉顧長康所畫, 有梁朝諸王跋尾處, 云:"圖上若干人, 幷食天厨." 唐貞觀中, 褚河南裝背, 題處具在. 其圖本張維素物, 傳至相國張弘靖家, 弘靖元和中忽奉詔取之, 是時幷鍾元常書≪道德經≫一部, 同進入內. 後中貴人崔譚峻自禁中將出, 復流落人間. 有張維素子周封, 涇州從事, 峽滿居京, 一日, 有人將此圖求售, 周封驚異之, 遽以絹數匹易得. 經年忽聞款門甚急, 問之, 見數人同稱仇中尉願以三百素易公≪淸夜游西園圖≫, 周封憚其迫脅, 遽以圖授之, 翊日果齎絹至. 後方知其僞, 乃是一豪士求江淮大鹽院, 時王涯判鹽鐵, 酷好書畫, 謂此人曰"爲余訪得淸夜游西園圖, 當遂公所請, 因爲計取之耳"及十家事起後, 流落一粉鋪家, 未幾, 爲郭承煦侍郎閣者以錢三百市之, 以獻郭公. 郭公卒, 又流傳至令狐相家. 一日, 宣宗問相國有何名畫, 相國具以圖對, 旣而復進入內.

2) 〈十八學士圖〉: 송(宋) 작가 미상, 비단 채색, 174.1×103.1cm, 臺北故宮博物院 소장.

3) 원본은 존재하기 않고 문헌 기록만 남아 있으며, 현재는 송(宋)의 유사웅(游師雄)이 돌에다 새긴 네 폭이 남아 있을 뿐이다.

4) 〈文苑圖〉, 비단 채색, 37.4×58.5cm, 故宮博物院 소장. 이 그림의 작가는 한황(韓滉)으로 알려져 있지만, 현재 미국 메트로폴리탄 박물관에 소장되어 있는 周文矩의 〈琉璃堂人物圖〉(청대 모본)의 후반부와 완전히 일치하고 있다. 그리고 그림의 화풍에서 볼 때, 오대의 주문구가 그렸을 가능성이 높다는 것이 학계의 견해이다.

5) 〈文會圖〉, 84.9×49.6cm, 臺北故宮博物院 소장.

6) 中國繪畫史上的〈文會圖〉趙啟斌, 榮寶齋; 2005年 06期.

7) 張晨, ≪中國詩書與中國文化≫, 遼寧敎育出版社, 1993, 155~156쪽 참조.

8) 〈西夏昂吉起文〉≪玉山名勝集≫ 卷二, ≪元詩選≫(≪文淵閣四庫全書電子版≫)玉山雅集圖, 淮海張叔厚爲玉山主人作也. 人當花梆春明之時, 宴客於玉山中, 極其衣冠人物之盛, 至今林泉有光. 叔厚卽一時景繪而成圖, 楊鐵史旣序其事, 又各分韻賦詩於左, 俾當時預是會者旣足以示不忘, 而後之一覽是圖與是詩者, 又能使人心暢神馳, 如在當時會中. 展玩之餘, 因賦詩以記其後云

9) 이 그림은 지금 수도박물관(首都博物館)에 소장되어 있다.

10) ≪石渠寶笈續編乾淸宮著錄≫에 기록이 보이며, 현재 臺北故宮博物院에 소장되어 있다.

11) 이 그림은 요령성박물관에 소장되어 있고, 규격은 145.5×47.7cm이다.

12) 吳子 遜菴, 由南京刑部郎中, 南司寇用弘治三年詔書, 得薦其屬, 將待以不次. 疏未達而命守敘州. 旣省調, 敘又險且遠, 公獨不以爲意. 吾鄉諸君子共爲之薦, 幷賦言以壯其行. 遜菴屬周爲之圖. 自蔡林屋, 都南濠, 楊南峰, 朱大理, 彭龍池, 袁胥臺, 唐六如, 吳匏菴, 沈石田, 文衡山, 王酉室, 徐天全, 祝枝山, 十有三人. 以紀一時之勝云. 弘治己酉三月十有七日. 長洲沈周.

13) 이하의 시문은 그림에서 직접 초록한 것이다. 때문에 글자 인식이 제대로 되지 않아 오탈자가 있을 수 있다.

成化乙丑冬季月十日, 完庵劉僉憲, 石田沈啓南過予. 適侗軒祝公, 靜軒陳公二參政, 嘉禾周
疑舫繼至相與會酌. 酒酣興發, 靜軒首賦一章, 諸公和之. 石田又作圖寫詩其上.蓬篳之間, 爛
然有輝矣. 不揣亦續貂其後, 傳之子孫, 俾不忘諸公之雅意云. 吳門魏昌.

14) 실제 그림 속에 묘사되어 있는 사람은 모두 6명으로, 정자 안에는 4명이 앉아 있고, 1명이 늦게 모임에 당도하고 있으며, 시동 1명이 시중을 들고 있다. 제화시 속에 거명된 사람 중에서 (李)應禎은 이 모임에 참가했지만 시를 남기지 않았다. 그가 명대의 저명한 서예가라는 사실을 감안 할 때, 그는 그림 위의 일부 시를 붓글씨로 쓰는 일을 담당한 것으로 추측된다.

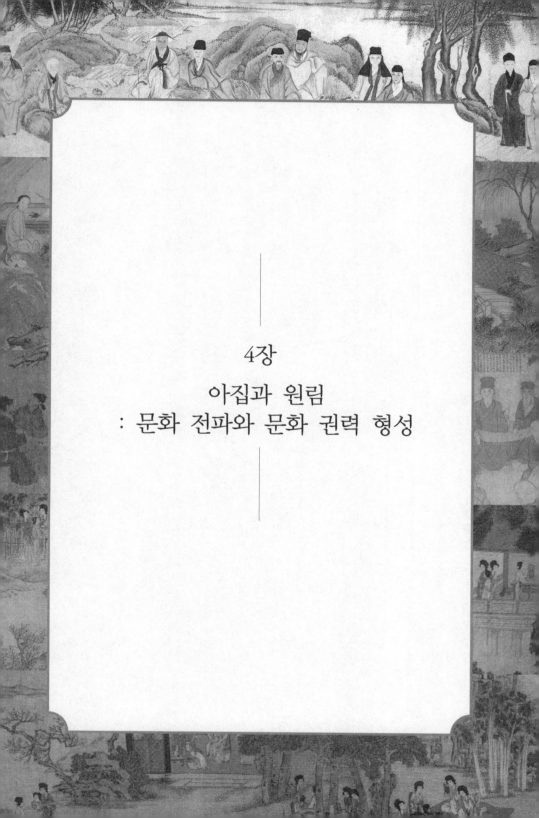

4장

아집과 원림
: 문화 전파와 문화 권력 형성

아집은 주로 어느 장소에서 이루어졌는가? 여기서 ≪양주화방록(揚州
畵舫錄)≫의 기록을 잠시 보도록 하자.

"양주의 시문 아집은 마씨소영롱산관(馬氏小玲瓏山館)·정씨소원(程氏筱園)
과 정씨휴원(鄭氏休園)이 가장 성황을 이루었다. 모임 시기가 되면, 원림
안에 각각 책상 하나씩을 설치하고, 그 위에 붓 두 자루, 단계 벼루 하나,
연적 하나, 화선지 4장, 시운(詩韻) 하나, 차 주전자 하나, 그릇 하나,
과일 그릇과 다식 각 한 합을 올려놓는다. 시가 지어지면 바로 출간하는
데, 3일 안에 고쳐 수정하여 재출간할 수 있다. 출판되는 당일에 성 안으
로 두루 퍼진다. 모임마다 술과 안주 그리고 맛있는 요리가 시를 짓는
하루 종일 공급되었다."1)

이 기록을 보면, 청대의 양주 지역에서는 아집 장소로서 원림이 이용되었음을 알 수 있다. 원림은 아집에서 필요한 책상, 지필묵, 다구, 과일 등을 갖추기 용이하였고, 특히 아집에서 지어진 시를 책으로 엮어 출간하기 매우 적절했다. 게다가 원림 안은 숙식은 물론이거니와 장서루(藏書樓) 등이 있어 발간된 시집을 정리 보관하고 성안에 널리 배포하는 시스템이 갖추어져 있다는 것도 이점으로 작용하였다.

앞에서 논의한 바 있는 옥산아집이 열렸던 옥산초당 역시 원림이었다. 이 원림은 옥산초당을 중심으로 도화헌(桃花軒)·작월헌(釣月軒)·내귀헌(來歸軒)·춘휘루(春暉樓)·추화정(秋華亭)·지운당(芝雲堂)·가시재(可詩齋)·독서사(讀書舍)·종옥정(種玉亭)·소봉래(小蓬莱)·소유선(小游仙)·백화담(百花潭)·명옥동(鳴玉洞)·벽오취죽당(碧梧翠竹堂)·완화계(浣花溪)·배석단(拜石壇)·어장(漁莊)·춘초지(春草池)·금율영(金粟影)·담향정(淡香亭)·군자정(君子亭)·녹파정(綠波亭)·강설정(絳雪亭)·청설재(聽雪齋)·설소(雪巢)·서화방(書畵舫)·유당춘(柳塘春)·백운해(白雲海)·호광산색루(湖光山色樓)·가수헌(嘉樹軒)·방학정(放鶴亭)·작산정(綽山亭)·동정(東亭)·서정(西亭) 등 36개의 부속건물로 이루어져 있다.[2] 이 건물들에서 50여 차례나 아집이 개최되었는데, 이는 개최 장소로서의 충분한 경치와 설비가 구비되었기 때문일 것이다. 원림의 건물명을 보면, 이 원림의 주인이 시문을 얼마나 좋아하였으며, 아집을 위해 특별히 원림을 경영했던 노력을 발견할 수 있다. 게다가 수려하게 조성된 경관은 문인 사대부의 아취와 상상력을 자극하게 충분하였다. 그래서 황활(黃滑)은 ≪옥산명승집(玉山名勝集)·원서(原序)≫에서 "시원한 누대, 그윽한 관사, 화려한 헌, 아름다운 수사에 꽃과 나무가 빼어나고 구름이 낀 날은 그윽하여 사람들의 재주와 아취를 자극하기 충분하였다."[3]라고 말했던 것이다.

옥산아집에 참여했던 화가 장악(張渥)은 주인을 위하여 아집 장면을
〈옥산초당아집도〉를 통해 묘사하였는데, 이 그림 위에 당시 문단의 영
수이며 이 모임에 참여했던 양유정(楊維楨)은 〈옥산아집도기〉를 지어 붙
였다.[4] 그 한 대목을 인용하여 보자.

> 푸른 오동과 대나무는 맑은 버들과 빼어남을 다투고 있고, 떨어지는 꽃
> 과 아름다운 풀이 기막힌 상상의 나래를 펴게 만든다. 입에서 나오는
> 대로 시구가 되고, 붓이 닿기만 하면 글이 된다.

아집을 개최한 장소의 환경이 시문 생산에 제격임을 강조하여 말하였
다. 산수의 아름다움이 상상의 나래를 펴게 하고, 입에서 나오는 대로
읊으면 시가 되고 붓이 가는대로 쓰면 문장이 된다고 하였다. 원림의
환경이 문학 생산에 미치는 중요한 작용을 잘 알려주는 대목이다.
청대의 유명했던 홍교수계(虹橋修禊) 역시 원림에서 개최되었다. ≪양
주화방록(揚州畵舫錄)≫ 〈홍교록(虹橋錄)〉(上)에는 다음과 같이 기록하고
있다.

> 홍교수계(虹橋修禊)는 원나라 최백형(崔伯亨)의 화원이었으나, 지금은 홍
> 씨별서(洪氏別墅)가 되었다. 홍씨는 두 개의 원림을 가지고 있는데, 홍교
> 수계는 대홍원(大洪園)이고, 권석동천(卷石洞天)은 소홍원(小洪園)이다. 대
> 홍원에는 두 개의 경관이 있는데 하나는 홍교수계이고, 또 하나는 유호
> 춘범(柳湖春泛)이다. 이 원림에서 왕문간(王文簡, 왕사정(王士禎))이 〈야춘
> 시(冶春詩)〉를 지었고, 나중에 염운사(鹽運使) 노견증(盧見曾)이 수계를
> 열었던 곳이다. 홍교수계로 인해 생긴 경관에 이름을 붙여 상아(象牙)
> 골패에 24경을 새겼다.[5]

이 원림 속에는 묘원당(妙遠堂)·전춘당(餞春堂)·음홍각(飮虹閣)·함벽루(涵碧樓)·의석방(宜石房)·치가루(致佳樓)·가화서옥(桂花書屋)·영방헌(領芳軒) 등의 건물이 있고, '방호도서(方壺島嶼)'·'습취부람(濕翠浮嵐)' 등의 경관이 조성되어 있으며, 묘원당 뒤에는 죽경(竹徑)이 놓여 있다. 영방헌 옆으로 소나무·측백·삼나무·닥나무가 우거져 녹음이 조성되어 있다. 물가에는 기둥이 20여 개 되는 누각이 있는데 그 안에 수계정(修禊亭)이 있다. 밖으로 큰 대문이 물을 마주하고 있고, 기둥이 3 개인 대청에 홍계수계(虹橋修禊)라는 편액이 붙어 있다.

위 문장에서 인용한 '아패십사경(牙牌二十四景)'은 술을 마시며 글을 짓는 유희(游戱)의 도구였다. 수서호(瘦西湖)의 24경을 상아 골패 위에 새기고 시인들은 순서대로 골패를 뽑아 자신에 해당되는 경관을 현장에서 시로 묘사하였다고 한다. 시를 완성하지 못하면 벌주를 마셨다고 하니, 이는 '유상곡수'의 새로운 형식이라고 할 수 있다. 그뿐만 아니라 이는 원림에서의 문학 생산 활동을 놀이나 유희의 일종으로 여겼음을 짐작케 하는 대목이다.

끝으로 유극장(劉克莊, 1187~1213)이 지은 〈발서원아집도(跋西園雅集圖)〉를 보면서 설명을 마무리하기로 하자.

> 송나라 부마도위(駙馬都尉) 왕진경(王晉卿)이 개최한 서원아집 역시 성황을 이루었다. 부마가 어질지 않았다면 여러 원로들을 초청하지 못했을 것이고, 여러 원로가 아니었다면 서원의 아름다움을 표현하지 못하였을 것이다. 그러니 왕의 외척이란 높은 지위가 부마를 영예롭게 하지 못했고, 오히려 그의 명성이 시들지 않는 것은, 능통한 문장과 사대부에 대한 애정으로 정치를 했기 때문이다. 아! 옛날 왕공 대신 그 누가 산수 원림의 즐거움이 없이 후대 사람들로 하여금 글을 대하고 감탄하도록 만들

수 있으랴.[6)]

원림은 도시 속에 자연을 재현하려는 목적에서 나온 것이다. 따라서 원림 속에서의 아집은 문인 사대부들의 우주에 대한 인식과 심적 관조의 계기를 제공하였다. 특히 자연미에 대한 표현을 시의 최고 경지로 여겼던 문학가들에게 여러 가지 건물과 아름다운 경관으로 조성이 된 원림이 문학 생산의 최적의 장소였던 것이다.

아집을 위한 전문적인 장소도 등장하였다. 소주 우산(虞山)의 초미헌 (焦尾軒)에는 아집정이 있다. 명 홍치 연간에 지현(知縣) 양자기(楊子器)가 지은 것이다. 이곳에서 1504년 후임으로 온 계종도(計宗道, 1461~1519)가 오문 지역 명사인 양순길(楊循吉) 등 19명을 초청하여 아집을 벌였다. 계종도는 〈우산아집정기(虞山雅集亭記)〉를 짓고 심주는 〈우산아집도(虞山雅集圖)〉와 함께 〈화계상숙유중우산아집(和計常熟惟中虞山雅集: 상숙지현 계종도의 우산아집에 화답하다.)〉 시를 읊었다.

유상곡수는 육조 시대부터 원림 건축에 응용되기 시작하여 당송 시대에 성행하였다. 당대 금원(禁苑)에 건설된 유배정(流杯亭), 이덕유(李德裕)의 평천장(平泉莊) 유배정(流杯亭)[7)]이 그 유풍을 반영한 것이다. 송대에도 하남성(河南省) 등봉(登封)의 숭산(嵩山)의 남쪽 기슭에 있는 숭복궁(崇福宮)에 유배정을 지었다. 그 후 명청대 북경고궁(北京故宮) 건륭화원(乾隆花園)·중남해(中南海) 등에 유배정(流杯亭)을 지었으며,[8)] 저주(滁州) 낭야산(琅琊山) 취옹정(醉翁亭), 상해(上海) 예원(預園)에 유배정(流杯亭)이 있었으며, 휘주(徽州) 서계(西溪) 남쪽에는 곡수원(曲水園)이 남아 있다.[9)] 황정견(黃庭堅)은 의빈(宜賓)에 있을 때 강북의 협곡에서 왕희지의 '유상곡수'를 재현하기 위해 돌을 파고 물을 끌어들였으며 석벽에 '曲水流觴(곡수유상)'이라는 글자를 새겼다. 그는 이곳으로 문학 친구들을 불러 모임을 개최하였다. 이 유적은 지금도 '유배지(流杯池)'로 보존되고 있다. 현재 전 중국에 있는 '유배지'는 모두 왕희지의 유상곡수 유적지를 모방한 것이다.

이상의 논의를 정리하면, 원림은 아집 활동을 활성화시켰고, 뛰어난 경관이나 아름다운 건물이 상상력을 자극하고 고아한 정취를 보태어 시화창작을 왕성하게 했으며, 풍부한 물질적 후원이 다량의 문학 생산과 소통의 역할을 담당했음을 알 수 있다.

명(明), 〈유상곡수도(流觴曲水圖)〉, 목판

주(註)

1) 李斗 《揚州畫舫錄》(卷8). 中華書局, 1960: 揚州詩文之會,以馬氏小玲瓏山館·程氏筱園及鄭氏休園爲最盛. 至會期, 於園中各設一案, 上置筆二,墨一, 端硯一, 水注一, 箋紙四, 詩韻一, 茶壺一, 碗一, 果盒茶食盒各一. 詩成則發刻, 三日內尙可改易重刻. 出日徧送城中矣. 每會酒肴具極珍美, 一日共詩成矣.

2) 張玉華, 《玉山草堂與元明之際東南的文士雅集》, 廣西社會科學 2004年 10期(總第112期). 이 글에서 저자는 옥산초당의 각 부속 건물에서 구체적으로 어떤 모임이 개최되었는지에 대하여 소상하게 밝혔다.

3) 黃溍《玉山名勝集·原序》: 其凉臺燠館, 華軒美榭, 卉木秀而雲日幽, 皆足以发人之才趣.

4) 楊維楨〈玉山雅集圖記〉(《玉山名勝集》卷)二《文淵閣四庫全書電子版》
右玉山雅集圖一卷, 淮海張渥用李龍眠白描體之所作也. 玉山主者爲崑山顧瑛氏, 其人青年好學,通文史, 好音律鐘鼎古器法書名畫品格之辨. 性尤輕財喜客, 海内文士未嘗不造玉山所, 其風流文采出乎流輩者尤爲傾倒. 故至正戊子二月十有九日之會爲諸集之最盛. 冠鹿皮衣紫綺坐案而伸卷者, 鐵笛道人會稽楊維楨也. 執笛而侍者, 姬爲翡翠屛也. 岸香几而雄辯者, 野航道人姚文奐也. 沉吟而癡坐搜句於景象之外者, 苕溪漁者鄭韶也. 琴書左右捉玉塵從容而色笑者, 即玉山主者也. 姬之侍者, 爲天香秀. 展卷而作畫者, 爲吳門李立旁. 侍而指畫, 即張渥也. 席臯比曲肱而枕石者, 玉山之仲晉也. 冠黃冠坐蟠根之上者, 匡廬山人於立也. 美衣巾束帶而立頤指僕從治酒者, 玉山之子元臣也. 奉看核者, 丁香秀也. 持觴而聽令者, 小璚英也. 一時品疎通儁朗, 侍姝執伎皆妍整奔走童亦皆馴雅安於矩矱之内觴政流行樂部皆暢. 碧梧翠竹與清揚争秀, 落花芳草與才情俱飛, 矢口成句落毫成文, 花月不妖潤, 山有發是宜. 斯圖一出爲一時名流所慕艷也. 時期而不至者句曲外史張雨永嘉徵君李孝光東海倪瓚天臺顧基也夫主客交幷文酒宴賞代有之矣. 而稱美於世者, 僅山陰之蘭亭, 洛陽之西園耳. 金谷龍山而次弗論也. 然而蘭亭過於清則隘, 西園過於華則靡. 清而不隘也, 華而不靡也, 若今玉山之集者, 非欺故!

5) 清 李斗《揚州畫舫錄》〈虹橋錄〉上: 虹橋修禊, 元崔伯亨花園, 今洪氏別墅也. 洪氏有二園, 虹橋修禊爲大洪園, 卷石洞天爲小洪園. 大洪園有二景, 一爲虹橋修禊, 一爲柳湖春泛. 是園爲王文簡賦〈冶春詩〉處, 後卢轉運修禊亦于此, 因以虹橋修禊名其景, 列于牙牌二十四景中.

6) 劉克莊〈跋西園雅集圖〉《夷伯齋集》外集卷下: 故宋駙馬都尉王公晉卿, 西園之集亦盛矣. 蓋非駙馬之賢, 不足以致諸老. 非諸老, 不足以顯西園之勝. 然則戚畹之貴不足爲駙馬榮, 而其名垂不朽者, 政以其能好士耳. 吁! 自昔王公大臣, 孰無園池水竹之樂, 百世之下, 能使人臨文興慨. 其謂世道之盛衰.

7) 李德裕는 둘레 백리가 되는 정원에 100여 개의 臺榭를 짓고 힘을 다하여 각 지방의 珍木, 異花, 怪石을 모아 정원에 배치하였다. 그는 平泉莊을 생명처럼 사랑하였고, 〈平泉山居戒子孫記〉를 썼다. "鬻吾平泉者,非吾子孫也; 以平泉一樹一石與人者, 非佳士也"(金學智, 《中國園林美學》, 中國建築工業出版社, 23쪽 참고) 그는 유배정을 건설하고 〈流杯亭詩〉"回環疑古篆, 詰曲如縈帶"를 지었다.

8) ≪中國美術全集·園林編≫, 文物出版社, 1988.

9) 汪道昆, ≪太函集≫〈曲水園記〉"豊樂水出黃山, 東行百里而近,水浸深廣. 其上側諸吳千室
之聚, 里名溪南. 左黃羅, 右金竺, 蓋新奧區也. 里南良田千畝, 里人呼楊柳幹, 其東則曲水
園, 修廣不啻十畝, 疏田川爲澗道, 經垣內外如隍, 其中鑿池, 圻南北如天塹. 圳入澗道, 澗道
入池, 句如規, 折如磬, 故曰曲水"

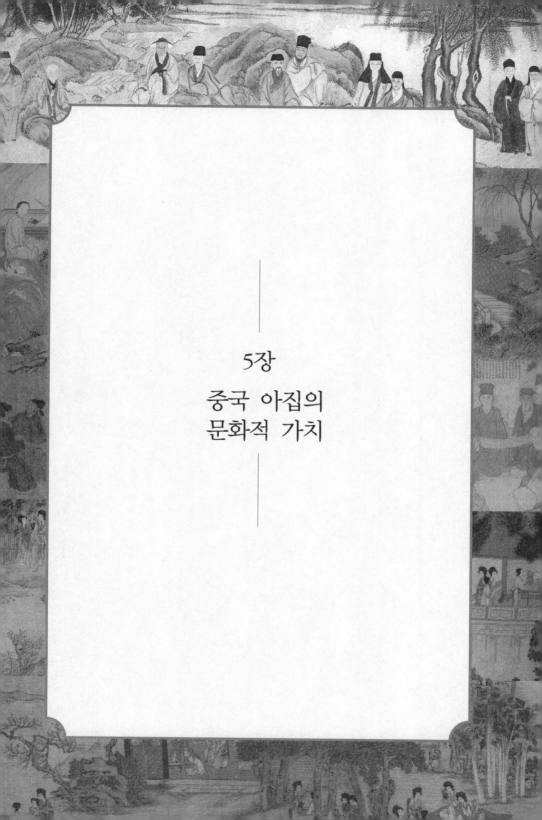

5장
중국 아집의
문화적 가치

　이상에서 한대의 상산사호에서 근대의 호구아집까지 '전통아집'을 대상으로 삼아 중국의 아집 문화의 총체적 면모를 개괄적으로 설명하였다. 주로 아집 관련 그림과 제화시문(題畵詩文)의 원전 텍스트 및 이미지를 통하여 중국 아집 문화의 원류를 파악하였다. 아집의 결과물로서의 시서화의 통합시스템을 고찰하였으며, 또 아집문화의 장소로서의 원림의 의미를 파악하였다. 그리고 아집과 문화권력 형성, 상업자본과의 관계, 더나아가 그것의 문화적 의미를 광범위하게 다루었다.

　'아집'은 조직화된 시사(詩社) 및 음사(吟社), 음주가무적 성격이 강한 연집(讌集), 참가자의 연령이나 상황이 반영된 구로회(九老會)나 기영회(耆英會), 관료들의 결집체인 동년회(同年會), 문인 사대부 계층이 모여 상호간 소통하던 문회(文會) 등을 포괄하는 명칭이다.

아집에 있어서 가장 중요한 요소는 누가 아집을 주관하고 참여했느냐의 문제였다. 중국 아집은 대체적으로 고대에는 군주와 황족 및 귀족들이 주도하였다. 중세에 이르러 과거제의 시행으로 인하여 적극적으로 문인 지식인이 사회지배 계층이 되었고 이들은 아집의 가장 중요한 담당층을 형성하였다. 그들은 산수 자연에 대한 감정 표현과 자신들의 상호소통, 그리고 계층의 지향과 이념을 확충하기 위해 아집을 이용하였다. 중세 후기에 이르면 상인 부호들이 그들의 사회적 영향력과 문화적 능력을 제고시키기 위해 아집을 후원하는 한편 적극적으로 교류의 장에 참여하였다. 이 시기에 이르러 문인 지식인과 관료 사회에서 소외되었던 여성들이 일부 아집에 참여하게 되었다. 그러나 그것은 보편적인 현상은 아니었다. 이처럼 역사의 변화에 따라 아집 담당층이 다르게 나타났지만, 이것 역시 역사단계별로 일률적인 법칙에 의해 변화하는 것은 아니었고 아집 담당층의 변화에도 불구하고 핵심은 문인 사대부에게 있었다.

중국의 전통 아집의 기능은 4가지이다. 통치 집단들은 아집을 통하여 지식인을 결집하였고. 이것을 통하여 권력쟁취와 강화 수단으로 삼았다. 중세 문인 사대부들은 자신들의 세계관을 확립하고 이를 확대 재생산하여 사회적 장악력을 높이는 한편 이를 강화하고 유지하기 위하여 계층 내부의 관계를 매우 중요하게 여겼다. 아집 활동은 그들의 중요한 활동 기제였다. 지역과 학파를 기반으로 하는 지식인들은 문화적 영향력을 가진 사람을 중심으로 아집을 통하여 문화 권력을 형성하는가 하면, 문인 사대부들은 아집을 통하여 문학 작품을 창작하고 이를 주변에 전파하는 도구로 삼았다.

중세 문인 사대부들은 관방의 정치적 권력 구조에 상당 부분 예속되어 있었기 때문에 이들의 아집 활동은 관방의 공적활동의 일환으로 인식되었다. 이 경우 아집은 현실 참여적 성격을 띠게 된다. 예를 들면 이동양(李東陽)은 〈갑신십동년도시서(甲申十同年圖詩序)〉에서 자신들의 아집은 향산구로회나 회양오로회와 달리 현직 인사들이 개최한 것이기 때문에 "국가정치의 교화를 찬양"하거나 "국가융성과 평화에 기여"하는 것을 목적으로 삼았다고 하였다. 양사기 역시 〈행원아집도발〉에서 당시 자신들은 "인재 육성의 의식을 가졌고, 대각을 다스리는 의지를 담았으며, 또한 자신을 지키고 스스로 경계하는 마음을 잊지 않기 위해" 아집을 개최하였다고 하였다. 즉, 아집은 '인재육성'·'정치 강화'·'자기 마음의 경계'에 목적이 있음을 분명히 하였던 것이다. 이러한 언급에서 보면, 아집은 경세치용(經世致用)이나 정치적 활동, 정론의 생산적 성격을 띠었다고 할 수 있다.

그럼에도 불구하고 모든 전통아집은 최소한 외형적으로 참가자의 사적 감정과 탈속적(脫俗的) 인생관을 표현하려는 의지를 표방하였다. 예를 들면, 유초(魏初)는 〈서장아집〉에서 자신들의 아집은 '산음(山陰)의 난정아집', '춘야도원의 잔치', '죽림칠현', '낙하구로(洛下九老)'의 전통을 계승한 것이고, 이 아집의 목적이 "사물에 기탁하여 마음속의 감정을 풀어내고 천지의 오묘한 진리를 스스로 터득한 것"이라고 밝혔다. 요약하여 말하자면, 그는 아집을 자연사물에 기탁하여 마음속의 감정을 표현하는 것[託物興懷], 담론을 통해 마음속의 감정과 정신을 표현하는 것[暢敍幽情], 천지의 오묘한 진리를 터득하는[得天地之妙] 것으로 인식하였던 것이다.

따라서 문인 사대부들은 자신들의 아집을 유희 행위와 구분 지으려고 노력하였다. 왕세정은 〈제구실보임서원아집도후(題仇實父臨西園雅集圖後)〉에서 구영(仇英)이 그린 〈서원아집도〉가 이전 그림과 달리 시녀를 그려넣지 않은 것은 원우제군자(元祐諸君子: 소식과 왕선 등)의 사대부적 풍모를 부각시키고, 금곡원(金谷園)의 인물들의 저속함을 보여주기 위한 것이라고 평가하였다. 왕세정은 서원아집에 참여한 인사들을 '국사풍(國士風)'으로, 금곡원 아집에 참여한 사람은 '부가아(富家兒)'라고 표현하면서 유희적인 모임이 가지는 저속성을 비판하였다. 양유정은 더 나아가 옥산아집이 난정아집과 서원아집의 전통을 계승하였지만 난정아집처럼 맑으면서도 막힘이 없고, 서원아집처럼 화려하면서도 쏠림이 없다고 평가하였다. 이와 반대로 금곡원(金谷園)과 용산(龍山) 아집은 저급하여 논할 가치조차 없다고 평가 절하 하였다.

아집은 시서화와 적극적인 융합을 시도하였다. 중세 문인 사대부는 자신들의 이상적 세계관을 아집을 통해 실현하였고, 이를 회화적으로 재현하였다. 특히 북송 시대 〈서원아집도〉·〈난정수계도〉·〈춘야연도리원도〉가 그 실례이다. 그중에서 〈서원아집도〉가 여러 단계에 걸쳐 재현되었다. 중세사대부들은 아집이 가지는 고아한 정취를 추구하면서 다양한 문학 작품을 생산하였다. 아집을 시적으로 재현한 것은 대략 송나라 때에 완성되었는데, 이 역시 문인화의 정착과 궤를 같이 한다.

아집은 산수 자연과 원림에서 주로 개최되었다. 산수 자연에서의 아집은 산수 자연을 감상하며 가슴속의 그윽한 감정을 표출하고, 천지의 오묘한 진리를 터득하기 용이하였다. 원림에서의 아집은 계층 내부에서 긴밀하게 소통하고, 문학 생산력을 왕성하게 만들었으며, 시서화의 출간을 통하여 문화전파력을 강화하고 계층의 이념을 재생산하는 한편 문화권력의 형성으로 이어졌다.

이상과 같이 중국의 전통 아집 활동은 단순히 문인 사대부들의 사교활동을 넘어 중국문화사의 큰 흐름을 주도했던 매우 중대한 사건이었다. 그러므로 아집을 연구하는 것은 곧 전통 사회의 관건을 읽는 것이며 중국 역대 문인 사대부의 문화적 핵심을 파악하는 일이다. 이는 또한 한국과 일본을 포함한 동아시아 사대부 계층의 아취(雅趣)와 고양된 정신세계 형성, 그리고 시서화의 창작을 이해하는 중요한 경로라고 할 수 있다.

일상과 일탈의 경계적 유희

中國雅集

부록1

중국 역대 아집 일람표

아집 시문
번역 및 해제

일러두기

1. 아집 시문은 위진시대부터 청대까지 시대순·아집별로 수록되어 있다.

2. 아집 시문은 앞에서 부분적으로 인용하였지만, 전체적인 윤곽을 파악하기 위해 다시 수록하였고, 원문과 번역, 해제순으로 배치하였다.

3. 고유명사의 한자음은 우리말 독음으로 표기하였다.

〈금곡시서(金谷詩序)〉

석숭(石崇)

나는 원강(元康: 진 혜제(晉 惠帝)) 6년(296년), 태복경(太僕卿)으로부터 사지
절감청(使持節監青)·서제군사(徐諸軍事)·정노장군(征虜將軍)을 맡아 나오게
되었다. 별장은 하남현(河南縣)과의 경계에 있는 금곡간(金谷澗)에 있다.
이곳은 성(城)으로부터 10리 떨어진 곳에 있다. 높은 곳도 있고 낮은 곳
도 있으며, 맑은 샘물·무성한 숲·과일·대나무·소나무·약초 등이 모두
갖추어져 있다. 또 물레방아·물고기 연못·토굴이 있어 눈으로 즐기고
마음으로 감상할 수 있는 도구가 구비되어 있다.

때마침 정서대장군쾌주(征西大將軍祭酒) 왕후(王詡)가 장안(長安)으로 돌
아왔다. 나는 여러 현인들과 함께 계곡으로 가서 자리를 여러 번 옮기면
서 밤낮으로 잔치를 벌였다. 어떤 때는 높은 곳에 올라 아래를 바라보기
도 하고 어떤 때는 물가에 나란히 앉기도 하였다. 때때로 거문고·가야
금·생황·축을 수레에 함께 싣고, 가는 도중에 연주를 하였다. 도착해서
는 북을 치고 돌아가며 연주를 하였고, 각자 시를 지어 마음속의 감정을
풀어냈다. 어떤 사람은 시를 완성하지 못하여 벌주 3말을 마셨다. 태어
난 수명이 영원하지 못한 것을 느꼈고, 언제 시들어 떨어질까 알 수 없어
두려웠다. 그래서 시인의 관직명·성명·나이를 시 뒤에 밝혔다. 후대의
호사가들이 이를 감상하겠지! 모두 30명인데, 오왕사(吳王師)·의랑광중후
(議郞關中侯)·시평무공(始平武功) 소소(蘇紹), 자(字)는 세사(世嗣)가 나이 50
으로 가장 많다.

余以元康六年，從太僕卿出爲使持節監靑·徐諸軍事·征虜將軍. 有別廬
在河南縣界金谷澗中，去城十里，或高或下，有淸泉茂林，衆果竹柏
藥草之屬，莫不畢備. 又有水碓·魚池·土窟，其爲娛目歡心之物備矣. 時
征西大將軍祭酒王詡當還長安，余與衆賢共送往澗中. 晝夜游宴，屢遷
其坐. 或登高臨下，或列坐水濱. 時琴瑟笙筑，合載車中，道路幷作. 及住，
令與鼓吹遞奏. 遂各賦詩，以敍中懷. 或不能者，罰酒三斗. 感性命之不
永，懼凋落之無期，故具列詩人官號·姓名·年紀，又寫詩著後. 後之好事
者,其覽之哉! 凡三十人, 吳王師·議郎關中侯·始平武功蘇紹, 字世嗣, 年
五十爲首.　　　　　　　　　　　　　　　　　（《全晉文》 卷三十三）

명대(明代),
십주(十洲) 구영(仇英),
〈금곡원도(金谷園圖)〉

【해제】

　이 글은 석숭(石崇, 249~300)이 원강(元康) 6년(296년)에 금곡간(金谷澗)의 별장에서 모임을 가진 뒤 지은 것이다. 정서대장군쾌주(征西大將軍祭酒) 왕후(王詡)가 장안으로 돌아온 것을 기념하기 위해 개최한 것이다. 이 글은 30명이 모여서 놀며 지은 시집의 서문인 셈이다.

　금곡간에는 맑은 샘물·무성한 숲·과일·대나무·소나무·약초 등이 두루 갖추어져 있고, 또 물레방아·물고기 연못·토굴 등이 조성되어 있어 아집을 개최하기 적당했던 것 같다. 밤새도록 여러 곳을 옮겨 다니며 노닐었는데, 거문고·가야금·생황·축을 수레 싣고 다시면서 연주를 즐겼다. 술을 마시며 시를 지어 마음속의 감정을 풀었는데, 시를 완성하지 못하면 벌주를 마셨다고 했다. 짧은 인생을 한탄하여 시집 뒤에 관직명·성명·나이를 밝혔다고 하였다. 함께 노닐었던 30명 중 가장 나이가 많은 사람은 소소(蘇紹)였다고 한다.

　석숭의 금곡원 아집은 '음주부시(飮酒賦詩)'·'창서유정(暢敍幽情)'·'벌주삼배(罰酒三盃)'의 원조가 되었다. 이 글만 가지고는 당시 이 모임이 호화스럽다거나 저질스러운 모습을 발견할 수 없다. 후대 사람들이 금곡원을 이렇게 평가한 연유는 아마 석숭 자신이 부호라는 점과 그의 인품 때문이었을 것이라고 추측된다. 이 모임을 비슷한 시기 왕희지의 난정아집과 기타 환락적인 모임에 비해 평가절하했던 것은 지나친 면이 있다.

〈난정집서(蘭亭集序)〉

왕희지(王羲之)

영화(永和) 9년 계축(癸丑) 늦은 봄, 회계군(會稽郡) 산음(山陰) 땅의 난정(蘭亭)에서 모였다. 수계 행사를 지내기 위해서였다. 수많은 현인들이 모두 나왔고, 젊은이와 늙은이가 함께 모였다. 이곳은 산이 높고 고개가 험준하며, 숲이 무성하고 대나무는 키가 크다. 또 맑은 물이 여울을 이루고 정자(亭子)의 좌우를 비추며 에둘러 흐른다. 이 물을 끌어들여 구불구불한 도랑을 만들고, 여기에 술잔을 띄운 뒤 차례로 줄지어 둘러앉았다. 비록 거문고나 피리 같은 성대한 음악은 없지만, 술 한 잔에 시 한 수로도 마음속의 그윽한 정을 마음껏 펼칠 수 있었다.

이 날 하늘은 맑고 공기가 신선한데, 부드러운 바람까지 불어 더욱 상쾌하였다. 고개를 우러러 광활한 우주를 바라보고, 고개를 숙여 번성하는 만물을 살폈다. 눈이 움직이는 대로 마음을 활짝 열었고 마음껏 보고 들으며 진정으로 즐겼다.

무릇 사람은 함께 어울리며 세상을 살아가지만, 어떤 사람은 마음속에 품은 감정을 벗과 함께 한 방에 마주앉아 이야기하는가 하면, 또 어떤 사람은 상상력을 동원하여 정신세계에서 노닐기도 한다. 이처럼 사람들은 비록 취향이 천차만별이고 완급의 차이가 있지만, 기쁜 일을 만나 잠시나마 자기 뜻대로 되거나 스스로 흡족해지면 장차 늙어간다는 사실을 잊고 산다. 그러나 일에 실증을 느끼거나 사안에 따라 생각이 달라지면 감정이 이것에 얽매이게 된다. 그러면 이전의 즐거웠던 일이 고개를 들었다가 내리는 순간 과거의 흔적처럼 사라진다. 그러니 감회가 생기지 않을 수 있겠는가. 하물며 목숨이 길건 짧건 모두가 자연의 조화에 따라 끝내는 죽음에 이르는 것을!

　옛사람이 "죽고 사는 것은 매우 큰일이다!"라고 하였으니, 이 어찌 가슴 아픈 일이 아니겠는가! 옛사람들의 마음속에 일어나는 생사에 대한 감정의 원인을 살펴보면, 나와 꼭 같다는 것을 느낀다. 그러니 옛사람의 글을 대할 때마다 탄식하고 슬퍼하지 않을 수 없다. 나 또한 왜 그런지 모르겠다. 살고 죽는 것이 똑같다는 말은 거짓이요, 팽조(彭祖)와 같이 장수한 사람과 요절한 사람이 같다는 말은 망발임을 잘 알고 있다. 후세 사람들이 지금 사람들을 볼 때도, 지금 우리가 옛사람들을 보는 것과 같을 터이다. 슬프구나!

　그래서 이곳에 모인 사람들의 이름을 순서대로 적고 그들의 시들을 수록하였다. 비록 세상이 달라지고 세태가 변하겠지만 감정을 일으키는 이치는 같은 것이다. 후세 사람이 이 글을 읽으면 느끼는 바가 있을 것이다.

　永和九年歲在癸丑, 暮春之初, 會于會稽山陰之蘭亭 脩禊事也. 群賢畢至, 少長咸集, 此地有崇山峻嶺, 茂林脩竹, 又有淸流激湍, 映帶左右. 引以爲流觴曲水, 列坐其次, 雖無絲竹管絃之盛, 一觴一詠, 亦足以暢敍幽情. 是日也, 天朗氣淸, 惠風和暢, 仰觀宇宙之大, 俯察品類之盛, 所以遊目騁懷, 足以極視聽之娛, 信可樂也. 夫人之相與, 俯仰一世, 或取諸懷抱, 悟言一室之內, 或因寄所託 放浪形骸之外. 雖聚舍萬殊, 靜躁不同, 當其欣於所遇, 暫得於己, 快然自足, 曾不知老之將至. 及其所之旣惓, 情隨事遷感慨係之矣. 向之所欣, 俛仰之間, 以爲陳迹, 猶不能不以之興懷. 況脩短隨化, 終期於盡! 古人云 "死生亦大矣." 豈不痛哉! 每攬昔人興感之由, 若

合一契, 未嘗不臨文嗟悼. 不能喩之於懷, 固知一死生爲虛誕, 齊彭殤爲
妄作. 後之視今, 亦由今之視昔, 悲夫! 故列敍時人, 錄其所述, 雖世殊事
異, 所以興懷, 其致一也, 後之攬者 亦將有感於斯文.

【해제】

왕희지(王羲之)는 진 목제(晉 穆帝) 서기 353년 3월 삼짇날 당시의 41명
의 명사들과 절강성 소흥 난저(蘭渚)의 정자에 모여 곡수연(曲水宴)을 열고
시를 지었다. 이 글은 여기서 지은 시집의 서문이다.

왕희지는 연회의 시간, 장소를 밝혔을 뿐 아니라, 이 모임은 수계(修禊)
라는 풍속 행사의 일환임을 밝혔다. 그러면서도 참석자들은 흐르는 물에
잔을 띄워[流觴曲水] 시를 읊조리며 마음속 깊은 곳에 담긴 그윽한 정을
펼쳤다[暢敍幽情]는 점에서 아집에 해당한다고 할 수 있다.

왕희지는 아집이 펼쳐진 주변 자연환경을 묘사하면서 자연을 사랑하
는 마음, 유한(有限)한 인생에 대한 애상, 그러면서도 유한한 삶을 영원한
세계에 담아보려는 중용적 사유를 표현하였다. 왕희지는 아집을 통하여
세계와 인간에 대한 철학적 깨달음을 추구하였고 참가자들과 함께 감정
과 정서를 공유하였다.

청(清) 유희재(劉熙載)는 ≪서개(書概)≫에서 다음과 같이 말했다.

"왕희지가 쓴 〈난정집서(蘭亭集序)〉가 최고의 경지에 이르렀지만, 당(唐)
나라 군신들을 만나 그 명성이 더욱 두드러지게 나타났다. 그래서 후대
사람들은 ≪난정기(蘭亭記)≫ · ≪난정고(蘭亭考)≫ · ≪난정속고(蘭亭續
考)≫를 지었다. 〈난정서〉는 해와 달이 천체를 운행하듯 천추만세동안
문단에 빛날 것이다."

右軍之書以《蘭亭》爲至善, 得唐君臣而名益顯, 於是後人有《蘭亭記》
《蘭亭考》《蘭亭续考》之作, 而《蘭亭》一序遂如日月經天, 千秋萬
世照耀壇坫矣."

이처럼 난정아집은 후대 아집의 '음주부시(飮酒賦詩)'와 '창서유정(暢敍
幽情)'의 전통을 수립하는 데 큰 영향을 주었다.

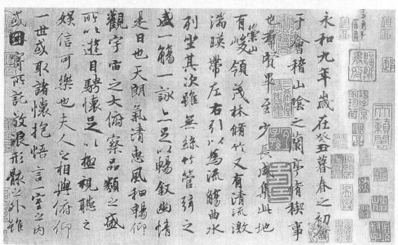

동진(東晉), 왕희지(王羲之), 〈난정집서(蘭亭集序)〉

〈춘부(春賦)〉 부분

남조(南朝) 양(梁) 유신(庾信, 513~581)

삼짇날 구불구불한 물길이 하진을 향해 흐른다. 저녁 무렵 황하 가로 모두 나와 토지 신(神)에게 제사를 지낸다. 나무 아래에서 손님들이 흐르는 물에 잔을 띄우고, 나루터에서 뱃사공이 노를 젓는다. 얇은 금박 물린 적삼 소매, 진주 꿰어 치장한 목도리 두른 여인. 까마득한 산머리로 해가 기우는데, 늦은 오후까지도 취하지 않아 집으로 돌아가지 못하고 있다. 연못에 비친 모습은 거울보다 월등히 맑고, 방안의 옷 향기는 꽃보다 못하구나.

> 三日曲水向河津, 日晚河边多解神. 樹下流杯客, 沙頭渡水人. 鏤薄窄衫袖, 穿珠帖領巾. 百丈山頭日欲斜, 三晡未醉莫還家. 池中水影悬勝鏡, 屋裡衣香不如花.

【해제】

따스한 봄날 황하 가에서 열린 곡수연의 광경을 묘사하였다. 하진(河津)은 산서성(山西省) 서남부에 있는데, 분하(汾河)와 황하(黃河)가 모여 흐르는 삼각지대에 위치하고 있다. 남조 시대 이 지역에서는 물가의 '해신(解神)' 활동이 유행하였다. 이 글은 남녀가 모여 봄날 아름다운 자연을 벗 삼아 신에게 감사하며 노니는 모습을 그렸다. 이것을 보면, 남조 시대의 아집은 민속적 행사의 일종이었다고 할 수 있다.

〈삼월삼일불계낙빈서(三月三日祓禊洛濱序
: 3월 3일 낙수가에서 수계 행사를 하고 서문을 짓다.)〉

백거이(白居易, 772~846)

개성(開成) 2년(837년) 3월 3일, 하남윤(河南尹) 이대가(李待價)가 백성들을 화합시키고 풍년이 들자 낙수 가에서 수계 모임을 개최하였다. 하루 전에 유수(留守) 배령공(裴令公: 배도(裴度))에게 알렸다. 배령공은 다음날 태자소부(太子少傅) 백거이(白居易)·태자빈객(太子賓客) 소적(蕭籍) 이영숙(李仍叔) 유우석(劉禹錫)·전중서사인(前中書舍人) 정거중(鄭居中)·국자사업(國子司業) 배운(裴惲)·하남소윤(河南少尹) 이도추(李道樞)·창부낭중(倉部郎中) 최진(崔晉)·사봉원외랑(伺封員外郎) 장가속(張可續)·가부원외랑(駕部員外郎) 노언(盧言)·우부원외랑(虞部員外郎) 묘음(苗愔)·화주자사(和州刺史) 배주(裴儔)·치주자사(淄州刺史) 배흡(裴洽)·검교예부원외랑(檢校禮部員外郎) 양로사(楊魯士)·사문박사(四門博士) 담홍(談弘) 등 15명을 불러 배 안에서 합동으로 잔치를 열었다. 두정(斗亭)을 경유하여 위제(魏堤)를 지나 진교(津橋)에 도착해서는 물가로 올라가 물길 따라 걸었다. 새벽부터 저녁까지 비녀와 관대가 교차하며 반짝였고, 노래와 웃음이 사이사이 들렸다. 앞에서는 뱃놀이, 뒤에서는 기생 놀이, 왼쪽에 붓과 벼루 오른쪽에 술 단지와 잔이 놓여 있었다. 신선 같아 보인다며 구경꾼이 많이 몰려왔다. 경치를 진탕 구경하고, 마음껏 뱃놀이를 즐겼다. 아름다운 경치와 좋은 날씨를 오늘 하루에 모두 얻었다. 만약 이것을 기록하지 않으면 낙양에 인물이 없다고 말할 것이다. 진공(晉公)이 앞장서 한 장(章)을 노래하였다. 목소리가 힘차게 퍼졌다. 그가 사방에 앉은 사람을 돌아보며 이어서 화답하자고 말하자, 백거이는 술을 든 채 붓을 휘둘러 12운을 바쳤다.

開成二年三月三日, 河南尹李待價以人和歲稔, 將禊于洛濱. 前一日, 啓留守裴令公. 令公明日召太子少傅白居易·太子賓客蕭籍李仍叔劉禹錫·前中書舍人鄭居中·國子司業裴惲·河南少尹李道樞·倉部郎中崔晉·伺封員外郎張可續·駕部員外郎盧言·虞部員外郎苗愔·和州刺史裴儔·淄州刺史裴洽·檢校禮部員外郎楊魯士·四門博士談弘等一十五人, 合宴于舟中. 由斗亭, 歷魏堤, 抵津橋, 登臨泝沿, 自晨及暮, 簪組交映,歌笑間發, 前水嬉而後妓樂, 左筆硯而右壺觴, 望之若仙, 觀者如堵. 盡風光之賞, 極游泛之娛. 美景良辰, 賞心樂事, 盡得于今日矣. 若不記錄, 謂洛無人, 晉公首賦一章, 鏗然玉振, 顧謂四座繼而和之, 居易擧酒抽毫, 奉十二韻以獻.　　　　　　　　　　　　　　≪全唐詩≫ 四五六

三月草萋萋, 黃鶯歌又啼. 柳橋晴有絮, 沙路潤無泥. 禊事修初半, 游人到欲齊. 金鈿耀桃李, 絲管駭鳧鷖. 轉岸回船尾, 臨流簇馬蹄. 鬧翻楊子渡, 蹋破魏王堤. 妓接謝公宴,詩陪荀令題. 舟同李膺泛, 醴爲穆生携. 水引春心蕩, 花牽醉眼迷. 塵街從鼓動, 烟樹任鴉棲. 舞急紅腰軟, 歌遲翠黛低. 夜歸何用燭, 新月鳳樓西.

【해제】

이 글은 837년 3월 3일, 하남윤(河南尹)으로 있던 이대가(李待價)가 낙수 가에서 백거이 등 15명을 초청하여 베푼 수계 모임을 기록한 것이다. 이 모임은 왕희지의 난정아집과 비슷하지만 정신적인 면모가 달랐다.

난정의 모임에서는 우주만물을 발견하면서도 한편으로 짧은 삶을 애통하게 여겼지만, 백거이의 낙수 모임은 자연 속에 노니는 즐거움에 온통 빠져 있다. 앞에서는 뱃놀이 뒤에서는 기녀놀이를 했다고 한다. 기녀의 비녀와 관리의 관대가 어울려 반짝이고, 노래와 웃음이 뒤섞였고 하였다.

사회의 병폐를 혹독하게 비판했던 백거이의 또 다른 면을 발견하게 된다.

【참고】

〈三月三日與樂天及河南
李尹奉陪裴令公泛洛禊飮各賦十二韻
: 3월 3일 백거이·하남윤 이대가가 배도공을 모시고 낙수에 뱃놀이를 하며 수계 행사를 거행하고 각각 12운을 노래하다.〉

유우석(劉禹錫)

洛下今修禊, 群賢勝會稽. 盛筵陪玉鉉, 通籍盡金閨. 波上神仙妓, 岸傍桃
李蹊. 水嬉如鷺振, 歌響雜鶯啼. 歷覽風光好, 沿洄意思迷. 棹歌能儷曲,
墨客競分題. 翠幄連雲起, 香車向道齊. 人誇綾步障, 馬惜錦障泥. 塵暗
宮墻外, 霞明苑樹西. 舟形隨鷁轉, 橋影與虹低. 川色晴猶遠, 烏聲暮欲
棲. 唯餘踏靑伴, 待月魏王堤. ≪全唐詩≫ 卷362-25

【해제】

유우석이 3월 3일 백거이·배도와 함께 낙수의 수계에 참가하여 지은 시이다. 유우석은 낙수 수계 모임에 참석한 인물이 난정아집에 참여한 인물보다 뛰어났다고 자랑하였고, 풍광이 아름다운 낙수에서의 화려한 뱃놀이에 흠뻑 빠져 즐겼다.

〈游平泉宴湢澗, 宿香山石樓, 贈座客
: 평천을 유람하고 읍간에서 잔치를 열었으며,
향산 석루에서 잠을 자며 손님에게 시를 바치다.〉

백거이(白居易, 772~846)

逸少集蘭亭, 季倫宴金谷. 金谷太繁華, 蘭亭闕絲竹. 何如今日會, 湢澗平
泉曲. 杯酒與管弦, 貧中隨分足. 紫鮮林筍嫩, 紅潤園桃熟. 採摘助盤筵,
芳滋盈口腹. 閑吟暮雲碧, 醉藉春草綠. 舞妙艶流風, 歌清叩寒玉. 古詩
惜盡短, 勸我令秉燭. 是夜勿言歸, 相携石樓宿.

【해제】

백거이는 자신들의 낙수 수계 행사가 금곡과 난정을 계승한 것이라고
생각하였다. 그러면서 세 개의 수계 모임을 평가하였다. 금곡 아집은
너무 화려했고, 난정아집은 악기가 빠졌다고 평가하였다. 난정 수계에
참석한 사람이 초월적인 명사들로 구성되었고, 반면에 낙수 수계에 참여
한 사람은 문인적 아취가 넘쳤다고 하였다. 낙수 수계가 난정 수계에
비하여 물질적이고 향락적이라는 사실을 인정한 셈이다. 금곡 수계가
너무 세속적이고, 난정 수계가 너무 초월적인 것에 비하여 자신들의 수
계는 이 둘의 중간에 서려고 했던 것 같다.

〈발난정도(跋蘭亭圖: 난정도에 대한 발문)〉

원(元), 황진(黃溍, 1277~1357)

왼쪽 난정도(蘭亭圖)는 조천리(趙千里)의 작품이다. 영화년(永和年) 수계[禊集]에 42명이 모였으나 역사에 나타나 있지 않아 세상 사람들 중 간혹은 그들의 이름을 모르는 경우가 있다. 천년 이후 그들의 모습과 풍류를 묘사하면 역사의 빠진 부분을 보충할 수 있었으니, 단지 한 시대의 서화의 감상에만 도움이 되는 것은 아니다. 이백시(李伯時, 이공린)가 상영도(觴咏圖)를 그리자 호사가들이 벌써 이것을 돌에 새겨서 전하고 있다. 이 그림은 섬세하고 아름다워 뛰어난 조각장이라도 쉽게 새길 수 없을 것이니 더욱 귀중한 것이다.　　　　　　　　　　　　(≪金華先生文集≫ 卷二十二)

右蘭亭圖 趙千里作 永和禊集四十有二人 其不見于史傳者 世或莫知其姓名 千載之下乃有能摹寫其儀刑風度 以補史氏之闕者 非直可資一時之淸玩而已 李伯時有觴咏圖 好事者已爲刻石以傳 此圖纖麗微密 雖有善工亦未易刻 尤可貴也.　　　　　　　　(≪金華先生文集≫ 卷二十二)

【해제】

이 발문은 원나라 황진이 쓴 것으로, 조천리(趙千里, 1127~1162)가 그린 〈난정도(蘭亭圖)〉에 대해여 해설을 붙인 것이다.

그의 주장에 의하면, 난정아집은 개최된 뒤 천 년이 지나 북송 시대 이공린(李公麟, 1049~1106)의 〈난정상영도(蘭亭觴咏圖)〉를 통해 비로소 그림으로 재현되었다고 한다. 그리고 이 그림을 돌 위에 새긴 것이 당시에 전해지고 있었다고 하였다. 이것을 보면, 북송 시대의 아집은 난정아집을 계승하였고, 〈난정도〉 역시 남송 시대 조천리에게로 계승되었음을 알 수 있다.

이 발문은 아집도의 원류과정을 이해하는 데 도움이 된다. 북송 시대에 이르러 〈난정도〉와 〈서원아집도〉가 동일한 사람에 의해 재현되었다. 이공린이 당나라 이소도의 그림을 모방하여 〈서원아집도〉를 재현하였다. 이것으로 보아, 〈난정도〉는 〈서원아집도〉와 함께 북송 시대에 이르러 아집도의 범주 안에 포함되었고, 전형적인 모습을 갖추게 되었음을 알 수 있다.

〈난정도〉는 명(明) 영락(永樂) 15년(1417년)에 초각(初刻)되었는데, 이것은 북송의 이공린(李公麟)의 그림을 근거로 한 것이다.

이 그림은 현재 중국국가도서관에 탁본으로 보관되어 있다. 이것은 명(明) 주유돈(朱有炖, 1379~1439)이 모작한 〈난정서(蘭亭序)〉(定武本), 〈난정도(蘭亭圖)〉, 〈발문〉을 돌 위에 새긴 탁본이다. 이 탁본에는 다시 손작(孫綽, 314~371)의 〈난정도후서(蘭亭圖后序)〉와 〈난정서(蘭亭序)〉의 전래 과정이 추가로 기록되어 있다.

〈난정유상곡수도기(蘭亭流觴曲水圖記)〉

주원장(朱元璋, 1328~1398)

〈고난정유상곡수도(古蘭亭流觴曲水圖)〉 一卷.

세차게 흐르는 맑은 물을 내려다보고, 그윽하고 고요하며 무성한 숲을 올려다본다. 한 사람이 정자에 앉아 붓을 휘둘러 서문을 쓰고 있는데, 진(晉) 우군장군(右軍將軍) 왕희지(王羲之)이다. 두 사람이 물가에 나란히 앉아 있는데, 극담(郄昙)이 술그릇을 던져주니 환위(桓偉)가 이것을 받아 마시고 있다. 소나무 아래로 두 사람이 있는데, 사슬(謝滕)은 박수를 치며 웃고, 사괴(謝瑰)는 눈동자를 집중하여 쳐다보고 있다. 바위 옆에 한 사람이 있는데, 사안(謝安)이 수염을 털며 의기양양하게 신선이 되려는 듯한 태도를 하고 있다. 계곡 우측에 있는 구모(邱旄)는 한 손으로 책을 들고 한 손으로는 붓을 든 채 무릎을 안고 있다. 왕응지(王凝之)가 두루마리 책[卷軸]을 이미 완성했는지, 유우(庾友)가 몸을 돌려 두루마리를 가져간다. 신황 대나무 아래 두 사람이 있는데, 손통(孫通, 統)이 허리를 굽혀 무릎을 안은 채 쉬고 있고, 위방(魏滂)은 물가로 가서 잔을 찾고 있다. 계곡의 북쪽에 두 사람이 있는데, 왕환지(王渙之)가 무릎을 지탱하고 앉아 있는 것을, 조무지(曹茂之)가 옆으로 몸을 돌려 보고 있다. 또 대나무 숲 속에는 임응(任凝)이 책으로 (얼굴을) 가리고 서 있고, 손작(孫綽)은 붓과 벼루를 누르고 의관을 반듯하게 쓰고 앉아 있다. 영천(潁川) 유온(庾薀)은 연거푸 술을 마셔 눈꺼풀이 열리지 않자 시종이 흔들고 있다. 참군(參軍) 양모(揚模)는 물줄기를 사이에 두고 마치 곡예사처럼 뛰고 있다. 왕헌지

(王獻之)는 옷을 끌어당기며 일어나고, 왕숙지(王肅之)는 물줄기를 내려다
보며 술잔을 들고 있다. 사마(司馬) 우열(虞說)은 두루마리 책을 응시하며
대화를 하고 있다. 여계(呂系)는 귀를 기울여 듣고 있고, 후면(后綿)은 얼
큰하게 취해 가수면 상태에 있다. 공치(孔熾)는 책을 들고 고개를 들어
바라보고 있다. 유밀(劉密)은 어깨를 드러내고 연신 술을 마시고 있다.
왕현지(王玄之)와 왕빈지(王彬之)는 마주보며 이야기를 나누고 있다. 사역
(謝繹)은 머리를 긁으며 책에 빠진 채 생각의 실마리를 찾고 있다. 왕휘지
(王徽之)는 비단을 들추어 붓을 들어 쓰고 있다. 노이(勞怡)는 소나무 아래
에서 잔을 들어 올리고, 서풍지(徐豊之)는 까치와 노닐면서 술잔을 전달
하고 있다. 화기(華耆)는 잔을 멈추고 다른 곳을 바라보고 있다. 조화(曹
華)는 책을 펼치고 있고, 왕온지(王蘊之)는 팔뚝을 걷어붙이고 오만하게
앉아 있다. 변적(卞迪)은 물줄기를 맞이하며 술을 마시려고 한다. 사만(謝
萬)은 고개를 돌려 장송(張松)을 바라보고 있다. 조인(曹諲)은 팔짱을 끼고
하늘을 멀리 바라보고 있다. 화무(華茂)는 웃옷을 벗고 붓을 잡고 있다.
여본(呂本)은 붓을 잡고 귀를 파고 있다. 우곡(虞谷)은 잔을 받치고 술을
권하고 있고, 손사(孫嗣)는 권태로운지 하품을 하며 기지개를 켜고 있다.
원교지(袁嶠之)·왕풍지(王豊之)는 서로 박수를 치며 시를 논하고 있다. 그
림 속에는 10명의 동자가 있다. 서서 시중드는 자 1명, 그릇을 챙기는
자 1명, 병을 든 자 1명, 술을 뜨는 자 1명, 잔을 씻는 자 2명, 술을 받는
자 1명, 막혀 있는 술잔을 떠내려 보내는 자 1명, 붓과 벼루를 받치고
있는 자 2명이 있다. 왕희지와 모임에 참여한 사람은 모두 42명이다.
어떤 사람들은 시와 노래를 부르고, 어떤 사람은 술에 취해 잠을 자며,
어떤 사람은 내려보거나 우러러보고, 어떤 사람은 서거나 앉아 있다.
그 모습이 자세하게 묘사되어 있다. 뛰어난 장인의 손에서 나왔고, 고개

지(顧愷之)에게 정신적 풍모가 전해졌다. 이것으로 진대(晋代)의 인물들이 진정 아름답고 우아했던 것을 알겠도다. 이와 같지 않은가? 홍무(洪武) 9년 가을 7월에 기록하다.

〈古蘭亭流觴曲水圖〉一卷, 俯淸流而沸湍, 仰茂林而幽静. 亭坐一人, 揮毫制序, 爲晋右軍將軍王義之; 二人露列流側: 郗昙揚觶而授, 桓偉取觶而飮; 松下二人: 謝滕拊掌而笑, 謝瑰凝眸而視; 巖傍一人: 謝安掀髯得意, 態度欲仙, 澗右邱旎, 一手擧卷, 一手握筆按膝; 王凝之卷軸已成, 庚友回身取軸; 新篁下二人: 孫通屈脊抱膝而憩, 魏滂臨流而探杯; 澗北二人, 王渙之據膝而坐; 曹茂之側身轉顧; 又竹林中, 任凝掩卷而起, 孫綽按筆硯·整衣冠而坐; 穎川庚蘊飮酒復杯, 交睫不開, 僕者撼之; 參軍揚模隔流而躍, 如伶人狀; 王獻之攝衣而起; 王肅之俯流而取觴; 司馬虞說凝軸以談; 呂系傾耳以聽; 后綿酩酊假寐; 孔熾持卷仰觀; 劉密袒衣攘臂以取復杯; 王玄之·王彬之相對而談; 謝繹搔首沉書繹思; 王徽之擧幅執筆而書; 勞怡擧杯松下; 徐豊之玩鵠遞觴; 華耆停杯他視; 曹華展卷; 王蘊之攘臂肆坐; 卞迪迎流欲觴; 謝萬回顧長松; 曹譚叉手仰眺; 華茂袒衣執筆; 呂本握筆搔耳; 虞谷捧觴勸酒; 孫嗣神倦欠伸; 袁嶠之·王豊之相與抵掌論詩. 卷中有童子十人: 侍立者一, 主器者一, 擎瓶者一, 掬酒者一, 滌杯者二, 受酒者一, 遣滯杯者一, 捧筆硯者二. 自右軍以下, 與會者凡四十二人, 或吟或咏, 或醉或眠, 或俯或仰, 或起或坐, 曲盡其態, 始于一良工之手, 傳神于阿堵之間. 由斯知晋代衣冠之物 洵美且都, 有若是耶? 洪武九年秋七月記.

【해제】

이 기문은 홍무(洪武) 9년(1376년)에 주원장이 쓴 것이다. 원나라 사람이 그린 것으로 알려지고 있는 〈고난정유상곡수도(古蘭亭流觴曲水圖)〉一卷

에 대한 기록이다. 그림을 보고 쓴 것이지만, 아집 당시의 장면을 아주 상세하게 묘사하였다. 마치 눈앞에 모임 장면이 펼쳐지는 것 같은 느낌이 든다. 아집은 매우 자유로운 분위기 속에서 진행되었고, 주변의 자연 환경은 조용하면서도 평화롭게 느껴진다.

모임에 참가한 사람들은 봄이 되어 기온이 오르자 나른하고 몽롱하여 팔을 걷거나 옷을 벗기도 하였다. 시상을 떠올리기 위해 명상을 하거나 독서를 하였다. 대화를 나누거나 사물을 응시하였고, 떠내려오는 술을 기다리거나 그림을 감상하였다. 사물에 대하여 관찰하고 하늘과 먼 산을 바라보기도 하였다.

이들의 모습은 모두 제각각이다. 그 다양한 정신적 풍모와 태도를 극사실주의 기법으로 재현되었다.

작가는 두루마리 그림을 보며 독자에게 마치 자신이 그 모임에 다녀온 사람처럼 그 장면을 하나도 빼지 않고 일일이 설명하려는 듯 하였다.

〈난정상영도기(蘭亭觴咏圖記)〉

송염(宋濂, 1310~1381)

≪난정상영도≫ 1권은 이공린(李公麟)이 그렸다고 전해진다. 의미 표현과 사물 묘사의 품격이 매우 높은 것으로 보아 이공린이 아니고는 그리기 불가능했을 것 같다. 먼저 난정(蘭亭) 한 곳을 그려 넣었다. 맑은 물가의 아주 그윽한 곳이 내려다보이고 사방이 주렴으로 가려져 있다. 두루마리(그림) 반의 주변 둘레 난간에 네모 책상이 배치되어 있고, 책상 위에는 벼루와 먹이 각각 하나, 종이 2~3장, 두루마리 1포가 놓여 있다. 책상 사이로 잘생긴 사나이가 앉아 있고, 책상 뒤로 대나무 갓을 쓰고 큰 포의를 입고 있는 사람이 오른손에 붓을 들고 골몰히 생각하는 듯 명상에 잠겨 있다. 아마도 왕희지가 서문을 쓰고 있는 순간인 것 같다. 그 뒤에 동자 둘이 있는데 한 명은 시중을 들고, 다른 하나는 솥에 불을 피우고 있다. 솥에서 물이 막 끓어오르고 있다. 앞의 동자는 난간 옆에 서서 계곡을 흘겨보고 있다. 계곡 안에는 흰 오리 3마리가 있다. 한 마리는 가고, 한 마리는 돌아오며, 한 마리는 날고 있다. 물결이 일더니 두 마리 오리 사이로 밀려오고 있다. 계곡 위의 높은 산과 험준한 고개에서 모두 물이 흘러내리고 있다. 미양양(米襄陽, 미불(米市))은 서원(西園)을 기록하고 인물만 그렸지만, 이 그림은 그 성정(性情)까지 표현하였다.

중앙에서 물이 3 단계로 흘러나오고 있다. 서쪽에는 술 단지 4개가 배치되어 있다. 동자 하나가 왼쪽 손으로 소매를 잡고 오른손으로 단지에 손을 넣어 술을 뜨고 있다. 한 동자는 술잔을 잡고, 한 동자는 병을 들고 좌우로 붙어 서 있다. 술 단지 앞에 있는 상 위에는 술잔이 줄 서 있다. 다섯 술잔마다 연잎 같이 생긴 받침이 받치고 있다. 두 동자는 계곡에 술잔을 띄우고, 한 동자가 그 뒤에 서서 술잔을 들고 차례에 따라 건네주고 있다. 옆에서 작은 막대로 술잔을 건드려서 언덕에 멈췄다가 부딪치며 지나가도록 하고 있다. 또 서쪽으로 돌계단이 있는데, 계단 위에는 뒤집힌 받침에 술잔 3개가 줄 서 있다. 동자 하나가 술병을 들고 잔에 술을 따르고 있는데, 한 동자가 술을 가져다 몰래 마시고 있다.

다음으로 군공조(郡功曹) 위방(魏滂)과 우장군(右將軍) 왕희지(王羲之)를 그렸다. 위방은 왼손으로 책을 들고 왕희지를 돌아보며 오른손을 뻗어 두루마리를 주면서 왕희지에게 보라고 하고 있다. 왼손으로 두루마리를 들고 옆에 주려고 하다가 주지 않고, 오른손으로 붓을 잡고 뚫어지게 바라보고 있다. 마치 막 고치려는 듯하였다. 풍류를 즐기는 모습을 미루어 알 수 있다. 그 다음으로 산기상시(散騎常侍) 극담(郗曇)을 그렸는데, 좌우 두 손으로 두루마리를 펼쳐 혼자 읊조리고 있다. 다음은 형양(滎陽) 환위(桓偉)·여항령(余杭令) 사등(謝藤)을 그렸다. 환위는 배를 드러내고 앉아서 왼손으로 수염을 쓰다듬고 있다. 기세가 매우 호탕하다. 오른손으로 두루마리를 들고 대대(大帶) 사이에 기대고 있다. 사등은 옷고름을 풀고 철퍼덕 앉아 오랫동안 시상을 떠올렸지만 미처 짓지 못하고는 주먹을 쥐고 하품하면서 기지개를 켜고 있다. 다음으로 시랑(侍郞) 사괴(謝瑰)를 그렸다. 왼손으로 두루마리를 들어 가슴에 대고 오른손은 붓을 잡고 무릎 위를 쓰다듬고 있다. 다음은 왕응지(王凝之)·영천(穎川) 유우(庾友)·왕환지(王渙之)를 그렸다. 응지는 두 어깨를 드러낸 채 오른손을 벼루 옆으로 내렸으며, 왼손은 책을 집어 유우에게 주고 있다. 유우는 응지처럼 어깨를 드러내고 막 종이를 말아 두루마리로 만들었는데, 두루마리 끝의

종이가 들쑥날쑥하니 손바닥으로 가지런하게 정리하고 있다. 왕한지는 유우처럼 어깨를 드러내고 두 손으로 무릎을 안고 조용히 읊조리고 있다. 다음은 행참군사(行參軍事) 공구모(邧丘旄)로, 왕환지처럼 몸을 드러내고 다리 하나를 펴고 앉아 손으로 술잔을 들고 술을 마시고 있다. 다음은 여항령(余杭令) 손통(孫統)·낭야(琅琊) 왕우(王友)·사안(謝安)·행참군(行參軍) 조무(曹茂)·부주부(府主簿) 임응(任凝)을 그렸다. 손통은 왼쪽 다리를 들어 올리고 또 두 손으로 무릎은 밀착시키고 있다. 사안은 오른쪽 다리를 들어 올리고 왼손으로 벼루를 눌러 움직이지 못하게 하고 있다. 우측의 두 사람은 먹을 갈아 먹물을 만들며 서로 바라보며 앉아 있다. 조무는 두 손으로 종이를 집어 수직으로 내리고 둘둘 말아 두루마리를 만들었다. 왕응지는 옷을 벗어 왼쪽 어깨를 드러내고 무릎 위를 누르며 왕통처럼 다리 한쪽을 들어 올렸다. 그는 고개를 돌려 반짝거리는 눈빛으로 조무를 바라보고 있다. 다음은 좌사마(左司馬) 손작(孫綽)을 그렸다. 옷깃을 모으고 단정하게 앉아 있는데 욕심을 버리고 아무 것도 하지 않는 자 같다. 다음은 영천(潁川) 유온(庾蘊)을 그렸다. 나이가 매우 많다. 오래 앉아 생각을 하다가 오른손으로 땅을 의지하고 있고, 동자 하나가 좌측 겨드랑이를 부축하고 있다. 다음은 행참군(行參軍) 양모를 그렸다. 옷을 반은 벗은 채 한 발은 서고 한 발을 구부렸는데, 두 소매를 앞으로 흔들어 너울너울 춤을 추는 것과 같다. 다음은 왕헌지(王獻之)·왕숙지(王肅之)·진동사마(鎭東司馬) 우열(虞說)·임성(任城) 여계(呂系)·부주부(府主簿) 후면(后綿)을 그렸다. 왕헌지는 옷고름이 반이 열려 드리워져 있고 오른손으로 땅을 짚고 왼 손으로 무릎을 안고 있다. 왕숙지는 눈썹이 풀려 지탱하지 못하자 한 손으로 손가락을 꼬아 침처럼 코를 자극하여 압박을 주고 있다. 우열이 반은 벗은 채 두 손은 두루마리를 펴서 읽고 있다. 여계는 우열을 향해 두 손으로 자리를 의지하며 왼쪽으로 돌아 등 뒤의 각슬(閣膝) 아래로 나온다. 그는 어깨를 드러낸 채 몸을 반쯤 구부리고 우열에게 다가가 듣는 모양을 하고 있다. 후면은 마음이 흡족하여 다리 한짝과 두 손을 들어 올려 두루마리를 들고 무릎과 몸을 조금 기우뚱하고 있다. 다음은 참군(參軍) 공치(孔熾)를 그렸다. 공치는 배를 내놓고 은하수를 우러러보면서 다리 하나를 들어 왼쪽으로 두루마리를 쥐고 무릎을 베고는 우측으로 땅을 지탱하고 있다. □ 한 동자가 계곡 언덕에 엎어져 작은 막대로 술잔을 보내 공치에게 마시도록 하고 있다. 다음은 참군 유밀(劉密)을 그렸다. 유밀은 웃옷을 벗고 앉아 왼손으로 소매를 잡고 오른손을 물속에 넣었고 손가락 사이로 작은 물결이 일어나고 있다. 앞으로 술잔이 떠내려오니 잡아서 마시려 하는데 곁으로 뒤집힌 술잔이 떠내려가고 있다. 다음은 왕현지(王玄之)·영흥령(永興令) 왕빈지(王彬之)·군오관(郡五官) 사역(謝繹)·왕미지(王微之)를 그렸다. 왕현지는 두루마리를 펼쳐 비스듬히 바라보고 왼손을 드러내며 오른쪽은 보지 않고 있다. 왕빈지와 왕현지는 어깨를 드러내고 마주보며 앉아 손을 뻗어 두루마리를 벌리고 있다. 사역 역시 왼쪽 팔뚝을 드러내 내려뜨리고 오른손으로 붓을 잡고 팔을 누르다가 가려운지 막 긁으려고 한다. 왕미지는 왼손으로 두루마리를 받쳐 들고 지긋이 바라보며 오른손으로 붓을 잡고 쓰려고 하지만 미처 쓰지 못하고 있다. 다음은 부공조(府功曹) 노이(勞夷)·행참군(行參軍) 서풍지(徐豊之)를 그렸다. 노이와 서풍지는 서로 노이를 향하여 왼손으로 술잔을 잡고 오른손으로 술잔 곁을 끼고 마치 서풍지에게 바치려는 것과 같다. 서풍지는 우러러보며 소매를 팔꿈치까지 걷었는데 매우 억세고 거칠어 보인다. 그는 오른손으로 몸의 북쪽에 있는 술잔을 가져다가 노이에게 권유하려는 것 같다. 다음은 장금령(長岑令) 화기(華耆)를 그렸다. 오른손으로 술잔을 잡았지만 아직 마시지 않고 왼손으로 콧수염을 만지며 곁에 있는 서풍지를 흘겨보면서 의기양양하며 즐거운 기색을 하고 있다. 다음은 서주(徐州) 서평(西平) 조화(曹華)를 그렸다. 오른손으로 두루마리를 잡고 몸을 기울여 왼손에 가려진 것을 읽으려고 하고 있다. 다음은 왕온지(王蘊之)·진국대장군(鎭國大將軍) 연변적(椽卞迪)·사도좌서속(司徒左西屬) 사만(謝萬)·팽성(彭城) 조연(曹譚)·임성(任城) 여본(呂本)을 그렸다. 왕온지는 털푸덕 앉아 팔짱을 끼고 양무릎□ 한손은 주먹을 쥐고 한손은 손바닥을 펴서 주먹 등을 덮고 있다. 연변적은 몸을 반은 기울이고 손을 들어 술잔을 맞이하여 잡으려고 하고 있다. 사만은 어깨를 반이나 드러내고 왼손으로 종이를 눌러 오른손 팔꿈치 아래에 두고 연변적을 바라보고 있다. 조연은 오른발을 펴고 왼손으로는 술잔을 잡고 여본을 돌아보고 있다. 여본은 다리 하나를 들어 올린 채 팔을 구부려 무릎에 걸치고 있고, 붓을 잡고 귀기울이면서 머리를 들어 약간 올려보는 것이 마치 시를 음미하는 것과 같다. 다음은 상우령(上虞令) 화무(華茂)·산음령(山陰令) 우곡(虞谷)·중군참군(中軍參軍) 손사(孫嗣)를 그렸다. 화무는 어깨를 드러내고 오른손으로 붓을 잡고 아래로 떨구고 던지려고 하다가 머리를 돌려 우곡과 말을 하고 있다. 우곡은 옷을 벗고 화무와 함께 오른손으로 술잔을 잡아 띄우고 있다. 화무와 손사는 박수를 치고 크게 웃으며 한 다리는 쩍 벌리고 있다. 다음은 진군(陳郡) 원교지(袁嶠之)·행참군(行參軍) 왕풍지(王豊之)를 그렸다. 왕풍지는 두루마리를 펴쳐 고개를 들어 읽으면서 등을 조금 구부리고 있다. 원교지는 두 손바닥을 마주 향하고 춤을 추는데 마치 장단을 치는 사람에게 호응하는 것과 같다. 다음은 늘어진 두 버드나무가 돌 다리를 끼고 있고, 난간을 잡고 두 동자가 다리 위를 건너는 것을 그렸다. 한 사람은 그릇을 들고 있는데 아마도 술잔이 담겨 있는 것 같다. 또 한 사람은 난간에 의지하여 계곡 가운데를 손가락질하고 있다. 계곡 좌우에 동자 하나씩이 조그만 막대를 조정하여 술잔받침을 받아 거두어들이고 있다. 그 옆으로 술잔받침 두 개가 뒤집어져 있다. 양쪽에 있던 또 다른 동자가 버드나무 아래로 나와 몸을 반쯤 드러내고 있다.

난정(蘭亭)에서 돌다리까지 계곡물이 굽이굽이 흘러 마치 용이 질주하듯 흐르고 있다. 계곡의 오른쪽에 20명, 계곡의 왼쪽에 22명이 있다. 그 중에서 갓을 쓴 사람이 12명, 두건을 쓴 사람이 30명이다. 모두 상의에 허리띠를 둘렀으며 각각 땅에 자리를 깔고 있다. 간혹 곰과 호랑이 가죽으로 된 방석이 섞여 있다. 시를 짓는 사람 곁에는 벼루, 종이, 먹, 붓이 각각 배치되어 있다. 두 편을 완성한 사람은 12명, 한 편을 완성한 사람은 15명, 완성하지 못한 사람이 16명이 되는데, 사람마다 그 모습을 다르게 표현했으니 정말 잘 그린 그림이라고 할 수 있다. 영화(永和) 계축년(癸丑年)은 지금으로부터 이미 천여 년이 흘렀다. 한 시대 번성했던 인물을 헤아리니 오른쪽의 술 단지와 왼쪽의 고기 그릇 사이에서 아름다움과 아취가 넘치고 있다. 이 그림을 통해 그 당시의 모임을 떠올릴 수 있다. 그러나 과거와 현재가 눈 깜짝할 사이에 변하고 시대와 세태가 달라져도 높은 산과 험준한 고개는 본래 바뀌지 않았건만 옛사람은 과연 어디에 있는 것인가? 후대 사람들은 그들을 보고 싶어도 볼 수가 없어 "그림 속에서 상상한다."라고 말하니 또한 슬프도다. 아! 세상만사가 왕왕 이와 같으니 이 어찌 오래 말하랴? 오직 문장과 영예로운 행동은 영원히 세상에 전해지니 그 사람은 비록 죽었어도 죽지 않는 것과 같다. 왕사(王謝) 등 여러 사람이 이미 이공린에 의해 모습이 묘사되어 부활하게 되었구나! 나는 이 그림을 친구 집에서 보았고 빌어다가 집에서 그 모임의 일을 오른쪽처럼 기록한다. 때때로 한 번씩 보고 나면 감개무량함을 이길 수 없다.

≪蘭亭觴咏圖≫ 一卷, 相傳爲李公麟所畵, 觀其運意狀物, 極有思致, 似非公麟不能. 先畵蘭亭一所, 俯臨淸流上甚幽. 靚四面皆簾, 半卷旁周欄楯中設方几, 几上硏墨各一 紙三二 成軸一布 几間有美丈夫坐, 几後冠竹籜冠服大布衣 右手操翰 冥然若遐思 疑義之草序時也. 後列二童一侍側 一吹火蒸鼎 鼎水沸將淪湯. 前一童傍欄睨溪 溪中白鵝三 一去一反□一飛 起波面側二鵝間. 溪上皆崇山峻嶺 有水自○米襄陽之記西園僅圖人物 此則并其性情而傳之矣.

中出三級水 西實酒尊四 一童左手執袂右入尊勺酒 一童執觴 一童執壺夾左右立 尊前有案列觴 五觴各有舟如荷葉 二童執流觴于溪 一童傴立其後 擧觴次第授之. 旁有小挺觴泊岸觸之使逝. 又西有石磴, 磴上覆舟一列觴三. 一童執壺注觴中, 一童取酒盜飮.

次畵 郡功曹魏滂 右將軍王羲之 滂左執卷回顧羲之 伸右手欲受卷觀羲之. 左持卷授旁未授 右執翰凝視 若將涂竄然. 風流之狀, 猶可彷佛想見. 次畵散騎常侍郗昙 左右手展卷自誦. 次畵滎陽桓偉 余杭令謝藤 偉袒腹坐 左手掀髥氣甚豪 右執卷倚大帶間 藤解襟盤礴 詩思久未屬 握拳作欠伸勢. 次畵侍郎謝瑰 右持卷當膺 右握翰撫膝上 次畵王凝之 潁川庾友 王渙之 凝之袒兩肩 左手垂硯側 右執卷授友 友袒如凝之 方軸紙作卷 卷末紙參差 以掌齊之 渙之袒如友 兩手抱膝微吟 次畵行參軍事卬丘旄袒裼如渙之 伸一足坐擧手取觴飮. 次畵余杭令孫統 琅琊王友 謝安 行參軍曹茂府主簿任凝. 統翹左足又兩手着膝 安翹右足左手壓硯令不動 右楷墨作汁二人相向坐 茂兩手執紙直垂輾轉軸之 凝之袒衣露左臂 壓膝上 翹一足如統 旋首顧茂 目光烱然. 次畵左司馬孫綽 斂袿危坐 若泊然無所爲者. 次畵潁川庾蘊年甚耄坐久思起 右手據地一童挾左臂扶之. 次畵行參

軍楊模衣半袒單足起立 屈一足, 揚雙袖向前翩翩如舞. 次畫王獻之王肅
之鎮東司馬虞說任城呂系府主簿后綿獻之 襟袖半敞垂 右手着地 左按膝
肅之困睫不可擧 一手捻指作針刺鼻令嚔. 說□半衣兩手展卷讀 系向說
右手據席 左繞出背後閣膝下 臂露者半俯身 就說作聽狀 綿足心并翹一
足兩手持卷 夾膝身微側. 次畫參軍孔熾 坦腹仰面視霄漢 翹一足左持卷
枕膝右据地□一童伏溪岸以小挺致觴欲飲熾 次畫參軍劉密. 袒衣坐 左
手執袂 右入水微波動指間 前有觴泛流而下 欲取之 旁有覆觴流去. 次畫
王玄之 永興令王彬之 郡五官謝繹王微之玄之展卷斜視 露左手 右不見
彬之與玄之對袒肩坐伸手借卷 繹亦袒垂左臂 右執翰壓臂 臂痒將搔之
微之左擧卷至觀 右操翰欲寫未寫. 次畫府功曹勞夷行參軍徐豐之 夷豐
之相向夷 左執觴右手夾觴側若獻豐之 豐之面仰視擅袖至腕 勢粗甚 右
手向身北取觴似欲酬夷者. 次畫長岑令華耆 右執觴未飲 左捻髭旁睨豐
之 洋洋有喜色. 次畫徐州西平曹華 右執卷側身 欲讀左手隱. 次畫王蘊
之鎮國大將軍椽下迪司徒左西屬謝萬彭城曹諲任城呂本蘊之 箕踞坐交臂
兩膝□一握拳一舒掌 掌覆拳背 迪半欹擧手迎觴欲取 萬肩半袒左按紙
右在肘下側 目視迪 諲伸右足 左持觴顧本 本翹一足屈臂掛膝持翰 貼耳
上頭微仰若苦吟者. 次畫上虞令華茂山陰令虞谷中軍參軍孫嗣 茂袒肩右
執翰垂下欲擲轉首共谷語 谷袒衣與茂同右持觴浮 茂嗣拊掌大笑一足踞.
次畫陳郡袁嶠之行參軍王豐之 豐之展卷仰首讀 背微傴 嶠之雙掌相向舞
似對之擊節者. 次畫二垂柳夾石橋 有扶闌二童度橋上 一持器 疑貯觴者
一倚闌戟手指溪中 溪左右各一童操小挺邀觴舟收之 其側有覆觴二舟 兩
別有一童出柳下身半露.

自蘭亭至石橋, 溪水詰曲, 流如龍奔. 溪右二十人, 溪左二十有二人, 其中
冠者十有二人, 巾者三十人, 衣皆褒加紳, 各地坐藉以方裀或熊虎皮, 研
紙墨筆各具有詩者各系人傍, 兩篇成者十有一人, 一篇成者十有五人, 不
成者十有六人, 其狀人人殊, 誠可謂善畫者 已今去永和癸丑, 不翅千有餘

年. 計其一時人物之盛, 淸標雅致. 浮動于右尊左俎間, 猶可卽此圖以想
見其事. 然而俯仰今昔 時異世殊 崇山峻嶺 固不改于舊而昔人果安在哉.
後之人欲見有不可得. 曰想象于圖畵中. 亦足悲矣. 噫 世間萬事往往如
是 是何足深道 唯辭章榮烈足以傳世于無窮 其人雖死猶不死也 如王謝
諸人是巳使公麟 復生尙得描貌之乎. 予見此卷于友人家 因借歸記其事
如右 時一觀焉 則有不勝感慨者矣.　　　(≪宋文憲公全集≫ 卷三十五)

【해제】

이 글은 난정아집이 거행된 지 천 년 후인 원말 명초에 지은 것으로,
작가는 송렴이다. 이공린이 그린 것으로 알려진 〈난정상영도(蘭亭觴咏
圖)〉에 대한 설명이다. 그림 속에 등장하는 42명의 명사들이 펼친 유상
곡수연의 자세한 과정과 모습을 재현하였다. 명사들의 행사를 돕는 시
동들의 표정과 자세 역시 마치 눈앞에서 펼쳐지는 것과 같다. 이날 행
사에 참석한 명사들은 옷을 풀어 헤치고 마음껏 술을 마시거나 아주
자유분방하게 노닐면서 시상을 떠올리며 두루마리 그림을 감상하고 있
다. 그야말로 봄날에 모인 명사들의 아집에서 환락과 자유의 의지를
발견할 수 있다.

〈도화간수계시서(桃花澗修禊詩序: 도화간의 수계시서문)〉

송염(宋濂, 1310~1381)

포강현(浦江縣) 동쪽으로 26리를 가면 초목이 푸른 봉우리가 우뚝 솟아 있는데 이곳이 현록산(玄麓山)이다. 이 산 서쪽의 도화간(桃花澗)에서 물이 흘러나온다. 지정(至正) 병신(丙申) 3월 상사일(上巳日)에 정언진(鄭彦眞)이 물가에서 수계 행사를 벌이고 산수 자연의 아름다움을 만끽하고자 하였다. 사대부 제현들은 전날 저녁잠을 자고 그 다음 날 출발하였다. 한 사람 한 사람이 나란히 걸었다. 술주전자와 술잔을 가지고 약 2리를 가면 마침내 도화간의 물줄기를 만나게 된다. 도화간을 따라 들어가니 물이 도로를 모두 깎아먹어 어깨를 나란히 하지 못하고 생선 꾸러미처럼 앞뒤로 줄줄 서서 갔다. 다시 3리를 가니 언덕을 끼고 온통 복숭아꽃이었다. 산이 추워 꽃이 늦게 피었고 이때가 되어 만개하였다. 그 옆으로는 수염 소나무가 많은데 푸른 구름을 뚫고 하늘로 솟아 있다. 갑자기 새 꽃망울이 푸른 숲에 점점이 드러나 불꽃처럼 타올라 구경할 만하였다. 다시 30보를 가니 괴이한 돌이 사람처럼 서 있는데 높이가 10여 자 남짓 되었다. 바닥이 평평하여 앉을 만하고 퉁소를 불 수 있어 봉소대(鳳簫臺)라고 부른다. 그 아래에는 조그만 연못이 있고 연못가에는 석단이 있는데, 넓이가 여러 길이 되어 낚시할 수 있다. 듣자 하니 큰 눈이 내릴 때 사방이 모두 백옥 같은 숲이 되어 더욱 맑고 아름다워진다고 하여 조설기(釣雪磯)라고 부른다. 서쪽으로 푸른 절벽이 드리운 봉소대와 조설기 사이를 내려다본다. 등나무와 능소가 이리저리 얽혀 있고 붉고 푸른 것이 선명하여 취하병(翠霞屛)이라고 부른다. 다시 6, 7보를 가니 기이한 돌이 불쑥 나타나 아래의 조그만 샘물을 굽어보고 있다. 샘물이 매우 차가워 학이 마시기 적합하다고 하여 음학천(飮鶴川)이라고 한다. 음학천의 물은 뱀처럼 구불구불 석단 아래로 흘러나오고 있다. 쟁쟁하며 패옥이 부딪치는 소리가 났다. 손님 중에 가야금을 잘 타는 사람이 있는데 샘물이 홀로 맑은 소리를 내는 것이 기껍지 않았는지 가야금을 타며 경쟁하였다. 가야금 소리와 샘물이 어우러져 더욱 절묘해졌다. 또 5, 6보를 가니 물이 좌우로 돌다가 마침내 남쪽으로 사라져 버리기에 오절천(五折泉)이라고 한다. 다시 40보를 가니 샘물이 산기슭으로부터 구불거리며 골짜기 속으로 들어가서 연못에 모이고 있다. 연못의 왼쪽에 반달처럼 돌이 앉아 있다. 그 위에 높다란 바위가 담처럼 치솟아 있고 중간에서 샘물이 쏟아져 내리다가 돌부리를 만나면 튀어 오르고 있다. 샘물이 2, 3척을 떨쳐 일어나면 가느다란 포말이 되어 연못 속으로 흩어지면서 알알이 모여 물 무리가 되는데, 진짜 소나기가 쏟아지는 것 같다. 거울처럼 맑고 푸른 하늘을 우러러보고 비로소 샘물이란 것을 깨닫게 된다고 하여 비우동(飛雨洞)이라고 한다. 비우동 옆은 모두 산인데, 그 꼭대기에 날카로운 돌이 얹어져 있어 아득하고 그윽하며 신선이 살기 적합하다고 하여 예주암(蘂珠嵒)이라고 한다. 멀리 그것을 바라보기만 하고 올라가기 힘들다며 오르는 사람이 없다. 다시 석단 가로 돌아와 각자 자리를 깔고 물을 끼고 앉았다. 동자를 불러 부서진 나무를 주워 단지 속의 술을 데워 칠기 술잔에 채우게 하였다. 술잔은 받침이 있어 물결에 따라 오르락내리락 기러기 떼처럼 내려갔다. 술잔이 조금 나아가다가 멈추면 대구(對句)를 짓고 순서에 따라 술잔을 잡았다. 때때로 동쪽에서 가벼운 바람이 불어오면 술 쟁반은 빙빙 돌고 나가지 못하였고, 심지어는 거슬러 올라오는

데 마치 서로 술을 권하는 모습 같았다. 술이 세 번 돌면 나이가 가장 많은 사람이 종이와 붓을 배포하고 사람마다 시 2수를 짓는데 즉시 짓지 못하면 큰 잔 3개로 벌주를 마셔야 한다고 명령하였다. 무리들은 기꺼이 대답하였다. 어떤 사람은 눈을 감고 침잠하여 사색하고, 어떤 사람은 턱을 고이고 은하수를 바라보며, 어떤 사람은 옆에 앉은 사람과 쉬지 않고 대화하고, 어떤 사람은 비바람처럼 세차게 붓을 놀려 쓰면서 노래하며, 어떤 사람은 절벽 아래에서 종이를 누르고 엎드려 쓰려고 하였다가 다시 그만두고, 어떤 사람은 끝 구절이 못마땅한지 머리를 긁고 이마를 찌푸리며 다른 사람을 향하고 있으며, 어떤 사람은 입술로 가을벌레 소리를 내고, 어떤 사람은 난정 언덕에 모여 술잔을 다투며, 어떤 사람은 두루마리를 집어 이웃에 앉아 있는 사람에게 주어 보게 하고는 팔을 베고 누워 구름을 바라보고 있다. 모두 하나하나 그림이 될 만하다. 얼마 있다가 시가 모두 완성되었지만 마신 술잔을 세지 못하였다. 행사를 마치고 귀가할 제, 해는 이미 푸른 소나무 아래에 있었다.

다시 다음날 정군은 이 유람이 아주 즐거웠는지 지은 시를 모으고 나에게 서문을 부탁하였다. 나는 ≪한시내전(韓詩內傳)≫의 "삼월 상사일 복숭아꽃 피고 비가 내릴 때, 정나라의 옛 풍속에 진수(溱水)와 유수(洧水) 두 개의 강가에서 혼백을 불러다 난초를 잡고 상서롭지 못한 기운을 제거했다"고 한 것을 참고하였다. 이제 2천 년이 지나 비록 시대가 다르고 장소도 달라졌지만 복숭아꽃 피고 비가 내리는 것은 옛날과 같았다. 그 먼 후예가 사대부 제현을 모아 수계(修禊) 행사를 치루고 있으니, 아직도 풍속을 버리지 않고 이어온 사람은 오죽하랴! 비록 이렇게는 못하더라도 우리들은 기수(沂水)에서 목욕하던 풍류를 따르고, 기우제에서의 노래 부르기를 배워야만 감정과 경지가 하나가 되고 즐거움과 진리를 거의 갖추게 되어 공자의 제자에게 부끄럽지 않게 된다. 공자의 제자에게 부끄럽지 않은 뒤에야 7척 동자에게 부끄럽지 않게 되니 힘쓸 필요가 있지 않겠는가! 나는 아름다운 경치 유람을 기록하고 다시 이와 같은 가르침을 펼친다. 기타 진(晉)나라 사람의 난정아집과 같이 과도하게 청정과 허무를 숭상하는 것은 역시 취할 것이 없기 때문이다. 정군은 이름이 현(鉉)이고 언진(彦眞)은 자(字)이다.

浦江縣東行二十六里. 有峯聳然而葱蒨者, 玄麓山也. 山之西桃花澗, 水出焉. 乃至正丙申三月上巳, 鄭君彦眞將修禊事于澗濱, 且窮泉石之勝. 前一夕宿諸賢士大夫, 厥明日旣出. 相帥向比行, 以壺觴随, 約二里所, 始得澗流. 遂沿澗而入, 水蝕道幾盡, 肩不得比, 先後縈紆如貫魚. 又三里所, 夾岸皆桃花. 山寒花開遲, 及是始繁. 傍多髯松, 入天如青雲. 忽見鮮葩點濕翠間, 焰焰欲燃可玩. 又三十步, 詭石人立, 高可十尺餘. 面正平可坐而簫曰鳳簫臺. 下有小泓, 泓上石壇, 廣尋丈可釣. 聞大雪下時, 四圍皆瑤樹瑤林, 益清絶曰釣雪磯. 西垂蒼壁, 俯瞰臺磯間, 女蘿與陵苕軃輷之, 赤紛綠駮曰翠霞屏. 又六七步, 奇石怒出, 下臨小洼, 泉冽甚, 宜飲鶴曰飲鶴川. 自川導水爲蛇行勢, 前出石壇下, 鏘鏘作環佩鳴, 客有善琴者, 不樂泉聲之獨清, 鼓琴與之爭, 琴聲與泉聲相和, 絶可. 又五六步, 水左右屈盤, 始南逝, 曰五折泉. 又四十步, 從山趾斗折入澗底, 水滙爲潭, 潭左列石爲坐, 如半月. 其上危嵓墻峙, 飛泉中瀉. 遇石角激之, 泉怒躍起二三尺, 細沫散潭中, 點點成暈, 眞若飛雨之驟至. 仰見青天鏡淨, 始悟爲泉曰飛雨洞. 洞傍皆山, 峭石冠其顚, 遠夐幽邃, 宜仙人居曰藥珠嵓. 遙望見之, 痌登陟之勞, 無往者. 還至石壇上, 各敷靷席, 夾水而坐. 呼童拾斷樵, 取壺中酒温之, 實椑觴中. 觴有舟, 随彼沉浮, 雁行下. 稍前有中斷者, 有屬聯者, 方次第取. 時輕颷東來, 觴盤旋不進, 甚至逆流而上. 若相獻酬狀. 酒三行, 年最高者, 命列觚翰, 人皆賦詩二首, 即有不成, 罰酒三巨觥,衆欣然如約. 或閉目潜思, 或掛頰上視霄漢, 或與連席者耳語不休, 或運筆如風雨, 且書且歌, 或按紙伏崖石下, 欲寫復止, 或句有未當, 搔首蹙額向人, 或口吻作秋虫吟, 或群聚蘭坡奪觚爭先, 或持卷授隣坐者觀, 曲肱看雲而臥, 皆一一可畫. 已而詩盡成, 杯行無筭. 迨罷歸, 日已在青松下. 又明日. 鄭君以茲游良驩, 集所賦詩而屬濂以序. 濂按韓詩内傳: 三月上巳 桃花水下之時, 鄭之舊俗. 于溱洧兩水之上, 招魂續魄, 執蘭以祓除不祥. 今去之二千載. 雖時異地殊, 而桃花流水則今猶昔也. 其遠裔能合賢士大夫以修禊事, 豈或遺風尚有未泯者哉! 雖然無以是爲也, 爲吾黨□, 當追浴沂之風徽, 法舞雩之咏嘆, 庶幾情與境適. 樂與道俱. 而無愧于孔氏之徒. 無愧于孔子之徒. 然後無愧于七尺之軀矣. 可不勗哉. 濂既爲序其游歷之勝. 而復申以規箴如此. 他若晋人蘭亭之集. 多尚清虚. 亦無取焉. 鄭君名鉉. 彦眞字也.

(≪宋文憲公全集≫ 卷35)

【해제】

이 글은 시집의 서문에 해당한다. 1356년 원(元) 지정(至正) 16년에 정언진(鄭彦眞)이 수계 행사를 한 뒤 시집을 출간하면서 친구인 송염에게 서문을 부탁하였다.

도화간(桃花澗)은 지금 절강성(浙江省) 포강현(浦江縣) 동쪽에 있다. 이 글은 〈난정도〉의 서문과 같다. 현장에 모인 사람들의 정신과 모습이 생동감 있게 묘사되어 있으며, 주변의 자연 경관과 그 명칭의 유래를 밝혔다. 수계 행사가 진행되었던 현록산 도화간 일대의 풍광을 걸어가면서 눈에 보이는 대로 현장감 있게 그려냈다. 문장이 평이하지만 구조가 매우 탄탄하다. 동적이며 정적인 모습이 한 문장에 모두 담겨 있다. 마치 아집 장면을 눈앞에서 구경하는 듯하다.

송염은 이 아집에서 유가적(儒家的) 한적함을 강조하였다. 청정함을 추구하던 은일적 아집을 부정하였고, 현실을 살면서 자연의 즐거움을 술을 마시며 시를 지어 표현했던 사대부적인 아집을 추구하였다.

이 글을 통해 월말 명초 지식인의 전형적인 아집의 모습을 발견할 수 있다.

〈경난정고지연구(經蘭亭故池聯句
: 난정의 옛 연못을 지나며 연구를 짓다)〉

曲水邀歡處　곡수연을 즐기던 곳,
遺芳尚宛然　그 명성이 아직도 뚜렷하게 남아 있다.
名從右軍出　명성은 왕희지에서 비롯되었고,
山在古人前　회계산이 옛사람 앞에 놓여 있었다.
蕪沒成塵迹　황무지에 묻혀 옛 터만 남았지만,
規模得大賢　옛 방식대로 큰 인물을 만났다.
湖心舟己幷　호수 가운데로 배가 이미 나란히 가는데,
村步騎仍連　마을 부두에 마차가 아직 묶여 있다.
賞是文辭會　문학 모임을 좋아하는지라
歡同癸丑年　계축년 난정 행사를 함께 즐겼다.
茂林無舊徑　무성한 숲에는 옛 길이 없어지고,
修竹起新烟　큰 대나무에는 새로 안개가 퍼진다.
宛是崇山下　또렷하게 높은 산 아래로,
仍依古道邊　여전히 옛 길이 붙어 있다.
院開新勝地　정원에 새로운 경치를 조성하니
門占舊畬田　정문이 옛 화전을 차지하였다.
荒阪披蘭築　황폐한 밭이 난정까지 뒤덮고,
枯池帶墨穿　메마른 연못에는 먹물이 띠를 둘렀다.
敍成應唱道　순서에 맞추어 따라 부르니,
杯得每推先　술잔에 따라 매번 선두가 정해진다.
空見雲生岫　공연히 구름이 피어나는 산기슭을 바라보노니

時聞鶴唳天　하늘가에 학의 울음이 퍼진다.

滑苔封石磴　미끈한 이끼가 돌계단을 덮고,

密篠礙飛泉　빽빽한 대나무 가지가 폭포를 가린다.

事感人寰變　인간세상의 변화를 느끼고,

歸慚府服牽　돌아와 부끄러움에 옷을 늘어뜨린다.

寓時仍睹葉　시간에 맡긴 채 나뭇잎을 바라보다가,

嘆逝更臨川　가는 세월이 한스러워 다시 물가로 갔다.

野興攀藤坐　들에 나가 놀다가 등나무를 타고 앉으니,

幽情枕石眠　감정이 깊어져 돌을 베고 잠이 들었다.

玩奇聊倚策　잠시 지팡이에 의지한 채 기이함을 감상하고,

尋異稍移船　특이한 것을 찾고자 배를 몰았다.

草露猶霑服　풀 위의 이슬이 옷을 적시듯,

松風尚入弦　솔바람이 가야금 선율 속으로 들어온다.

山游稱絶調　산천 유람이 음악과 어울리면,

今古有多篇　예로부터 시가 많이 생겨났단다.

《대력년절동연창집(大歷年浙東聯唱集)》

【해제】

당(唐) 대력(大歷, 766~779 唐代宗) 시기 포방(鮑防), 이화(李華), 엄유(嚴維) 등이 절동(浙東) 지역의 산수 자연 풍광을 감상하거나 차를 마시며 시를 짓는 모임을 개최하였다. 이 모임에서 시인들은 하나의 운율을 가지고 한 편의 시를 읊었다. 이것을 '연창(聯唱)'이라고 한다. 이들은 이 시를 통해 한적하고 탈속적인 세계를 노래하였다.

위 시는 왕희지의 세계관과 인생관을 흠모하면서 지은 것이다.

〈난정수계도(蘭亭修禊圖)〉 모음

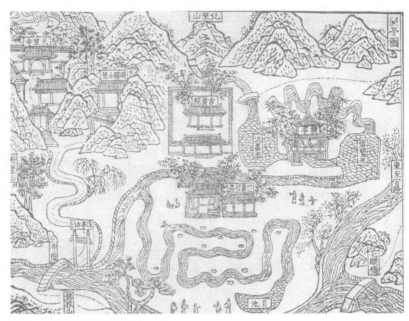

명(明), 〈난정도(蘭亭圖)〉, 목판

명(明), 작가 미상, 〈난정수계도권(蘭亭修禊圖卷)〉, 22.7×177.7cm, 상해박물관(上海博物館)

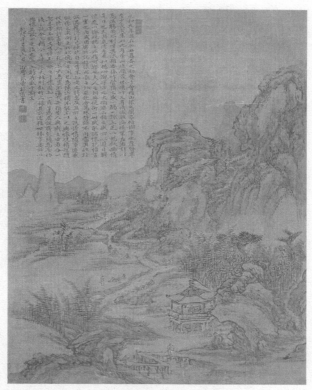

청대(淸), 조우도(曹于道), 〈난정수계도(蘭亭修禊圖)〉

명(明), 성무엽(盛茂燁), 〈난정집(蘭亭集)〉

1981년, 방증선(方增先), 〈난정아집도권(蘭亭雅集圖卷)〉

〈춘야연도이원서(春夜宴桃李園序)〉

이백(李白, 701~762)

저 하늘과 땅은 만물이 잠시 쉬어 가는 곳이요, 시간은 영원히 지나가는 손님에 불과하다네.

그러니 꿈처럼 덧없는 인생살이 즐길 날이 얼마나 되겠는가? 옛사람들이 횃불을 밝히며 놀았다고 하니 정말로 이유가 있구나. 게다가 화창한 봄날 아지랑이가 나에게 손짓하고, 온 대지가 화려한 모습으로 나에게 다가오고 있으니 말이다.

복숭아꽃과 오얏꽃이 핀 정원에 모여 하늘이 준 생명력을 펼쳐 보세. 여러 아우들은 모두 사혜련(謝惠連)처럼 잘생기고 똑똑한데, 나는 사령운(謝靈運)만큼 시를 짓지 못하니 부끄럽구나. 쉼 없이 자연 속으로 깊이 젖어들며, 고상한 대화가 청아한 분위기로 바뀌었다. 우리는 꽃밭 사이에 앉아 잔치를 열었다. 술잔이 날듯이 오고 갔고 우리는 달빛에 취하였다. 훌륭한 작품이 없다면, 어찌 가슴속의 그윽한 정취를 풀 수 있으랴. 만약 시를 완성하지 못하면 금곡원(金谷園)의 규정에 따라 벌주를 내리리라!

夫天地者, 萬物之逆旅. 光陰者, 百代之過客. 而浮生若夢 爲歡幾何? 古人秉燭夜遊, 良有以也. 況陽春召我以烟景, 大塊假我以文章. 會桃李之芳園, 序天倫之樂事. 群季俊秀, 皆爲惠連. 吾人詠歌, 獨慙康樂. 幽賞未已, 高談轉淸. 開瓊筵以坐花, 飛羽觴而醉月. 不有佳作, 何伸雅懷? 如詩不成, 罰依金谷酒數!

【해제】

이 글의 원제는 〈春夜宴諸從弟桃李園序〉이므로, 우리말로 풀어보면 〈봄날 밤, 복숭아꽃 오얏꽃 만개한 정원에서 동생들과 함께 연회를 베풀면서 지은 시의 서문〉이 될 것이다. 이 서문은 대략 개원(開元) 21년(733년) 전후, 호북성(湖北省) 안육(安陸)의 도화원(桃花園)에서 지어진 것으로 추정된다. 복숭아꽃과 오얏꽃이 흐드러지게 핀 어느 봄날 밤, 화사한 정원에서 시인묵객들이 연회를 베풀고 있다. 이들은 겨울을 이기고 만물을 소생시킨 자연의 위대함에 감탄하고, 그 환락과 수려한 풍광을 마음껏 즐기고 싶은 마음이 생긴 것이다. 게다가 좋아하는 술까지 있어 마음이 흡족하여 달빛에도 절로 취하게 된다. 그러나 이 그윽한 분위기와 흥겨운 정취에 노래가 없다면 무엇으로 풀 수 있겠는가? 말로 다할 수 없는 흥취를 노래로 풀어보자는 심사일 터이다. 이제 그 감회를 한 사람씩 돌아가며 노래하게 되었다. 이러한 시의 형태를 창화시(唱和詩)라고 부른다. 이 글을 통해 볼 때, 이백 등의 도화원 모임은 금곡원 아집의 계승임을 알 수 있다.

【중국 역대 〈춘야연도리원도〉 목록】

작품명	작가명	형태 및 규격	소장처
〈春夜宴桃李園圖〉	明 仇英(약 1509~1551)	224cm×130cm	
〈春夜宴桃李園圖甲〉	明, 盛茂燁(1607 전후)	종이, 수묵담채, 17.5×55cm	일본 민간인 소장
〈春夜宴桃李園圖乙〉	明, 盛茂燁	종이부채, 수묵담채, 17.5×55cm	일본 민간인 소장
〈春夜宴桃李園圖〉	淸, 黃愼 (1687~1768)	121×163cm	태주시박물관 (泰州市博物館)
〈淸雍正景德鎭窯粉彩春夜宴桃李園圖筆筒〉	청 옹정(雍正)	淸 雍正 당시 경덕진 陶瓷器. 높이 13.3cm, 입구 지름 17.4cm, 바닥 직경 17.1cm	상해박물관 (上海博物館)
〈緙絲李白夜宴桃李園圖〉	청 옹정(雍正) 당시 궁정화가 冷枚	자수 작품	

〈선주사조루전별교서숙운(宣州謝朓樓餞別校書叔雲
: 선주 사조루에서 교서 이운을 전별하다.)〉

이백(李白, 701~762)

棄我去者,	나를 버리고 가 버린
昨日之日不可留	어제는 붙잡을 수 없고.
亂我心者,	내 마음을 어지럽히는
今日之日多煩憂.	오늘이 더 근심걱정이다.
長風萬里送秋雁	장풍 따라 만 리 떠나는 가을 기러기를
對此可以酣高樓.	바라보며 높은 구각에 올라 술을 마신다.
蓬萊文章建安骨,	그대는 비장(秘藏)한 문장과 건안(建安)의 시풍을 지녔고
中間小謝又淸發.	나는 사조(謝朓)처럼 청순하며 호탕하다.
俱懷逸興壯思飛,	품고 있는 뛰어난 흥취와 호방한 생각은
欲上靑天攬明月.	파란 하늘로 날아올라가 밝은 달을 어루만지려는 듯
	하다.
抽刀斷水水更流,	칼을 뽑아 물을 갈라도 물은 다시 흐르고
擧杯消愁愁更愁.	잔을 들어 근심을 달래도 근심은 또 생긴다.
人生在世不稱意,	살아 있는 인생은 결국 마음대로 되지 않으니
明朝散髮弄扁舟	내일 아침 머리 헤치고 작은 배나 젓자꾸나!

【해제】

이 시는 이백이 안휘성 선주(宣州)에서 이운(李雲, 이백의 숙부. 친 숙부는
아니었지만 이백은 그를 숙운(叔雲)이라고 불렀음)을 만나 함께 사조루(謝朓樓)에

올라 송별의 정을 표현한 것이다. 이운은 강직한 성품을 가진 관리이면서 고문가였다. 직접 이별을 노래하지 않았지만, 회재불우한 심정과 고달픈 세상살이에서 겪는 수심을 절절하게 표현하였다.

이백은 중앙 정치무대에서 물러나 만유를 하던 중 대략 753년에 선성(宣城)에 도착하였다. 사조루는 남제(南齊) 시인 사조(謝脁)가 선성태수로 있을 당시에 건축한 것이다.

이백과 이운의 모임 역시 전별연의 일종이라고 할 수 있다.

〈십팔학사사진도(十八學士寫眞圖)〉

애초에 태종은 정적의 난리를 평정하고 유학에 뜻을 두고 궁성의 서쪽에 문학관을 건립하여 사방의 문사(文士)를 기다렸다. 이때 대행대사훈랑중(大行臺司勳郎中) 두여회(杜如晦), 기실고공낭중(記室考功郎中) 방현령(房玄齡)과 우지영(于志寧), 천책부기실(天策府記室) 설수(薛收), 문학(文學) 저량(褚亮)과 요사렴(姚思廉), 태학박사(太學博士) 육덕명(陸德明)과 공영달(孔穎達), 주부(主簿) 이현도(李玄道), 천책창조(天策倉曹) 이수소(李守素), 기실참군(記室參軍) 우세남(虞世南), 참군사(參軍事) 채충공(蔡允恭)과 안상시(顔相時), 저작좌랑섭기실(著作佐郎攝記室) 허경종(許敬宗)과 설원경(薛元敬), 태학조교(太學助教) 개문달(蓋文達), 군자전첨(軍諮典籤) 소욱(蘇勖)을 위촉하고 아울러 본래 관직에 문학관학사를 겸직하도록 하였다. 설수가 죽자 동우주록사참군(東虞州錄事參軍) 유효손(劉孝孫)을 문학관에 보직하였다. 남아 있는 그림을 찾아 그 모습을 그리고, 그 이름과 벼슬과 본향을 기록한 뒤 저량에게 상찬(像贊)을 지으라고 명령하여 〈십팔학사사진도(十八學士寫眞圖)〉라고 불렀다. 이 그림을 서부(書府)에 보관하여 현인 예우의 중요성을 널리 알렸다. 아울러 여러 학사들에게는 진귀한 음식을 대접하고 각하(閣下)에서 삼교대로 숙직을 서도록 하였다. 매번 군국(軍國) 업무가 평온해지면 배알하고 돌아가 쉬었다가 즉시 다시 불려와 고적에 대하여 토론하고 이전 왕조의 기록에 대하여 상의하였다. 당시에 문학관 입관 예약자를 "별천지에 들어갔다(登瀛洲)"라고 말하며 추앙하였다.

(≪구당서(舊唐書)≫ 권72 列傳22 〈저량전(褚亮傳)〉)

始太宗旣平寇亂, 留意儒學, 乃於宮城西起文學館, 以待四方文士. 於是,
以屬大行臺司勳郞中杜如晦, 記室考功郞中房玄齡及于志寧, 軍諮祭酒蘇
世長, 天策府記室薛收, 文學褚亮·姚思廉, 太學博士陸德明·孔穎達, 主簿
李玄道, 天策倉曹李守素, 記室參軍虞世南, 參軍事蔡允恭·顏相時, 著作
佐郞攝記室許敬宗·薛元敬, 太學助教蓋文達, 軍諮典籤蘇勗, 並以本官兼
文學館學士. 及薛收卒, 復徵東虞州錄事參軍劉孝孫入館. 尋遣圖其狀貌,
題其名字·爵里, 乃命亮爲之像贊, 號十八學士寫眞圖, 藏之書府, 以彰禮
賢之重也. 諸學士並給珍膳, 分爲三番, 更直宿于閣下, 每軍國務靜, 參謁
歸休, 卽便引見, 討論墳籍, 商略前載. 預入館者, 時所傾慕, 謂之「登瀛洲」

【해제】

이 그림은 염입본이 그린 〈십팔학사사진도〉에 대한 설명이다.

'십팔학사'는 당대 이세민(李世民)이 진왕(秦王) 당시에 궁궐 서쪽에 문
학관을 열어서 모집했던 인재 두여회(杜如晦)·방현령(房玄齡)·육덕명(陸德
明) 등 18명을 말한다. 18명은 3교대로 나누어 매일 6명씩이 숙직을 하면
서 왕과 문헌에 대하여 토론하고 고금의 역사에 대하여 의견을 나누었다.

〈진부십팔학사도(秦府十八學士圖)〉는 전해지지는 않지만, ≪신당서(新
唐書)·예문지(藝文志)≫·≪구당서(舊唐書)≫·≪도회보감(圖繪寶鑑)≫·≪전
당시(全唐詩)≫에 이 그림에 대한 언급이 수록되어 있다. 장언원(張彦遠)
은 ≪역대명화기(歷代名畵記)≫에서 ≪진부십팔학사가진도(秦府十八學士
駕眞圖)≫에 대하여 언급하였다. ≪당회요(唐會要)≫ 권64 '文學館' 조에
"고직 염입본에게 그 절차를 그리도록 하였고, 직위와 고향을 기록하였
으며, 저량에게는 찬문을 짓도록 하였는데, 이것을 '십팔학사사진도'라고
부른다(令庫直閻立本圖其次, 具其爵里, 命褚亮爲文贊, 號曰十八學士寫眞圖)"라고 하
였다.

〈오언월야철차연구(五言月夜啜茶聯句)〉

안진경(顔眞卿, 709~784)

泛花邀坐客,　　　　찻물 보글보글 손님을 초청하고,

代飮引情言(陸士修)　술 대신 차를 마시며 고담준론을 끌어냈다.

醒酒宜華席,　　　　차 방석은 술 깨기 알맞다고,

留僧想獨園(張薦)　　유승은 홀로 선방에서 좌선한다.

不須攀月桂,　　　　달을 따러 오를 필요 없는데,

何假樹庭萱(李崿)　　어찌 정원에 망우초를 심으랴.

御史秋風勁,　　　　가을바람처럼 강직한 어사,

尚書北斗尊(崔萬)　　북두처럼 존귀했던 상서이시여.

流華净肌骨,　　　　달빛이 담긴 차는 몸을 깨끗하게 하니

疏淪滌心原(顔眞卿)　차를 마셔 마음의 때를 씻자.

不似春醪醉,　　　　차 마시기에 흠뻑 빠지니

何辭綠菽繁(皎然)　　어찌 차 재배의 수고로움을 사양하랴.

素瓷傳静夜,　　　　조용한 밤에 하얀 찻잔을 옮기니,

芳氣滿閑軒(陸士修)　꽃 차향이 한가한 정원에 퍼진다.

【해제】

　안진경(顔眞卿)은 절강성 호주자사(湖州刺史) 시절에서 육사수(陸士修)·
장천(張薦)·이악(李崿) 최만(崔萬)·교연(皎然) 등을 초청하여 차회를 개최하
였고, 그들과 함께 연창을 즐겼다. 연시연구(聯詩聯句)는 문인들의 아집에
서 종종 행해지던 놀이의 일종이다. 이 모임에 참여한 육사수는 가흥현

위(嘉興縣尉), 장천은 심주(深州) 육택(陸澤) 사람으로 이관수찬(吏官修撰)을 역임하였다. 이악(李崿)은 여주자사(廬州刺史), 최만(崔萬, 崔石)은 호주자사(湖州刺史)를 지냈다. 교연(皎然)은 시승(詩僧)이었다.

안진경은 당시 호주아집의 주인으로서 최만이 읊은 바와 같이 "가을 바람처럼 곧은 어사, 북두처럼 존귀했던 상서"로서 당시 문단의 영수였다. 이 아집은 호주의 서남쪽 저산(杼山) 일대에서 진행되었다. 이 모임에서는 〈오언야연등연구(五言夜宴燈聯句)〉·〈오언완초월중유연구(五言玩初月重遊聯句)〉·〈등현산관이좌상석존연구(登峴山觀李左相石尊聯句)〉 등의 작품이 나왔다. 산수 자연에 대한 감상 외에도 송별의 정을 노래하거나, 시대를 해학적으로 풍자하였다.

당시에 ≪차경(茶經)≫을 지은 육우(陸羽)는 안진경의 요청을 받고 ≪운해경원(韻海鏡源)≫에 참여하고 집단 창작의 대열에 끼었다.

송대에 유행했던 '차령(茶令)'도 당대의 차회(茶會)와 유사하다. '다령'은 하나의 영관(令官)이 하나의 사물을 주제로 정하면 차를 마시는 사람이 각각 이와 관련된 고사를 들어야 하는데, 만약 들지 못하면 벌을 받아 여흥을 돋우거나 재미있는 놀이를 제공해야 한다. 이 역시 유희의 일종이다.

〈배신급제부동연회(陪新及第赴同年會
: 새 급제자를 모시고 동년회에 참가하다)〉

당(唐), 이원(李遠)

曾攀芳桂英,　일찍이 과거에 급제하여
處處共君行.　가는 곳마다 그대와 함께했지.
今日杏園宴,　오늘 행원(杏園)에서 연회를 여니
當時天樂聲.　마침 하늘에서 즐거운 소리가 들린다.
柳濃堪繫馬,　버드나무 녹음이 짙어 말을 맬 만한데
花上未藏鶯.　꽃은 앵무새를 가리지 못한다.
滿座皆仙侶,　고상한 친구들이 자리 가득
同年別有情.　동반 급제한 특별한 감정을 나눈다.

【해제】

이원(李遠), 자는 구고(求古), 승고(承古), 기주 운안(夔州雲安) 사람이다. 당 대화(大和) 5년(831년)에 진사가 되었고 벼슬이 전중시어사(殿中侍御史), 항주자사(杭州刺史)에 이르렀다.

같은 해에 과거에 급제한 동년들이 행원에서 모임을 개최하였고, 작가는 이 모임에 참가하여 시를 지어 서로 즐기는 모습을 표현하였다.

〈향산구로회(香山九老會)〉

≪신당서(新唐書)·백거이전(白居易傳)≫

백거이는 동도(東都: 洛陽)의 이도리(履道里)에 거주하면서, 나무 심기, 돌을 쌓아 향산(香山) 누각 짓기, 팔절탄(八節灘)의 굴착에 대해 상소를 올렸다. 스스로 취음선생(醉吟先生)이라 부르고 전기를 지었다. 만년에 불교와 도교에 깊이 빠져 한 달 동안 고기를 먹지 않았다. 향산거사(香山居士)라고 부르고 일찍이 호고(胡杲)·길민(吉旼)·정거(鄭據)·유진(劉眞)·노진(盧眞)·장혼(張渾)·적겸모(狄兼謨)·노정(盧貞)과 잔치를 벌였는데[燕集], 모두 나이가 많고 관직이 없는 사람이었다. 사람들이 이것을 흠모하여 〈구로도(九老圖)〉를 그렸다.

> 東都所居履道里, 疏詔種樹, 構石樓香山, 鑿八節灘, 自號醉吟先生, 爲之傳. 暮節惑浮屠道尤甚, 至經月不食葷, 稱香山居士. 嘗與胡杲·吉旼·鄭據·劉眞·盧眞·張渾·狄兼謨·盧貞燕集, 皆高年不事者, 人慕之, 繪爲九老圖.

〈취음선생전(醉吟先生傳)〉

백거이(白居易, 772~846)

　취음선생이란 자는 자기의 성명·고향·벼슬을 잊어버렸고, 자신이 누
군지 가물가물하였다. 30년 동안 벼슬하다가 막 노년에 이르러 낙양으
로 은퇴하였다. 사는 곳에는 5, 6무(畝)의 연못, 수천 그루의 대나무, 수십
그루의 교목, 물가 누각과 작은 배가 있다. 규모는 작지만 대략 갖추고
있어 선생은 편안하게 지냈다. 집안이 비록 가난하였지만 떨거나 굶주리
지는 않았다. 나이는 비록 늙었지만 노쇠하지는 않았다. 본성이 술을
좋아하였고, 거문고를 즐기며 시를 매우 좋아하였다. 대부분 술친구, 거
문고 친구, 시인들과 어울려 노닐었다. 노니는 것 외에는 불교에 마음을
두고 소중대(小中大) 승법(乘法)을 통달하였고, 숭산(崇山)의 스님 여만(如滿)
과는 불교 친구이고, 평천(平泉) 손님 위초(韋楚)와는 산수 친구이며, 팽성
(彭城) 유몽득(劉夢得)과는 시 짓는 친구이고, 안정(安定) 황보랑(皇甫朗)과
는 술친구였다. 서로 매일 만나면 흥겨워 돌아가는 것을 잊어버렸다.
낙양 성 안팎 60, 70리의 도관·사찰·언덕·별장에 돌과 샘, 꽃과 대나무
가 있는 곳이면 노닐지 않은 곳이 없었다. 맛있는 술이 있고 거문고가
울리는 집이면 들리지 않은 적이 없었다. 서책과 가무가 있는 곳이면
구경하지 않은 적이 없었다.

　낙양의 관리에서 일반 서민까지, 잔치를 열어 노닌다고 그를 초대하
면 언제나 달려갔다. 매일 좋은 계절의 아름다운 경치나 눈 내리는 아침
이나 달 뜬 저녁에 호사가들과 함께 만났다. 반드시 제일 먼저 술 단지를

열었고, 다음으로 시(詩) 보따리를 열었다. 시를 짓다가 술에 취하면 스스로 거문고를 잡고 궁조에 맞추어 〈추사(秋思)〉곡 한 편을 연주하였다. 또한 흥이 나면 집안 시동을 시켜 법부(法部)의 악기를 조율하여 〈예상우의(霓裳羽衣)〉 한 곡을 합주하도록 하였다. 만약에 흥취가 깊어지면 다시 기녀에게 신곡 〈양유지(楊柳枝)〉 수십 장을 부르도록 하였다. 감정을 풀어놓고 스스로 즐기다가 술에 흠뻑 취하면 그만두었다. 종종 흥에 겨우면 짚신을 신고 이웃으로 가거나 지팡이를 짚고 마을로 나갔으며, 말을 타고 고을을 유람하거나 가마를 타고 들녘으로 나갔다. 가마에는 거문고와 목침, 도연명(陶淵明)과 사령운(謝靈運)의 시집 몇 권을 실었다. 가마의 좌우에 대나무를 걸쳐 두 개의 술 단지를 매달고 산수를 찾아 구경하였다. 느낌이 오면 곧바로 떠나서 거문고를 안은 채 술잔을 끌어 마시고 흥이 다하면 돌아왔다.

이렇게 모두 10년 동안 천여 수의 시를 지었고, 해마다 대략 수백 국자의 술을 빚었다. 10여 년 동안, 지은 시와 술을 남에게 주지 않았다. 처자식과 동생 조카가 지나치다고 우려하며 때로 비방해도 대꾸하지 않았다. 여러 차례 계속되면 "무릇 본성의 중심을 유지하고 있는 사람은 드물고, 반드시 한쪽으로 치우치게 된다. 나는 중심을 유지하고 있는 사람이 아니다. 가령 불행하게도 내가 이익과 재물 증식을 좋아하여 많이 쌓아두고 집안을 윤택하게 하였다가 재앙을 부르고 몸이 위태로워지면 내가 어찌해야 하느냐? 가령 불행하게도 내가 도박을 좋아하여 한 번에 수만금을 걸었다가 재산을 잃고 파산하여 처자식이 떨고 굶주리게 되면 내가 어찌해야 하느냐? 가령 불행하게도 내가 약을 좋아하여 입고 먹는 것을 줄여 연단을 만들다가 성공하지 못하거나 잘못되기라도 하면 내가 어찌해야 하느냐? 나는 지금 요행히도 저것들을 좋아하지 않고,

술 마시기와 시 짓기에 눈이 가 있다. 놓으면 놓아지는데, 어찌 무슨 손해가 되겠는가? 저 세 가지를 좋아하는 것보다 낫지 않겠는가? 이것은 유백륜(劉伯倫: 劉伶)이 아내의 말을 듣지 않고, 왕무공(王無功: 王績)의 마을 에서 노닐다 취하여 귀가하지 않은 까닭이다"라고 하였다.

마침내 아들과 동생을 데리고 술 방(酒房)으로 들어가 술 단지를 빙 둘러보다가, 다리를 쩍 벌리고 앉아 얼굴을 들어 길게 탄식하며 말하였 다. "나는 하늘과 땅 사이에서 태어나 재주와 행실이 옛사람에게 훨씬 미치지 못한다. 그러나 검루(黔婁)보다 부유하고, 안회(顔回)보다 장수하 였으며, 백이(伯夷)보다 배불리 먹었고, 영계기(榮啓期)보다 즐겼으며, 위 숙보(衛叔寶)보다 건강하였으니 무척 다행이다. 무척 다행이지! 내가 무 엇을 바라겠는가! 만약에 내가 좋아하는 것을 버리고 어떻게 노년을 보 내랴?" 그리고 스스로 〈영회시(咏懷詩)〉를 읊었다.

> 抱琴榮啓樂, 거문고를 안고 영계기처럼 즐기고
> 縱酒劉伶達. 마음껏 술을 마셔 유령의 경지에 오르자
> 放眼看靑山, 푸른 산을 실컷 구경하고
> 任頭生白髮. 머리에 백발이 나도록 내버려 두자.
> 不知天地內, 모르겠다, 하늘 땅 안에서
> 更得幾年活? 몇 년을 더 살 수 있을지?
> 從此到終身, 지금부터 죽을 때까지
> 盡爲閑日月. 한가한 세월을 마음껏 보내자

시를 다 읊조리고 나서 스스로를 비웃으며 술 단지를 열고 몇 잔의 술을 마셨다. 갑자기 취했다가 얼마 후에 깨어났다. 깨어나면 다시 읊조 리고, 다시 마시다 또 취했다. 취하고 읊조리는 것이 마치 순환하는 듯하

였다. 이것으로 말미암아 세상살이가 꿈이고 부귀는 구름과 같다는 것을 터득하였고, 하늘을 지붕 삼고 땅을 자리로 삼아 눈 깜짝할 사이에 백년을 보냈다. 즐거운 듯 바보스러운 듯 노년이 바야흐로 다가오는 것도 몰랐다. 술에서 온전함을 터득했다는 옛날 말 때문에 자신을 취음선생이라고 불렀다. 이때는 개성(開成) 3년, 선생의 나이 67세였다. 수염이 모두 하얗게 되었고, 머리는 반이 벗겨졌으며, 이가 두 개나 빠졌지만 술 마시고 읊조리는 것은 아직도 시들지 않았다. 그는 처자식을 돌아보며 "이전에 나는 마음이 흡족하였지만, 지금 이후로 나의 흥겨움이 어떨지 모르겠다."라고 말했다.

醉吟先生者, 忘其姓字·鄕里·官爵, 忽忽不知吾爲誰也.

官游三十載, 將老, 退居洛下. 所居有池五六畝, 竹數千竿, 喬木數十株, 台榭舟橋, 具體而微, 先生安焉. 家雖貧, 不至寒餒; 年雖老, 未及昏耄. 性嗜酒, 耽琴淫詩, 凡酒徒·琴侶·詩客多與之游. 游之外, 栖心釋氏, 通學小中大乘法, 與嵩山僧如滿爲空門友, 平泉客韋楚爲山水友, 彭城劉夢得爲詩友, 安定皇甫朗之爲酒友. 每一相見, 欣然忘歸, 洛城內外, 六七十里間, 凡觀·寺·丘·墅, 有泉石花竹者, 靡不游; 人家有美酒鳴琴者, 靡不過; 有圖書歌舞者, 靡不觀.

自居守洛川泊布衣家, 以宴游召者亦時時往. 每良辰美景或雪朝月夕, 好事者相遇, 必爲之先拂酒罍, 次開詩篋, 詩酒旣酣, 乃自援琴, 操宮聲, 弄秋思一遍. 若興發, 命家僮調法部絲竹, 合奏霓裳羽衣一曲. 若歡甚, 又命小妓歌楊柳枝新詞十數章. 放情自娛, 酩酊而後已. 往往乘興, 屨及隣, 杖于鄕, 騎游都邑, 肩舁適野. 舁中置一琴一枕, 陶謝詩數卷, 舁竿左右, 懸雙酒壺, 尋水望山, 率情便去, 抱琴引酌, 興盡而返.

如此者凡十年, 其間賦詩約千餘首, 歲釀酒約數百斛, 而十年前後, 賦釀者不與焉. 妻孥弟侄, 慮其過也, 或譏之, 不應, 至于再三, 乃曰: "凡人之性鮮得中, 必有所偏好, 吾非中者也. 設不幸吾好利而貨殖焉, 以至于多藏潤屋, 賈禍危身, 奈吾何? 設不幸吾好博弈, 一擲數萬, 傾財破産, 以至于妻子凍餒, 奈吾何? 設不幸吾好藥, 損衣削食, 煉鉛燒汞, 以至于無所成·有所誤, 奈吾何? 今吾幸不好彼而目(自)適于杯觴·諷咏之間, 放則放矣, 庸何傷乎? 不猶愈于好彼三者乎? 此劉伯倫所以聞婦言而不聽, 王無功所以游醉鄉而不還也" 遂率子弟, 入酒房, 環釀甕, 箕踞仰面, 長吁太息曰: "吾生天地間, 才與行不逮于古人遠矣, 而富于黔婁, 壽于顔回, 飽于伯夷, 樂于榮啓期, 健于衛叔寶, 幸甚幸甚! 余何求哉! 若舍吾所好, 何以送老? 因自吟≪咏懷詩≫云: 抱琴榮啓樂, 縱酒劉伶達. 放眼看青山, 任頭生白髮. 不知天地內, 更得幾年活? 從此到終身, 盡爲閑日月.

吟罷自曬, 揭甕撥醅, 又飲數杯, 兀然而醉, 旣而醉復醒, 醒復吟, 吟復飲, 飲復醉, 醉吟相仍若循環然. 由是得以夢身世, 云富貴, 幕席天地, 瞬息百年, 陶陶然, 昏昏然, 不知老之將至, 古所謂得全于酒者, 故自號爲醉吟先生. 于時開成三年, 先生之齒六十有七, 鬚盡白, 髮半秃, 齒雙缺, 而觴咏之興猶未衰. 顧謂妻子云: "今之前, 吾適矣, 今之後, 吾不自知其興何如?"

≪白居易集≫ 卷七十

〈칠로회시(七老會詩)〉

"호(胡)·길(吉)·정(鄭)·유(劉)·노(盧)·장(張) 등 육현(六賢)은 모두 장수하였고, 내가 그 다음이다. 우연히 나의 집에서 상치지회(尚齒之會)를 결성하였다. 일곱 노인은 서로 바라보고, 취하면서 즐겼다. 이런 모임은 드물어서 칠언시 6편을 지어 기록으로 삼아 호사가에게 전한다.

胡·吉·鄭·劉·盧·張等六賢, 皆多年壽, 予亦次焉. 偶于敝舍合成尚齒之會. 七老相顧, 既醉且歡. 此會稀有, 因成七言六韻, 以紀之傳好事者.

七人五百七十歲, 일곱 사람의 나이가 570이요,
拖紫紆朱垂白鬚, 매달린 자주색 직인 끈으로 흰 수염이 드리웠다.
手裏無金莫嗟嘆, 손에 돈이 없어도 한탄하지 않고
樽中有酒且歡娛. 단지 속에 술이 있으니 기쁘고 즐겁구나.
詩吟兩句神還王, 시 두 구절 읊조려도 정신은 여전히 왕성하고
酒飲三杯氣尚麤. 술 석 잔을 마시고도 기운은 아직도 거세다.
巍峨狂歌教婢拍, 비틀거리며 부르는 질탕한 노래에 계집종이 박수치고
婆娑醉舞遣孫扶. 취하여 빙빙 돌며 춤을 추다가 손자의 부축으로 돌아간다.
天年高過二疏傅, 두 소부(疏傅)보다 나이가 많고
人數多于四皓圖. 사람 수는 사호도(四皓圖)보다 많다.
除却三山五天竺, 삼선산(三仙山)·오천축(五天竺)은 고사하고
人間此會更應無. 사람들은 이 모임에 더욱 반응이 없구나.

〈삼선산·오천축도(三仙山·五天竺圖)〉에는 장수한 사람이 많다. 전 회주
사마(懷州司馬) 안정(安定) 호고(胡杲)는 89세, 위위경(衛尉卿)에서 물러난 풍
익(馮翊) 길민(吉旼)은 86세, 전 우용무군장사(右龍武軍長史) 영양(滎陽) 정거
(鄭據)는 84세, 전 자주자사(慈州刺史) 광평(廣平) 유진(劉眞)은 82세, 전 시어
사내공봉관(侍御史內供奉官) 범양(范陽) 노진(盧眞)은 72세, 전 영주자사(永州
刺史) 청하(淸河) 장혼(張渾)은 74세, 형부상서(刑部尙書)로 퇴직한 백거이(白
居易)는 74세이다. 이상 일곱 사람의 나이를 합하면 570세이다. 회창(會昌)
5년 3월 21일 백가(白家) 이도택(履道宅)에서 함께 잔치를 벌였다. 잔치가
끝나고 시를 지었는데, 당시 비서감(秘書監) 적겸모(狄兼謨)와 하남(河南)
윤노정(尹盧貞)은 70세가 안 되어 비록 모임에 참석했으나 대열에는 끼지
못하였다.

> 三仙山·五天竺圖, 多老壽者. 前懷州司馬安定胡杲, 年八十九. 衛尉
> 卿致仕馮翊吉皎, 年八十六, 前右龍武軍長史滎陽鄭據, 年八十四. 前慈
> 州刺史廣平劉眞, 年八十二. 前侍御史內供奉官范陽盧眞, 年七十二. 前
> 永州刺史淸河張渾, 年七十四. 刑部尙書致仕太原白居易, 年七十四. 已
> 上七人, 合五百七十歲, 會昌五年三月二十一日于白家履道宅同宴, 宴罷
> 賦詩, 時秘書監狄兼謨·河南尹盧貞, 以年未七十, 雖與會而不及列.

(≪全唐诗≫ 卷460-23)

〈七老會詩(杲年八十九)〉 胡杲

閑居同會在三春, 춘삼월 한가한 곳에서 함께 모였는데,
大抵愚年最出群. 내 나이가 무리 중에 가장 많은 듯하구나.
霜鬢不嫌杯酒興, 귀밑머리에 서리 내리도록 술자리 흥취를 마다 않고,

白頭仍愛玉爐熏. 머리가 희었지만 아직도 옥 향로 연기를 좋아한다.

裵回玩柳心猶健, 어슬렁거리며 버들을 희롱하던 마음은 여전히 건재하고,

老大看花意却勤. 꽃을 구경하던 늙은이의 의지는 오히려 간절하다.

鑿落滿斟判酩酊, 금박 술잔에 술을 가득 채워 취기를 가늠하고,

香囊高掛任氤氳. 향낭을 높이 걸어 향기가 퍼지게 한다.

搜神得句題紅葉, 정신을 집중하여 시구를 찾아 단풍을 노래하고,

望景長吟對白雲. 경치를 바라보고 흰 구름을 대하며 길게 노래한다.

今日交情何不替, 오늘 나누는 감정이 어찌 시들랴,

齊年同事聖明君. 같은 해 급제하여 훌륭한 성군을 섬겼으니.

〈七老會詩(皎年八十八)〉吉皎

休官罷任已閑居, 벼슬과 임무 끝나 이미 한가하게 지내는데,

林苑園亭興有餘. 숲 속 정원의 여흥이 감돈다.

對酒最宜花藻發, 대작하기 딱 알맞도록 꽃이 피었고,

邀歡不厭柳條初. 실컷 즐기라고 버들가지에 새잎 나왔구나.

低腰醉舞垂緋袖, 가랑이 걸친 허리춤에 붉은 소매가 드리웠고,

擊筑謳歌任褐裾. 아쟁에 맞춰 노래하며 갈색 옷깃 펄럭인다.

寧用管弦來合雜, 관현악기 연주로 혼잡스럽기보단,

自親松竹且清虛. 스스로 송죽을 가까이하여 청허해지리.

飛觥酒到須先酌, 날듯이 술잔이 당도하면 먼저 마셔야 하며,

賦咏成詩不住書. 읊조린 시가 완성되면 주저 없이 써낸다.

借問商山賢四皓, 상산의 네 노인에게 묻노니,

不知此後更何如. 이 후에 다시 어찌 될지 몰랐소?

〈七老會詩(眞年八十七)〉 劉眞

垂絲今日幸同筵, 오늘 요행히 고관들이 함께 잔치 펼치는데,
朱紫居身是大年. 나이가 가장 많은 분이 자주색 관복을 입었구나.
賞景尙知心未退, 경치 감상하는 마음은 여전히 가실 줄 모르고,
吟詩猶覺力完全. 시를 읊조리는 힘이 여전히 온전하다고 느낀다.
閑庭飮酒當三月, 한적한 정원에서 술을 마시며 3월을 맞이하니,
在席揮毫象七賢. 즉석에서 붓을 휘둘러 일곱 현인을 묘사하였다.
山茗煮時秋霧碧, 산 차를 끓일 제 가을 안개 푸르고,
玉杯斟處彩霞鮮. 옥잔에 술 따르는 곳 노을이 신선하다.
臨階花笑如歌妓, 계단 옆에 꽃이 기녀처럼 웃고,
傍竹松聲當管弦. 주변의 송죽이 악기처럼 소리 낸다.
雖未學窮生死訣, 비록 아직은 생사의 비결을 다 배우지 못했지만,
人間豈不是神仙. 인간이 어찌 신선이 아니랴!

〈七老會詩(據年八十五)〉 鄭據

東洛幽閑日暮春, 동쪽 낙양의 한가로운 봄날 저녁,
邀歡多是白頭賓. 잔치를 벌인 손님 머리는 모두 희끗희끗.
官班朱紫多相似, 자주색 관복의 서열은 서로 비슷하니,
年紀高低次第勻. 나이의 많고 적음에 따라 순서를 정했다.
聯句每言松竹意, 일련의 시구마다 송죽의 뜻을 표현하고,
停杯多說古今人. 잔을 멈추고 고금의 인물 얘기 자자하다.
更無外事來心肺, 더 이상 바깥 일을 마음속에 두지 않으니,
空有淸虛入思神. 청허함만이 영혼 속으로 들어온다.
醉舞兩回迎勸酒, 취하여 두 번 춤을 추자 술을 권해오고,

狂歌一曲會娛身. 광가(狂歌) 한 곡에 육신이 즐거워진다.

今朝何事偏情重, 지금 왕조에 무슨 일로 깊은 애정 기울여,

同作明時列任臣. 훌륭한 왕조의 충신 반열에 함께 들게 했던가?

〈七老會詩(眞年八十三)〉 盧眞

三春已盡洛陽宮, 봄이 이미 지난 낙양궁에,

天氣初晴景象中. 처음으로 맑게 갠 경치가 펼쳐졌다.

千朵嫩桃迎曉日, 많은 복숭아 여린 꽃이 아침 해를 맞이하고,

萬株垂柳逐和風. 수없이 늘어진 버드나무가 부드러운 바람을 따라간다.

非論官位皆相似, 관직이 모두 비슷하니 따질 것 없고,

及至年高亦共同. 나이가 많아지도록 함께 즐긴다.

對酒歌聲猶覺妙, 술을 마주하고 부르는 노래 소리가 도리어 오묘한데,

玩花詩思豈能窮. 꽃을 희롱하며 떠오른 시상에 어찌 끝이 있으랴.

先時共作三朝貴, 예전에 세 왕조의 총애를 함께 받았고,

今日猶逢七老翁. 이제는 도리어 일곱 노인으로 만나게 되었구나.

但願醵醽常滿酌, 맛있는 록령주를 술잔에 항상 가득 채워 마시니,

烟霞萬里會應同. 만 리 멀리 퍼진 안개가 모임에 호응한다.

〈七老會詩(渾年七十七)〉 張渾

幽亭春盡共爲歡, 그윽한 정자에 봄이 다하도록 함께 즐기는 자,

印綬居身是大官. 몸에 관직 끈을 두른 대신이로다.

遁迹豈勞登遠岫, 은사가 어찌 먼 산봉우리를 힘들게 오르고,

垂絲何必坐溪磻. 고관이 어찌 계곡 가에 앉을 필요 있는가?

詩聯六韻猶應易, 거뜬히 연시 여섯 편에 호응하고,

酒飲三杯未覺難. 세 잔 술에도 아직 끄떡없다.

每況襟懷同宴會, 매번 가슴을 열고 함께 잔치를 펼치고,

共將心事比波瀾. 시의 리듬 속에 심경을 실어 본다.

風吹野柳垂羅帶, 들 버들에 비단 띠 두르듯 바람이 불고,

日照庭花落綺紈. 볕이 비단처럼 화단에 드리운다.

此席不煩鋪錦帳, 이 자리는 비단 장막을 깔아도 번잡하지 않고,

斯筵堪作圖畵看. 그 자리에서 그림 감상하기 충분하다.

〈구로도시서(九老圖詩序)〉

백거이(白居易, 772~846)

그해 여름 또 두 노인이 왔다. 나이와 모습이 전혀 다르지만 고향이 같아 역시 이 모임에 참가하였다. 장수자 명단에 이름과 나이를 기록하고 그 모습을 묘사하여 그림 우측에 붙였다. 앞의 칠로와 함께 〈구로도〉라고 이름 붙였다. 그리고 절구 한 편을 바친다.

> 其年夏, 又有二老, 年貌絕倫, 同歸故鄉, 亦来斯會. 續命書姓名年齒, 寫其形貌,附于圖右. 與前七老, 題爲九老圖. 仍以一絶贈之.

> 雪作鬚眉雲作衣, 흰 눈 같은 수염에 구름 같은 옷을 입은,
> 遼東華表鶴雙歸. 두 마리 학이 요동의 화표(華表)로 돌아왔다.
> 當時一鶴猶希有, 당시 한 마리 학도 오히려 드물었는데,
> 何況今逢兩令威. 하물며 이제 학이 된 두 전령위(丁令威)를 만났음에랴!

【해제】

당 무종(武宗) 회창(會昌) 5년(845년) 3월 21일, 백거이가 자신의 이도리 집으로 6명의 노인을 초청하여 모임을 개최하였고, 〈칠로회시〉를 지었다. 이 모임에 참여한 7명은 모두 70세가 넘은 퇴직 고위 관원이었다. 이 해 여름에 다시 같은 모임을 개최하였는데, 두 사람이 추가로 참여하였다. 두 사람은 이원상(李元爽)과 승(僧) 여만(如満)이었다. 시 속에 등장하는 정령위(丁令威)는 본래 요동(遼東) 사람으로 영허산(靈虛山)으로 신선

사환(謝環), 향산구로도(香山九老圖)

회창구로도(會昌九老圖)

술을 배우러 갔다가 학(鶴)이 되어 돌아와 성문 밖의 화표(華表) 기둥에
앉았다고 한다. 그래서 나중에는 요동의 화표는 오랫동안 이별했던 고향
을 의미하고, 여기서는 이원상과 여만과의 만남을 말하고 있다. 이들의
모습을 따로 그려 이전에 그렸던 〈칠로도〉에 붙여 〈구로도〉를 만들었
고, 여기에 대하여 칠언 절구 〈구로도시서(九老圖詩序)〉를 지은 것이다.
 중당 이후 낙양(洛陽. 동도(東都))의 한관(閑官)과 사인(士人)들은 잔치[宴集]
를 열어 노닐기를 좋아하였다. 잔치의 주요 활동은 시 짓기, 음주, 가무,
차 마시기 등이다. 그리고 화가를 초청하여 모임의 장면을 그리도록 하

였다.

　백거이가 지은 〈야연석별(夜宴惜別)〉·〈여우가기녀악우후합연(與牛家妓樂雨後合宴: 우가의 기녀와 비온 뒤에 함께 연회를 열다.)〉 등의 시를 보면, 당시 낙양 지역 사대부들이 잔치에 얼마나 광적으로 빠져 있었는지 알 수 있다. 잔치에는 음주 가무뿐만 아니라 기녀도 참여하여 흥을 돋우었던 것으로 보인다. 이들 잔치가 이처럼 방탕하고 향락적이기까지 한 것은 중당 시대의 정국과 관련이 있다. 당시 백거이와 함께 노닐었던 우승유(牛僧孺)·배도(裴度)·유우석(劉禹錫) 등은 시대에 비판적인 태도를 가진 현실 참여적인 사람들이었다. 그럼에도 불구하고 이들이 향락에 탐닉한 것은, 정국의 불안 속에 잔치를 통하여 사적인 안존을 추구하려고 한 것에서 비롯되었을 것이다.

이들이 지은 시를 보면, 자신들은 죽림칠현과는 엄연히 다르다고 여겼다. 당시 사대부들의 행위는 은일이 아니고 현실적 삶을 벗어나 산수 자연을 완상한다거나 약간의 일탈을 꿈꾸는 정도였다. 당시 정국은 혼란스럽고 사회적 병폐가 속출하였기 때문에 사대부들은 이러한 모임을 통하여 사적 쾌락에 빠졌을 것으로 추측된다.

백거이의 이 모임은 후대에 큰 영향을 미쳤다. 이 모임 이후 퇴직 관리들이 술을 마시면서 시를 짓는 모임이 유행하였으며, 후대의 상치회(尙齒會)의 모델이 되었다. 북송 시대에 이르러 이방(李昉)의 구로회, 문언박(文彦博)의 낙양오로회(洛陽五老會)·낙양기영회(洛陽耆英會)로 이어졌다. 송대 이후에는 '이노회(怡老會)' 등의 형식으로 계승되었다.

문인들은 중추절과 중양절에 시회를 개최하였는데 대표적인 것은 두연(杜衍)이 조직한 회양오로회(睢陽五老會)이다.

〈구로도(九老圖)〉는 후대 수많은 〈구로도〉에 영향을 주었고, 현재 요령성박물관에 소장되어 있는 〈상산사호(商山四皓)·회창구로도(會昌九老圖)〉 합권(合卷)은 남송 시대에 그려진 작품이다.

〈낙양기영회(洛陽耆英會)〉

문언박이 부필·사마광 등 13명과 함께 백거이의 구로회 고사를 응용
하여 술상을 차리고 시를 읊으며 서로 즐겼다. 나이로 순서를 정했고,
관직으로는 서열을 가리지 않았다. 건물을 짓고 그 안에 그림을 그려
낙양기영회라고 하였다. 이것을 흠모하지 않는 호사가가 없었다.

"文彦博與富弼·司馬光等十三人, 用白居易九老會故事, 置酒賦詩相樂,
序齒不序官. 爲堂, 繪像其中, 謂之洛陽耆英會, 好事者莫不慕之"

≪宋史·文彦博傳≫

〈낙양기영회서(洛陽耆英會序)〉

사마광(司馬光)

　　옛날 백락천이 낙양에서 나이 많은 여덟 분과 노닐자 당시 사람들이 흠모하여 구로도(九老圖)를 그려 세상에 전했다. 송나라가 흥성하자 낙양의 여러 인사들이 이것을 계승하여 여러 차례 개최하였다. 모두 보명승사(普明僧舍)를 그렸는데, 보명은 백락천의 옛집이다. 원풍(元豐) 당시에 문로공(文潞公)이 서도(西都, 낙양)의 유수(留守)로 있었고, 한국부공(韓國富公)은 대관료의 사택에서 행정을 하였으며, 이외에 낙양에서 노년을 편안하게 보낸 사대부가 일시에 많아졌다. 로공이 한공에게 "백락천을 흠모하는 모든 사람들은 그의 고매한 인품에 매료되었기 때문입니다. 어찌 숫자와 장소까지 계승할 필요가 있겠는지요?"라고 말하고는, 일단 나이가 많고 현명한 사대부를 한공의 집으로 모두 모아 술을 차려 서로 즐겼다. 주인과 손님은 모두 11명이다. 얼마 있다가 묘각승사(妙覺僧舍)를 그렸는데, 당시 사람들은 이것을 낙양기영회라고 불렀다. (후략)

　　"昔白樂天在洛與高年者八人游, 時人慕之, 爲九老圖傳於世. 宋興, 洛中諸公繼而爲之者凡再矣. 皆圖形普明僧舍. 普明, 樂天之故第也. 元豐中, 文潞公留守西都, 韓國富公納政在里第; 自餘士大夫以老自逸於洛者, 於時爲多. 潞公謂韓公曰凡所謂慕於樂天者, 以其志趣高逸也, 奚必數與地之襲焉. 一旦悉集士大夫老而賢者於韓公之第, 置酒相樂, 賓主凡十有一人, 既而圖形妙覺僧舍, 時人謂之洛陽耆英會.

　　孔子曰好賢如緇衣 取其敝 又改爲樂善 無厭也. 二公寅亮 三朝爲國元

老. 入贊萬機 出綏四方 上則固社稷尊宗廟 下則熙百工和萬民 爲天子腹心股肱耳目 天下所取安 所取平 其勳業閎大顯融 豈樂天所能庶幾 然猶慕效樂天所爲 汲汲如恐弗及 豈非樂善無厭者與 又洛中舊俗燕私相聚 尚齒不尚官. 自樂天之會已然是日復行之 斯乃風化之本 可頌也. 宣徽王公方留守 壯都聞之 以書請於潞公曰某亦家洛位與年不居數客之後顧以官守不得執巵酒在座席良以爲恨願寓名其間幸無我遺其爲 諸公嘉美如此 光未及七十 用狄監盧尹故事 亦預於會 潞公命光序其事 不敢辭 時元豐五年正月 壬辰 端明殿學士兼翰林侍讀學士太中大夫提擧崇福宮司馬光序.

【해제】

　문언박(文彦博)이 낙양(洛陽)에서 부필(富弼)·사마광(司馬光) 등 13명(이 문장에서는 11명이라고 함.)과 함께 개최한 모임에 대하여 설명한 것이다. 당시 한국공 부필(富弼)은 79세, 노국공(潞國公) 문언박(文彦博)은 77세, 상서사봉랑(尚書司封郎)에서 은퇴한 석여언(席汝言)은 77세, 조의대부(朝議大夫)에서 은퇴한 왕상공(王尚恭)은 76세, 태상소경(太常少卿)에서 은퇴한 조병(趙丙)은 75세, 비서감(秘書監)에서 은퇴한 유기(劉幾)는 75세, 위주방어사(衛州防御使)에서 은퇴한 풍행기(馮行己)는 75세, 대중대부충천장각시제제거숭복시(大中大夫充天章閣侍制提擧崇福寺) 초건중(楚建中)은 73세, 사농소경(司農少卿)에서 은퇴한 왕신언(王愼言)은 72세, 선휘남원사검교태위판대명부(宣徽南院使檢校太尉判大名府) 왕공진(王拱辰)은 71세, 대중대부제거숭복궁(大中大夫提擧崇福宮) 장문(張問)은 71세, 용도각직학사통의대부제거숭복궁(龍圖閣直學士通議大夫提擧崇福宮) 장도(張燾)는 70세, 단명전학사겸한림시독학태중대부제거숭복궁(端明殿學士兼翰林侍讀學士太中大夫提擧崇福宮) 사마광(司馬光)은 64세였다.

　이후에도 문언박은 동갑회(同甲會)를 구성하였는데 신참자는 태중대부

(太中大夫)를 지낸 사마단(司馬旦), 정호(程頤)·정호의 부친 태중대부 정향
(程珦)·석여언(席汝言)이다. 1년 후, 사마광은 진솔회(眞率會)를 구성하였는
데, 사마단·석여언·왕상공·초건중·왕신언 등이 참여하였다. 사마광은
이 모임의 '회약(會約)'을 만들기도 하였다.

≪서원아집도설(西園雅集圖說)≫

북송(北宋), 미불(米芾, 1051~1107)

이것은 이공린(李公麟, 龍眠居士)이 당나라 이소도(李昭道)를 모방하여 그린 그림이다. 샘, 돌, 구름, 초목, 꽃, 대나무를 모두 절묘하게 표현하여 감동적이다. 인물이 수려하고 그 외모와 꼭 닮아 자연스러운 맛이 우러나 조금도 세속적 기미가 보이지 않는다. 평범한 그림이 아니다. 검은 모자에 누런 도복을 입고 붓을 들고 글씨를 쓰는 사람이 동파(東坡, 소식(蘇軾)) 선생이다. 선도 두건을 쓰고 자주색 가죽옷을 입고 앉아서 구경하는 사람이 왕진경(王晉卿, 왕선(王詵))이다. 두건을 쓰고 푸른 옷을 입고 네모 책상에 기대어 골똘히 서 있는 사람이 단양(丹陽)의 채천계(蔡天啓)이다. 의자를 짚고 쳐다보고 있는 사람이 이단숙(李端叔)이다. 그 뒤에 계집종이 있다. 구름 모양의 머리 위에 비취색 장식을 하고 자연스럽게 곁에 서 있는 모습에서 부티와 운치가 흐르는데, 바로 왕진경 집의 계집이다. 떡 벌어지고 울창하게 서 있는 외로운 소나무 뒤로 능소화가 엉켜 붙어 붉은색과 푸른색이 뒤섞여 보인다. 그 아래의 큰 바위 책상에는 옛 악기와 가야금이 놓여 있고, 파초가 그 주위를 에워싸고 있다. 반석 옆에 앉아 도사 모자에 자주색 옷을 입고, 오른손으로 바위에 기대어 왼손으로 책을 들고 글씨를 구경하는 사람은 소자유(蘇子由, 소철(蘇轍))이다. 둥근 두건에 비단옷을 입고 손에 파초 부채를 들고 골똘히 바라보는 사람은 황노직(黃魯直)이다. 두건을 쓰고 거친 갈옷을 입고 도연명(陶淵明)의 귀거래사(歸去來辭) 그림을 옆으로 펼쳐 보고 있는 사람은 이백시(李伯時,

이공린(李公麟))이다. 두건에 푸른 옷을 입고 어깨를 쓰다듬고 서 있는 사람은 조무구(晁無咎)이다. 무릎을 구부려 돌에 대고 그림을 감상하는 사람은 장문잠(張文潛)이다. 도사의 두건에 하얀 옷을 입고 무릎을 안고 쓰다듬으며 구경하는 사람은 정종노(鄭靖老)이다. 뒤에 있는 동자는 장수 지팡이를 들고 서 있고, 뿌리가 엉켜 있는 늙은 회나무 아래에 두 사람이 앉아 있다. 두건에 푸른 옷을 입고 팔짱을 낀 채 곁에서 듣고 있는 사람은 진소유(秦少游)이다. 가야금 끝에서 자주색 모자에 도복을 입고는 비파[阮]를 타는 사람이 진벽허(陳碧虛)이다. 당건(唐巾)에 심의(深衣)를 입고 고개를 들어 돌에 글을 쓰는 사람은 미원장(米元章, 미불(米芾))이다. 팔짱을 끼고 고개를 들어 바라보는 사람은 왕중지(王仲至)이다. 그 앞에는 머리가 헝클어진 우직한 동자가 옛 벼루를 들고 서 있고, 뒤로는 금석교(錦石橋)가 있다. 계곡의 깊은 곳을 끼고 대나무 숲길이 나 있으며, 푸른 녹음이 무성하고 빽빽하다. 그 속에 가사를 입고 부들방석[蒲團]에 앉아 무생론(無生論)을 강설하는 사람은 원통대사(圓通大師)이다. 그 옆에 둥근 두건을 두르고 칡 옷을 입고 조용히 듣고 있는 자가 유거제(劉巨濟)이다. 괴이한 돌 위에 두 사람이 나란히 앉아 있고 그 아래에는 큰 계곡 속으로 빠른 물살이 거침없이 흘러들고 있다. 돌에 부딪친 물살이 졸졸 소리를 내며 흐르고 있다. 바람과 대나무가 서로를 삼키며, 화로에서 연기가 막 피어오르고 있다. 풀과 나무숲으로 향기가 저절로 퍼지고 있다. 인간의 맑고 광활한 즐거움이 이보다 더한 것이 없다. 아! 명예와 이익이 용솟음치는 곳으로부터 물러날 줄 모르는 사람이 어찌 이 경지를 쉽게 터득할 수 있겠는가! 동파 이하 모두 16명은 글을 가지고 세상을 논하고, 널리 배워 지식을 분별하며, 아름다운 표현으로 빼어난 문장을 짓고, 옛 것을 좋아하고 들은 것이 많으며, 호탕한 기상으로 세속을 초월할 수 있는 자질을 가지고 있고, 고매한 도사로서의 고상한 운치를 가지고 있어 사방에 명성이 자자하였다. 후세에 이 그림을 감상하는 사람들은 이 그림의 볼만한 가치뿐 아니라 또한 그 사람을 본받을 만하리라.

李伯時效唐小李將軍爲著色, 泉石雲物草木花竹, 皆妙絶動人, 而人物秀發, 各肖其形, 自有林下風味, 無一塵埃氣, 不爲凡筆也. 其烏帽黃道服捉筆而書者, 爲東坡先生. 仙桃巾紫裘而坐觀者, 爲王晉卿. 幅巾靑衣據方几而凝竚者, 爲丹陽蔡天啓. 捉椅而視者, 爲李端叔. 後有女奴, 雲鬟翠飾, 侍立自然, 富貴風韻, 乃晉卿之家姬也. 孤松盤鬱, 後有凌霄纒絡, 紅綠相間, 下有大石案, 陳設古器瑤琴, 芭蕉圍繞. 坐於石盤旁, 道帽紫衣, 右手倚石, 左手執卷而觀書者, 爲蘇子由. 團巾繭衣, 手秉蕉篁而熟視者, 爲黃魯直. 幅巾野褐, 據橫卷畫淵明歸去來者, 爲李伯時. 披巾靑服撫肩而立者, 爲晁無咎. 跪而捉石觀畫者, 爲張文潛. 道巾素衣, 按膝而撫視者, 爲鄭靖老. 後有童子執靈壽杖而立, 二人坐於盤根古檜下. 幅巾靑衣袖手側聽者, 爲秦少游. 琴尾冠紫道服摘阮者, 爲陳碧虛. 唐巾深衣昂首而題石者, 爲米元章. 袖手而仰觀者爲王仲至. 前有鬅頭頑童捧古硯而立, 後有錦石橋, 竹徑繚繞於淸溪深處, 翠陰茂密, 中有袈裟坐蒲團而說無生論者, 爲圓通大師. 傍有幅巾褐衣而諦聽者爲劉巨濟. 二人並坐於怪石之上, 下有激湍潨流於大溪之中, 水石潺湲, 風竹相呑, 爐烟方裊, 草木自馨. 人間淸曠之樂, 不過於此. 嗟乎! 洶湧於名利之域而不知退者, 豈易得此邪! 自東坡而下, 凡十有六人, 以文章議論, 博學辨識, 英辭妙墨, 好古多聞, 雄豪絶俗之資, 高深羽流之傑, 卓然高致, 名動四夷. 後之覽者, 不獨圖畫之可觀, 亦足彷佛其人耳.

(≪式古堂書畫彙考≫ 卷三十三·≪文章辨體彙考≫ 卷二百八十四·≪寶晉英光集補遺≫)

【해제】

서원아집은 송(宋) 원풍(元豊) 연간에 부마도위(駙馬都尉)였던 왕선(王詵)이 소동파(蘇東坡)를 비롯하여 황정견(黃庭堅)·미불(米芾)·소철(蘇轍) 등 당시 문단의 거두 16명을 자신의 서원(西園)으로 초청하여 개최한 모임이다.

위의 문장을 보면, 이들은 서원아집을 개최하여, 문장을 통하여 세상의 일을 논의하고, 널리 배워 사물을 분별하며, 아름다운 표현을 통하여 글을 짓고, 호탕한 기상과 세속을 초월할 수 있는 자질을 키우려고 하였음을 알 수 있다. 이 아집에 참석한 사람들은 고상한 운치를 가지고 있어 세상에 명성이 자자하였다고 하면서 후대 사람들에게 그들의 사람됨과 행위가 본보기가 되길 바랐다.

〈서원아집도〉는 북송 시대 이공린(李公麟, 자는 伯時 호는 龍眠居士 1049~1106)이 당대 이소도(李昭道)의 그림을 모방하여 그렸다고 하였다. 이소도는 당(唐)나라 화가 이사훈(李思訓)의 아들이다. 아버지를 대이장군(大李將軍)이라 부르고 아들을 소이장군(小李將軍)이라고 부른다. 이소도의 그림으로는 〈명황행촉도(明皇幸蜀圖)〉가 유명하다. 이소도가 그린 〈서원아집도〉는 시대로 보아 조비(曹丕)가 건안(建安)의 인재들과 함께 개최한 서원아집 장면을 그렸을 가능성이 있다. 이 그림은 현재 전해지지 않고 있다.

이공린의 그림은 후대에 많은 영향을 끼쳤는데, 남송 시대 조천리(趙千里, 1127~1162, 伯駒)에게로 계승되었고, 이것이 다시 명대 오문화파로 이어졌다.

명대(明代) 중엽 서원아집(西園雅集)을 제재로 한 작품이 오문(吳門) 화가들 사이에서 크게 유행하였다. 당시 문인 화가들은 자신들의 정신세계와 감정을 이 그림을 통하여 반영하였다. 특히 당인(唐寅, 1470~1523)의 ≪서원아집도권(西園雅集圖卷)≫은 이야기의 줄거리가 매우 생동적이고, 인물의 개성이 선명하게 드러나 있으며 그림의 경지가 매우 심원하다. 이 그림은 당인의 만년의 의식 상태를 가장 잘 묘사한 것으로 평가되고 있다. 이 그림은 비록 남송(南宋) 이당(李唐)·유송년(劉松年) 등의 원체(院體) 회화의 영향을 받은 흔적이 남아 있지만, 영감과 붓을 놀리는 의취와 독특한 개성이 드러나 있다. 그림 끝 부분에 "晉昌唐寅畵(진창당인화)"라는 낙관이 보인다.

당인에 이어 구영(仇英, 자는 實父, 實甫 호는 十洲, 1498~1552) 역시 〈서원아집도〉를 그렸다. 이 그림 역시 많은 사람의 사랑을 받았다.

이런 과정을 통해, 명대 이후에 서원아집도는 중국 아집도의 전형이 되었다.

〈제구실보임서원아집도후(題仇實父臨西園雅集圖后
: 구영의 임모서원아집도에 대한 발문)〉

왕세정(王世貞, 1526~1590)

　　나는 일찍이 양동리(楊東里, 양사기(楊士奇)) 선생의 글이 붙어 있는 〈서원아집도〉를 본 적이 있다. 바로 이검법(李檢法, 御史檢法: 벼슬명) 이백시(李伯時: 이공린)의 그림을 보고 그린 것이다. (그러나 그 그림의) 높은 산 속 깊은 계곡의 무성한 숲과 샘의 경치는 이 그림과 약간 다르다. 이 그림은 겨우 노송 한 그루·괴석 하나·입벽 하나를 그렸을 뿐이다. 붓을 쥐고 글씨를 쓰는 사람이 자첨학사(子瞻學士: 소동파)이고, 그 옆에서 즐겁게 구경하는 사람이 왕진경(王晋卿: 왕선)이며, 책을 어루만지며 우두커니 서 있는 사람이 채천계(蔡天啓)이고, 나무에 기대어 흘겨보는 사람이 이단숙(李端叔)이다. 저 그림에 장문잠(張文潛)은 있지만 이숙단은 없다. 이 그림에서 네모진 돌을 차지하고 도연명(陶淵明)의 〈귀거래사(歸去來辭)〉를 그리는 사람이 바로 백시(伯時)이고, 먼지떨이를 쥐고 구경하는 소자유(蘇子由, 소철), 파초가 그려진 부채를 잡고 있는 황노직(黃魯直), 어깨를 쓰다듬으며 서 있는 조무구(晁無咎), 돌을 잡고 있는 장문잠(張文潛), 무릎을 안고 있는 정정로(鄭靖老)가 있다. 저 그림에 단숙(端叔)은 있는데 정로(靖老)는 없고 진무기(陳無己)를 보탰다. 비파를 타며 서 있는 진벽허(陳碧虛), 비파 소리를 듣는 진소유(秦少游, 진관(秦觀)), 설법하는 원통대사(圓通大士), 설법을 듣고 있는 유거제(劉巨濟), 벽에 시를 쓰고 있는 미원장(米元章), 그것을 옆에서 구경하는 왕중지(王仲至)는 동일하다. 저 그림에는 운영(雲英)과 춘앵

(春鶯) 두 명의 명희(名姬)가 있는데, 이 그림에서는 모두 삭제하였다. 양 선생이 또 말하길 "일찍이 유송년(劉松年)이 그린 임모본[臨本]을 보았는 데, 문잠(文潛)·단숙(端叔)·무구(無咎)가 없고, 기물도 조금 다르다. 그리고 승(僧) 범융(梵隆)·조천리(趙千里) 역시 그것을 보고 그렸다."라고 하였다. 이 그림은 우리 오군(吳郡)의 구영(仇英) 실보(實父)가 조천리 그림을 보고 그린 것이다. 내가 잠시 말하자면, 여러 인사들의 행적에 있어 항상 핵심 적인 인재가 모인 것은 아니고, 그 우아한 풍류가 반드시 이 한 시기에만 흥성했던 것도 아니며, 아마도 진경(晉卿)과 늘 함께 노닐던 사람을 합하 여 그린 것이고, 여러 인사 또한 각각 의도적으로 그 정신을 묘사했기 때문에 앞뒤가 어긋나지 않을 수 없었을 것이다. 실보(實父)는 조천리를 보고 그렸지만 묘미가 그보다 더 뛰어났다. 그 붓놀림이 고아하기가 장 강(長康: 고개지(顧愷之))·탐미(探微: 육탐미(陸探微))와 비슷하다. 원우제군자 (元祐諸君子: 소식과 왕선 등)와 같이 사람마다 진정한 선비의 풍모[國士風]를 가지고 있어 한 번 그림을 펼쳐 보면 금곡원의 부호가 저속하다는 것을 깨달을 수 있기 때문에 그림 끝에 기록한다.

余嘗見楊東里先生所題《西園雅集圖》, 乃臨李檢法伯時筆, 有崇山絶 壑·雲林泉石之致, 與此圖略不同, 此圖仅一古桧·一怪石·一立壁, 捉筆 書者爲子瞻學士, 從旁喜觀者王晋卿. 按卷對竚仁者蔡天啟, 倚樹睍者李 端叔, 彼圖則有張文潛, 而無端叔. 此圖據方石畵淵明《歸去來辞》者即 伯時, 握塵尾觀者蘇子由, 握蕉扇者黃魯直, 撫肩立者晁無咎, 捉石者張 文潛, 按膝者鄭靖老, 彼圖有端叔無靖老, 益以陳無己, 若摘阮立陳碧虚, 與聽阮之秦少游, 說法之圓通大士與聽法之劉巨濟, 題壁之米元章與旁 觀之王仲至, 則所同也, 彼圖有名姬二, 曰雲英·春鶯, 而此皆削之. 楊先 生又云: 曾見劉松年臨本, 無文潛·端叔·無咎, 器物小異, 而僧梵隆·趙千

里亦嘗摹之. 此圖吾吳郡仇英實父臨千里本也. 余竊谓諸公踪迹不恒聚
大梁, 其文雅風流之盛, 未必盡在此一時, 蓋晋卿合其與長游者而圖之,
諸公又各以其意而傳寫之, 以故不無抵牾耳. 實父視千里大有出藍之妙
其運筆古雅, 仿佛長康·探微. 元祐諸君子人人有國士風, 一展卷間覺金
谷富家兒形穢, 因爲之識尾.　　　　　　　　≪書畫跋跋≫ ≪弇州續藁≫

【해제】

위 글에 의하면, 왕세정(王世貞)이 본 〈서원아집도〉는 두 개다. 하나는
양사기(楊士奇, 1365~1444)가 글을 붙인 〈서원아집도〉로, 이 그림은 구영
(1498~1552)이 북송 시대 이공린의 〈서원아집도〉를 임모(臨摹)한 것이다.
또 하나는 구영이 남송 시대 조천리의 〈서원아집도〉를 보고 그린 것이
다. 왕세정의 〈제구실보임서원아집도후(題仇實父臨西園雅集圖后: 구영의 임모
서원아집도에 대한 발문)〉는 바로 후자에 대한 발문이다.

왕세정은 구영이 등장 인물과 기물을 그림마다 조금씩 다르게 그렸다
고 하였다. 특히 이 그림에서는 시중드는 여인을 제거해 버렸다고 하였
다. 또한 구영이 조천리의 그림을 보고 그렸지만 그림의 묘미는 원작보
다 더 뛰어났다고 평가하였다. 그리고 구영의 고아한 붓놀림은 고개지
(顧愷之)와 육탐미(陸探微)에 버금간다고 칭송하였다. 그리고 이 그림 속의
원우제군자(元祐諸君子: 소식과 왕선 등)들의 사대부적 풍모는 금곡원의 인
물들과 다르다고 하였다. 왕세정은 서원아집에 참가한 인사들을 '국사풍
(國士風)'이라고 극찬하였고, 금곡원 아집에 참여한 사람을 '부가아(富家兒:
부잣집 아들)'라고 폄하하였다.

〈제서원아집도(題西園雅集圖)〉

원(元), 요문환(姚文奐)

宋家全盛日　송나라 왕조가 융성해지자
戚里肅高風　황제 외척이 고상한 풍류를 공경하였다.
四海才華萃　세상의 뛰어난 인재들이 모여들었고
西園爽氣濃　서원은 상쾌한 기운으로 가득하였다.
衣冠名敎異　벼슬과 명성은 달랐지만
興趣一時同　흥취 하나로 일시에 뭉쳤다.
雅好隨賓客　고상한 손님을 따라
風流見主翁　주인은 풍류를 표현하였다.
珍藏出古物　진귀한 소장품이 골동품을 낳고
能事競新功　일에 능통하여 새로운 공적을 다툰다.
離席高談永　자리를 옮기며 오래도록 고상한 대화를 나누는데
行廚異味重　차려온 음식은 독특한 맛이 깊다.
臺池迷遠近　정원의 원근을 분간하기 어려웠지만
杖屨任西東　지팡이 들고 짚신 신고 동서로 이리저리 다녔다.
竹色仍多碧　대나무 색은 아직도 한창 푸른데
蕉花也自紅　미인 초화는 저절로 붉게 피었다.
文章關世道　문장이 세상의 법도를 관장하니
富貴感秋蓬　부귀는 가을 쑥처럼 허무한 느낌이로다.
良會難爲數　훌륭한 모임은 셀 수 없이 많고
淸驩未易窮　고상한 즐거움은 쉽사리 끝나지 않았다.
蘭亭祓禊事　난정에서 수계 행사 열렸고

金谷綺羅叢　금곡에서 부귀한 자 모였다.
回首俱陳迹　고개 돌려 옛 행적을 갖추려거든
君看圖畫中　그대여 그림 속을 보게나.

【해제】

　이 시는 요문환이 〈서원아집도〉를 보고 노래한 것이다. 인재들이 서원에서 아집을 개최한 장면을 묘사하였다. 아집의 참가자들이 고상한 대화를 나누고 원림 속의 아름다움을 즐기며, 글을 짓는 장면이 여실히 나타나 있다. 이들이 지은 문장은 세상의 법도를 주관하기 때문에, 이들에게 부귀란 말라서 날아가 버릴 가을의 쑥과 같다고 말했다. 시인은 서원아집이 난정아집과 금곡원 아집을 계승한 것으로 인식하였다.

〈서원아집도(西園雅集圖)〉와 미불(米巿)의 〈서원아집기(西園雅集記)〉

송(宋), 마원(馬遠), 〈서원아집도(西園雅集圖)〉, 미국 The Nelson-Atkins Museum of Art 소장

청(淸), 석도(石濤), 〈방구영서원아집도권(仿九英西園雅集圖卷)〉

청(淸), 석도(石濤), 〈서원아집도(西園雅集圖)〉 2

청(淸), 〈서원아집도(西園雅集圖)〉 필통 도자기

청(淸), 화암(華嵒),
〈서원아집도(西園雅集圖)〉

〈옥산아집 도기(玉山雅集圖記)〉

양유정(楊維槙, 1296~1370)

오른쪽의 옥산아집도(玉山雅集圖) 1권(卷)은 회해(淮海) 장악(張渥)이 그린 것으로 이용면(李龍眠, 이공린)의 백묘체(白描體: 스케치)를 사용하였다. 옥산(玉山)의 주인은 곤산(崑山)의 고영(顧瑛)이다. 그는 청년 시절 학문을 좋아하였고, 문학과 사학·시(음률)·금석문·옛 그릇·서예 법첩·명화 감정에 정통하였다. 더욱이 성품은 재물을 가볍게 여겼고 손님을 좋아하였다. 국내의 문사 중에서 옥산의 거처를 방문하지 않은 사람이 없었으며, 그의 풍류와 문채(文采)는 무리들보다 월등하여 많은 사람의 관심을 받았다. 여러 모임 중에서 지정(至正) 무자(戊子) 2월 19일의 모임이 가장 성황을 이루었다. 사슴 가죽 갓을 쓰고 자주색 옷을 입고 책상에 앉아 책을 펼친 사람이 철적도인(鐵笛道人) 회계(會稽) 사람 양유정(楊維槙)이다. 피리를 들고 시중을 드는 여자가 비취병(翡翠屏)이다. 향나무 책상에 기대어 웅변하는 사람은 야항도인(野航道人) 요문환(姚文奐)이다. 낮게 읊조리며 바보처럼 앉아 경치 너머로 시구를 찾는 사람은 초계어자(苕溪漁者) 담소(郯韶)다. 좌우에 거문고와 책이 놓여 있는데 옥주(玉塵)를 잡고 조용히 환한 웃음을 짓는 자가 바로 옥산의 주인이다. 여자의 시중을 받는 자는 천향수(天香秀)이다. 책을 펴고 그림을 그리는 자는 오문(吳門)의 이입방(李立方)이다. 곁에서 그림을 가리키는 사람이 바로 장악(張渥)이다. 언덕에 자리하고 팔베개를 베고 돌에 누운 사람은 옥산의 중진(仲瑨)이다. 누런 관을 쓰고 복숭아나무 뿌리 위에 앉아 있는 사람은 광려산인(匡盧山

人) 어립(於立)이다. 아름다운 의건을 쓰고 허리띠를 차고 서서 턱으로 종들에게 술시중을 지시하는 사람은 옥산의 아들 원신(元臣)이다. 안주를 바치는 사람은 정향수(丁香秀)이다. 술잔을 들고 명령을 받는 사람은 소경영(小瓊英)이다. 성격이 소탈하고 명랑한 사람, 예쁘고 단정한 시종, 순박하고 말 잘 듣는 분주한 시동이 일시에 규칙적이면서도 자유롭게 움직이고 있다. 술자리의 주관자(觴政, 酒令)가 활발하게 움직이고, 악대[樂部]가 모두 유창하게 연주하고 있다. 푸른 오동과 대나무는 해맑은 버드나무와 빼어남을 다투고, 떨어지는 꽃과 아름다운 풀이 상상의 나래를 펴게 만든다. 입에서 나오는 대로 시구가 되고, 붓이 닿기만 해도 글이 된다. 꽃과 달이 요염하지 않고, 호수와 산은 맑고 빼어나다. 이 그림이 한번 세상에 나오자 한 시대의 명사들의 부러움을 산 것은 당연하다. 이 모임에 오지 않은 사람은 구곡외사(句曲外史) 장우영(張雨永)·가징군(嘉徵君) 이효광(李孝光)·동해(東海) 예찬(倪瓚)·천태(天台) 진기(陳基)이다. 대개 주인과 손님이 하나가 되어 글과 시로 잔치를 열어 즐기는 것을 각 시대마다 있었지만, 세상사람들이 칭송하는 것은 산음의 난정과 낙양의 서원뿐 금곡(金谷)과 용산(龍山)은 그 다음으로 논의거리가 못 된다. 그러나 난정은 너무 맑아 막힘이 있고, 서원은 너무 화려하여 쏠림이 있다. 맑으면서도 막힘이 없고, 화려하면서도 쏠림이 없는 것은 지금의 옥산아집이 아니랴! 나는 찬술(讚述)을 지어 그림의 끝에 붙이고 감상자들에게 참고하도록 하였다. 이 해 삼월 초길(初吉), 철애 양유정 기록하다.

右玉山雅集圖一卷, 淮海張渥用李龍眠白描體之所作也. 玉山主者爲崑山顧瑛氏, 其人靑年好學, 通文史及音律·鐘鼎·古器·法書·名畫品格之辨. 性尤輕財喜客, 海內文士未嘗不造玉山, 所其風流文采出乎流輩者,尤爲傾倒. 故至正戊子二月十有九日之會, 爲諸集之最盛. 冠鹿皮, 衣紫綺, 坐案而伸卷者, 鐵笛道人會稽楊維楨也. 執笛而侍者, 姬爲翡翠屛也. 岸香几而雄辯者, 野航道人姚文奐也. 沉吟而癡坐搜句於景象之外者, 苕溪漁者鄭韶也. 琴書左右, 捉玉麈從容而色笑者, 即玉山主者也. 姬之侍者, 爲天香秀也. 展卷而作畫者, 爲吳門李立旁. 侍而指畫, 即張渥也. 席皐比 曲肱而枕石者, 玉山之仲晉也. 冠黃冠, 坐蟠根之上者, 匡廬山人於立也. 美衣巾束帶而立,頤指僕從治酒者, 玉山之子元臣也. 奉肴核者, 丁香秀也. 持觴而聽令者, 小瓊英也. 一時人品疎通雋朗, 侍姝執伎皆妍整, 奔走童隷亦皆馴雅, 安於矩矱之內, 觴政流行, 樂部諧暢. 碧梧翠竹 與淸揚爭秀, 落花芳草 與才情俱飛, 矢口成句 落毫成文, 花月不妖, 湖山淸發, 是宜斯圖一出, 爲一時名流所慕艶也. 時期而不至者, 句曲外史張雨, 永嘉徵君李孝光, 東海倪瓚, 天臺陳基也. 夫主客交 幷文酒宴 賞代有之矣. 而稱美於世者, 僅山陰之蘭亭, 洛陽之西園耳. 金谷‧龍山而次弗論也. 然而蘭亭過於淸則隘, 西園過於華則靡. 淸而不隘也, 華而不靡也, 若今玉山之集者, 非歟故! 爲譔述綴圖尾, 使覽者有攷焉. 是歲三月初吉, 鐵崖楊維楨記.

【해제】

이 아집의 주인 고영(顧瑛, 1310~1369)은 원대(元代) 문학가인데, 아영(阿瑛)‧덕휘(德揮)라고도 한다. 자는 중영(仲瑛)이고 곤산(昆山, 강소성 소주) 사람이다. 부호 가문에서 태어났고 옥산초당(玉山草堂)을 짓고 살았다. 옥산초당에는 각종 건물과 경치를 구경할 수 있는 36개의 경점이 있다. 그는 사람들과의 교류를 좋아하였고 널리 시인 명사를 불러 종종 이곳에서 아집을 개최하였다. 그중에서 특히 양유정 등과의 모임이 많았다. 그는 원말에 이르러 가산을 탕진하고 스님이 되었다.

양유정(楊維楨, 1296~1370)은 원말 명초의 문학가이다. 자는 염부(廉夫), 호는 철애(鐵崖)·철적도인(鐵笛道人)·철심도인(鐵心道人)·철관도인(鐵冠道人)· 철용도인(鐵龍道人)·매화도인(梅花道人) 등이 있다. 만년에는 노철(老鐵)·포 유노인(抱遺老人)·동유자(東維子)로 불렸다. 회계(會稽) 사람으로서 육거인 (陸居仁)·전유선(錢惟善)과 함께 '원말삼고사(元末三高士)'로 불렸다. 그는 원 말에 강남 지방에서 벼슬을 하다가 농민봉기를 피해 부춘강(富春江) 일대 로 피난을 갔다. 장사성(張士誠)이 여러 번 불렀지만 벼슬에 나아가지 않고 산천에 은거하였다. 송강(松江)에 원림을 조성한 바가 있다. ≪동 유자문집(東維子文集)≫과 ≪철애선생고악부(鐵崖先生古樂府)≫가 전해오 고 있다.

장악(張渥, ?~약 1356)은 원나라의 화가이다. 자는 숙후(叔厚), 호는 정기 생(貞期生)·강해객(江海客)이다. 회남(淮南, 지금의 합비(合肥)) 사람인데, 항주 (杭州)로 이사하여 살았다. 문사에 정통하였고 시문을 좋아하였다. 과거 에 여러 번 낙방한 뒤, 시화를 통해 자신의 감정을 표현하였다. 이공린의 스케치 기법을 배워 이른바 '철선묘(鐵線描)'에 능통하여 이공린 이후에 최고의 경지에 이르렀다는 찬사를 받았다. 그가 이 아집의 장면을 그린 것이 바로 ≪옥산아집도(玉山雅集圖)≫이다. 그러나 아쉽게도 이 그림은 현재 전해지지 않고 있다.

양유정(楊維禎)은 옥산아집을 주관하였고 〈옥산아집도기〉를 썼다. 옥 산은 지금 소주시의 위성도시인 곤산(崑山)의 옥산진(玉山鎭)을 말한다. 이 글은 ≪옥산초당아집(玉山草堂雅集)≫(13권)에 수록되어 있다. 이 아집 참가자는 가구사(柯九思)·진여(陳旅)·진기(陳基)·양유정(楊維禎)·황진(黃溍)· 정원우(鄭元佑)·장저(張翥)·장우(張雨)·송기(宋沂)·요문환(姚文奐)·예운림 (倪雲林, 예찬(倪瓚))·장악(張渥)·당원(唐元)·곽익(郭翼)·여성(呂誠)·서달좌(徐達左)

등 73명이고, 시는 모두 2,954수가 수록되어 있다.

옥산아집은 여러 차례 개최되었지만, 지정(至正) 무자(戊子, 1348)년 2월 19일의 모임이 가장 성대했다고 한다. 이 아집에서는 술을 마시며 시문을 짓고 서화를 창작하는 손님 외에 술시중을 들거나 요리를 제공하는 기녀와 시동들도 참가하였다.

양유정은 이 아집이 난정아집과 서원아집의 전통을 계승하였지만 두 아집보다 성대하였다고 평가하였다. 옥산아집은 난정아집처럼 맑으면서도 막힘이 없고, 서원아집처럼 화려하면서도 쏠림이 없다고 평가하였다. 반면에 금곡원(金谷園)과 용산(龍山)의 아집은 두 아집보다 수준이 낮았다고 평가하였다.

〈오용문산석양기원박(吳龍門山釋良琦元璞)〉

오현 용문산 스님 양기원박

지정(至正) 무자(戊子) 2월 19일, 양철애(양유정) 선생이 고씨의 옥산(玉山)에서 잔치를 열어 연달아 시를 짓고 노래하였다. 회해(淮海) 장악(張渥)이 그림을 그렸는데, 전하는 사람마다 모두 찬미하였다. 나는 보름 뒤에 오흥(吳興) 담구성(郯九成)과 다시 옥산에 갔다. 고씨는 언제나처럼 흥겹게 술을 냈고 맑은 노래를 부르며 우아하게 담론을 나누었다. 양 선생의 아집에 대해 사람들이 적잖게 말을 하였다. 당시 나는 이미 취했는데 고씨가 시를 요구하였다. 내가 음악과 시에 무슨 재능이 있겠는가? 기탁하려는 바와 꼭 맞아 어긋나지 않는 것이, 어찌 기탁이겠는가, 어찌 기탁이 아니겠는가! 그래서 시를 지어 그 일을 말했으니, 결국 방금 언급한 것과 반대될 뿐이다.

> 至正戊子二月十九日, 楊侯鐵厓宴于顧君玉山, 賦咏疊筆, 淮海張渥爲圖,
> 傳者無不嘆美. 余後半月, 與吳興郯九成復至玉山, 顧君張樂置酒, 清歌
> 雅論, 人言不減楊侯雅集. 時旣醉, 顧君徵余詩, 然予于聲樂詩咏何有哉.
> 適其所寓而不達者, 烏乎寓,烏乎非寓, 故作詩以道其事, 卒反乎正云耳.

〈완화관연구(浣花館聯句)〉

吳興趙雍仲穆篆額, 館之主人顧仲瑛記
(오흥 조옹이 새기고, 집주인 고중영이 기록하다)

지정(至正) 무자(戊子) 6월 24일, 유정(維楨)이 위휘(衛輝) 고지(高智)·광여 (匡廬) 어립(於立)·청하(清河) 장사현(張思賢)·여남(汝南) 원화(袁華)·하남(河 南) 육인(陸仁)과 함께 완화관(浣花館)에서 잔치를 열었다. 술에 취하자 주 인과 손님이 시구를 연달아 지었는데 모두 24운이다. 주인은 옥산(玉山) 고영(顧瑛)이다.

(至正戊子六月廿四日, 維楨與衛輝高智·匡廬於立·清河張思賢·汝南袁 華·河南陸仁,燕于浣花館, 酒闌, 主客聯句, 凡廿四韵. 主爲玉山顧瑛也)

大厦千萬餘, 小第亦云甲. 馬山分玉昆(楨), 鋭津類清雲. 湖吞傀儡深(立),
江瀉吳淞狹. 地形九曲轉(賢), 峰影千丈插. 斜川萬桃蔫(華), 小徑五柳夾.
仙仗撞石檢(仁), 靈洞開玉匣. 雲停陰初(瑛), 涼過小雨霎. 鶴舞竹襦褋
(楨), 珊亂萍喋唼. 風顚帽屢攲(立), 暑薄衣猶夾. 花從嬴女獻(賢), 酒倩吳
姬壓. 簾卷蒼龍鬣(華), 盤薦紫駝胛. 戎葵粲巧笑(仁), 文瓜印纖搯. 白髟戟
魚乍刲(瑛), 紅蓮米新畬. 急觴行葡萄(楨), 清厨扇簫篁. 火珠梅燁煠(立),
冰絲莼澳渫.雲雷摩乳彝(賢), 珧瑋玩腰沔. 伶班鼓解穢(華), 軍令酒行法.
弓彎舞百盤(仁), 鯨量杯千呷. 腔悲牙板擎(瑛), 調促冰弦撮. 客歡語噂遝
(楨), 童酣鼻 酒彻衿泓穎(立), 詩成繕書札. 嘔句投錦囊(賢), 披圖出緗
笈. 驪駒歌已終(華), 青蛾情尚狎. 永矢交友盟(仁), 銅盤不須歃(瑛).

《列朝詩集》 明代卷12: 甲集前編第八之下

≪옥산명승집(玉山名勝集)≫

옥산아집도(玉山雅集圖)는 회해(淮海) 장숙후(張叔厚)가 옥산(玉山) 주인을 위해 그린 것이다. 여러 사람이 꽃과 버들이 피는 맑은 봄을 맞이하여, 옥산에서 잔치를 열었다. 의관을 갖춘 인물이 가득하니 지금까지도 산림 속에 광채가 가득하다. 숙후(叔厚)는 눈앞에 펼쳐진 한 때의 경치를 보고 그림으로 완성하였다. 양철사(楊鐵史)는 그 사건을 기록하고 또 그 왼쪽에 운에 따라 시를 지어 붙였다. 당시 이 모임에 참여한 사람들로 하여금 이것을 보고 잊지 않도록 하였고, 후대에 이 그림과 시를 감상하는 사람들에게 또한 마음이 확 열리고 정신이 번쩍 나서 마치 당시 모임 속에 있었던 것처럼 만들었다. 나는 감상을 다 하고 난 뒤, 시를 지어 그 뒤에 붙인다.

玉山雅集圖, 淮海張叔厚爲玉山主人作也. 人當花柳春明之時, 宴客於玉山中, 極其衣冠人物之盛, 至今林泉有光. 叔厚即一時景繪而成圖, 楊鐵史既序其事, 又各分韻賦詩於左, 俾當時預是會者既足以示不忘, 而後之覽是圖與是詩者, 又能使人心暢神馳, 如在當時會中. 展玩之餘, 因賦詩以記其後云. ≪玉山名勝集≫ 卷二, ≪元詩選≫

玉山草堂花滿烟,　　안개 속에 꽃이 가득 핀 옥산초당,
青青張樂宴群賢　　잔치에 모인 푸릇한 인재들 즐거움에 겹네.

美人蹯舞艶于月,　미인의 춤은 달보다 요염하고
學士賦詩清比泉　학사의 시 읊는 소리 샘물보다 맑다.
人物已同禽鳥樂,　날짐승 들짐승과 함께 즐기던 사람들
衣冠幷入畵圖傳　선비와 나란히 그림 속으로 들어갔다.
蘭亭勝事不可見,　난정의 멋진 모임은 볼 수 없지만,
賴有此會如當年　이 모임을 빌어 당시처럼 노닐었구나.

〈차양철애부장숙후소회옥사아집도운
(次楊鐵崖賦張叔厚所繪玉山雅集圖韻: 장숙후가 그린
옥산아집도에 양철애가 노래한 시에 차운하다)〉

원(元), 고영(顧瑛)

詩人得句題茅屋	시인은 시구를 찾아 초당을 노래하고
客子乘流泛小舠	손님은 물길 따라 작은 배를 젓는다.
老眼看花起春霧	노안으로 보면 꽃이 봄 안개 같고
醉眠聽雨響秋濤	취중에 들으니 빗소리가 가을 파도소리가 된다.
弓盤舞按銀鵝喙	춤추듯 활시위를 당기니 은꽃거위를 쪼고
水調聲傳金鳳槽	〈수조(水調)〉가락 소리가 황금 봉황 술그릇에 전달된다.
與爾共傾千日酒	그대와 함께 오랫동안 술 마시고자
呼童却換五雲袍	동자를 불러 오운포(五雲袍)를 바꿔 입었다.

〈고아영(顧阿瑛)〉

無官落得一身閑,	벼슬하지 않고 일신의 한적함을 얻으려면
置我當于丘壑間.	산간 계곡 속에 나를 내버려 두어야 하리.
便欲松根結茅屋,	소나무 뿌리로 띠집 지붕 엮고,
清秋採菊看南山	맑은 가을날 국화 꺾어 남산을 바라보자.

〈옥산가처 삼십육경(玉山佳處 三十六景)〉

양순길(楊循吉)

고아영은 원말 곤산(昆山)의 대가이다. 그의 정자와 회관은 아마 대략 36곳이 될 것이다. 각 건물마다 춘첩이 짝을 이루며 붙어 있다. 고아영이 손수 지은 것이다. 기문은 반드시 명사가 짓고, 시는 반드시 재사가 지어야 했으며, 비록 두세 글자의 전서라 할지라도 반드시 당대의 명필을 골랐다.

顧阿瑛在元末爲昆山大家, 其亭館蓋又三十六處, 每處皆有春帖一對, 顧
阿瑛手題也. 記必名公, 詩必才士, 雖篆隸二三字, 亦必選當代之筆
(〈蘇談·顧阿瑛豪侈〉), ≪吳中小志叢刊≫, 廣陵書社, 2004)

〈옥산가처 이십팔경(玉山佳處 二十八景)〉

고영(顧瑛)

其所居池館之盛, 甲于東南. 一時勝流, 多從之游宴. 因裒其詩文爲此集,
各以地名爲綱. 曰玉山堂 曰玉山佳處 曰種玉亭 曰小蓬萊 曰碧梧翠竹堂
曰湖光山色樓 曰讀書舍 曰可詩齋 曰聽雪齋 曰白雲海 曰來龜軒 曰雪巢
曰春草池 曰綠波亭 曰絳雪亭 曰浣華館 曰柳塘春 曰漁莊 曰書畵舫 曰
春暉樓 曰秋華亭 曰淡香亭 曰君子亭 曰釣月軒 曰拜石壇 曰寒翠所 曰
芝雲堂 曰金粟影, 每一地, 各先載其題額之人, 次載瑛所自作春題, 而以
序記詩詞之類各分繫其後. 元季知名之士, 列其間者十之八九.

(〈外集〉1卷, ≪四庫全書總目≫ 卷188, ≪玉山名勝集≫ 8卷,
中華書局, 1965, 1710쪽.)

【해제】

옥산아집이 개최되었던 장소는 고씨장원(顧氏莊園), 혹은 옥산가처(玉山佳處) 또는 옥산초당이라고 불렀다. 건물이 많고 웅장하여 중국 동남 지방에서 으뜸으로 치던 곳이다. 이곳은 문인들의 아집장소로 유명하였다. 원말 농민봉기가 계속되는 동안에도 이곳에서는 아집이 지속되었다.

아집에 참석한 고영과 친구들은 옥산초당의 옥산당(玉山堂)·옥산가처(玉山佳處)·조월헌(釣月軒)·지운당(芝雲堂)·가시재(可詩齋)·독서사(讀書舍)·종옥정(種玉亭)·소봉래(小蓬萊)·벽오취죽당(碧梧翠竹堂)·호광산색루(湖光山色樓)·완화관(浣花館)·유당춘(柳塘春)·어장(漁莊)·금율영(金粟影)·서화방(書畵舫)·청설재(聽雪齋)·강설정(絳雪亭)·춘초지(春草池)·녹파정(綠波亭)·설소

(雪巢)·군자정(君子亭)·담향정(澹香亭)·추화정(秋華亭)·춘휘루(春暉樓)·백운
해(白雲海)·래귀헌(來龜軒)·배석단(拜石壇)·한취소(寒翠所) 등의 경관을 노
래하였다.

간혹 경관의 숫자가 '36경'과 '28경'으로 다른 것은, 하나의 건물 혹은
경점 안에 두 개 이상의 명칭이 중복되었기 때문이다.

〈산장아집도서(山莊雅集圖序)〉

원(元), 위초(魏初)

　　예나 지금이나 천지는 하나이고, 사람의 원기(元氣)도 하나이다. 원기가 하나이니 고금(古今)도 둘이 될 수 없다. 산음(山陰)의 난정아집, 춘야도원의 잔치, 죽림칠현, 낙하구로(洛下九老)는 비록 규모는 다르지만 사물에 기탁하여 마음속의 감정을 풀어내고 천지의 오묘한 진리를 스스로 터득한 것이니 어찌 고금 때문에 둘이 될 수 있겠는가? 지원(至元) 병술(丙戌) 마경덕(馬卿德)·창랍(昌拉) 제현들이 전당문(錢塘門)을 지나 배를 타거나 말을 타고 진씨산장(陳氏山莊) 차군정(此君亭)에서 만나기로 약속하였다. 이미 도착하니 빽빽한 대나무 숲에 정자가 있었다. 창호가 한껏 맑고 술잔이 아주 고색창연하였다. 술이 여러 잔 돌자 벌떼처럼 담론이 펼쳐지고 사이사이로 우스갯소리가 났다. 전쟁터보다 더 맹렬하게 술잔으로 공격하고, 법령보다 더 엄격하게 시를 지었다. 분위기에 두루 취하였고, 그 기상은 아주 특별하였다. 다음날 여러 사람들은 모두 악부(樂府)를 통하여 그 모임을 노래하였고, 또 조자앙(趙子昻, 조맹부)에게 그것을 그리도록 하였으며, 나에게 서문을 지어 그 의미를 표현해달라고 부탁하였다. 나는 산과 호수가 아름다움을 뽐내고, 꽃과 대나무가 화려함을 드러낸다고 말했는데, 이것은 합격이라 따질 필요가 없다. 내 가마가 스스로 멈춘 까닭 중 하나는 옛날에 있고, 또 하나는 옛날에 있지 않다. 나는 여기에서 두려움을 가지고 감히 서문을 짓는다. 전례에 따라 악부에 화답하여 붙인다.

古今一天地也 人物一元氣也 元氣一 古今不可以二 故山陰蘭亭之集 春夜桃園之宴 竹林七逸 洛下九老 雖鉅細不同 其託物興懷 自得天地之妙者 豈以古今有二哉 至元丙戌 馬卿德昌拉諸賢 出錢塘門 或舟或騎 要以陳氏山莊此君亭爲約, 既至, 亭在萬竹中 軒户足清 杯盤足古, 酒數行, 談議蜂起 笑謔間作 觴猛於陣 詩嚴於律 薰陶浹洽 其氣象有大不凡者 明日諸公 咸有樂府以歌詠其事 又令子昂趙君圖之 且囑余序所以意. 余謂湖山拱秀 花竹呈麗 此不必論第 我輩所以自立者 其一於古 其不一於古 余於是有懼焉 敢序 因以例和樂府附之　　　　　≪青崖集≫ 卷三

【해제】

원나라 지원(至元, 1286)년에 마경덕(馬卿德)·창랍(昌拉) 등이 항주 전당(錢塘)에 있는 진씨산장(陳氏山莊)의 차군정(此君亭)에서 아집을 개최하였다. 아집 장면을 조자앙(趙子昂, 조맹부)이 그렸고, 유초(魏初)는 이 그림에 서문을 붙였다.

유초(魏初)의 자(字)는 태초(太初)이고, 호는 청애(青崖)이다. 1264년 전후에 살았던 사람으로 벼슬은 남대어사중승(南臺御史中丞)에 올랐고, 저서로는 ≪청애집(青崖集)≫ 5권이 있다. 그의 사적은 ≪원사(元史)≫에 전한다.

자신들의 아집이 '산음(山陰)의 난정아집', '춘야도원의 잔치', '죽림칠현', '낙하구로(洛下九老)'의 전통을 계승하였는데, 이 아집의 목적이 "사물에 기탁하여 마음속의 감정을 풀어내고 천지의 오묘한 진리를 스스로 터득한 것"이라고 밝혔다. 이 아집은 술을 마시며 시를 읊는 '음주부시(飲酒賦詩)'와 담론으로 진행되었다. 그림과 서문은 아집 다음날 만들어졌음을 알 수 있다.

〈아집도(雅集圖)〉

금(金), 유조겸(劉祖謙, ?~1232)

翠雀翩翩野鶴孤	제비꽃 너울너울 외로운 들판의 학에게로 날아가는데,
玉京人物會仙圖	곤륜산의 인물이 그림 속의 신선이 되었구나.
後來且莫輕題品	나중에 다시는 가볍게 평가하지 말라,
席上揮毫有大蘇	즉석에서 붓을 휘두른 소동파가 있으니.

⟨제이사훈소장아집도 2수(題李庭訓所藏雅集圖 二首)⟩

원(元), 원호문(元好問, 1190~1257)

(1)

萬古文章有至公　만고의 문장은 공평무사함을 담고

百年奎璧照河東　백년의 문학 전통이 중원에 빛난다.

衣冠忽見明昌筆　사대부들이 홀연히 장종(章宗)의 그림에 나타나니

更覺升平是夢中　태평성대의 꿈을 다시 느낀다.

(2)

景星丹鳳一千年　천년만에 큰 별 뜨고 붉은 봉황 날아올라

合著丹靑與世傳　함께 그린 그림이 세상에 전해진다.

誰畫風流王李郝　누가 이중택(王仲澤)·이장원(李長源)·학중순(郝仲純)의
　　　　　　　　　풍류를 그렸는가

大河南望淚如川　남쪽으로 거대한 황하를 바라보니 눈물이 냇물처럼
　　　　　　　　　흐른다.　　　　　　　《元遺山集》 卷20

【해제】

이것은 원호문의 시이다. 금(金)나라의 융성했던 명창(明昌, 金章宗의 연호, 1190~1196) 시대의 문화와 당시의 아집을 회상하며 지은 것이다. 도덕이 살아 있는 시대에만 뜬다는 경성(景星: 大星, 瑞星)을 인용하여 당시의 문화적 수준을 칭송하였다. 그리고 시인은 봉황이 날아오는 그림 같은 세상과 태평성대의 꿈을 꾸고 있다.

〈제설당아집도(題雪堂雅集圖)〉

원(元), 왕운(王惲, 1228~1304)

擾擾黄塵若簡閑 황토 먼지 어지럽게 날려도 한가하게
禪房來結静中緣 선방에서 조용한 모임을 가졌다.
機鋒爲愛靈師峻 화두를 좋아하던 고매한 대사와 함께
樽酒同傾繡佛前 수불 전에서 술 단지를 함께 기울였다.
談塵風清穿月窟 속세를 말하는데 맑은 바람이 달을 뚫고 지나가고
雨花香細颺茶煙 빗속의 꽃향기가 가늘어 차 끓이는 연기를 날린다.
應慚十九人中列 열아홉 사람의 대열에 있는 것이 응당 부끄러웠지만
開卷題詩又五年 두루마리 펼치고 시를 지은 지 또 5년 되었구나.

【해제】

설당아집(雪堂雅集)은 원(元) 지원(至元) 연간에 설당(雪堂) 스님이 자기의
선방(禪房)인 천경사(天慶寺)에서 거행한 아집이다. 19명의 문인들이 이
아집에 참여하였다. 상정(商挺)·왕반(王磐)·서세융(徐世隆)·이겸(李謙)·왕운
등과 늦게 조맹부(趙孟頫) 등이 아집에 참석하였다. 참석자는 대부분 문
인들이었다.

설당의 속명은 장보인(張普仁)으로 자가 중산(仲山)이고 호가 설당이다.
그는 참선하고 남는 시간을 사대부들과 아집을 개최하며 보냈다.

이 글은 아집에 참여했던 왕운(王惲)이 당시 아집 장면을 묘사한 것이
다. ≪추간집(秋澗集)≫ 권18에 수록된 〈제설당아집도(題雪堂雅集圖)〉 권43
에 수록된 〈설당상인집류제명공아제서(雪堂上人集類諸名公雅制序)〉, ≪자

산대전집(紫山大全集)≫ 권2에 수록된 〈제설당화상아집도(題雪堂和尚雅集圖)〉를 통해 볼 때, 이 아집은 여러 차례 개최되었음을 알 수 있다.

〈제아집도(題雅集圖)〉

원(元), 오징(吳澄, 1249~1333)

官淸無事足優游	청렴한 관리는 일이 없어 노닐 만한지
下馬長楸作勝遊	말에서 내려 긴 지팡이 들고 절경을 유람했다.
濟濟衣冠唐盛世	점잖은 사대부는 당나라 태평성대와 같고
諸賢不減晉風流	여러 현인들은 진(晉)나라 풍류에 버금간다.

【해제】

오징(吳澄, 1249~1333)의 자(字)는 유청(幼淸)이고, 호는 추려(草廬), 무주 숭인(撫州 崇仁) 사람이다. 송원(宋元) 교체기의 이학가(理學家)이다. 그가 몇 칸의 작은 오두막집에서 살았기 때문에 사람들은 그를 '초려선생(草廬 先生)'이라고 불렀다. 이 시는 어떤 아집도에 붙인 것인지 알 수가 없다. 다만 이 모임이 왕희지의 아집·당나라의 아집과 품격이 같았음을 알 수 있다.

≪남병아집도권(南屏雅集圖卷)≫

대진(戴進)

옛날 원나라 말엽 회계의 양유정(楊維楨, 양염부(楊廉夫)) 선생이 일찍이 여러 원로들을 모시고 서호의 광막자(廣莫子) 집에서 연회를 개최하고 시문을 통해 서로 즐긴 적이 있다. 지금까지 대략 100여 년 동안 전해져 내려오고 있다. 그의 문중 사람 계진(季珍) 진사(進士)가 이 기록을 모아 책으로 묶으면서, 책 끝에 그림을 넣어 영원히 남기고 후대의 감상자들에게 한 시대의 성대한 행사를 마음껏 보여주려고 한다며 나에게 그림을 그려달라고 부탁하였다. 천순(天順) 경순(庚辰) 여름, 전당(錢塘) 대진(戴進)이 쓰다.

昔元季間, 會稽楊廉夫先生嘗率諸故老宴于西湖廣莫子第, 以詩文相娛樂, 留傳至今蓋百年矣, 其宗人季珍進士因輯錄成卷, 屬余繪圖于卷端, 將以垂遠也, 後之覽者, 亦足以見 一時之盛事云. 天順庚辰夏錢塘戴進識

【해제】

원대의 양유정(楊維楨)이 항주(杭州)에서 행화장아집(杏華莊雅集)을 개최하였다. 대진(戴進, 1388~1462)이 아집 장면을 그림으로 표현한 것이 바로 ≪남병아집도권(南屏雅集圖卷)≫(고궁박물원 소장, 161×33cm)이다. 위 글을 통해 볼 때, 대진(戴進)은 양유정 후손의 요청에 따라 이 그림을 그렸음을 밝혔다. 이 글에서는 이 아집이 100여 년 동안 지속된 전통을 가지고

명(明), 대진(戴進), 〈남병아집도(南屏雅集圖)〉, 비단에 채색, 33×161cm, 고궁박물원(故宮博物院)

있다고 강조하였다.

이 그림의 머리[引首]에 왕숙안(王叔安)이 전서(篆書)로 쓴 '南屏淸賞' 4개의 큰 글자가 보이는데, '奉政大夫禮部郎中文淵閣王叔安篆(봉정대부 예부랑중 문연각 왕숙안이 낙관하다.)'이라는 낙관으로 누구의 글씨인지 알 수 있다. '錢塘戴氏文進(전당 대씨 문진)'이라는 인장이 찍혀 있는데, 문진(文進)은 대진의 자(字)이다.

후단에는 원(元) 양유정이 쓴 기문과 시가 있고, 막창(莫昌)·한원벽(韓元壁)·유엄(劉儼)·왕림(王霖)·왕렴(王廉)·범관선(范觀善)·조장(趙章)·위본인(魏本仁)·왕옥(王玉)·첩목아(帖木兒)·육성초(陸性初)·항윤신(項允信)·오진(吳晉)·엽삼(葉森)·막자(莫玆)·조숙청(曹淑淸)·시진(施振)·계진(季鎭) 등 19명의 창화시, 그 뒷장에 손적(孫適)·유영(鎦英)·하시정(夏時正)·막거(莫琚) 등의 시와 제기(題記)가 붙어 있다. 이는 일종의 시문서화집이라고 할 수 있는데, '남병아집'에 대한 그리움과 슬픔을 표현하고 있다.

≪행원아집도발(杏園雅集圖跋)≫

양사기(楊士奇, 1366~1444)

　옛날 군자는 한가롭게 지내면서도 하루라도 세상과 나라를 잊은 적이 없었다. 하물며 국가의 벼슬과 봉록을 받으면서 임금을 섬기는데 스스로 편안함을 찾았겠는가! ≪시경≫에 말하길 "아침저녁으로 게으름을 피우지 않고 한 사람을 모신다."라고 하였으니, 이것은 옛날 현명한 신하가 그 임금을 섬기는 방법이었다. 지금 황실 도서관에서 근무하는 사람은 문학과 학문 토론의 책무를 가지고 있다. 모두 새벽 인시(寅時)에 입궐하고 저녁 유시(酉時)에 퇴궐하였다. 임금 주변에서 묵묵히 부지런히 일하면서도 오히려 사소한 것이라도 빠진 것이 없는지 항상 걱정하였는데, 하물며 감히 스스로 편안함을 찾았겠는가. 본래 그 본분을 다하는 것은 당연하지만, 열심히 일하다가 쉬고, 긴장하였다가 푸는 것도 당연하였다. 이는 비록 옛날 사람이라도 그만두지 않았을 것이다.

　삼월 초하루 휴가를 얻어 남군(南君) 양공(楊公, 楊溥)과 우리 8명은 건안(建安) 양영(楊榮)의 행원(杏園)에서 만나 놀았다. 영가(永嘉) 사정순(謝庭循)도 모임에 참가하였다. 나무숲과 샘과 돌이 아름다운 원림이었다. 봄꽃이 다투어 꽃망울을 터뜨려 향기가 퍼졌다. 건안공은 손님 초대하길 좋아하여 노니는데 필요한 도구를 모두 갖추어 놓았다. 손님들 역시 마치 고삐와 채찍에서 풀려난 것처럼 흔쾌하게 놀았다. 맑고 상쾌하여 세상 밖에서 노닌 듯하였다. 손님과 주인은 끝이 보이지 않는 연못으로 가서 잘 차려진 안주에 술을 마시고 시를 짓고 읊조렸다. 이때 사군(謝君, 謝環)

이 그림을 그렸다. 아! 하루 즐기는 동안 감성이 경치와 만났다. 의관을 갖춘 정직하고 청렴한 대부들의 모임은 인재를 육성하려는 의식이고 대각을 다스리려는 의지이며 또한 자신을 지키고 스스로 경계하는 마음을 잊지 않기 위함이니, 아마 옛사람과 거의 비슷했을 것이다. 그래서 '아집(雅集)'이라고 이름 붙인 것이 그럴듯하지 않은가? 그러므로 마침내 그림에 순서대로 서문을 달고 또 순서대로 시를 붙였다.

古之君子, 其閑居未嘗一日而忘天下國家也. 矧承祿儋爵以事乎君而有自逸者乎. 詩曰夙夜匪懈, 以事一人, 古之賢臣所以事其君也. 今之居承明延閣者, 職在文學論思, 然率寅而入, 西而出, 恭勤左右, 猶恒坎焉慮豪分之或闕, 矧敢自逸者乎, 固盡其分之當然也. 若勞息張弛之宜, 則雖古之人有所不廢焉, 乃三月之朔當休假. 南郡楊公及予八人相會游于建安楊公之杏園, 而永嘉謝君 庭循來會, 園有林木泉石之勝, 時卉竟芒, 香氣芬弗, 建安公喜嘉客之集也, 凡所以資娛樂者悉具. 客亦欣然如釋羈策, 濯淸爽而游于物之外者, 賓主適淸潭不窮, 觴豆肆陳, 歌咏幷作. 于是謝君寫而爲圖. 嗟夫一日之樂也, 情與境會, 而于冠衣之聚皆羔羊之大夫, 備菁莪之儀, 治臺之意, 又皆不忘乎衛武自警之心, 可爲庶幾古人之人者, 題曰雅集, 不其然哉. 故遂序于圖之次而詩又次焉.

〈행원아집도후서(杏園雅集圖後序)〉

양영(楊榮, 1371~1440)

정통(正統) 2년 정사(丁巳) 봄 3월 보름, 휴가의 아침, 관청의 여러 동료
들이 우리 집에 들렀다. 내가 사는 행원(杏園)에서 잔치를 열었다. 영가
(永嘉)의 사정순(謝庭循)이 이곳에 머무르고 있었는데, 그 역시 이 모임에
참석하였다. 때는 봄 경치가 맑고 밝아, 부드러운 바람이 불고 화창하였
으며, 꽃들이 빼어남을 다투고 아름다운 꽃향기가 몸에 스며들었다. 순
서대로 술을 마시는 사이에 가야금을 타고 시를 지었다. 여러 가지 감정
들을 거침없이 풀어내며 편안한 마음으로 즐기었다. 사군(謝君)은 그림에
정통하였고 마침내 모임에 참석한 여러 동료들과 당시의 풍경을 그림으
로 묘사하였다. 돌에 기대여 3명이 나란히 앉아 있고, 그 왼쪽으로 소부
(少傅) 여릉(廬陵) 양공(楊公), 그 오른쪽이 양영(楊榮), 왼쪽 다음이 소첨사
(少詹事) 태화(泰和) 왕공(王公)이다. 살구꽃 나무 옆으로 3명이 앉아 있는
데, 그 가운데가 대종백(大宗伯) 남군(南郡) 양공(楊公), 왼쪽이 소첨사(少詹事)
임천(臨川) 왕공(王公), 오른쪽이 대독학사(待讀學士) 문강(文江) 전공(錢公)이
다. 서서히 걸어 나중에 도착한 사람이 4명인데, 앞의 왼쪽이 서자(庶子)
길수(吉水) 주공(周公)이고, 그 다음이 대독학사(待讀學士) 안성(安成) 이공
(李公)이며, 또 그 다음이 대강학사(待講學士) 태화(泰和) 진공(陳公)이며, 가
장 늦게 도착한 사람은 사군(謝君)인데, 그의 관청[官]은 금의위천호(錦衣衛
千戶)이다. 10명이 모두 의관을 갖추었다. 꽃이 피어 서로 비추고 있다.
집사(執事)와 옆에서 모시는 시동 9명, 음식 준비로 따라다니는 사람이

5명이다. 경치가 운치가 있고 오묘하기 그지없다. 여릉공(廬陵公)이 기꺼이 ≪행원아집(杏園雅集)≫에 글을 붙인다.

> 正統二年丁己春三月朔, 適休假之晨, 館客諸公過予, 因延于所居之杏園, 永嘉謝君庭循旅寓伊迩, 亦適來會, 時春景澄明, 惠風和暢, 華卉競秀, 芳香襲人, 觴酌序行, 琴咏間作, 群情蕭散, 衍然以樂. 謝君精繪事, 遂用著色寫同會諸公及當時景物. 倚石屏坐者三人, 其左, 少傅庐陵楊公, 其右爲榮, 左之次少詹事泰和王公. 傍杏華而坐者三人, 其中大宗伯南郡楊公, 左少詹事臨川王公, 右待讀學士文江錢公. 徐行後至者四人, 前左庶子吉水周公, 次待讀學士安成李公, 又次待讲學士泰和陳公, 最後至者謝君, 其官司錦衣衛千户. 而十人者皆衣冠然, 華發交映, 又有執事及傍侍童子九人, 治饌攜從五人, 而景物趣韻曲臻于妙. 廬陵公喜題曰 ≪杏園雅集≫.

【해제】

행원아집(杏園雅集)은 명 정통(正統) 2년(1437년) 3월 보름, 양영(楊榮)의 집 행원(杏園)에서 펼친 아집을 말한다. 이 아집에는 영사기(楊士奇)·양영(楊榮)·양부(楊溥)·왕영(王英)·왕직(王直)·주술(周述)·이시면(李時勉)·전습례(錢習禮)·진순(陳循) 등이 참여하였다. 사환(謝環 謝庭循, 1377~1452, 명대 화가)이 아집 장면을 ≪행원아집도(杏園雅集圖)≫(진강시(鎭江市)박물관 소장, 견본 37×1,181cm 색을 칠하지 않음)를 통해 묘사하였다. 권수(卷首)에 전서로 쓴 '행원아집(杏園雅集)'이라는 4개의 큰 글자가 있다. 뒷장에 양사기·양영이 각각 쓴 발문과 후서, 제시 1수를 붙였다. 또 양부·왕영·왕직·주술·이시면·전습례·진순이 각각 붙인 즉경시(即景詩) 1수가 있다.

발문을 지은 양사기(楊士奇, 1366~1444)는 이름이 우(寓), 자(字)는 사기(士奇), 호는 동리(東里), 시호는 문정(文貞)이다. 강서 태화(江西 泰和) 사람이다.

명나라 대신으로 관직은 예부시랑 겸 화개전대학사 겸 병부상서(禮部侍郎 兼華蓋殿大學士兼兵部尚書)에 이르렀다. 그는 5대 왕조 60여 년 동안 내각 대신을 지냈다. 사람들은 그를 양영(楊榮)·양부(楊溥)와 함께 '삼양(三楊)' 이라고 불렀다.

후서를 쓴 양영(楊榮, 1371~1440)은 원명이 자영(子榮)이고 자가 면인(勉 仁)이며 건안(建安) 사람이다. 영락제 당시의 재상을 지냈다.

양사기의 발문에 의하면, 당시 자신들은 "인재를 육성하려는 의식을 가졌고, 대각을 다스리려는 의지를 담았으며, 또한 자신을 지키고 스스로 경계하는 마음을 잊지 않기 위해" 아집을 개최하였다고 하였다. 즉 아집의 목적이 '인재육성'·'정치 강화'·'자기 마음의 경계'에 있음을 분명히 하였다.

후에 청나라 옹방강(翁方綱)은 이 그림에 발문을 붙였다. 옹방강은 참여 인원의 직업과 경력·생애·소장 상황을 상세하게 기록하였다. 그리고 그림 속에는 "葉名琛印"·"世襲一等男爵"·"平安館"·"毫州何氏珍藏" 등 감정 및 소장인을 찍었다.

이 그림에는 화가 자신이 등장한다. 이것은 중국 그림에서 아주 보기 드문 현상이다. 원림석, 대리석, 그리고 책상 위의 괴석 등 아집의 소품들의 실제 상황을 파악하는 데 매우 유익한 작품이다.

명(明), 사환(謝環), 〈행원아집도(杏園雅集圖)〉, 목판화

명(明), 사환(謝環), 〈행원아집도(杏園雅集圖)〉, 비단에 채색, 37×401cm, 진강박물원(鎭江博物院)

〈서장아집도기(西莊雅集圖記)〉

두경(杜瓊, 1396~1474)

장주(長洲: 蘇州) 심맹연(沈孟淵, 심주(沈周)의 조부 심징(沈澄))은 누동(婁東)에서 살았다. 상성(相城) 땅에 있는 서장(西莊)은 오호(五湖)를 안고 있고, 넓은 들녘을 끌어당기고 있다. 정관(亭館)의 꽃과 대나무가 아름답고 물속의 구름과 안개 속의 달이 예쁘다. 맹연은 여기에서 공부하고 수양하면서 고을의 뛰어난 학자 대부분과 접촉하였다. 무릇 풍광이 아름답고 날씨가 좋은 날이 오면 이곳에서 사람들을 초청하여 술을 마시며 시를 지어 풍월을 노래하면서 그 한적함을 즐겼다. 사람들은 번듯한 의관에 쨍쨍거리는 옥을 차고는 의기양양하며 흔쾌하게 모여들었다. 주인과 손님이 여유롭게 공손한 인사를 나누고 나면 민첩하게 자리를 배치하고는 매우 정중하게 모셨다. 사람들은 그들을 신선세계의 신선들의 행렬처럼 바라보았다. 얼마 후에 여러 어른이 연달아 영락제의 조정에서 높은 벼슬을 하였고, 심맹연 역시 찰거대조공거(察擧待詔公車)에 제수되었고, 여러 어른들과 다시 함께 모였다. 이 모임에 초대받은 사람은 청성(靑城) 왕문정공(王文靖公) 왕수(王璲), 춘관아경(春官亞卿) 치암(恥菴) 김공(金公), 이암선생(怡菴先生) 진태사(陳太史, 진계(陳繼)), 몽암(夢菴) 장고사(張高士, 장긍(張肯)), 중서사인(中書舍人) 김상소(金尙素), 계구옹(葵丘翁) 사공소(謝孔昭), 좌면(左綿) 소태수(蘇太守), 구초(臞樵) 심공제(沈公濟), 오산(吳山) 김유칙(金維則), 심맹연 모두 10명이다. 참석하지 못한 사람은 몽암과 유측 두 사람뿐이다. 한편 구초(臞樵)와 계구(葵丘)는 비록 벼슬을 하지 못하였지만 모두 기예를 가지고 있어 궁궐을 출입하고 공경대신들과 거리낌 없이 노닐 었다. 세월이 빨라 40년이 흘렀다. 이전의 어른들은 이미 돌아가셨고, 두 심(沈)만이 80, 90세 노인이 되어 아직 살아계시다. 심맹연은 원(元) 고중영(顧仲瑛)의 옥산아집도(玉山雅集圖)를 보고 심공제에게 "우리 둘이 직접 여러 유학자들과 만나서 아집을 즐겼지만 이제는 다시 할 수 없군요. 비록 할 수는 없어도 가슴속에서 사라진 적이 없습니다. 그대가 나를 위해 그림을 본 떠 그려 주세요."라고 하였다. 심공제는 마침내 그 인물과 광경을 상상하여 그림 속에 옮겨 넣었는데 묘미가 극치를 이루었다. 그리고 '서장아집도(西莊雅集圖)'라 이름 붙였다. 여러 어른들이 눈앞에 있는 것처럼 또렷하였다. 여러 군자의 대략적인 생애를 왼쪽에 적어 후대의 감상자들에게 참고가 되도록 하였다.

長洲沈君孟淵 居東婁之東 地名相城之西莊 其地襟帶五湖, 控接原隰 有亭館 花竹之勝 水雲烟月之娛 孟淵攻書飭行, 郡之庬生碩儒 多與之相接 凡佳景良辰 則招邀於其地 觴酒賦詩 嘲風咏月 以適其適 而衣冠偉如 珮玦鏘如 于于而趨雍雍 而居主賓揖遜之有餘 儀陪臺趨 侍之維謹 人望見之若丹臺紫府仙人之列也 既而羣公相繼而興仕於永樂朝 孟淵亦受察擧待詔公車 復得與諸公肙會焉. 其預於斯會者 則有青城王文靖公, 春官亞卿恥菴金公, 怡菴先生陳太史, 夢菴張高士, 中書舍人金尚素, 葵丘翁謝孔昭, 左綿蘇太守, 臞樵沈公濟, 吳山金維則 與孟淵氏 凡十人焉. 其不至夢菴維則二人而已. 至若臞樵葵丘雖不祿仕 亦皆抱其材藝 出入禁近 邀遊公卿間 流光易邁 今四十年矣 向之諸公今已仙去 惟二沈年皆耄耋而存 孟淵因觀元人顧仲瑛玉山雅集圖 而謂公濟曰自吾與子親接諸儒之雅好 而今不可復得矣 雖不可復得 吾未嘗不往來於懷也. 子其爲我效而圖之 公濟遂想像其人物 與其景趣移入丹青 曲極其妙 題曰西莊雅集圖 儼

然諸公之在目前也 仍疏諸君子之平生大畧於左 後之覽者得考見焉.

【해제】

심맹연(沈孟淵 沈澄, 1376~1463)이 소주(蘇州) 상성(相城)에 위치한 서장(西莊)에서 심공제(沈公濟)·김문(金問)·왕수(王璲)·장긍(張肯)·김현(金鉉, 金文鼎, 1360~1436) 등과 아집을 개최한 바 있다.

심맹연이 40년 전의 아집 장면을 회상하고는 심공제에게 이것을 그려 달라고 부탁하였다. 이 아집에 참석한 대표적인 사람은 왕수(王璲, ?~1425)이다. 왕수의 자는 여정(汝正), 호는 청성산인(青城山人)이며 수령(遂寧, 오늘날 四川 遂寧) 사람인데, 소주에서 활동하였다. 영락제 당시에 한림검토(翰林檢討) 등의 벼슬을 지냈다. 해서와 행서에 뛰어났고 그림을 잘 그렸다. 장긍(張肯, 대략 1398년 전후 생존)의 자는 계맹(繼孟), 오현(吳縣, 오늘날 소주) 사람으로 시문의 품격이 청려하며, 남사(南词)에 능통하였다. ≪몽암집(梦庵集)≫·≪대관록(大觀錄)≫ 등의 저서를 남겼다.

이 글은 두경(杜瓊, 1396~1474)이 심공제의 〈서장아집도〉를 위해 지은 것이다. 두경의 자(字)는 용가(用嘉), 호는 녹관도인(鹿冠道人), 동원선생(東原先生)이며, 소주 사람이다. 그는 동원(董源)에게 산수화를 배웠고, 필법은 왕몽(王蒙)에 가까웠다. 풍격(風格)이 빼어나고 준수하여 오문파(吳門派)를 이끌었고 인물화에 뛰어났다.

【해제】

명대 오문화파를 열었던 심주(沈周, 1427~1509)는 1469년에 〈위원아집도 (魏園雅集圖)〉를 그렸고, 1489년에는 〈명현아집도(名賢雅集圖)〉(대북고궁박물 관(臺北故宮博物院) 소장, 252.9×44.5cm)·〈장행도(壯行圖)〉를 그렸으며, 그리 고 1492년에는 〈전별도(餞別圖)〉를 그렸다. 이 그림은 명칭이 서로 다르 지만 모두 아집도의 범주에 속하는 작품이다.

심주의 자는 계남(啓南), 호는 석전(石田)·백석옹(白石翁)·옥전생(玉田生)· 유거죽거주인(有居竹居主人) 등이다. 소주(蘇州) 사람으로 명대 중기 오파 (吳派)의 창시자이다. 문징명(文徵明)·당인(唐寅)·구영(仇英)과 함께 명사가 (明四家)로 불린다.

당시 오파 화가들은 자신들의 지향하는 바를 확대하기 위해 다양한 아집을 개최하였고, 관련된 시서화를 많이 남겼다. 특히 장행을 위한 전별연 등은 오파들의 아집에 있어서 새로운 소재가 되었다.

〈위원아집도(魏園雅集圖)〉

城市多喧隘	도시는 시끄럽고 답답하니
幽人自結廬	은자는 스스로 오두막을 지었다.
行藏循四勿	네 가지[四勿] 금기를 준수하여 진퇴를 결정하고
事業藉三餘	독서에 근거하여 일을 처리했다.
留客嘗新釀	손님은 새로 담근 술을 맛보고는
呼孫倍舊書	손자를 불러 옛 책을 보태게 했다.
悠悠淸世裏	맑은 세상에서 유유히 사는데
何必上公車	관리의 수레에 오를 필요가 있으랴!
祝顥　축호	

抗俗寧忘世	세속을 거부하느니 차라리 세상을 잊자.
容身且弊廬	이 한 몸 낡은 오두막집이 받아주리.
聲名出吳下	명성은 오 지방에서 출중하고,
風物似秦餘	경치는 진(秦)나라의 유적지와 같다.
畵壁東林贈	동림사 벽 그림 기증하고
銘堂太史書	≪사기≫에서 당호를 취했구나.
雅懷能解榻	정성을 다해 손님을 접대하고
緩步卽安車	느릿느릿 걸어 안락한 수레에 오르자.

侗軒丈命應禎寫高作　公美强予塡空

侗軒丈(祝顥)이 이응경(李應禎)에게 고매한 글씨로 쓰라고 명령하였고,
위창(公美)이 나에게 억지로 (시를 지어) 빈칸을 채우라고 하였다.

青山歸舊隱　청산의 옛 은신처로 돌아가
白首愛吾廬　늙도록 내 오두막집을 사랑하였다.
花落晚風外　저녁 바람 너머로 꽃이 떨어지고
鳥啼風雨餘　비바람 속에 새 울음소리가 맴돈다.
瀨添中後酒　여울물을 보태 남은 술을 걸러 내고
倦掩讀殘書　문을 닫고 남은 책을 읽었다.
門徑無塵俗　대문 앞길에 세속의 때를 없애려는데
時來長者車　수시로 관리의 수레가 당도한다.

練川陳述爲公美賢契題

연천(練川) 진술(陳述)이 공미(公美)의 현자 모임에서 시를 짓다.

故人棲息處　친구가 거처하는 곳은
花裏一茅廬　꽃밭 속의 초가 오두막이로다.
地僻塵無到　궁벽한지라 세속의 먼지가 묻지 않고
身閒樂有餘　육신이 한가로우니 즐거움이 넘친다.
芙蓉池上石　부용화 핀 연못가의 돌 위에
蝌蚪壁間書　올챙이 같은 옛 글씨를 썼다.
我爲耽幽賞　내가 깊이 감상에 빠져 있는데
時來駐小車　때에 맞추어 조그만 수레가 서 있구나.

彭城 劉珏

팽성 유각

擾擾城中地　소란스런 성안에
何妨自結廬　스스로 오두막집을 꾸린들 어떠랴.
安居三世遠　삼대 넘게 편안하게 살았고
開圃百弓餘　백고랑 남짓 채마 밭을 개간했다.

僧授煎茶法　스님은 차 끓이는 법을 전수하고

兒鈔種樹書　시동은 나무심기 책을 베낀다.

尋幽知小出　숨을 곳을 찾으면 외출이 줄어들 줄 알았는데

過市印巾車　저자를 지나니 수레 자국이 찍혀 있구나.

　　沈周　심주

魏氏園池上　위씨(魏氏)의 원림에

重來非舊廬　다시 와 보니 옛 오두막집이 아니로다.

松添五尺許　소나무는 다섯 자 남짓 더 컸고

堂構十年餘　집을 지은 지 십여 년이 되었다.

不貴連城璧　겹겹이 쌓은 성벽을 귀하게 여기지 않고

惟耽滿架書　오직 서가에 가득한 책에 빠져 있다.

諸公皆駟馬　여러 선생 모두 네 필 말 타고 왔는데,

老家一柴車　낡은 집에는 땔감 수레 하나뿐이로다.

　　　　　　　　　　　　　桐邨老板 周鼎

　　　　　　　　　　　　　동촌 노판 주정

邂逅集群彦　여러 명사들이 모여 해후하니

衣冠充弊廬　선비들이 낡은 오두막을 가득 메웠다.

青山供眺外　청산 너머를 함께 바라보노니

白雲倡酬餘　노래 여운이 흰 구름에 감돈다.

興發空尊酒　흥이 발동하여 술 단지를 비우거나

時來閱架書　때때로 서가의 책을 펼친다.

出門成醉別　문을 나서 취한 채로 이별하였으니

不記送高車　관리의 수레를 전송한 기록이 없구나.

〈위원아집도기(魏園雅集圖記)〉

위창(魏昌)

성화(成化) 기축(己丑, 1469) 겨울 12월 10일, 완암(完庵) 유첨헌(劉僉憲), 석전(石田) 심계남(沈啓南)이 우리 집을 지나게 되었다. 마침 동헌(侗軒) 축공(祝公), 정헌(靜軒) 진공(陳公) 두 참지정사(參政)와 가화(嘉禾) 주의방(周疑舫)이 모임에 추가로 도착하여 함께 술을 마셨다. 술에 취해 흥이 나자 정헌(靜軒)이 시를 한 수 지었고, 여러 사람이 화창하였다. 석전(石田)은 또 그림을 그리고 그 위에 시를 썼다. 손님들로 인하여 초라한 오두막집이 환하게 빛이 났다. 나 자신이 담비 꼬리를 대신할 개 꼬리임을 헤아리지 못했지만, 자손에게 전하여 여러 인사들의 고매한 뜻을 잊지 않도록 하련다. 오문(吳門) 위창(魏昌).

> 成化己丑冬季月十日, 完庵劉僉憲, 石田沈啓南過予. 適侗軒祝公, 靜軒陳公二參政, 嘉禾周疑舫繼至相與會酌. 酒酣興發, 靜軒首賦一章, 諸公和之. 石田又作圖寫詩其上,蓬篳之間, 爛然有輝矣. 不揣亦續貂其後, 傳之子孫, 俾不忘諸公之雅意云. 吳門魏昌.

【해제】

〈위원아집도〉는 심주가 그렸다. 명 성화(成化) 기축(己丑, 1469)에 위창(魏昌)이 자신의 원림 위원(魏園)에서 아집을 개최하고 그 광경을 묘사하였다. 그림의 상단에 상하 두 단이 시로 메워져 있다. 그 상단에는 우측부터 축호(祝顥) 등의 시가 좌측으로 배치되어 있고, 하단에는 우측부터 좌측으로 진술(陳述)·유각(劉珏)·심주(沈周)·주정(周鼎)·그리고 주인 위창의 시와 기문이 배치되어 있다. 실제 그림 속에 묘사되어 있는 사람은 모두 6명이다. 정자 안에는 4명이 앉아 있고, 한 명이 늦게 모임에 당도하고 있다. 시동 1명이 시중을 들고 있다. 제화시 속에 거명된 사람 중에서 이응정(李應禎)은 모임에 참가했지만 시를 남기지 않았다. 그가 명대의 저명한 서예가라는 사실을 감안할 때, 그는 그림 상단의 일부 시를 붓글씨로 쓰는 일을 담당했을 가능성이 있다.

위창 자신은 당시 아집에 참여하였던 명사들과 어깨를 나란히 할 수는 없다고 말하였다. 자신의 집을 찾아온 손님들로 인하여 초라한 집이 환해졌다고 했다. 자신의 수준은 담비 꼬리를 대신하는 개 꼬리 정도라고 했으니, 당시 명사들의 높은 수준을 익히 알 수 있다. 이들은 시를 짓고 화창을 하였다고 하였고, 그림을 그리고 나서 그 위에 이 시를 썼다고 하였다.

〈명현아집도(名賢雅集圖)〉

金閶流水清如玉,	금창정(金閶亭)의 흐르는 물은 옥처럼 맑고
楊柳千條萬條綠	수많은 버들가지는 온통 푸르다.
畫舫勞勞送客亭,	화방선은 부지런히 손님을 정자로 나르니,
勾吳人去官巴蜀	오(吳) 지방 사람이 파촉의 관리로 떠난다지.
巴蜀東南樊道開,	파촉 동남 지역에 복도(樊道)가 열렸고,
專好路鑿巓崖腹	가파른 절벽 사이로 길이 뚫려 아주 좋아졌다.
不知置郡幾何年,	고을이 언제 설치되었는지 모르지만
卽敍西戎啓荒服	서융의 서주로 부임하여 변방 지방을 개척한다지.
太守嚴程五馬裝,	태수는 촉박한 일정 때문에 오마차를 준비하고
山人尺素雙江景	산 사람이 두 강의 풍경을 화폭에 그렸다.
草色官橋從者行,	관리가 지나는 푸른색 다리로 수행자가 따르고
花時祖帳靑樽飮	꽃 피는 시절 송별연을 열어 푸른 단지 술을 마신다.
碧樹遙遙留客情,	아득히 멀리 푸른 나무가 떠나는 사람의 마음을 붙들고
靑山疊疊征帆影	첩첩 푸른 산이 먼 길 떠나는 배에 그림자를 드리운다.
此地居然風土佳,	이 땅은 정말 풍광이 아름다워
文人仕宦堪高枕	문인 관리들이 숨어 살기 그만이지.
欣際聖人御世眞,	성군의 진정한 통치를 흠모하며 맞이하고
成康相遇更相親	태평성대를 만나 서로 아주 다정해졌다.
瞿塘劍閣豈憚遠,	구당협과 검문각이 어찌 멀다고 꺼리랴,
出門萬里皆康莊	문 밖 만 리가 모두 사통팔달의 대로이구나.
雖爲邊郡二千石,	비록 변방은 까마득히 먼 곳이지만.

徑過黑水臨靑羌　　흑수(黑水)를 지나면 청강(靑羌)에 이른다.

去國豈言親故宦　　도성을 떠난다고 어찌 친구와 멀어진다고 말하랴.

還家詎使鬒毛蒼　　집으로 돌아오면 귀밑머리가 푸른빛으로 변하리.

射瀆千帆估客船，　사독(射瀆) 포구의 수많은 돛단배는 손님을 맞이하고

虎邱依舊靑如黛　　호구(虎邱)는 여전히 검푸르다.

縑墨塗成發浩歌，　장폭의 그림 속에 이별의 노래를 부르니

一天詩思江山外　　온종일 시상이 강과 산 밖으로 흐른다.

　돈암(遯菴) 오유(吳愈, 1443~1526)가 남경형부낭중(南京刑部郎中)·남사구(南司寇)를 거쳐 홍치(弘治) 3년 조서를 받고 배속의 추천을 받았다. 장차 파격적인 승진을 기다리고 있었으나, 조서가 미처 도착하기 전에 서주(敍州) 태수로 임명되었다. 이미 인사 명령을 받았지만, 서주는 험하고 또한 멀었다. 공만은 그렇게 생각하지 않았다. 우리 고향 여러 군자들이 호구에서 전별연을 벌여 시를 짓고 그림을 그려 그의 장도를 축원하였다. 돈암은 나(沈周)에게 그림을 부탁하였고 채림옥(蔡林屋) 이하 도남호(都南濠)·양남봉(楊南峰)·주대리(朱大理)·팽용지(彭龍池)·원서대(袁胥臺)·당육여(唐六如)·오포암(吳匏菴)·심석전(沈石田)·문형산(文衡山)·왕유실(王酉室)·서천전(徐天全)·축지산(祝枝山) 등 13명이 한때의 아름다움을 기록하였다. 홍치(弘治) 기유(己酉) 3월 17일. 장주(長洲) 심주(沈周).

　吳子遯菴, 由南京刑部郎中, 南司寇用弘治三年詔書, 得薦其屬. 將待以不次, 疏未達而命守敍州. 旣嘗調. 敍又險且遠, 公獨不以爲意. 吾鄕諸君子共爲之薦, 幷賦言以壯其行. 遯菴屬周寫長幅. 自蔡林屋以下 都南濠, 楊南峰, 朱大理, 彭龍池, 袁胥臺, 唐六如, 吳匏菴, 沈石田, 文衡山, 王酉室, 徐天全, 祝枝山. 十有三人, 以紀一時之勝云. 弘治己酉三月十有七日. 長洲沈周.

【해제】

명 홍치(弘治) 기유(己酉, 1489) 3월 17일, 오유(吳愈)가 서주(叙州) 태수로 발령을 받자 오문(소주(蘇州))의 친구 일행 13명이 환송회를 열어 시를 짓고, 심주가 그림을 그렸다. 〈명현아집도〉는 채림옥(蔡林屋), 도남호(都南濠), 양남봉(楊南峰), 주대리(朱大理), 팽용지(彭龍池), 원서대(袁胥臺), 당육여(唐六如), 오포암(吳匏菴), 심석전(沈石田), 문형산(文衡山), 왕유실(王酉室), 서천전(徐天全), 축지산(祝枝山) 등 13명이 참가한 아집 장면을 그린 것이다.

당시 오문 지방의 명망 있는 문인 사대부 대부분이 참석하였다. 국가의 부름을 받고 멀고 먼 서주 땅으로 떠나는 동지의 장도를 축하하고 있다. 이 글은 당시 오문 사대부들의 국가에 대한 책임감과 함께 그들의 높은 정신세계에 대한 자부심을 표현하였다.

이 그림은 ≪석거보급속편(石渠寶笈續編)≫ 제1책 402쪽과 ≪고궁서화록(故宮書畵錄)≫ 권5 제3책 320쪽, ≪고궁서화도록(故宮書畵圖錄)≫ 제6책 201~202쪽에 수록되어 있다.

이 그림과 주제가 동일한 〈장행도〉라는 그림이 있다. 아마도 심주가 같은 주제를 가지고 두 개의 그림을 그린 것이 아닌가 추측된다. 청대 시인 오위업(吳偉業)의 시 〈경강송원도가(京江送遠圖歌)〉도 심주의 이 문장과 일부 비슷하다. 오위업은 서주로 떠났던 오유의 증손자이다.

〈전별도(餞別圖)〉(1492)

題識 :

偶合故人語,	우연히 옛 친구와 만나 대화하면서
仍嗟歲月流.	세월이 유수와 같다고 한탄하였다.
老懷雙鬢短,	짧았던 두 귀밑머리와
秋水萬家浮.	가을 물에 떠 있던 수많은 집이 늘 생각난다.
既醉還呼酒,	이미 취했는데 다시 술을 시키고
欲開頃倚舟.	떠나려 하면서도 배에 비스듬히 기댄다.
江湖今日患,	강과 호수에 오늘의 금심이 어려 있으니
知去遠心留.	멀리 떠나도 미련이 남는 것을 알겠다.

홍치 임자 9월 9일, 궁유(宮諭) 왕 선생이 장차 부임하려고 하자, 문태복(文太僕)이 잔치를 열었다. 그래서 궁유와 태호(太湖)를 지나면서 화답하며 지은 시를 이 그림에 붙여 선물로 준다. 심주(沈周)

弘治壬子九月九日, 宮諭王先生將行, 文太僕作餞. 因和宮諭過太湖之作,
圖送之, 沈周.
鈐印: 啓南

題跋:

久別江湖遠. 강호 멀리 긴 이별을 하노니

相思歲月流. 서로의 그리움은 세월 따라 흐른다.

醉憐今夕餞 술에 취해 오늘 저녁 전별이 애석하고

老覺此生浮. 늙으니 이 삶이 허무하구나.

好去登瀛客 과거에 급제하길 좋아하지만

聊藏夜壑舟 세상은 쉬지 않고 변하는 걸.

更殘情未極 더욱이 남은 감정 끝이 나지 않는데

豈爲酒淹留. 어찌 술 때문에 잠시 머무르겠는가?

文林 鈐印: 宗儒

衣冠仍列坐, 사대부가 줄지어 앉으니

不減晉風流. 진(晉)나라 풍류객 못지않구나.

峻嶺圖中入, 큰 고개 그림 속으로 들어오고

重湖檻下浮. 두 호수가 난간 아래 떠 있다.

不妨傾斗酒, 말술을 기울인다면

更爲繫扁舟. 일엽편주를 다시 묶어 매도 무방하리.

當日懷人者, 옛날 멀리 떠난 사람을 그리워하는 자는

誰知恨久留. 누가 알았으랴, 오래 머무는 것을 싫어할 줄.

　　제지(濟之) 궁유(宮諭)가 강남 고시관으로 가는 편에 소주를 지나게 되면서, 친구와 수십 일을 머무르게 되었다. 이것은 심주가 문태복의 잔치 자리에서 선물로 준 시화(詩畵)이다. 시 한 수를 화답하여 나에게 보여준 것은 시를 지어 말미에 붙이라는 의도였다고 한다. 오관(吳寬)

濟之宮論以主試南闈之便道過吳中, 與親友留連者累旬. 此則沈石田于
文太僕席上所贈詩畫也, 因和一首以見予意于末聯云, 吳寬. 鈐印: 原博.

簽條: 沈石田餞別圖

【해제】

전별은 '송별(送別)'을 의미한다. 이것은 명나라 오문화파의 보편적인
그림 소재였다. 이 그림을 통해 당시 문인들의 생활과 정신세계를 엿볼
수 있다. 1492년 9월 왕오(王鏊)를 위한 전별 자리가 열렸다. 낙관에 쓰인
'궁유왕선생(宮諭王先生)'은 왕오(王鏊)를 말한다. 왕오의 자(字)는 제지(濟
之)이고 소주 사람이다. 함화(咸化) 11년(1475년) 진사가 되었고, 관직은 호
부상서(户部尚書)에 올랐다. 당시 왕오는 오관(吳寬)과 함께 응천부(應天府)
강남향시(江南鄉試)의 주관자로 부임 도중 소주를 지나게 되었다. 문징명
(文徵明)의 아버지인 문림(文林)이 이들을 위해 전별연을 베풀었고 심주가
이 자리에서 시를 짓고 그림을 그려 주었다.

문림은 성화(成化) 8년(1472년) 진사가 되어 온주태수(溫州太守)를 지냈
다. 오관(吳寬)은 자가 원박(原博)이고 소주 사람이다. 성화 8년 진사과
장원으로 예부상서에 이르렀다. 시와 글씨가 뛰어났다.

당시 심주는 66세였다. 그는 완숙한 화풍으로 석별의 감정을 표현하였
다. 이 그림은 ≪홍두수관서화기(紅豆樹館書畵記)≫ 卷八에 수록되어 있
다.

〈분국유상도(盆菊幽賞圖)〉

심주(沈周)

盆菊幾時開,　화분의 국화가 언제 피었지?
須憑造化催.　분명 조물주가 재촉했으리라.
調元人在座,　재상께서 자리에 참석하여
對景酒盈杯.　경치를 대하면서 잔에 술을 가득 채웠다.
滲水勞僮灌,　물이 스며들면 동자에게 물주기 시키고
含英遣客猜.　꽃 봉우리가 맺히면 손님에게 알아맞추게 하였다.
西風蕭霜信,　서풍이 불어 스산한 서리 소식이 들리니
先覺有香來.　먼저 깨어나 향기를 풍긴다.

長洲沈周次韻并圖　장주 심주가 차운하고 그림을 그리다.

圖中生面開　그림 속에 새로운 장면 펼쳐지고
秋意鎭相催　온종일 가을의 의지를 재촉한다.
籬下香盈把　울타리 아래에 국화 향이 가득하고
霜前酒當杯　서리 내리기 전에 술잔에 담기리.
畫詩皆可入　그림과 시를 모두 그려 넣을 수 있으니.
蜂蝶豈容猜　벌과 나비가 어찌 의심하랴.
展卷清吟處　그림을 펴고 맑은 노래 부르던 곳
重陽得得來　중양절에 오게 되었구나.

乾隆御題 卽用卷中原韻　건륭이 그림 속의 원운을 이용하여 노래하다.

【해제】

이 그림은(23.4×316.2cm) 현재 요령성박물관에 소장되어 있다. 마당이
달린 초정에서 활짝 핀 국화를 구경하는 장면을 그린 그림이다. 건물
안에는 3명이 마주보고 술을 마시고 있고, 시동 하나가 술 단지를 들고
서있다. ≪석거보급속편≫에 기록이 보인다.

〈품차도(品茶圖)〉

문징명(文徵明, 1470~1559)

碧山深處絶塵埃,	푸른 산 깊은 곳은 세속과 단절되었고
面面軒窓對水開.	사방의 큰 창이 물길을 향해 열려 있다.
穀雨乍過茶事好,	곡우가 막 지나 차 마시기 좋은데,
鼎湯初沸有朋來.	솥의 물이 막 끓자 친구가 찾아왔다.

명(明), 문징명(文徵明), 〈혜산차회도(惠山茶會圖)〉

【해제】

이 그림은 문징명이 그린 것이다. 명 가정(嘉靖) 신묘년(辛卯年)에 친구와 차를 마시는 장면을 그렸다. 속세와 격리된 푸른 산 속 초가에 주인과 손님이 사방으로 탁 트인 창가에서 물을 바라보며 차를 마시고 있다. 차를 마시는 장면이 매우 그윽한 경치를 나타낸다. 이 그림은 대만고궁박물원에 소장되어 있다.

명(明), 문징명(文徵明), 〈품차도(品茶圖)〉, 대만고궁박물원(臺灣故宮博物院)

〈갑신십동년도시서(甲申十同年圖詩序)〉

이동양(李東陽, 1447~1516)

〈갑신십동년도(甲申十同年圖)〉 1권은 나와 같은 해 진사(進士)가 되어 조정에 있는 9명과 남경(南京)에서 사신으로 온 1명이 태자태보 형부상서(太子太保刑部尙書) 오흥(吳興) 민공(閔公) 조영(朝瑛)의 집에서 모였을 때 그린 것이다. 그림은 세 부분으로 나누어진다. 그림의 처음부터 보기로 하자. 광대뼈가 튀어나오고 수염이 많으며 수염은 강하고 반백이며 소매 머리가 우측을 향하고 모로 앉은 사람은 남경호부상서(南京戶部尙書) 안왕공(安王公) 용경(用敬)이다. 가는 수염에 머리카락이 히끗히끗하며 양쪽 어깨가 새처럼 솟아 있고 등에 짐을 진 듯이 가운데 앉은 사람이 이부좌시랑(吏部左侍郞) 필양(泌陽) 초공(焦公) 맹양(孟陽)이다. 가는 수염에 하얀 귀밑머리가 많고, 치렁치렁하여 빗이 들어가지 않으며 안면 뼈가 울퉁불퉁하게 일어나 있고 왼쪽을 향해 앉아 반은 열려 있고 반은 닫혀 있으며 책 한 권을 오른손으로 들고 있는 사람이 예부우시랑장국자좨주사(禮部右侍郞掌國子祭酒事) 황암(黃巖) 사공(謝公) 명치(鳴治)이다. 또 한 조가 있다. 가는 수염에 얼굴이 붉고 웃을 때 이를 드러내려고 하며 왼손은 허리띠를 잡고 좌측을 향해 앉은 사람이 공부상서(工部尙書) 빈주(彬州) 증공(曾公) 극명(克明)이다. 호랑이 머리에 각진 얼굴, 눈이 크고 똑바르며 가는 귀밑머리와 수염이 희고 길며, 왼손으로 수패(手牌)를 쥐고, 오른손으로 허리를 잡고 가운데 앉아 있는 사람이 민공(閔公)이다. 흰 수염이 달린 배같이 하얀 얼굴에 늙은 주름이 있고 양손에 허리띠를 쥐며, 가운데 오른쪽에 앉은 사람이 공부우시랑(工部右侍郎) 태화(泰和) 장공(張公) 시달(時達)이다. 수염이 없고 붉은 얼굴에 어깨가 솟아 있고 팔짱을 끼고 단정하게 앉아 왼쪽을 바라보는 사람은 도찰원좌도어사(都察院左都御史) 부양(浮梁) 대공(戴公) 정진(廷珍)이다. 또 한 조는 호부우시랑(户部右侍郎) 익도(益都) 진공(陳公) 염부(廉夫)이고, 얼굴이 조금 길고 또한 붉으며 눈썹이 짙고 수염이 반백이고 조금 오른쪽을 향해 앉은 사람은 병부상서(兵部尚書) 화용(華容) 유공(劉公) 시옹(時雍)이다. 얼굴이 조금 각지고 길며 수염과 귀밑머리가 하얗고 왼손으로 허리띠를 잡고 오른손으로 무릎을 쓰다듬으며 가운데 앉아 있다. 나는 얼굴이 조금 길고 여위었으며 콧수염이 하얗고 중간 끝에서 약간 우울해 보이며 오른손으로 두루마리 하나를 들고 마치 임명장을 주는 것 같이 왼쪽을 향해 앉아 있는 그림의 가장 마지막 사람이다. 화가는 10명 모두를 대면하여 모습을 보고 형체와 태도를 개략적으로 처리하였다. 초공(焦公)은 남국(南國)으로 사신을 가서 모임에 참석하지 못하였고 미리 옛 그림에 남아 있는 것을 가져온 것이기 때문에 겨우 반만 알 수 있다. 이날 사공(謝公)이 시를 읊조리자 우리 8명이 모두 화창하였다. 초동 역시 돌아가서 화창하였다. 인물이 다르게 전달되는 것은 사물의 속성 때문이다. 10은 수의 완성이면서 또한 수의 상징이다. 우리 10명이 급제한 후 40여 년이 되었으니 정말 적지 않은 수이다. 그러나 250명 중의 20분의 1도 못 되니 또한 많다고도 할 수 없다. 나이로 따지자면 민공(閔公)이 74세이고, 장공(張公)이 두 살 적으며, 증공(曾公)이 또 두 살 적고, 서·초(謝·焦) 두 공이 또 한 살 적으며, 유(劉)·대(戴)·진(陳)·왕(王) 네 공이 또 차례대로 1살씩 적고 내가 동년 중에서 가장 어려서 57살이지만 이미 쇠약하였다. 옛날 젊고 장년이었을 때를 추억하다가 갑자기 만나니 모르는 사람과 같다. 지역과 성씨를 가지고 따지자면 같은 사람이 없다. 관직은 육부(六部)와 도찰원(都察院)이고 관청과 직위는 모두 같지 않다. 같지 않다고 말하는 것이 이것이다. 의지에 따라 힘써 일하고 각자 맡은 일을 장악하여 국가의 정치적 교화를 찬양하며 국가 융성과 평화에 기여하는 것은 같지 않은 적이 없다. 사람의 마음은 그 얼굴만큼 모두 다르다는 말이 있으니, 지금은 본래 외모를 가지고 따질 것 없이 또 관직·나이·본관으로 말하는 것으로 충분하다. 공자는 완성된 인간을 평가하면서 요직에 오래 있으면서도 이전의 약속을 잊지 않는 것을 차선으로 삼고, 겸손[廉]·지혜[智]·용기[勇]·재주[藝]·예악을 통한 조화를 최고의 경지로 삼았다. 이 아홉 사람의 재주와 행동은 이 모든 것을 융합한 것이다. 이들은 국가에 큰 공적을 쌓았는데, 오직 나만 아둔하여 이들과 비슷하지 못하다. 이제 명성과 실제가 부합되지 못하는 것을 두려워하고 있다. 이 마음을 감히 감당할 수가 없다. 그러니 오늘의 모임이 어찌 겨우 이합집산을 잠시 고려하거나 세상의 평가에 대비한 것이랴!

당나라 향산구로회, 송나라의 회양오로회는 모두 퇴직 후에 시를 노래하고 연회를 벌였다. 지금 10명은 모두 국사를 책임지고 있음으로 그 시가 평화롭고 여유로워 마치 주어진 일을 열심히 하겠다는 의지가 담겨 있는 것 같다. 나중에 공적이 이루어지고 몸은 물러나 각자 자기 고향으로 돌아가면 시를 읊을 틈이 없을 것이다. 태평성대를 노래하여 이전 왕조의 고사를 계승하면 이 시는 반드시 감정과 의지가 담기지 않을 수 없다.

이런 까닭에 마침내 서문을 지어 각각의 집안에 보관하였다. 민공의 이름은 규(珪), 장공의 이름은 달(達), 증공의 이름은 감(鑑), 사공의 이름은 탁(鐸), 초공의 이름은 방(芳), 유공의 이름은 대하(大夏), 대공(戴公)의 이름은 산(珊), 진공의 이름은 청(清), 왕공의 이름은 식(軾)이다. 지금 각각의 이름을 열거한다. 나는 태자태보호부상서(太子太保户部尚書) 겸 근신전대학사(謹身殿大學士) 장사(長沙) 이동양(李東陽)으로 손님이다. 천순(天順) 8년에 진사가 되었고, 홍치(弘治) 16년 계해 3월 25일에 모임을 개최하였으며, 하루가 지나 서문을 지은 것이다.

甲申十同年圖一卷, 蓋吾同年進士之在朝者九人, 與南京來朝者一人, 而十會于太子太保刑部尚書吳興閔公朝瑛之第而圖焉者也. 圖分爲三曹, 自卷首而觀, 其高顴, 多髯, 髯强半白, 袖首右向而側坐者爲南京戶部尚書公安王公用敬. 微鬚, 髮頒白, 鳶肩高聳, 背若有負而中坐者爲吏部左侍郎泌陽焦公孟陽. 微鬚多鬖白, 毿毿不受櫛, 面骨棱層起, 左向坐, 右手持一冊, 冊半啓启閉者爲禮部右侍郎掌國子祭酒事黃巖謝公鳴治. 又一曹, 微鬚赤面, 笑齒欲露, 左手握帶, 左向而坐者, 工部尚書彬州曾公克明. 虎頭方面, 大目豊准, 鬚髯微白而長, 左手携手牌, 右握帶中坐者閔公也. 白鬚梨面, 面老皺, 兩手握帶, 中右坐者工部右侍郎泰和張公時達. 無鬚赤面, 聳肩袖手而危坐且左顧者, 都察院左都御史浮梁戴公廷珍. 又一曹, 爲戶部右侍郎益都陳公廉夫者, 面微長且赤, 眉濃, 鬚半白, 稍右向而坐. 爲兵部尚書華容劉公時雍者, 面微方而長, 鬚鬖皓白, 左手握帶, 右手按膝而中坐. 予則面微長而臞, 髭數星白, 且盡中若有隱憂, 右手持一卷若授簡狀, 坐而向左, 居卷最後者是也. 十人者皆畫工面對手貌, 槪得其形骸意態, 惟焦公奉使南國弗及會, 預留其舊所圖者而取之, 故僅得其半而已. 是日謝公倡爲詩, 吾八人者皆和, 焦公歸亦和焉. 傳有之物之不齊, 物之情也. 十者數之成, 而亦數之漸. 以吾十人者, 得之于四十年之餘, 良不爲少, 然以二百五十人者, 而不能二十之一, 則謂之多亦不可也. 以年論之, 閔公七十有四, 張公少二歲, 曾公又少二歲, 謝・焦二公又少一歲, 劉・戴・陳・王四公又遞少一歲. 予于同年爲最少, 今年五十有七, 亦已就衰. 追憶往時之少者·壯者,使猝然而逢之, 若不相識也. 其以地以姓論之, 無一同者. 以官則六部之與都察院, 其署與職亦莫能以皆同, 蓋所謂不齊者如此. 然據志效力, 各執其事, 以贊揚政化, 期弼天下于熙平之域, 則未始不同. 語有之, 人心不同有如其面, 今固不可以貌論也, 又而爵齒族里之足云乎. 孔子論成人以久要不忘爲次 而廉·智·勇·藝·文之禮樂者爲至. 玆九人者之才之行, 彙征類聚, 建功業于天下, 固將以大有成. 惟予蹇劣無似, 方懼名實之不副, 而是心也, 不敢以相負也. 然則今日之會, 豈徒爲聚散離合時考而世講之具哉. 唐九老之在香山, 宋五老之在睢陽, 歌詩燕會皆出于休退之後. 今吾十人者皆有國事吏責, 故其詩于和平优裕之間, 猶有思職勤事之意. 他日功成身退, 各歸其鄉, 顧不得交倡迭和鳴太平之盛以续前朝故事, 則是詩也, 未必非寄情寓意之地也. 因猝而序之, 以各藏于其家. 関公名珪, 張公名達, 曾公名鑑, 謝公名鐸, 焦公名芳, 劉公名大夏, 戴公名珊, 陳公名清, 王公名軾, 今各以字擧, 而予則太子太保戶部尚書兼謹身殿大學士長沙李東陽賓之也. 進士擧于天順之八年, 會則于弘治十六年癸亥三月二十五日, 越翼日乃序.

〈갑신십동년회도발(甲申十同年會圖跋)〉

왕세정(王世貞, 1526~1590)

명나라 인재의 홍성하면 유독 효종 당시를 지칭하고, 효종의 여러 대신 중에서 또 유독 갑신년(甲申年)을 지칭한다. 진사에 합격한 사람 가운데 유충선(劉忠宣, 劉大夏)·대공간(戴恭簡, 戴珊)·이문정(李文正, 李東陽)·사문숙(謝文肅, 謝鐸)·왕양민(王襄敏, 王軾)·장의공(莊懿公, 閔珪) 등은 안팎으로 이름을 날렸고, 황제를 보좌하는 자리에서 충성과 보필로 명성이 높았다. 기타 부류 역시 청렴하고 수양하길 좋아하는 인사였지만 유독 초방(焦芳)만 아둔했을 뿐이다. 향산(香山)과 낙사(洛社)의 노인들이 재야에 있지 않고 조정에 있었기 때문에 효종의 뛰어난 지혜를 엿볼 수 있었다. 일시에 빛나는 인물은 사람들의 부러움을 샀지만 쉽사리 얻을 수 없으니 삼가 여기서 관람하노라.

明興人才之盛獨稱稱孝廟時, 而孝廟諸大臣又獨獨稱甲申, 成進士者中間如劉忠宣(劉大夏·戴恭簡(戴珊)·李文正(李東陽)·謝文肅(謝鐸)·王襄敏(王軾)及莊懿公(閔珪),皆揚歷中外, 位承弼着篤棐聲, 其它類亦廉潔好修之士, 僅一焦泌陽(焦芳)篤耳. 以香山洛社之耆俊不在野而在朝, 固可以仰窺孝廟如神之智. 其一時景物光彩爲人所艶羨而不可得者, 僅此在覽之.

〈유씨장갑신십동년회도(劉氏藏甲申十同年會圖
: 유씨가 소장하고 있는 십동년회도)〉

왕세정(王世貞)

내가 본 ≪갑신십동년회도(甲申十同年會圖)≫는 모두 3권이다. 한 권은
대사도(大司徒) 익도(益都) 진공(陳公)의 집에 있고, 한 권은 태보(太保) 오흥
(吳興) 민장의공(閔莊懿公) 집에 있으며, 또 한 권은 태보(太保) 화용(華容)
유충선공(劉忠宣公) 집에 있다. 그 서문은 모두 태사(太師) 장사(長沙) 이문
정공(李文正公)이 손수 쓴 것이다. 이(李) 공은 주인과 여러 손님이 맺고
있는 관계를 시를 지어 읊었으며 또한 다른 사람을 대신하여 이 그림에
글씨를 썼다. 홍치(弘治) 계해(癸亥)에서 만력(萬曆) 기축(己丑)까지는 아마
도 87년이 될 것이다. 새로 난 물소 뿔로 만든 피리같이 올망졸망한 두건
의 청자색이 반짝인다. 인물의 정신적 모습과 용모는 생기가 넘쳐난다.
시험 삼아 한 가지를 묻는다. 경건하게 앉아 즐겁게 식사하는 자가 한림
학사 이문정공(李文正公)의 홀가분한 휴식인가? 아니면 유충선(劉忠宣)·대
공간(戴恭簡)이 황제의 하문을 직접 받든 뒤인가? 민장의공(閔莊懿公)이 황
제의 법률 적용에 항거하고 뜻을 완수한 것인가? 왕양민(王襄敏)이 촉 지
방의 외적[蜀寇]을 평정하고 개선한 것인가? 사문숙(謝文肅)이 아악을 읊조
리는 한가한 시간인가? 그 사람은 물론이고 그 시간을 낼 수 없으면 그
행사를 개최할 수 없으니 다시는 불가능한 것이다. 불초 왕세정은 정미
(丁未)에 급제한 지 이제 43년이 되었다. 함께 급제한 두 태사와 한 태보
는 이미 서거하셨고 지금 조정에는 겨우 네 분이 계시다. 만약 세 재상이

평안하셨더라면 하늘의 귀한 신 태을(太乙)과 꼭 같았을 것이다. 기꺼이 말석에 앉아 집정대신들과 더불어 교류하려고 하는 이문정(李文正: 李東陽)과 같은 사람이 아닌가? 그는 글씨를 쓰는 역할을 마다하지 않고 집정대신들을 위하여 아홉 번이나 시와 같은 글을 쓰지 않던가? 아아! 불초 왕세정은 세 가지로부터 감흥을 받아야 하는 것이 마땅하지만 이것이 안 된다. 이 모임은 낙양 기영회와 거의 비슷하다. 아마 홍치(弘治: 명 효종)와 희령(熙寧: 북송 神宗)을 동일시하는 것은 지나치지만, 유충선(劉忠宣)은 사마광(司馬文正)·구양수(富文忠)와 어깨를 나란히 한다고 할 수 있다. 지금 유충선의 후인이 되어 몇 분과 비교하여 이 글을 쓴다. 잠시 주인을 흠모하는 마부의 마음으로 말한다.

≪甲申十同年會圖≫ 余所見凡三本, 一本于大司徒益都陳公家, 一本于太保吳興閔莊懿公家, 一本于太保華容劉忠宣公家. 其序皆太師長沙李文正公手書, 而公所賦詩視諸公獨夥, 又多代人書此圖, 自弘治癸亥至萬曆己丑, 蓋八十有七年矣. 而衣蒶猶若新犀玉參差, 靑紫輝映, 神觀眉宇, 奕奕有生氣. 試一指問之, 其師師而坐·衎衎而食者, 將李文正揮灑內制之暇乎? 抑劉忠宣·戴恭簡親承天問之後乎? 閔莊懿抗闕三尺而得遂志者乎? 王襄敏平蜀寇而旋凱者乎? 謝文肅講誦弦歌之餘暴乎? 無論其人, 不可作其時, 不可遘而其事, 亦不可再. 不佞貞 叨第丁未于今, 四十三年矣, 同榜二太師·一太保已前逝, 今在朝者僅四人, 藉令三相君亡羞沉, 嚴若太乙貴神, 其肯甘末坐以與諸卿佐周旋, 若李文正者哉? 其肯不厭筆札之役, 爲諸卿佐九書其文若詩者哉? 嗟嗟, 宜不佞貞之有感于三, 不可也, 此會比洛中耆英差彷佛, 而弘治之視熙寧殆過之, 劉忠宣可伯仲司馬文正·富文忠. 今爲忠宣之後人, 比部君書此, 聊寓執鞭之慕云.

≪弇州四部續稿≫ 一百六十九

〈제십동년도차제공운(題十同年圖次諸公韻)〉 일부1)

유충선(劉忠宣)

(1)

早同匯進晩相親, 일찍이 함께 급제하여 늙도록 서로 친했지만

曉露晨星尚十人. 오랜 성상을 거치니 겨우 열 명이 남았구나.

許國共憐青眼*舊, 국가에 몸 받쳐 함께 걱정하여 오래 존중을 받았으니,

論戈誰謂白頭新. 흰 머리가 되었어도 서먹서먹하다고 누구 말했더냐

極知盛顯曾唐宋, 당송(唐宋)의 찬란한 문화를 분명하게 알지만,

敢說科名又甲申. 감히 과거(科擧)는 역시 갑신년이 유명했다고 말하리

珍重少年黃閣老**, 진중했던 소년이 재상이 되었으니

揮毫摹寫意俱眞. 붓을 놀려 진실이 담긴 모습을 그려본다.

* 青眼: 존중하다. '白眼'의 반대말
** 黃閣老: 재상을 높이 부르는 말

(2)

瘴雨蠻烟憶嶺南, 장맛비에 안개가 가득한 강남 생각나

偶來今日共淸酣. 오늘 우연히 만나 함께 맑은 술 마신다.

榜中人物剛逢十, 급제한 인물 열 명이 방금 만났는데

鏡裏年華又過三. 거울 속의 젊었던 나이 또 세 번 지났다.

心尚古人思後樂, 마음속으로 백성을 사랑했던 옛사람 숭상하여

身從劇地抱中慚. 몸은 험지에 있지만 마음에 부끄러움을 품고 있다.

〈갑신십동년도(甲申十同年圖)〉, 명(明) 홍치(弘治)16년(1503년),
비단채색, 48.5×257cm, 고궁박물원(故宮博物院)

白頭重會因酒健,　흰머리로 재회하여 술을 마셔도 굳건하고
世務還就捫虱談.　세상일에 구애받지 않고 거침없구나.

【해제】

　〈갑신십동년도(甲申十同年圖)〉는 1503년 명대의 유명한 궁정화가 여기
(呂紀, 생졸 미상, 字 廷振, 鄞縣人)·여문영(呂文英)·장유(蔣宥)가 공동으로 그렸
다. 현재 북경고궁박물원(北京故宮博物院, 48.5×257cm)에 소장되어 있다. 등
장인물은 10명인데, 명 영종(英宗) 천순(天順) 8년(1464년) 갑신년(甲申年)에
함께 진사가 된 10명이 40년 후에 만나 이를 기념하기 위한 모인 장면을
그린 것이다. 이동양(李東陽) 등 9명은 북경에서 재직하고 있었고 왕식(王
軾)은 남경(南京)에 있었다. 홍치(弘治) 16년(1503년) 3월 25일, 왕식이 조회
에 참석하느라 북경으로 오자 10명이 민규(閔珪) 집에서 모임을 가졌다.
참석한 10명은 호부상서근신전대학사(戶部尚書謹身殿大學士) 이동양(李東
陽)·도찰원좌도어사(都察院左都御史) 대산(戴珊)·병부상서(兵部尚書) 유대하
(劉大夏)·형부상서(刑部尚書) 민규(閔珪)·공부상서(工部尚書) 증감(曾鑑)·남경

호부상서(南京戶部尚書) 왕식(王軾)·이부좌랑(吏部左侍郎) 초방(焦芳)·호부우
시랑(戶部右侍郎) 진청(陳淸)·예부우시랑(禮部右侍郎) 사탁(謝鐸)·공부우시랑
(工部右侍郎) 장달(張達)이다. 이 그림에는 인물 외에 수목·대나무·화초·
원림석·서책·술그릇이 배치되어 있고, 서동(書童)이 그 사이를 메우고
있다. 그림의 구도와 배치가 매우 적절하여 마치 살아 있는 듯한 생동감
을 준다.

그림이 그려진 뒤 이동양(李東陽)은 〈갑신십동년도시서(甲申十同年圖詩
序)〉를 지었고, 참여한 10명은 각자 이동양의 서문 뒤에 칠언율시 17수를
직접 본인 글씨를 쓰고 도장을 찍었다. 본래 이 그림은 10본을 만들어
각자 집에 소장하였으나, 현재는 민가(閔家) 소장본만 전해지고 있다.

이동양은 이 글에서, 이들의 모임은 향산구로회나 회양오로회와 달리
현직 중에 이루어진 것이라고 강조하였다. 그렇기 때문에 이들은 "국가
의 정치적 교화를 찬양"하거나 "국가융성과 평화에 기여"하려고 모였고,
그래서 이들의 시는 "평화롭고 여유로워 마치 주어진 일을 열심히 하겠
다는 의지가 담겨 있다"라고 했다.

이 그림이 그려진 다음 해(1504) 3월 16일, 사탁은 〈서십동년도후(書十同年圖後)〉를 지었다. 사탁은 이 글에서 당시 갑신년 동년진사 중 상서(尚書)·도어사(都御史)·시랑(侍郎) 지위에 있던 사람은 실제 12명이었으나 모임 당시는 10명뿐이었다고 했다. 나머지 두 사람은 당시 남경도찰원우도어사(南京督察院右都御史) 장부화(張敷華, 1439~1507, 江西 安成人)와 남경형부상서(南京刑部尚書) 번영(樊瑩, 1434~1508, 浙江 常山人)인데, 북경에 없었기 때문에 참석하지 못했다고 설명하였다.

1521년이 되어, 그림 속의 10명은 차례대로 죽고 가정(嘉靖) 기해년(己亥, 1539) 정월 7일 한림원편수(翰林院編修) 유동(劉棟)이 병부빈죽공서(兵部實竹公署)에서 민규(閔珪)가 소장하던 그림에 〈서장의공동년연회권후(書莊懿公同年燕會卷後)〉를 썼다.

이어서 융경(隆慶) 기사년(己巳年, 1569) 8월이 되어, 명대의 저명한 문학가이며 후칠자(後七子)의 영수 왕세정(王世貞)이 오흥행성관서(吳興行省官署)에서 민규 집안에 보관되어 있던 그림에 ≪갑신십동년회도발(甲申十同年會圖跋)≫을 붙였다. 왕세정은 "향산과 낙사의 노인과 같은 사람이 재야가 아니라 조정에 있었기 때문에 효종의 뛰어난 지혜를 엿볼 수 있다."라고 말하였는데, 이것은 이 모임이 현실 참여적인 성격을 가지고 있음을 강조하고 있다.

만력(萬曆) 17년(1589년)이 되어, 왕세정은 화용(華容) 시인 손사억(孫斯億)과 교류하기 위해 화용으로 왔다가 유대하의 후손 집에서 이 그림을 발견하였다. 이때는 그가 진청과 민규 집안에서 이 그림을 구경한 뒤였다. 왕세정은 이 글을 쓰면서 글 속에 "유대하는 사마광과 구양수와 겨눌 수 있다(可伯仲司馬文正·富文忠)"라고 칭송하였다.

〈약초산방도권소서(藥草山房圖卷小序)〉

문가(文嘉 字 休承, 1501~1583)

가정(嘉靖) 경자(庚子 1540) 10월 19일, 주하(周瑕, 주천구(周天球)) 공께서 나의 집을 지나게 되었다. 맑은 날씨가 오래 지속되다가 마침 가랑비가 내렸다. 어제 채숙품(蔡叔品)이 개최한 약초산방(藥草山房)의 모임에 초대를 받고서 가형 수승(壽承, 문징명의 장자, 문팽(文彭))과 함께 참가하였다. 주랑(朱朗) 군자가 비를 무릅쓰고 동행하였다. 도착을 하니 비가 그치고 달이 나왔다. 이때 전숙보(錢叔寶, 전곡(錢穀))·팽공가(彭孔加, 팽년(彭年))가 심우문(沈禹文, 심대모(沈大謨))을 데리고 역시 도착하였다. 여러 선생들은 기분이 좋아져 재미에 흠뻑 빠졌다. 책상 위에는 흰 두루마리가 보이는데, 나는 숙보·자랑과 횡축(橫軸) 그림을 합작하여 그렸다. 공가가 문득 두 구절을 읊었다.

> 畫史爭圖藥圃花, 화가는 다투어 약포의 꽃을 그리고
> 山人倒寫巖間樹. 산 사람은 바위 사이의 나무가 비친 모습을 묘사한다.

여덟 사람은 연구(聯句)를 지으려고 했지만 성공하지 못하고, 각각 운율을 나누어 시를 읊었다. 이 날 호소지(胡紹之)는 약속을 하고 참석하지 않았다. 석민망(石民望, 석악(石岳))은 이미 앞서 자리에 앉아 바위 옆의 수선화를 보충하여 그렸다. 육자지(陸紫芝, 육지(陸芝))는 장차 이것을 위해 기록하려고 하였다. 때문에 여기에 선구자라고 쓴다고 말했다. 휴승(休承)

이 기록하다.

嘉靖庚子十月十九日, 周公瑕過余齋中, 適久晴得微雨, 且昨辱蔡叔品邀
爲藥草山房之會, 遂與家兄壽承·朱君子朗冒雨同往. 比至, 雨霽月出. 于
是錢子叔寶·彭子孔加偕沈禹文亦至. 諸公高興逸發. 見几上素卷, 嘉與
叔寶·子朗合作橫軸; 孔加忽吟二句: "畵史爭圖藥圃花, 山人倒寫岩間
樹." 八人者欲爲之聯句, 不成, 因各分韵賦詩. 是日胡紹之期不至; 石民
望已先在座, 補水仙石旁. 陸紫芝將爲之記, 因書此先驅云. 休承識.

(소서(小序) 뒤에는 9명이 각각 다음과 같은 5언 시와 7언 시를 친필로
기록하였다.)

彭得'齊字'曰 :
문팽은 '齊字'운을 얻었다.

對酒檢湘題, 烟雲過眼迷.
朝暾名藹艷, 夜雨藥苗齊.
擧世悲泥醉, 誰人得馬蹄.
可憐修竹里, 白日聽鶯啼.

偶余詩先成, 遂書卷端, 非敢先人也. 彭記.
나는 우연히 시를 먼저 완성하고 드디어 두루마리 그림 끝에 썼지만,
감히 다른 사람보다 먼저 쓰지 못했다.

西山落日暮雲無, 藥草經冬雨未枯.
酒廢棋枰閑負局, 燭籠簾幕代懸壺.

許身欲比三年艾, 折臂能醫九節蒲.
座上列仙非潦倒, 海天雲嶠性情孤.

陸芝第二成.
육지가 두 번째로 완성하였다.

幼霞眞隱士, 藥草有精廬.
窗閣詩人筆, 門停長者車.
籠內物無棄, 樽中酒不虛.
雲山吾欲往, 采掇近何如?

休承文嘉第三成.
휴승 문가가 세 번째로 완성하였다.

蔡經冥擧後, 仙迹百靈降.
壺里長房宅, 巖前玉女窗.
藥苗分五岳, 茅脊貢三江.
愧我沉酣客, 忘歸倒玉缸.

彭年第四成.
팽년이 네 번째로 완성하였다.

高居隱修竹, 芳墅引香風.
菊種南山近, 杯深北海同.
月臨玄圃外, 人在玉壺中.
爛醉吟名藥, 天台憶阮公.

沈大謨得"中"字, 第五成.
심대모는 중(中)자 운을 얻어 다섯 번째로 완성하였다.

叢篁開石徑, 百藥敵山齋.
待月宜文酒, 識風動好懷.
韓康高節幷, 梅福素心偕.
茂陵予病渴, 期爾臥蒼崖.

第六咏, 予得"齋"字, 囏不可和,聊復此. 周天球.
여섯 번째로 읊었다. 나는 '齋'자 운을 얻었지만 힘들어 화음을 맞추지
못하여 잠시 이것을 다시 지은 것이다. 주천구

文酒酬佳宴, 爲歡思欲迷.
靑囊談秘訣, 白石長靈芝.
種杏開畦日, 疏泉洗藥時.
何來留竹徑, 把盞夕陽遲.
第七成石嶽. 일곱 번째로 완성하였다. 석악.

新冬物候催, 佳宴草堂開.
共饱靑精飯, 同傾黃菊杯.
輕烟橫竹徑, 素月上松台.
藥圃渾不醉, 歸路獨徘徊.
錢谷第八成. 전곡이 여덟 번째로 완성하다.

此夜游仙島, 何如訪葛洪?
月穿松徑白, 花倚藥欄紅.

秉燭難爲別, 題詩惜未工.

揮毫謝諸彦, 潦倒一樽同.

朱朗殿成. 주랑이 제일 뒤에 완성하였다.

(주랑(朱朗)의 위 시 다음에 주천구는 다시 다음과 같은 5언 율시와 발문
을 붙였다.)

夜色迴虚幌, 春生竹里齋.

指尋群彦集, 圖咏一時偕.

甘菊分香細, 胡麻入飯佳.

杯深月出早, 相擬罄高懷.

球醉中探韻,閣得齋字. 漫然秉翰,辭不及修. 書成讀之,甚赧. 再尾諸君附
此,時漏下又二十刻矣.

나는 술에 취에 운자를 찾던 중 '齋'자를 얻었다. 대충 붓을 들어 시를
지었지만 표현이 제대로 되지 않았다. 쓴 뒤에 읽어보니 너무 부끄러웠
다. 다시 여러 선생들의 끝에 이 시를 붙인다. 이때 또 다시 5시간이
흘렀다.

(조천구의 이 발문 뒤에는 참가가의 16개의 네모 인장이 3열로 찍혀 있다.)

【해제】

이 글은 문가(文嘉, 1501~1583)가 쓴 것이다. 그는 채숙품(蔡叔品)이 가정
(嘉靖) 경자(庚子, 1540) 10월 19일 약초산방(藥草山房)에서 개최한 아집에
참가하였다. 이 모임에 문가는 주천구(周天球)·문팽(文彭)·주랑(朱朗) 전곡
(錢谷)·팽년(彭年)·심대모(沈大謨) 등과 함께 참여하였고 전곡 등과 함께

횡축(橫軸) 그림을 합작하여 그렸고, 기문을 지어 붙였다.

　이 그림에 시가 붙어 있다. 본래 모임에서 연구를 지려고 했으나 완성하지 못하자 각각 운자를 얻어 시를 지었다고 한다. 모두 5시간이 걸려 모인 사람들이 시를 완성하여 붙였다.

명(明), 문가(文嘉)·주랑(朱朗)·전곡(錢穀), 〈약초소방도(藥草小房圖)〉, 상해박물관(上海博物館)

≪괴운루서화기(過雲樓書畵記)≫

고문빈(顧文彬, 1811~1889)

모임 자리의 문을 반쯤 여니 돌다리가 비스듬하게 바짝 붙어 있다.
그 가운데에는 고목이 울타리를 두르고 있고 키 큰 대나무가 길을 끼고
서 있다. 문으로 들어가 인사하는 사이에 이미 어떤 사람이 대나무 집과
나란히 서 있고, 어린 시동이 책을 받쳐 들고 그를 따르고 있다. 다시
앞으로 가니 초당이 있는데, 벽에 가야금이 걸려 있고 화로에서 향이
피어나고 있다. (사람들이) 막 자리에 앉아 담소를 나누고 있었다. 그
서쪽 창문 아래에서는 횃불을 밝히고 술잔을 당기며, 세 사람이 책상에
기대고 시를 읊조리고 있다. 집 뒤의 푸른 소나무와 대나무, 계단 앞의
기이하고 오래된 돌이 언덕에 줄지어 선 나무를 가렸다가 다시 보였다
하고 있다. 또 차가운 대나무 숲 사이로 꽃밭에 있는 몇 개의 가지가
나타나고, 마구 심어져 있는 새싹과 기이한 꽃은 이름과 모습을 표현할
길이 없다.

> 席門半開, 斜臨石橋, 其中古樹繞籬, 修篁夾徑, 入門揖讓間, 已有人竝立
> 竹所, 一小奚捧書從; 復前行爲草堂, 壁琴爐香, 方席地坐談. 其西窗下,
> 則燃燭引觴, 三人據案哦詩; 屋後蒼松翠條, 與階前奇磥古石·坡陀列樹
> 相掩映; 又于寒叢間見芳畦數棱, 雜藝零苗異卉, 莫可名狀.

【해제】

　가정(嘉靖) 19년(1540년) 10월 19일 채숙품(蔡叔品)의 약초산방(藥草山房)에서 문팽(文彭)·문가(文嘉) 형제와 그 친구인 주천구(周天球)·주랑(朱朗)·전곡(錢谷)·팽년(彭年)·심대모(沈大謨)·석악(石岳)·육지(陸芝)가 공동으로 아집을 개최하였다. 아집이 시작되자 문가·전곡·주랑 3명이 현장에서 〈약초산방도〉를 그렸고, 석악은 이 그림 속 바위 옆에 수선화를 보태서 그렸다. 팽년은 이 광경을 보고 두 구의 시를 지었고, 여러 사람들이 이 시에 감흥을 받아 연구(聯句)를 지었다. 연구가 제대로 지어지지 않자 일반적인 형식으로 각자 운자를 나누어 시를 지었다. 아집에서 이렇게 시를 짓고 그림 속에 써넣고 나니 시간은 이미 심야가 되었다. 각자 시 아래 이름을 쓰면서 자신의 시가 몇 번째 완성된 것을 직접 밝혔다.

　이 아집에 참석한 사람 9명 중에서 6명이 화가였다. 아집도를 그린 다음에 아집을 개최하였고 이 그림을 보고 영감을 일으켜 시를 지었다.

〈사림아집도권(詞林雅集圖卷)〉

【해제】

　오위(吳偉)가 그린 것으로 홍치(弘治) 18년(1505년) 절강(浙江) 안찰첨사 (按察僉事) 용예(龍霓)가 금릉(金陵)에서 친구들과 벌린 아집 장면을 그린 것이다. 아집에 참가한 사람은 동료, 함께 과거에 급제한 자들, 그리고 시인들이었다. 이 모임은 시사(詩社)의 시작을 알리고 있다. 이 그림은 송행도(送行圖)·아집도(雅集圖)·연락도(宴樂圖)의 성격을 함께 가지고 있다.

　이 그림은 현재 상해박물관(上海博物館)에 소장되어 있다.

진홍수(陳洪綬) 〈아집도권(雅集圖卷)〉

【해제】

 그림 속의 인물은 우암화상(愚庵和尙) 외에 명말 만력(萬曆) 연간의 관리가 포함되어 있다. 그들은 공무 중에 여가를 틈타 시를 읽고 글을 논하며 그림을 그렸다. 모두 화가 진홍수와 관계가 밀접한 당시 문예계의 명사들이었다. 그림의 중심은 미중조(米仲詔 米萬鍾, 1570~1628)이고, 그 외의 각 인물의 전형적인 특징을 포착하여 묘사하였다.

 그림의 가운데에 돌로 만든 책상이 있고 그 위에는 정교하게 조각한 관음상과 불공에 필요한 수반·향로·화병이 놓여 있다. 책상 앞에는 한 명의 도사가 동물 가죽을 쓰고 관음상을 바라보며 두루마리를 펼쳐 읊고 있다. 미망종은 도사의 오른쪽으로 바짝 붙어 부들방석에 앉아 있다. 미만종을 손가락으로 가리키는 사람은 우암화상이다. 우암화상 뒤로 왕정허(王靜虛)가 두 손을 가볍게 쥐고 몸을 구부리고 서 있다. 도유미(陶幼美)는 지팡이에 의지하고 책상에 엎어져 있다. 황소소(黃昭素)는 반듯하게 앉아 있다. 도군석(陶君奭)은 등을 지고 옆모습으로 나무 그늘 아래에 편안하게 앉아 있다. 미만종의 왼쪽은 늙은 나무숲이다. 여기에 3명의 도사가 순서대로 앉아 있다. 도주망(陶周望)은 옆으로 나무에 의지하고 손가락으로 수염을 매만지고 있다. 원백수(袁伯修)는 두 손을 모으고 단정하게 앉아 있다. 원중랑(袁中郎)은 두 손으로 지팡이를 짚고 몸을 약간 앞으로 기울이고 있다.

 그림 속의 인물은 비록 각각의 모습이 다르지만 모두 미만종의 음창을 집중하여 듣고 있다. 이 그림 속의 장소는 울창한 숲 속으로 추정되는 데, 주변에는 기이한 태호석이 있어 원림일 가능성이 있다. 진홍수는 과장 필법으로 산수와 인물을 표현하였다. 인물은 스케치 기법으로 처리하였는데 이공린(李公麟)의 필의(筆意)를 모방한 것이다.

명(明), 진홍수(陳洪綬), 〈아집도권(雅集圖卷)〉, 29.8×98.4cm, 상해박물관(上海博物館)

〈수계홍교(修禊紅橋)〉 관련 시문

〈수계 홍교(修禊紅橋)〉

왕사정(王士禎, 1634~1711)

紅橋飛跨水當中,　물 위로 날듯이 홍교가 지나니

一字欄杆九曲紅　일자 난간에 아홉 구비 붉은 빛이 돈다.

日午划船橋下過,　한낮에 배를 몰고 다리 아래 지나니,

衣香人影太匆匆　향기 풍기는 사람의 그림자가 아주 바삐 지나간다.

【해제】

　'홍교(紅橋)'는 나중에 '홍교(虹橋)'로 바뀌었는데, 양주 수서호(瘦西湖)의 제1경이다. 문인 아집 장소로 유명하였고, 강남지역에서 난정수계와 쌍벽을 이루던 곳이다.

　홍교수계를 처음 연 사람은 청대 시인 왕사정(王士禎, 王漁洋)이다. 그는 모두 두 차례에 걸쳐 이 모임을 진행하였다. 제1차는 강희(康熙) 원년(1662)에 두준(杜濬)·원우령(袁于令)·장계(蔣階)·주극생(朱克生)·장양중(張養重)·유양숭(劉梁嵩)·진유숭(陳維崧) 등 10여 명과 함께 개최하였다. 두 번째 수계는 강희 3년(1664)에 개최한 송지울(孫枝蔚)·장강손(張綱孫) 등과의 모임이다. 두 차례의 '홍교수계'는 수많은 문학 작품의 생산과 더불어 왕사정의 '신운(神韻)' 문학 확산의 계기가 되었다는 평가를 받고 있다.

〈삼월삼일범주홍교수계(三月三日泛舟紅橋修禊)〉

공상임(孔尚任)

楊柳江城日未曛,	버드나무 핀 강가 마을 화창한 날씨에
蘭亭禊事共諸君.	여러 인사들과 함께 난정수계 행사를 개최하였다.
酒家只傍橋紅處,	술집은 홍교 근처에 붙어 있을 뿐
詩舫偏迎袖翠群.	놀이 배가 이리저리 나들이 손님을 부른다.
久客消磨春冉冉,	고향 떠난 손님 느릿느릿 봄날을 보내는데,
佳辰逗引淚紛紛.	호시절에 감동하여 눈물 주룩주룩
扑衣十里濃花氣,	옷을 터니 십 리에 꽃향기 가득하여
不借笙歌也易醺.	생황 노래 빌리지 않아도 금방 취한다.

〈홍교수계 서(紅橋修禊序)〉

공상임(孔尙任, 1648~1718)

강희 무진(戊辰) 봄, 양주(揚州)에 눈비가 많이 내려 유람객이 밖으로 나오지 못하였다. 3월 3일에 이르러 날씨가 좋아지자 수계에 참석한 선비와 여인들이 모두 홍교(紅橋)에 배를 띄웠다. 그러자 다리 아래의 물이 감당할 수가 없었다. 나는 때때로 여러 사람의 초대에 나아가 무리를 지어 놀았다. 두 개 밭두렁에는 파릇파릇한 색을 띠고 있는 방초와 버들이 보이고, 새·물고기·벌·나비도 쾌활하고 흡족한 의지를 간직하고 있었다. 바로 천지 기운의 상태가 만물의 번성과 관련이 있다는 것을 알게 되었다.

> "康熙戊辰春, 揚州多雪雨, 游人罕出. 至三月三日, 天始明媚. 士女祓禊者, 咸泛舟紅橋, 橋下之水若不勝載焉. 予時赴諸君之招, 往來逐隊. 看兩陌之芳草桃柳, 新鮮弄色, 禽魚蜂蝶, 亦有眄遂自得之意. 乃知天氣之晴雨, 百物之舒鬱系焉."

【해제】

이 홍교수계는 공상임(孔尙任)이 주관한 것이다. 왕사정의 두 번째 홍교수계가 개최된 뒤 4년 후 강희 27년(1688년) 3월 3일, 공상임은 24명의 명사를 모아 수계 행사를 거행하였다. 참석자가 8개의 성(省)에서 모였다고 하여 '팔성지회(八省之會)'라고 불렀다.

〈화노아우홍교수계시(和盧雅雨紅橋修禊詩)〉

정판교(鄭板橋, 1693~1765)

(1)

一線莎堤一葉舟, 柳濃鶯脆恣淹留.

雨晴芍藥彌江縣, 水長秦淮似蔣州.

薄幸春光容易老, 遷延詩債幾時酬?

使君高唱凌顏謝, 獨立吳山頂上頭.

(2)

年來修禊讓今年, 太液昆池在眼前.

回起樓臺回水曲, 直鋪金翠到山巓.

花因露重留蝴蝶, 笛怕春歸戀畵船.

多謝西南新月掛, 一釣淸影暗中圜.

(3)

十里亭池一水通, 儼開銀鑰日華東.

逶迤碧草長楊道, 靜悄朱簾上苑風.

天淨有雲皆錦繡, 樹深無雨亦溟濛.

甘泉羽猎應須賦, 雅什先排禊帖中.

(4)

草頭初日露華明, 已有游船歌板聲.

詞客關河千里至, 使君風度百年淸.

青山駿馬旌旗隊, 翠袖香車繡畵城.
十二紅樓都倚醉, 夜歸疑聽景陽更.

【해제】

이 홍교수계는 노견증(盧見曾, 1690~1768)이 개최한 것이다. 노견증(호 아
우(雅雨), 자 담원(澹園))은 건륭 23년(1757년)에 제2차 양회염운사(兩淮鹽運使)
로 부임하여 양주로 내려와서 의홍원(倚虹園)의 홍교수계청(虹橋修禊廳)에
서 당시 이 지역 문인인 정섭(鄭燮)·진찬(陳撰)·금롱(金農)·려악(厲鶚)·나
빙(羅聘)·김조연(金兆燕) 등과 아집을 개최하였다. 노견증은 아집에 '아패
이십사경(牙牌二十四景)'을 창안하여 오락을 즐겼다고 한다. 즉 수서호 24
경을 상아 골패에 새겨 참가자들이 순서대로 고른 경치에 해당하는 시를
짓는 게임이다. 만약에 짓지 못하면 벌주 한 잔을 마셔야 했다. 이러한
게임은 전국으로 유행했다고 한다.

노견증이 아집을 개최하면서 4수의 시를 짓자, 이 시에 화운한 사람이
7천 명이 되었다. 이 모임의 결과를 최종적으로 정리한 시집은 3백 권에
달하였다. 그림으로는 〈홍교남승도(虹橋覽勝圖)〉가 남아 있다.

정판교가 노견증의 시에 화운한 것이 바로 〈화노아우홍교수계시(和盧
雅雨紅橋修禊詩: 노견증의 홍교수계에 화답하다.)〉 4수이다. 정판교는 이것을 직
접 붓으로 썼는데, 이 글씨는 〈난정서〉에 버금간다는 평가를 받고 있다.

청(淸), 정판교(鄭板橋), 〈화노아우홍교수계시(和盧雅雨紅橋修禊詩)〉

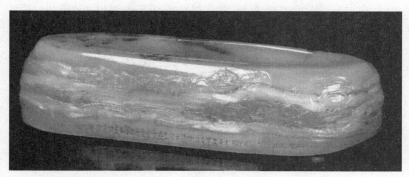

홍교수계(虹橋修禊) 골패

〈홍교록(虹橋錄)〉 상(上)

청(淸), 이두(李斗)

　　홍교수계(虹橋修禊)는 원(元)나라 최백형(崔伯亨)의 화원이었으나, 지금은 홍씨별서(洪氏別墅)가 되었다. 홍씨는 두 개의 원림을 가지고 있는데, 홍교수계는 대홍원(大洪園)이고, 권석동천(卷石洞天)은 소홍원(小洪園)이다. 대홍원에는 두 개의 경관이 있는데 하나는 홍교수계이고, 또 하나는 유호춘범(柳湖春泛)이다. 이 원림에서 왕문간(王文簡), 왕사정(王士禎)이 〈야춘시(冶春詩)〉를 지었고, 나중에 염운사(鹽運使) 노견증(盧見曾)이 수계를 열었던 곳이다. 홍교수계로 인해 생긴 경관에 이름을 붙여 상아(象牙) 골패에 24경을 새기고 초청하여 의홍원(倚虹園)이란 이름을 하사하였다. 원림의 정문은 도춘교(渡春橋)의 동쪽 언덕에 있는데, 문 안에 묘원당(妙遠堂)이 있다. 묘원당 우측이 전춘당(餞春堂)이며, 물가에 음홍각(飮虹閣)을 지었다. 음홍각 밖이 '방호도서(方壺島嶼)'·'습취부람(濕翠浮嵐)'이다. 묘원당 뒤로 대나무길(竹徑)을 닦았고, 물가에 작은 부두(小馬頭)를 설치하여 함벽루(涵碧樓)로 미끄러져 가도록 만들었다. 함벽루 뒤에 선석방(宣石房)이 있고, 그 옆에 층옥(層屋)을 지었는데, 치가루(致佳樓)라는 이름을 하사하였다. 곧게 남쪽으로 계화서옥(桂花書屋)이 있고, 우측에는 수청(水廳)이 서쪽을 바로 보고 있다. 물이 하나의 석벽(石壁)을 뚫고 지나가는데 오묘하여 예측할 수 없다. 수청 뒤에는 목단이 만개하였다. 목단을 따라 서쪽 영방헌(領芳軒)으로 들어간다. 영방헌 뒤에 10여 개 기둥을 세워 가대(歌臺)를 지었다. 영방헌 옆에는 소나무·측백·삼나무·닥나무가 우거져 녹음이 짙다. 물 가까이 20여 개 기둥을 가진 누각을 지었는데, 물가를 끼고 구불어져 있다. 그 속에 수계정(修禊亭)을 지었는데, 밖으로 큰 대문이 물에 붙어 있고, 기둥 3개의 대청에 홍교수계(虹橋修禊)라는 편액이 붙어 있다. ≪양주화방록(揚州畵舫錄)≫

"虹橋修禊, 元崔伯亨花園, 今洪氏別墅也. 洪氏有二園, "虹橋修禊" 爲大洪園, "卷石洞天"爲小洪園. 大洪園有二景, 一爲"虹橋修禊, 一爲"柳湖春泛". 是園爲王文簡賦〈冶春詩〉處, 後盧轉運修禊亦于此, 因以 "虹橋修禊"名其景, 列于牙牌二十四景中, 恭邀賜名倚虹園. 園門在渡春橋東岸, 門內爲妙遠堂, 堂右爲餞春堂, 臨水建飮虹閣, 閣外 "方壺島嶼"·"濕翠浮嵐". 堂後開竹徑, 水次设小馬頭, 逶迤入涵碧樓. 樓後宣石房, 旁建層屋, 賜名致佳樓. 直南爲桂花書屋, 右有水厅面西, 一片石壁, 用水穿透, 杳不可測. 厅後牡丹最盛, 由牡丹西入領芳軒. 軒後築歌臺十餘楹, 臺旁松柏杉楮, 郁然濃陰. 近水築樓二十餘楹, 抱灣而轉, 其中築修禊亭, 外爲臨水大門, 築廳三楹, 題曰 "虹橋修禊".　　　　　(淸 李斗 ≪揚州畵舫錄≫)

〈수서장아집(水西莊雅集)〉

【해제】

청(淸) 옹정(雍正)·건륭(乾隆) 시대, 천진(天津) 사씨가족(査氏家族)이 수서장(水西莊, 일명 芥園)에서 지역의 문인들과 함께 아집을 개최하였다. 사위인(査爲仁)과 사례(査禮)가 주인이고, 왕항(汪沆)과 같은 한사(寒士), 영렴(英廉)과 같은 관료 문인들이 참여하였다. 문인들의 아집은 문학적 성과를 축적하였고, 지역의 문학 활동을 촉진시켰다. 수서장 아집은 친척 사제 간의 유대를 중심으로 각계각층의 인사를 망라하였다. 이들은 고아한 인격을 추구하고 공명을 멀리하였다.

원매(袁枚)는 ≪수원시화(隨園詩話)≫에서 천진의 수서장을 양주의 소영롱산관(小玲瓏山館)과 항주의 소산당(小山堂)과 함께 청대 3대 개인 원림으로 평가한 바 있다. ≪고상제금집(沽上題襟集)≫이 이 아집의 결과물이다.

1933년(민국 22년) 9월 19일, 엄지이(嚴智怡)는 그의 부친 엄범손(嚴范孫)의 수서장 중건의 유지를 받아 천진 지역의 문인들을 중양절에 모아 옛 터에서 아집을 거행하였다. 이 아집에 참석한 사람은 엄지이·왕수순(王守恂)·조원례(趙元禮)·고동계(高彤階)·이금조(李金藻)·진보천(陳寶泉)·유잠(劉潛) 등 천진 지역 문인과 무석(無錫) 양수단(楊壽柟)·항현(杭縣) 허이율(許以栗)·소흥(紹興) 진중악(陳中岳)·해령(海寧) 사요(査燿)·대흥(大興)의 유조신(俞祖鑫)·양현(雄縣) 장동서(張同書) 등 모두 14명이 참가하였다. 전통적인 방식으로 운자를 받아 시를 지었는데, 이 시집은 ≪계유전중양수서장수창집(癸酉展重陽水西莊酬唱集)≫에 담겨져 전한다.

〈구일행암문연도기(九日行庵文讌圖記)〉

여악(厲鶚, 1692~1752)

　행암은 양주의 북쪽 천령사의 서쪽 모퉁이에 있다. 마왈관과 마왈로 형제가 승방의 작은 공간을 사들여 지은 휴식처이다. 천령사는 진(晉)의 사태부(謝太傅)의 별서였다. 서쪽 모퉁이는 고목이 가득 차서 뿌옇고, 숲에 들어가면 부근의 성곽도 보이지 않는다. 행암은 그 속에 있는데 정비하거나 단청을 하지 않았다. 오로지 건물과 마당이 매우 맑고 시원하여 여기에 들어와서 휴식했던 사람은 미련이 남아 떠나지 못하였다.

> 行庵在揚州北郭天寧寺西隅, 馬君嶰谷·半槎兄弟購僧房隙地所築, 以爲游息之處也. 寺爲晉謝太傅別墅, 西隅饒古木, 霾郁陰森, 入林最僻, 不知其近郭郭. 庵居其中, 無斫礱髹采之饰, 唯軒庭多得清蔭, 來憩者每流連而不能去.

【해제】

　여악(厲鶚, 1692~1752)의 자는 태홍(太鴻), 호는 번사(樊榭)·남호화은(南湖花隱)이다. 전당(錢塘) 사람으로 청나라 절서사파(浙西詞派)의 중심인물이었다. 여악은 양주 염상 마왈관(馬曰琯)·마왈로(馬曰璐) 형제의 소영롱산관(小玲瓏山館)에 묵으면서 그들과 30여 년을 교류하였다. 여악은 양주를 무대로 남북으로 오가며 수많은 명사들과 교류하였다. 그는 명사들과 아집을 통하여 시를 짓고 노닐면서 10여 년 동안 문단의 맹주로 있었다. 한강아집(韓江雅集) 역시 그가 주도한 것이다.

옹정(雍正) 9년(1731년) 가을, 마왈관과 마왈로 형제는 소영롱산관에서 아집을 개최하였다. 건륭(乾隆) 8년 봄 소영롱산관의 아집에서 여악은 거문고를 타고 정판교는 대나무를 그렸으며, 항세준(杭世駿)은 시를 지었다. 이해 중양절에 마씨 형제가 성대한 아집을 개최하였다. 이때 소주(蘇州) 화가 엽진초(葉震初, 芳林)가 〈구일행암문연도(九日行庵文讌圖)〉를 그렸고, 전조망(全祖望)이 〈구일행암문연도서(九日行庵文燕圖序)〉를 지었으며, 여학이 위에 인용한 기문을 지었다.

≪한강아집(韓江雅集)≫은 모두 12권으로, 건륭 8년에서 13년까지 5년 동안 양주염상과 문사들의 시를 수록하고 있는데 시가 거의 1천 수에 달한다. 한강아집은 행암(行庵)·양포(讓圃)·소영롱산관·조원(篠園)에서 개최되었다.

건륭 9년(1744년) 4월, 마씨 형제가 여악·왕조(王藻) 등을 소영롱산관으로 초청하여 시어(鰣魚 준치)를 주제로 연구(聯句)를 지었다. 전체 시는 48구인데, 준치잡기·습성·맛 등을 읊었다.

이상과 같이 여악이 참여한 아집은 매우 많았는데, 매번 참여 수가 다르고 창작의 제목도 다양하였다.

청(淸), 엽방림(葉芳林)·방사서(方士庶), 〈구일행암문연도(九日行庵文讌圖)〉,
비단에 채색, 31.7x201cm, 미국 클리브랜드 박물관

〈수원여 제자도권(隨園女弟子圖卷)〉

(일명 〈십삼여 제자호루청업도(十三女弟子湖樓請業圖)〉)

원매(袁枚, 1716~1797)

〈전발(前跋)〉

건륭(乾隆) 임자(壬子) 3월 나는 서호(西湖) 보석산장(寶石山莊)에 기거하고 있었다. 한번은 오(吳) 지방 여 제자들이 각각 시를 들고 와 배우기를 청했다. 얼마 뒤 우조(尤詔)와 왕공(汪恭)에게 부탁하여 이 광경을 그림으로 그려달라고 부탁하였다. 나는 그림 뒤에 성명을 기록하여 〈도정백진 영위업지도(陶貞白眞靈位業之圖: 도홍(陶弘)이 지은 신령의 계보도)〉처럼 만들었다. (그림 속) 버드나무 아래 나란히 걷고 있는 자매가 있는데, 호루주인(湖樓主人) 관찰사 손영의(孫令宜)의 딸 손운봉(孫雲鳳)과 손운학(孫雲鶴)이다. 자리에 앉아 가야금을 어루만지는 사람은 을묘년 과거급제자 손원상(孫原湘)의 처 석패란(席佩蘭)이다. 그 옆에 앉은 사람은 재상 서문목공(徐文穆公)의 딸 손유형(孫裕馨)이며, 손으로 난을 꺾는 자는 완강순무(皖江巡撫) 왕우신(汪又新)의 딸 왕찬조(王纘祖)이다. 붓을 들고 파초를 노래하는 사람은 명경(明經) 왕추어(汪秋御)의 딸 왕신(汪姊)이다. 그 어깨에 기대고 서 있는 어린 여자는 관찰사 오강(吳江) 이영인(李寧人)의 외손녀 엄예주(嚴蕊珠)이다. 책상에 기댄 채 붓을 들고 생각하고 있는 사람은 송강(松江) 명문가 요고단(廖古檀)의 딸 요운금(廖雲錦)이다. 책을 들고 마주 앉은 자는 태창(太倉) 효자 금호(金瑚)의 처 장옥령(張玉玲)이다. 책상 옆 모퉁이에 앉아 있는 여인은 우산(虞山)의 굴완선(屈婉仙)이다. 대나무에 기대고 서 있는 자는 장소사농극문공(蔣少司農戟門公)의 딸 손심보(孫心寶)이다. 부채를 들고 있는 자는 성이 김(金)이고 이름은 일(逸)이고 자는 섬섬(纖纖)이며, 오문(吳門) 수재(秀才) 진죽사(陳竹士)의 아내이다. 낚시대를 들고 산에 몸이 가려 있는 자는 경강(京江) 포아당(鮑雅堂)의 누이인데, 이름이 혜(蕙)이고, 자가 지향(芷香)이며 장가재(張可齋) 시인의 소실이다. 13명 이외에 노인의 옆에서 아이를 데리고 있는 자는 우리 집안 질부 대란영(戴蘭英)이다. 아이 이름은 은관(恩官)이다. 각 사람마다 각각 시집을 가지고 있고, 현재 출판되어 있다. 가경 원년 2월 화조일(花朝日)에 수원노인(隨園老人)이 향년 81살에 쓰다.

前跋: 乾隆壬子三月, 余寓西湖寶石山莊, 一時吳會女弟子, 各以詩來受業. 旋屬尤·汪二君爲寫圖布景, 而余爲志姓名于後, 以當〈陶貞白眞靈位業之圖〉. 其在柳下姊妹偕行者, 湖樓主人孫令宜臬使之二女雲鳳雲鶴也. 正坐撫琴者, 乙卯經魁孫原湘之妻席佩蘭也. 其旁側坐者, 相國徐文穆公之女孫裕馨也. 手折蘭者, 皖江巡撫汪又新之女繢祖也. 執筆題芭蕉者, 汪秋御明經之女姉也. 稚女倚其肩而立者, 吳江李寧人臬使之外孫女嚴蕊珠也. 憑几拈毫若有所思者, 松江廖古檀明府之女雲錦也. 把卷對坐者, 太倉孝子金瑚之室張玉珍也. 隅坐于几旁者, 虞山屈宛仙也. 倚竹而立者, 蔣少司農戟門公之女孫心寶也. 執圍扇者, 姓金名逸, 字纖纖, 吳下陳竹士秀才之妻也. 持釣竿而山遮其身者, 京江鮑雅堂之妹, 名之蕙, 字芷香, 張可齋詩人之室也. 十三人外, 侍老人側而携其兒者, 吾家侄婦戴蘭英也, 兒名恩官. 諸人各有詩集, 現付梓人. 嘉慶元年二月花朝日, 隨園老人書, 時年八十有一.

【해제】

이 아집은 호루주인 손영의(孫令宜)가 후원한 것이다. 그래서 그림은 우측 손영의의 두 딸로부터 시작한다. 게다가 경강의 수장가(收藏家)로 유명했던 당시 포아당(鮑雅堂)의 누이가 참석한 것으로 보아 상인들의 아집 후원을 짐작할 수 있다. 이 외에도 당시 강남 지역의 고관들의 부녀자들이 시를 배우고 여러 차례의 모임을 통하여 얻어진 결과를 출판을 통하여 유통시키고 있음을 알 수 있다.

원매는 화조일(花朝日)에 이 발문을 지었다고 했다. 이 날은 음력 2월 초이틀(혹은 2월 11일, 2월 15일)로서, 여인들이 야외로 떼를 지어 나가 꽃구경하는 날이다. 오색 채색지를 오려 꽃가지에 붙이는 상홍(賞紅), 혹은 푸른 잔디를 밟는 '답청(踏靑)' 행사를 하는 날이다. 이 아집을 통하여 볼 때, 전통적인 화조절의 민속행사가 이런 형식의 아집으로 이어졌고, 청대에 이르러 여인들의 아집 활동 참가가 성행하였음을 알 수 있다. 특히 여 제자들이 모두 시집을 출판하였다는 언급을 통해 볼 때 이 발문은 문학사적 의미가 크다고 할 것이다.

원매는 2차 아집을 개최하였고, 다음과 같은 발문을 그림에 다시 붙였다.

⟨후발(後跋)⟩

    을묘년(乙卯年) 봄, 나는 다시 호루(湖樓)에서 시회를 열었는데, 뜻밖에 서(徐)·김(金) 두 여인이 모두 죽어 오랫동안 슬펐다. 요행이 배우려는 사람 세 명이 왔다. 앞 그림에 끼어 넣기 어려워 오랜 친구 최군에게 부탁하여 소폭을 뒤에 보충하였다. 모두 그 집안의 초상화를 얻어서 그린 것이다. 손으로 복숭아꽃을 꺾은 자는 수재 유하상(劉霞裳)의 소실 조차경(曹次卿)이다. 패란(佩蘭)을 차고 서 있는 자는 구곡(句曲) 여사 낙의란(駱綺蘭)이다. 붉은 망토를 두르고 말을 거는 자는 복건(福建) 방백(方伯) 여사(璵沙) 선생의 작은 딸 전림(錢林)이다. 모두 시를 잘 읊었다. 낙의란은 ≪청추헌시집(聽秋軒詩集)≫을 출판하였는데, 나는 이를 위해 서문을 썼다. 청명절 3일 전 원매가 다시 쓰다.

> 後跋: 乙卯春, 余再到湖樓, 重修詩會, 不料徐·金二女都已仙去, 爲凄然者久之. 幸問字者又來三人, 前次畫圖不能屬入, 乃托老友崔君, 爲補小幅于後, 皆就其家寫眞而得. 其手折桃花者, 劉霞裳秀才之室曹次卿也. 其飄帶佩蘭而立者, 句曲女史駱綺蘭也. 披紅襜褕而與之言者, 福建方伯璵沙先生之季女錢林也. 皆工吟咏. 綺蘭有 ≪聽秋軒詩集≫行世, 余爲之序. 清明前三日, 袁枚再書.

【해제】

　제2차 아집에는 7명이 참가하였다. 그림 속에는 세 사람만 등장한다. 조차경(曹次卿)은 원매의 제자 유하상(劉霞裳)의 아내이고, 전림(錢林)은 복건포정사(福建布政使) 전기(錢琦)의 딸인데 항주의 망족에게 시집을 갔다. 보충 그림 속에 들어가 있지 않은 4명은 손운봉·손운학·반소심(潘素心), 손가락(孫嘉樂)의 첩 왕옥여(王玉如)이다. 반소심은 당시 강남 지역에서 유명했던 여류 시인이었다.

청(淸), 우조(尤詔)·왕공(汪恭), 〈수원여 제자도(隨園女弟子圖)〉 卷1, 비단에 채색, 41×302cm

청(淸), 우조(尤詔)·왕공(汪恭), 〈수원여 제자도(隨園女弟子圖)〉 卷2

청(淸), 우조(尤詔)·왕공(汪恭), 〈隨園女弟子圖卷〉 부분

비단욱(費丹旭) 〈호정아집도(湖亭雅集圖卷)〉

천일각(天一閣) 소장

【해제】

비단욱(1801~1850)의 자는 자초(子苕) 호는 효루(曉樓) 혹은 우옹(偶翁), 환저생(環渚生)이다. 절강성 오흥(吳興) 사람이다. 왕휘(王翬)의 산수화법을 좋아하였지만, 그의 산수화는 사녀화(仕女畵)보다 못했다. 사녀화는 가도(嘉道) 연간에 매우 유행하여 그림을 팔아 살아가는 비단욱의 입장에서 산수화는 그다지 매력적이지 못했다. 그 와중에도 비단욱은 이런 그림을 왜 창작했을까?

도광(道光) 기해(己亥) 가을(1839), 상해에서 항주 돌아온 비단욱은 친한 친구의 요청을 받고 평호추월(平湖秋月)에서 개최한 작은 모임에 참석하였다. 가난한 선비들은 가을이 오자 모임을 개최하였고, 차로 술을 대신하며 책을 읽고 그림을 논하였다. 흥이 다하고 저녁이 되어 집에 돌아와서 이 그림을 그렸다.

유리와 같이 평평한 호수, 조그만 집 3칸, 파리처럼 작은 사람들이 앉아 있고, 호수 위로 늘어진 버들이 바람에 춤을 추며 아집의 흥취를 더한다. 가운데 집 거실에 네모난 책상 위에 책이 놓여 있고, 그 옆방에 두 사람이 담소를 나누고 있으며, 좌측 방 밖으로 한 사람이 시상을 떠올리며 산책을 하고 있다. 우측 집에는 두 사람이 서서 이야기를 나누고 있다. 호수 위에는 아집에 참가하는 조그만 배가 떠 있는데, 뱃사공이 노를 젓고 두 사람이 앉아 있다. 두 사람 중에 한 사람은 화가이고 한 사람은 초대한 친구인 것 같다.

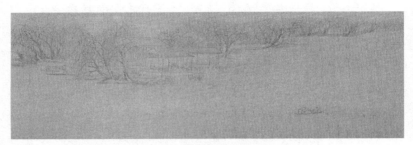

청(淸), 비단욱(費丹旭), 〈호정아집도(湖亭雅集圖)〉 1 천일각(天一閣)

비단욱(費丹旭), 〈호정아집도(湖亭雅集圖)〉 2

비단욱(費丹旭), 〈호정아집도(湖亭雅集圖)〉 3

〈봉창아집도(篷窗雅集圖)〉

인수(引首)

봉창아집. 응감(凝龕) 二兄이 부탁하였다. 손성연(孫星衍)

蓬窗雅集, 凝龕二兄屬, 孫星衍.

鈐印: 臣星衍印(음각)[2]

관식(款識):

음감(凝龕) 二兄이 물길에 선착장[舟次]을 세운 뒤 지은 창화시를 황역(黃易)에게 부탁하여 그 시의(詩意)를 묘사하도록 하였다. 건륭(乾隆) 신해(辛亥) 중추(中秋) 다음날 남양(南陽) 선착장 비오는 창가에서 그렸다.

凝龕二兄有開河舟次唱和之作, 囑黃易寫其詩意. 乾隆辛亥中秋後一日, 南陽舟次雨窗作.

鈐印(3개): 小松詩書畵之章(음각, 小松은 黃易의 호), 秋盦(추임, 양각), 黃易(양각)

발문(跋文) 1: 옹방강(翁方綱)

배 위에서 시를 읊조리고 배 위에서 그림을 그렸다. 걸어 놓고 누워서 유람하기 좋은 그림이다. 배옹(涪翁)의 붓끝은 정말 뛰어났고, 두루마리 그림은 순수하고 정통하였다. 하천을 준설하는 관공서의 공무를 완수하고, 사건과 일시를 기록하고 아주 통쾌해 하였다. 8월 15일은 바로 중추인데, 이른 아침 비바람이 부니 자못 기이하였다. 나는 독학(督學)으로서 산동성으로 향하니, 어찌 감히 먼저 시화의 빚을 갚으랴. 세월이 빨리 흐르지만 습관은 바뀌지 않는 법, 서적은 마땅히 맛있는 술과 구분되어야 한다. 우리들이 선창 아래 아집을 개최하니, 금석학 친구들이 뛸 듯이 호응하였다. 언제 소미재(蘇米齋)에서 친구들과 함께 모여 정다운 대화를 나누었던가? 임자(壬子, 1792) 겨울 11월, 제상행관(濟上行館)에서, 응감(凝龕) 二兄 선생을 위해 쓰니 삼가 바로 잡아주시기 바랍니다. 북평(北平) 옹방강(翁方綱).

舟中酬唱舟中畵, 一幅臥游好懸掛. 涪翁筆底洵軼群, 橫卷天然是正派.
開河工竣大府功, 紀事紀年殊大快. 八月十五乃中秋, 風雨來朝亦頗恠.
而我督學山左行, 安敢先償詩畵債. 雲烟過眼習未除, 簽軸宜分金玉薤.
儞曹雅事蓬底來, 石友如顚應下拜. 何時團聚蘇米齋, 好與聯床共淸話.
壬子冬十一月, 題于濟上行館, 爲凝龕二兄先生郢政. 北平翁方綱.

발문(跋文) 2: 장웅(張熊)

전당(錢唐) 황소송(黃小松) 사마(司馬)는 본성이 금석학을 좋아하였고, 전각(篆刻)과 팔분서(八分書)에 능통하였다. 그림은 당시의 폐습에 물들지 않고 시대를 뛰어넘는 독특한 멋이 있다. 최근의 호사가들이 선생의 소품을 구하고 있다 하니 남들에게 과시할 만하다. 이 그림은 손연여(孫淵如) 선생이 전서로 변수(弁首)를 썼고, 옹담계(翁覃溪) 선생이 해서로 제영(題咏)을 썼다. 시서화 삼절[三友合璧]을 이루니 정말 보물이다. 동치(同治) 6년(1867년) 정묘(丁卯) 11월 3일, 자상(子祥) 장웅(張熊)이 기록하다. 나이 65세.

鈐印: 張熊私印(白文)

錢唐黃小松司马性嗜金石, 精篆刻, 分書. 所作畫不染时习, 別有出尘之趣, 迩来好事家购得先生片纸只字, 足可傲人. 此卷更有孙淵如先生篆書弁首, 翁覃溪先生楷書題咏, 可谓三友合璧, 洵可寶也. 同治六年丁卯仲冬月三日, 子祥張熊識. 时年六十有五.

鈐印: 張熊私印(음각)

【해제】

이 그림은 청나라 건륭 시대(1792년) 응감(凝龕)二兄의 부탁을 받고 황역(黃易, 1744~1802, 호는 小松. 서예가)이 그리고, 손성연(孫星衍, 1753~1818, 청대 장서가)이 '봉창아집'이라는 표지 글씨를 썼으며, 옹방강(翁方綱, 字 正三, 忠叙, 號 覃溪, 晚號 蘇齋, 1733~1818) 등이 발문을 지었다.

〈우원아집도기(愚園雅集圖記)〉(남경(南京))

장유쇠(張裕釗, 1823~1894)

광서(光緒) 5년(1879년) 기묘년 음력 정월, 원로와 인재 18명을 모아 강령(江寧, 남경)의 성 남쪽 우원(愚園)에서 술자리를 벌였다. 우원은 명나라 서씨(徐氏)의 옛터에 세운 것으로 이 주인이 다시 경영하였다. 정자(亭)·대(臺)·연못[池]·관(館), 꽃·바위·대나무가 빼어나서 명성이 한 시대에 자자했다. 원림으로 들어가 좌선하거나 만물을 구경하며 흥을 보태고, 술을 마시고 노래 부르며 하루종일 진탕 즐기다가 마쳤다. 이 날은 백락천(白樂天)의 생일이라서 모인 것이다.

옛날 백락천은 당나라 왕실이 쇠약했을 때 모함을 당하자 멀리 속세를 떠나 고상하게 살고자 늘그막에 낙양(洛陽)으로 귀향하였다. 이도리(履道里)에서 옛 상기상시(散騎常侍) 양풍(楊馮)의 집을 얻어 그 속에서 육체의 안식을 취하며 연못의 물과 언덕의 대나무를 즐기고, 가야금을 타고 술을 마시며 노래 부르는 즐거움을 마음껏 누리면서 ≪지상편(池上篇)≫에 그 일을 기록하였다. 그러나 오히려 "해로운 것으로부터 몸을 피하여 한가하게 지내면서 혼자 즐길 뿐이다(全身遠害, 閑居獨游而已)"라고 말하였다. 그가 소주자사(蘇州刺史)로 있을 때, 9일간 잔치모임을 가지면서 술에 취해 군의 누각에 시를 지었다. 달콤한 즐거움이 더욱 철철 넘쳐흘렀고 스스로 터득한 것을 통쾌하게 여겼으며, 감정을 마음껏 쏟아내면서 근심 걱정을 잊었다. 당시는 조정이 혼탁하여 우이붕당(牛李朋黨)의 싸움이 불꽃을 튀겼고, 황하 이북 평원[河朔]에 다시 난리가 나서 안과 밖이 시끄러웠는데, 백락천은 어찌 전혀 걱정을 하지 않고 그토록 즐겼을까? 아마 군자의 처세에 있어 평안하고 험난함이 똑같지는 않았던 것 같다. 어떤 사람은 스스로 즐거움을 얻지 못하면 산수 자연에 뜻을 두고 손님과 친구를 불러 잔치를 열고 스스로 발산하였다. 유백륜(劉伯倫, 유영(劉伶))·도연명(陶淵明)은 술을 즐겨 마셨으며, 예우(倪迂, 예찬(倪瓚))·고아영(顧阿瑛)·모벽강(冒辟疆) 무리들은 원나라에서 명나라로 바뀔 때 원림에서 자주 손님을 맞이하였고 동남 지방에서 최고였다. 두보(杜甫)는 천보(天寶) 시대에 안사(安史)의 난이 일어나자 이씨원(李氏園: 이봉(李封)의 원림)에서 술을 마시며 "옛날 갈천씨(葛天氏)의 백성들은, 세상 걱정을 남기지 않았다네. 오늘날의 완적(阮籍) 같은 무리들은 술에 취해 자기 몸을 보호하려는구나(上古葛天民, 不遺黃屋憂, 至今阮籍輩, 熟醉爲身謀)."라고 시를 읊었으니 그 즐거움을 알 수 있다. 두보가 성도(成都)에서 농부와 술을 진탕 마시고 질탕하게 놀고 넘어지면서도 싫증을 내지 않았으니, 하물며 인재와 명사들의 만남에 있어서랴? 그 즐거움을 어찌 다시 헤아릴 수 있으랴?

그러므로 자연풍광에 미련이 남아 정자와 연못을 한가하게 거닐었다. 대나무와 돌을 바라보며 치마와 소매를 붙잡고 미친 듯이 마시며 호탕하게 웃었다. 형체가 풀어져 가로 걸으며 사방을 마음껏 바라보았다. 얻고 잃는 것을 잊어버리고, 비난도 칭찬도 아랑곳하지 않았으며, 장수나 요절은 같은 것이라고 생각하였으며, 귀족과 노예를 차별하지 않았다. 총애도 모욕도 마음에 두지 않고, 세상이 다스려지든 혼란하든 상관하지 않았으며 아득히 조물주와 노닐었다. 그러나 대중들은 그 까닭을 모르고 자기 자신의 본성을 보존하고 뜻을 이룩했다고 여긴다. 이것은 옛 군자가 모두 앞서거니 뒤서거니 마치 한 길로 가는 것처럼 보았기 때문이다. 오늘날의 여러 현인들의 모임에서 더불어 즐기는 것이 대략 옛날 군자들이 뜻한 바에 미치는지 여부는 아직 모르겠다. 그러나 이 노니는 즐거움을 기록하지 않을 수 없다. 주인은 황폐(黃沛)에게 부탁하여 태수를 위하여 그림을 그리게 하였고 또 범월사(范月榰) 어른의 소개로 나에게 기록하도록 부탁하였다. 나는 글을 짓지 못한다고 거절하였으나 매우 간절히 청하기에 마침내 거절을 못하고 이와 같이 적는다. 무창(武昌)의 장유쇠(張裕釗)가 쓰다.

光緖五年, 歲在屠維, 畢陬之月, 集耆宿英彦之屬十有八人, 觴于江寧城南之愚園. 園故明徐氏西園舊址, 主人因而更營之, 亭臺池館, 花石竹木之勝, 稱于一時. 行尋坐照, 趣昭物博, 觴咏極樂, 竟日乃罷. 是日白樂天生日也, 故以其期集焉.

昔樂天當唐室之衰, 遭値讒娼, 遠迹高擧, 晚歸洛陽, 于履道里得故散騎常侍楊馮宅, 息躬其中, 窮極池台水竹琴酒弦歌之樂, 爲≪池上篇≫以紀其事. 然此猶曰全身遠害, 閑居獨游而已. 其刺蘇州, 以九日宴集, 醉題郡樓, 乃益酣嬉淋漓, 快然其自得, 恣情而罔恤. 當是時, 朝政昏瞀, 牛李朋黨交煽, 河朔再亂, 中外交訌, 樂天豈一無所關其慮, 而誠有樂乎此哉? 蓋君子之處于世, 夷怪險艱不能以一致, 或中有不自得, 則一放意于林泉巖壑, 賓朋宴集以自遣. 若劉伯倫·陶淵明之耽嗜于酒; 倪迂·顧阿瑛·冒辟疆之徒, 當元明之季, 園亭賓客之盛, 甲于東南; 而杜子美値天寶亂起, 飲李氏園, 其爲詩乃曰: "上古葛天民, 不遺黃屋憂, 至今阮籍輩, 熟醉爲身謀." 可以知其趣已. 其在成都, 乃至與田父泥飮, 狎蕩顚倒而不厭, 況其所遇爲耆彦勝流者邪? 其爲樂豈復可意量邪?

故當其流連景光, 襄羊亭沼, 俾倪竹石, 掎裳連襼, 狂飮大噱, 放形遺物, 橫行闊視, 忘得喪, 外非譽, 齊彭殤, 混侯虜, 寵辱不驚, 理亂不聞, 頹然與造物者游, 而衆莫知其所以, 乃以全其眞而得其志, 此昔之君子胥先后而若出一途者, 無慮皆以是也. 今諸賢之集, 其與樂天暨昔之君子之所志,未知何如? 然玆游之樂, 不可以無述也. 主人旣屬黃沛皆太守爲之圖, 又介范月槎丈屬裕釗爲之記. 裕釗辭不文, 蓋益固以請, 旣卒不獲辭, 乃爲記之如此.　　　　　　　　　　　　　　　　　武昌張裕釗書.

【해제】

이 글은 우원아집도(愚園雅集圖)에 붙인 기록이다. 우원은 강령(江寧, 지금의 南京) 성 남쪽 신교(新桥) 부근에 있었다. 우원은 본래 명나라 초기 공신이었던 서달(徐達) 집안의 서원(西園)이었다. 서달이 죽은 뒤 중산왕(中山王)으로 추대되자 서원을 중산서원(中山西園)으로 바꿔 불렀다.

이 원림은 청나라 초기에 황폐되었다가 광서 3년(1877년) 강령 사람 호씨(胡氏)가 '우원(愚園)'으로 중건하였다. 우원은 당시 시인 묵객들이 모여 노닐던 곳으로 유명하였다. 이 글은 역대 문인 사대부들의 산수 자연에서의 즐거움을 예시로 들어 아집에서의 진정한 즐거움이 무엇인지를 피력하였다.

이 글을 쓴 장유쇠(張裕釗, 1823~1894)는 자가 염경(廉卿), 호북(湖北) 무창(武昌) 사람으로 동성파(桐城派)의 후기 작가였다.

〈우원아집(愚園雅集)〉(상해(上海))

유악(劉鶚, 1857~1909)

임인(壬寅, 1902) 4월, 용천(龍川, 李光炘, 자 晴峰 호 平山, 1808~1885)의 여러 사형들과 상해의 우원(愚園)에서 모였다. 석붕(錫朋, 黃葆年, 黃錫朋) 선생이 〈우원아집도(愚園雅集圖)〉를 만들자며 논의하였다. 각각 바라는 바를 거론하였는데, 나는 대나무를 보충하는 역할(補竹之役)을 맡았고 아울러 시를 지어 기록하였다.

壬寅四月, 與龍川諸學長, 聚于滬上之愚園. 錫朋先生議作≪愚園雅集圖≫. 各擧所願, 余任補竹之役, 并紀以詩

成連一去海天空,	스승이 한 번 떠나자 바다와 하늘이 텅 비더니
二十年來任轉蓬!	20년 동안 바람에 나부끼는 쑥대신세가 되었네.
天上星辰联舊雨,	천상에서 오랜 세월 옛 친구들과 연계하시니
人間桃李感春風.	인간세상의 제자들은 봄바람을 느낀다.
分詩構畫情何極,	시를 나누고 그림을 구상하니 감정이 얼마나 지극한지
把酒論文思不窮.	술을 들고 글을 평가하느라 끝없이 사색한다.
牧馬歸群今已驗,	말이 무리를 짓듯 단결하니 이제 이미 효과가 나타나
仼看霖雨起蒼龍.	장대비 속으로 푸른 구름이 올라가는 것을 보게 되었다.
天花如雨點瑤琴,	하늘에서 내리는 비가 옥 가야금에 흔적을 남기고
千里相思寄竹林.	아득한 서로의 그리움을 대나무 숲에 붙인다.
短節半能諧鳳律,	짧은 마디로는 완벽한 운율을 완성하기 어렵지만

高枝皆已作龍吟.　　높은 가지는 이미 아름다운 소리를 낸다.

願依墮露聽淸響,　　떨어지는 이슬에 의지하여 맑은 소리를 듣고자

更采閑雲補綠陰.　　게다가 떠가는 구름을 이용하고 녹음을 보탰다.

我有俗塵湔不得,　　나는 세속의 때에 찌들어 씻어지지 않거늘

此君敎我總虛心.　　이 어른은 나에게 언제나 마음 비우라고 한다.

≪제우원아집도무본후병서(題愚園雅集圖撫本後并序)≫

유악(劉鶚)

　　태산이 무너지고 대들보가 부러졌다. 용천(龍川) 선생이 병술년(丙戌年) 겨울에 돌아가시자 마음속으로 3년의 애도를 마치고, 제자들은 동서남북으로 흩어져 한 지방의 떠돌이가 되어 17년이 흘렀다. 임인년(壬寅年) 황희평(黃希平) 선생이 산동(山東)에서 관직으로 그만두고 해릉(海陵, 泰州)에 도착하여 장자명(蔣子明)과 만나 서로 손을 잡고 상해(上海)로 왔다. 나 역시 일 때문에 북경(北京)에서 왔다. 정자소(程子紹)와 주문(周聞) 두 선생은 항주(杭州)에서 왔다. 모실군(毛實君)이 마침 강남 제조국(江南制造局)의 총리(總理)를 맡고 있어 행사의 주인이 되었다. 함께 배웠던 동학으로서 모임에 참석한 사람은 모두 10여 명이다. 모공(毛公)이 말하길 "선생께서 돌아가신 뒤로 동인들의 모임이 오늘처럼 성황을 이룬 적은 없었습니다. 그러니 우공(愚公)의 원림을 빌어 하루 종일 즐깁시다."라고 말하였다. 점심 식사가 막 끝나고 원림을 산책하면서 각각 편안한 마음으로 즐겼다. 작은 정자 옆에서 피리를 부는 사람은 양울하(楊蔚霞, 이름은 사성(士晟), 안휘(安徽) 사주인(泗州人)으로 회안(淮安)을 떠돌았고, 일찍이 소주관감독(蘇州關監督)을 역임하였으며, 양사양(楊士驤)의 형이다.) 세 번 꺾어진 다리를 지나면서 뒷짐 진 채 듣고 있는 사람이 정심천(程心泉, 안휘(安徽) 부양인(阜陽人), 당시 장강수사제독(長江水師提督) 정문병(程文炳)의 집안 동생)이다. 장 선생(蔣先生)은 백아(伯牙)의 가야금을 가지고 수선(水仙) 곡을 연주하였다. 곁에 앉아 조용히 듣고 있는 사람은 서월루(徐月樓, 철운 선생(鐵雲先生)의 문객(門客)

으로, 1908년 선생은 북경에서 강령(江寧)으로 이주하여 살았다. 서월루는 도서화 2백여 상자를 압송하여 북경에서 강령으로 가다가 중도에 선생이 죄를 얻어 신강(新疆)으로 유배되었는데 결말이 어떻게 된 건지 사람들은 모르고, 옛 것을 지키려고 했던 재장(齋長)과 인재들은 마침내 흩어졌다는 소식을 들었다.)이다. 장 선생의 뒤에 서서 모시는 사람은 왕중화(王仲和, 태주(泰州) 사람으로 일찍 죽었다.)이다. 향을 피우는 사람은 장원량(蔣元亮, 장선생의 장자)이다. 황방(黃方) 선생은 큰 돌에 의지하여 앉아 있다. 모실군이 공손하게 모임의 시작을 청하며 "선생님의 지극한 인격과 중요한 진리를 듣지 못한 지 오래되었습니다. 설법의 소리를 베푸시어 막힌 귀를 뚫어주십시요"라고 말하였다. 손에 먼지떨이[拂塵]를 들고 옆에 모시고 서 있는 사람은 강월삼(江月三, 이름은 泰初, 江岷子)이고, 두루마리를 안고 있는 자는 모자손(毛子遜, 毛實君의 넷째 아들)이다. 모공의 옆에서 진리를 듣고 있는 사람은 모면초(毛勉初, 毛實君의 다섯째 아들)와 유자찬(劉子纘)이다. 가형(家兄) 미청(味青, 이름은 몽웅(夢熊), 자는 위경(渭卿), 울청(蔚青), 미청(味青)이다. 절강후보도(浙江候補道)가 되었으나 관직에 나아가지 않았다.)과 사평원(謝平原, 자 서계(石溪), 양주(揚州) 사람)은 한참동안 교제하다가 나무 바위를 마주하고 앉아 이별의 심경을 풀고 있다. 강약(江若, 이름은 민(岷))은 계수의 남쪽에 앉아 고개를 들어 길게 읊조렸고 낭랑한 소리가 났다. 노래는 이렇다. "계곡의 물은 맑고 맑으며, 연꽃은 향기가 난다. 주돈이(周敦頤)가 좋아하던 것, 나의 마음에 꼭 맞구나(溪水清清兮, 蓮花之馨兮, 周茂叔所好也, 適以契吾心兮)." 이평손(李平孫, 이름은 태계(泰階), 이용천 차남의 아들. 황희평의 수제자이다. 황희평이 죽자 소주강학(蘇州講學)을 계승하였고, 태곡학파(太谷學派)의 제5대 전수자이다.)은 계수 북쪽에서 낚시를 하고 있다. 달수백(達粹伯, 이름은 석순(錫純))은 돌에 기대어 바라보고 있다. 계수 가에는 비파 한 그루에는 누런 열매가 알알히 달려 있다. 정소주(程紹周, 이름은 사배(思培), 안휘(安徽) 부양인(阜陽人). 정문병의 아들. 당시에 도원(道員)으로 보충되어 항주(杭州)에 왔다.)는 "이것은 훌륭한 과일입니다. 약용도 식용도 가능합니다."라고 말하였다. 나무를 당겨 열매를 따는 사람은 왕중형(汪仲衡, 안휘 사람)이고, 주발을 받쳐든 사람은 정정재(程定齋, 이름은 전후(傳厚), 자는 주구(鑄九), 정재(定齋)는 그의 호이며 사배(思培)의 조카)이다. 원림의 서쪽에는 대나무 숲이 있는데 몇 무가 되는지 알지 못한다. 주인은 부족하다고 여기고 신황(新篁)대나무를 심어 보충하고 있다. 나는 이 일을 맡아 호미로 파서 쌓고 흙으로 북돋았다. 나를 도와 흙을 북돋은 사람은 황중소(黃仲素, 이름은 수팽(壽彭), 황희평의 차남으로 선생의 큰 사위이다. 이평손이 죽자 소주강학을 계승하였다. 항일전쟁 시기에 태주(泰州)로 이사하여 해방 전에 죽었다.)이다. 죽원(竹園)의 동쪽에 차를 끓이는 부뚜막이 있는데 막 차를 끓이고 있는 사람이 왕위중(王位中)이다. 원림의 가운데에는 여러 칸의 넓은 헌(軒)이 있다. 헌의 가운데에는 긴 책상이 하나 놓여 있다. 헌의 서쪽에는 자주색 난간이 있다. 난간 밖으로는 올망졸망한 돌 사이로 속이 하얀 난[素心蘭]이 서 있다. 여러 꽃이 터럭을 휘날리며 피어오르고 맑은 향기가 사람에게 달려든다. 난간에 기대여 꽃을 응시하고 있는 자는 주연봉(朱蓮峰, 이름은 미상)이다. 꽃으로 머리를 기울이고 가야금을 듣는 듯 골똘히 생각하는 듯 하는 사람은 조명호(趙明湖, 이름은 영년(永年))이다. 대나무 울타리 사이에서 학에게 모이를 주는 자는 안신보(顏信甫, 용천의 제자 안실보(顏實甫)의 동생으로 귀군초당(歸群草堂)의 강사서무(講舍庶務)이다)이다. 길을 쓸고 있는 자는 변자목(卞子沐, 선생의 외사촌으로 양주 사람이다.)이다. 제사향(諸四薌, 이름은 내방(乃方))이 고개를 돌려 기뻐하며 "이런 아집에 그림이 없어서는 안 됩니다."라고 말하자마자 동헌(東軒)의 긴 책상에서 붓을 급히 휘둘러 그림을 그리는데 마치 누에가 잎을 갉아먹듯이 슥슥하는 소리만 들리고 있다. 이것을 위해 종이를 펼치고 먹을 가는 사람은 제광화(諸光和, 사향(四鄕)의 아들)이다. 밥도 먹지 않고 그림을 완성하고 있다. 황 선생은 이것을 위해 서문을 지어 그 경지를 표현하였다. 이와 동시에 여러 사람이 모두 시를 짓고 부르고 있다. 두루마리는 귀군초당(歸群草堂)에 남겼다. 1년이 지나 호중윤(胡仲尹)이 부본 하나를 그려달라고 부탁하였으나 감히 함부로 후서(後序)를 지을 수 없어, 그 일을 기록하여 후대 사람들에게 참고가 되도록 한다. 아울러 시를 함께 붙인다.

"愚公園, 愚公谷,　　우공원(愚公園), 우공곡(愚公谷)은

黄山之南蔣山北.　　황산(黃山)의 남쪽 장산(蔣山)의 북쪽에 있지.

中有青青萬竿竹.　　그 속에 푸르른 대나무가 많은데,

瑤琴錦瑟張高秋,　　화려한 금슬을 연주하니 가을 기상 높아진다.

玉液金泥應丹筴.　　선액과 황금 인주가 부적과 호응하고

仙人如麻顔如玉.　　모여 있는 신선의 얼굴은 옥과 같다.

朝看素女采玄芝,　　아침에 소녀(素女)가 영지를 따는 것을 보고

夕覽青童荐黄菊.　　저녁에는 청동(青童)이 황국을 받치는 것을 본다.

峽蝶圖中夢可尋,　　나비가 그림 속에서 꿈을 찾을 수 있고,

希夷榻上書堪讀.　　적막한 침상에서 글씨를 읽을 수 있으니

愚公園,極樂國!　　우공원은 극락의 나라[極樂國]이로다.

(≪鐵雲詩藏≫ 劉鶚遺稿 劉蕙孫 輯注)

泰山頹, 梁木壞, 龍川夫子上升于丙戌之冬; 三年心喪畢闋, 弟子東西南北, 飄泊于天各一方, 歷十有七年. 歲在壬寅, 黄先生希平由山東解組至海陵而與蔣先生子明會. 相携來滬上. 予亦因事至自北京. 程子紹周聞兩先生事至, 自杭州來迓. 毛實君適總理江南制造局事; 爲東道主人焉. 遍時同學之來會者, 凡十餘人. 毛公曰:"自夫子去後, 同人之聚, 未有若今日之盛者也; 于是假愚公之園, 爲盡日之歡." 午飯方畢, 散步園林, 各適其適. 吹笛于小亭之上者, 楊子蔚霞(名士晟, 安徽泗州人, 流寓淮安; 曾官蘇州關監督, 爲楊士驤兄). 過三折橋負手聽者, 程子心泉也(安徽阜陽人, 時長江水師提督程文炳之同族幼弟.) 蔣先生取伯牙之琴, 奏水仙之操. 傍坐靜聽者, 徐君月樓(鐵雲先生門客. 一九〇八年先生自北京移居江寧, 徐押送圖書字畫二百餘箱, 由京赴寧. 中途聞先生得罪, 流放新疆, 人物皆不知所終; 抱殘守缺齋長物逐散)也. 侍立蔣先生後者, 王子仲和(泰州人, 早卒), 焚香者, 蔣子元亮(蔣先生長子)也. 黃先生方據大石坐; 毛公實君恭敬啓請曰:"不聞先生至德要道久矣; 請宣海潮之音, 震我聾瞶." 執拂侍立者江子月三(名泰初, 江岷子), 抱卷者毛子子遜(毛實君第四子)也. 立毛公之側而聽道者, 毛子勉初(毛實君第五子)·劉子子繽也. 家兄味青(名夢熊, 字渭卿, 一字蔚青或作味青, 浙江候補道, 未之官.) 與謝君平原(字石溪, 揚州人), 契闊良久, 對坐樹之石, 叙離衷也. 江君子若(名岷)坐溪水之南, 昂首長吟, 聲出金石. 吟曰:"溪水清清兮, 蓮花之馨兮, 周茂叔所好也, 適以契吾心兮." 李子平孫(名泰階, 李龍川次子漢南之子. 爲黃歸群首席弟子, 歸群卒, 繼在蘇州講學; 爲太谷學派第五傳.)釣于溪水之北. 達子粹伯(名錫純)倚石而觀之. 溪之上有枇杷一樹, 金丸累累然. 程紹周(名思培, 安徽阜陽人. 程文炳子. 時以道員需次杭州.) 曰:"此佳果也, 可采可食." 援樹而取者, 汪子仲衡(皖人); 捧盂承之者, 程子定齋(名傳厚, 字鑄九, 定齋其號; 恩培侄.)也. 園之西有竹林焉, 不知其若干畝也. 主人以爲未足, 植新篁而補之. 予適任斯役; 揮鋤築之, 擁土栽之. 助予培土者, 黃子仲素(名壽彭, 歸群次子, 先生長婿. 李平孫逝, 繼續在蘇州講學. 抗日戰爭時, 移住泰州. 解放前逝世.)也. 竹園之東有茶竈, 方煮茗者, 王子位中也. 居園之中爲廣軒數楹. 軒之中立長几一. 軒之西有朱欄焉. 欄外石參差立素心之蘭; 群花怒髮, 清芳襲人. 憑欄對花凝睇者, 朱

君蓮峰也(名未詳). 對花側其首, 若聽琴, 若有所構思者, 趙君明湖(名永
年)也. 飼鶴竹籬之間者顏子信甫(龍川弟子顏實甫弟, 爲歸群草堂講舍庶
務.)掃徑者卞子子沐(先生中表兄弟, 揚州人.)也. 諸君四蕤(名乃方)顧而
樂之曰"如此雅集, 不可以無圖." 遂據東軒長几, 奮筆急寫. 但聞稷稷如
春蠶食葉之聲. 爲之振紙研墨者, 諸子光和(四蕤子)也. 不食時頃而圖成;
黃先生爲之序, 傳其神也. 同時諸人, 皆有題咏. 卷存歸群草堂. 遲一年,
予屬胡子仲尹圖一副本, 不敢僭作後序, 記其事也. 俾後之人有所考焉.
重綴以詩曰: 愚公園, 愚公谷, 黃山之南蔣山北. 有青青萬幸竹. 瑤琴錦瑟
張高秋, 玉液金泥應丹篆. 仙人如麻顏如玉. 朝看素女采玄芝, 夕覽青童
荐黃菊. 峽蝶圖中夢可尋, 希夷榻上書堪讀.愚公園, 極樂國!

(≪鐵雲詩藏≫ 劉鶚遺稿 劉蕙孫 輯注)

【해제】

청(淸) 광서(光緖) 28년(1902년) 4월 태곡학파(太谷學派) 동인(同人)들이 상
해(上海) 우원(愚園)에서 아집을 거행하였다. 우원은 지금 존재하지 않지
만 당시 사대부들이 자주 모였던 곳이다. 태곡학파의 후계자인 이광흔
(李光炘, 龍川)의 사망 이후에 열린 아집이다. 이 아집 장면은 ≪우원아집
도(愚園雅集圖)≫로 남아 있는데, 제내방(諸乃方, 호는 嗣香, 杭州人. 청말 양주의
화가)이 그린 그림이다.

위에서 '성련(成連)'이라고 한 것은 태곡학파(太谷學派, 태주학파(泰州學派))
의 계승자인 이용천(李龍川) 선생을 말한다. 용천 선생이 서거하자 제자
들이 3년을 근신하였는데, 이것을 '심상(心喪)'이라고 한다. 제자들은 스
승을 마음속으로 3년 동안 애도하였던 것이다.

태곡학파는 동치(同治) 5년(1886년) 황애교안(黃崖敎案) 이후 사방으로 흩
어졌다. '황애교안'이란, 청 정부가 산동(山東) 황애(黃崖)에서 장적중(張積

中, ?~1866)의 강학을 듣던 대중들을 강제 해산하다가 2천여 명을 살육한 사건을 말한다. 얼마 있다가 황보년(黃葆年, 황석붕(黃錫朋))과 장문전(蔣文田, 장자명(蔣子明))이 소주(蘇州)에서 강학을 펼쳤다. 이 강학을 마치 길을 잃은 말들이 우리로 모여드는 것과 같다고 하여 '목마귀군(牧馬歸群)'이라고 표현하였다. 그래서 소주에 강학했던 강사(講舍)를 '귀군초당(歸群草堂)'이라고 부른다. 흩어졌던 학파가 다시 뭉치게 된 것을 의미한다. 당시 산동에서 지현(知縣)으로 있다가 휴직하고 태주(泰州)로 돌아왔다가 소주(蘇州)에서 강학을 펼친 황희평(黃希平, 黃葆年의 別字.黃錫朋)이 흩어졌던 제자들을 한데 모아 강학을 펼쳤다고 하여 그를 '귀군선생(歸群先生)'이라 부른다.

이 아집의 주인공은 이광흔의 제자 모실군(毛實君)이다. 그의 이름은 경번(慶蕃)이고, 강서(江西省) 풍성인(豊城人)이다. 당시 강남 제조국 총리를 지내고 있었다. 강남 제조국은 상해(上海) 고창묘(高昌廟)에 건설되었고, 청말 군수공장 중의 하나였다. 모실군은 황보년과 장문전(蔣文田, 蔣子明), 그리고 태곡학파의 후예들 10여 명을 초청하였다. '황산(黃山)'과 '장산(蔣山)'은 '황희평'과 '장자명' 두 선생을 말한다. 이 학파의 남북 합종(合宗)의 의미를 지닌다.

유악(劉鶚)은 이 아집에 참가하여 ≪제우원아집도무본후병서(題愚園雅集圖撫本後并序)≫를 지었다. 그는 우원아집도의 진본을 보고 쓴 것이 아니라 부본에 대하여 지은 것이다. 태곡학파의 부활에 대한 자신의 느낌과 당시 아집 장면을 소상하게 기록하였다.

유악은 청말의 소설가인데, 원명은 맹붕(孟鵬), 후에 악(鶚)으로 고쳤고, 자는 철운(鐵雲) 또는 노잔(老殘)이라고 하였다. 오늘날 진강(鎭江) 사람이다. 유악은 청년 시절 태곡학파를 추종하였다. 그는 "교양을 대강으로 삼고, 경제 생산을 발전시키며, 부유한 뒤에 가르치고, 백성 돌보기를 근본으로 삼는(敎養爲大綱, 發展經濟生産, 富而後敎, 養民爲本)" 태곡학설을 좋아하였다. 그는 사업에 종사하였고 교육에 투자하여 '교양천하(敎養天下)'를 실현하려고 하였다. 그의 대표 작품은 ≪노잔유기(老殘游記)≫이다.

주(註)

1) 清 光緒 元年(1875) 유을연(劉乙燃)이 편찬하고 출간한 ≪유충선공유집구권부년보이권(劉忠宣公遺集九卷附年譜二卷)≫의 "詩集 권3"에는 다음과 같이 〈제동년권차제공운(題同年卷次諸公韻)〉 2수가 수록되어 있다. 제화시와 문집 속의 시가 약간의 차이가 있는 것은, 문집 편찬 시 수정을 가했기 때문이다.

(1)

早同匯進晩相親, 曉露晨星尙十人.
許國共怜靑眼舊, 論交誰謂白頭新.
極知文盛曾唐宋, 敢說科名又甲申.
珍重少年黃閣老, 揮毫摹寫意殊眞.

(2)

瘴雨蠻烟憶嶺南, 偶來今日共淸醰.
榜中人物剛逢十, 圖內分曹且列三.
心尙古人思後樂, 身從劇地抱中慚.
白頭重會應誰健, 世務還能捫虱談.

2) 손성연(孫星衍, 1753~1818) 청대 저명한 장서가(藏書家)·목록학자, 서예가이다. 자는 연여(淵如), 호는 백연(伯淵)이다. 강소성 무진(武進) 사람인데, 나중에 금릉(金陵)으로 이사하였다.

참고문헌

楊曉奇,〈千載風流說永和－魏晋時期的文人雅集活動與≪文人雅集圖≫〉,≪大衆
　　　　文藝≫, 2014.1.15.

莊　　愼,〈從"東園雅集"說起〉,≪時代建築≫, 2014.1.18.

王照宇,〈沈周的"虎丘雅集"與≪虎丘戀別圖≫〉,≪中國美術館≫, 2013.1.20.

王文榮,〈文人结社圖研究－以明清江南地區爲考察中心〉,≪蘇州科技學院學報(社
　　　　會科學版)≫, 2013.11.15.

林　　木,〈從蘭亭修禊到文人雅集－對中國繪畫史一個母題的研究〉, 中國國家博物館
　　　　館刊, 2013.11.15.

陈玉蘭·項姝珍,〈天津查氏水西莊詩人群的文化心态及雅集内涵〉,≪浙江師範大學
　　　　學報(社會科學版)≫, 2013年 1期.

項姝珍,〈天津查氏水西莊雅集研究〉, 浙江師範大學 碩士論文, 2013.

陳正宏,〈傳統雅集中的詩畵合璧及其在十六世紀的新變〉,≪文學遺产≫, 2013年 4期.

張高元,〈論山林雅集的圖-文-意〉,≪中國韵文學刊≫, 2013.7.15.

劉學軍,〈魏晋六朝游宴雅集鑑賞心態研究〉,≪文學評論叢刊≫, 2013.8.31.

韋德强,〈論釋大訢"雄杰"詩風與雅集關係〉,≪語文建設≫, 2013年 8期.

查洪德,〈元代詩壇的雅集之風〉,≪安徽師範大學學報(人文社會科學版)≫, 2013.11.30.

趙寒成,〈文人雅集－1700年前的沙龍〉,≪上海藝術家≫, 2013.4.15.

周海濤,〈"玉山文人"心態研究－以于立·顧瑛·袁華爲例〉,≪南陽師範學院學報≫,
　　　　2013.4.26.

安藝舟,〈明代中晚期文人雅集研究〉, 中央民族大學 碩士論文, 2012.

羅建倫,〈宋武帝劉裕文學雅集略考〉,≪中國文學研究≫, 2012.10.31.

陳才訓,〈文人雅集與文言小說的創作及發展規律〉,≪求是學刊≫, 2012.11.15.

趙焕亭,≪二十世紀三十年代的文人雅集≫, 書屋, 2012.12.06.

周海濤,〈≪荆南倡和詩集≫與元明之際吳中文人雅集方式的變遷〉,≪山西師大學
　　　　報(社會科學版)≫, 2012.11.25.

劉躍進,〈蘭亭雅集與魏晉風度〉,≪安徽大學學報≫, 2011年 4期.

汪星燚,〈繪畫中的宋人雅集與吃茶〉,≪東方博物≫, 2011年 4期.

付陽華,〈由文人雅集圖向官員雅集圖的成功轉換－析明代杏園雅集圖中的轉換元素〉,
美術, 2010年 10期.

陳　超,〈集會與地域:唐宋湖州雅集風尚與地域文化〉,《湖州師範學院學報》, 2010年
5期.

王　進,〈元代後期文人雅集的書畫活動研究〉, 中國藝術研究院 博士論文, 2010.

_____,〈元末文人雅集中的繪畫創作研究〉,《美術觀察》, 2010年 8期.

孫明君,〈蘭亭雅集與會稽士族的精神世界〉,《陝西師範大學學報(哲學社會科學版)》,
2010.3.5.

唐吟方,〈鄭燮〈和盧雅雨紅橋修禊詩〉卷〉,《收藏家》, 2010年 11期.

李含波,〈從文人雅集看元末江南書畫活動〉, 首都師範大學 碩士, 2009.

陳正宏,〈傳統雅集中的詩畫合璧及其十六世紀的新變, 以明人合作〈藥草山房圖圈〉
爲中心〉,《美術史與觀念史》, 南京師範大學出版社, 2009.6.

范凡,〈雅集與宋代文人社會〉,《新視覺藝術》, 2009.1

羅時進,〈清代江南文化家族雅集與文學創作〉,《文學遺産》, 2009.3.

梁建國,〈朝堂之外:北宋東京士人走訪與雅集－－以蘇軾爲中心〉,《歷史研究》, 2009.4.

左東嶺,〈玉山雅集與元明之際文人生命方式及其詩學意義〉,《文學遺産》, 2009年
3期.

雷子人,〈雅集圖與明代文人〉,《美術研究》, 2009年 4期.

金寶敬,〈雅集繪畫題材在李氏朝鮮的流布研究〉,《南京藝術學院》, 2009.

裴麗曼,〈西園雅集研究〉, 河北大學 碩士論文 2009.

劉尚恒,《天津查氏水西莊研究文錄》, 天津社會科學院出版社, 2008.

谷春俠,〈論謝節在玉山雅集中的地位和作用〉,《五邑大學學報(社會科學版)》, 2008年
1期.

魏平柱,〈西園雅集系年考〉,《襄樊學院學報》 29卷, 2008.1.

谷春俠,〈玉山雅集研究〉, 中國社會科學院 博士論文, 2008.

李曉航,〈顧瑛與玉山雅集研究〉, 中南大學 碩士論文, 2008.

葉愛欣,〈"雪堂雅集"與元初館閣詩人文學活動考〉,《平頂山學院學報》, 2006年 6期.

谷春俠,〈元末玉山雅集研究綜述〉,《昆明理工大學學報(社會科學版)》, 2007年 4期.

_____,〈顧氏家族與玉山雅集〉,《青島大學師範學院學報》, 2007年 3期.

趙洪生,〈文人雅集題材繪畫的歷史展示〉,《美術觀察》, 2007年 4期.

周揚波, 〈洛陽耆英會與北宋中期政局〉, 《洛陽大學學報》, 2007年 1期.

許曉晴, 〈蘭亭雅集與隱逸詩的唱和探析〉, 《北京科技大學學報》 22권 4期, 2006.12.

王崇篔, 〈清代徽州鹽商的文化貢獻之三:園林聚會〉, 《鹽業史研究》, 2005年 4期.

趙啓斌, 〈中國繪畫史上的文會圖〉, 《榮荣寶齋》, 2005年 6期.

罗检秋, 〈嘉道年間京師士人修褉雅集與經世意识的觉醒〉, 《西方思想在近代中國》,
　　　　社科文獻出版社, 2005年 12月.

方盛良, 〈小玲珑山館詩人群体考略〉, 《安庆師範學院學报(社會科學版)》, 2005年
　　　　1期.

熊海英, 〈北宋文人集會與詩歌〉, 復旦大学 博士論文, 2005.

張玉華, 〈玉山草堂與元明之際東南的文士雅集〉, 《廣西社會科學》, 2004年 10期.

中國畫家與贊助人(五)－玉山雅集:十四世記昆山的贊助情况, 大衛 森若鮑 石莉 陳
　　　　傳席, 榮寶齋 2003年 5期

吳在庆, 〈論唐代文士的集會宴游對创作的影响〉, 《厦門大學学报(哲學社會科學版)》,
　　　　2003.9.28.

薛穎·郎寶如, 〈西園雅集的眞伪及其文化意蘊〉, 《内蒙古大學学报(人文社會科學版)》,
　　　　2004年 2期.

張玉華, 〈玉山草堂與元明之際東南的文士雅集〉, 《廣西社會科學》, 2004年 10期.

彭　茵, 〈元末文人雅集論略〉, 《南京政治學院學報》, 2004年 6期.

曹　清, 〈元代文人繪畫狀態綜述-元中後期的文人畫活動群體〉, 《東南文化》, 2003年
　　　　5期.

何宗美·李冰, 〈明代的臺閣雅集與怡老詩社〉, 《唐山師範學院学报》, 2001年 3期.

(美)梁莊艾倫, 〈理想還是現實--西園雅集和西園雅集考〉, 《海外中國畫研究文選》,
　　　　上海人民美術出版社, 1992.

朱宗宙, 〈明清時期揚州鹽商與文人雅集〉, 《鹽業史研究》, 2001年 2期.

范金民, 〈明清地域商人與江南文化〉, 《江海學刊》, 2002.1.

成明明, 〈北宋館閣文人的物質生活與精神生活論略〉, 《西北大學學報》, 2007年 37卷
　　　　6期.

黄仁生, 〈論顧瑛在元末文壇的作爲與貢獻〉, 《湖南文理學院學报(社會科學版)》, 30卷
　　　　1期, 2005.1.

雨　雯, 〈愚園雅集圖說略〉, 《南京理工大學學報(社會科學版)》, 1995年 2期.

王學鈞·劉鶚, 〈題愚園雅集圖撫本後并序考辨－劉鶚與太谷學派之關系〉, ≪文獻≫, 1990年 3期.

安輝濬, 〈蓮榜同年一時曹司契會圖 小考〉, ≪역사학보 65권≫, 역사학회, 1975.

_____, 〈16세기 중엽의 계회도를 통해 본 조선왕조시대 회화양식의 변천〉, ≪한국 회화사 연구≫, 한국미술연구소, 1975.

_____, 〈고려 및 조선왕조의 문인계(文人契)와 계회도(契會圖)〉, ≪고문화≫ 20, 한국대학박물관협회, 1982.

朴銀順, 〈16세기 讀書堂契會圖 研究〉, ≪美術史學研究≫제212호, 1996.

_____, 〈朝鮮初期 江邊契會와 實景山水畵: 典型化의 한 양상〉, ≪美術史學研究≫, 1999.

李源福·趙容重, 〈16세기말 契會圖 新例〉, ≪미술자료≫ 61, 1998.

李秀美, 〈19세기 契會圖의 變貌〉, ≪미술자료≫ 63, 국립중앙박물관, 1999.

柳玉暻, 〈國立中央博物館所藏 松都四壯元稧會圖屛 研究〉, ≪미술자료≫ 64, 2000.

유홍준·이태호, ≪만남과 헤어짐의 미학 : 조선시대 계회도와 전별시≫, 학고재출판사, 2000.

이태호, 〈예안김씨 가전 계회도 석 점을 중심으로 본 16세기의 계회산수〉, ≪만남과 헤어짐의 미학≫, 학고재, 2000.

尹軫英, 〈松潤 李庭檜 소유의 同官契會圖〉, 한국미술사학회, 2001.

_____, 〈朝鮮時代 契會圖 研究〉, 한국학중앙연구원, 2004.

權普恩, 〈朝鮮時代 西園雅集圖 研究〉, 고려대학교 석사논문, 2006.

송희경, ≪조선 후기 아회도≫, 다할미디어, 2008.

권석환, 〈중국 강남지역 아회문화의 전개과정에 대한 고찰〉, ≪중국문학연구 제32집≫, 한국중문학회, 2006.

_____, 〈중국 중세문인 사대부의 아집과 그 시화적 재현에 관한 연구〉, ≪중국문학연구 제35집≫, 한국중문학회, 2008.

王振忠, ≪明淸徽商與淮揚社會變遷≫, 香港: 三聯, 1996.

郭英德, ≪中國古代文人集團與文學風貌≫, 北京: 北京師範大學出版社, 1998.

劉健淸, 〈社團志〉, ≪中華文化通志≫ 제38권, 上海人民出版社, 1998.

江慶柏, ≪明淸江南望族與社會經濟文化≫, 南京: 南京師範大學出版社, 1999.

趙　園, ≪明淸之際士大夫研究≫, 北京: 北京大學出版社, 1999.

吳仁安, ≪明淸江南望族與社會經濟文化≫, 上海: 上海人民出版社, 2001.

賈晉華, ≪唐代集會總集與詩人群研究≫, 北京大學出版社, 2001.6.

何宗美, ≪明末淸初文人結社研究≫, 天津: 南開大學出版社, 2003.

吳震, ≪明代知識界講學活動系年≫, 上海: 學林出版社, 2003.

尹軫暎, ≪朝鮮時代 契會圖 研究≫, 한국정신문화연구원 박사학위논문, 2004.

劉健淸, 〈社團志〉, ≪中華文化通志≫ 제38권, 上海人民出版社, 1998.

曹 昭, ≪格古要論≫, 四庫全書本.

陳繼儒, ≪書畫史≫, 美術叢書本, 1912-36.

_____, ≪妮古錄≫, 美術叢書本, 1912-36.

高 濂, ≪遵生八牋≫, 臺北: 商務印書館, 1977.

郭英德, ≪中國古代文人集團與文學風貌≫, 北京: 北京師範大學出版社, 1998.

何良俊, ≪四友齋叢說≫, 北京: 中華書局, 1959.

何宗美, ≪明末淸初文人結社研究≫, 天津: 南開大學出版社, 2003.

黃卓越, ≪佛敎與晩明文學思潮≫, 北京: 東方出版社, 1997.

江慶柏, ≪明淸江南望族與社會經濟文化≫, 南京: 南京師範大學出版社, 1999.

焦 竑, 〈支談〉, 〈寶顔堂秘笈〉, 萬曆本.

_____, ≪玉堂叢語≫, 北京: 中華書局, 1981.

李 斗, ≪揚州畫舫錄≫, 北京: 中華書局, 1960.

李日華, ≪六硏齋筆記≫, 臺北: 商務印書館, 1976.

_____, ≪味水軒日記≫, 嘉業堂板, 1923.

梁其姿, ≪施善與敎化:明淸的慈善組織≫, 臺北: 聯京出版社, 1997.

錢謙益, ≪列朝詩集小傳≫, 臺北: 世界書局, 1985.

沈德符, ≪萬曆野獲編≫, 1606. 元明史料筆記叢刊本, 北京: 中華書局, 1980.

屠 隆, ≪白楡集≫, 四庫全書本, 1600.

_____, ≪考槃餘事≫, 臺北: 商務印書館, 1955.

王 鏊, ≪姑蘇志≫, 上海: 上海古籍出版社, 1987.

汪道昆, ≪太函集≫, 四庫全書本.

王世貞, ≪弇州山人四部稿≫, 臺北: 商務印書館, 1987.

王振忠, ≪明淸徽商與淮揚社會變遷≫, 香港: 三聯, 1996.

王 英, ≪明人日記隨筆選≫, 上海: 南强書局, 1935.

文震亨, ≪長物志校注≫, 南京: 江蘇科學技術出版社, 1984.

吳　漢, ≪江浙藏書家史略≫, 北京: 中華書局, 1981.

吳仁安, ≪明淸江南望族與社會經濟文化≫, 上海: 上海人民出版社, 2001.

吳　震, ≪明代知識界講學活動系年≫, 上海: 學林出版社, 2003.

項元汴, ≪蕉窓九錄≫, 北京: 中華書局, 1985.

尹韻公, ≪中國明代新聞傳播史≫, 重慶: 重慶出版社, 1990.

袁宏道, ≪袁宏道集箋校≫, 上海: 上海古籍出版社, 1981.

余英時, ≪士與中國文化≫, 上海: 上海人民出版社, 1987.

詹景鳳, ≪東圖玄覽編≫, 臺北: 藝文印書館, 1975.

張　丑, ≪淸河書畵舫≫, 1616. 臺北: 商務印書館, 1983.

張　岱, ≪陶庵夢憶≫, 上海: 上海雜誌公司, 1936.

張海鵬, ≪明淸徽商資料選編≫, 合肥: 黃山書社, 1985.

張　瀚, ≪松窓夢語≫, 元明史料筆記叢刊本. 1985.

張景春, ≪吳中人物志≫, 四庫全書本, 1570.

張應文, ≪淸秘藏≫, 上海: 美術叢書, 1928.

趙希鵠, ≪洞天淸錄≫, 四庫全書本.

趙　園, ≪明淸之際士大夫研究≫, 北京: 北京大學出版社, 1999.

周亮工, ≪讀畵錄≫, 臺北: 藝文印書館, 1968.

徽商研究中心, ≪明淸徽商資料選編≫, 黃山書社, 1985

徽商研究中心, ≪徽商研究≫, 安徽人民出版社, 1995

周　群, ≪儒釋道與晚明文學思潮≫, 上海: 上海書店出版社, 2000.

范金民, 〈明淸地域商人與江南文化〉, ≪江海學刊≫, 2002.1

(元)顧瑛輯;楊杨鎌, 祁學明, 張頤靑 整理, ≪草堂雅集≫ 전2권, 中華書局, 2008.11.

(元)顧瑛楊鎌愛欣整理, ≪玉山名勝集(上, 下)≫, 中華書局, 2008.

何冠環, ≪宋初朋黨與太平興國三年進士≫, 中華書局, 1994.

Brook, Timothy., *The Confusions of Pleasure: Commerce and Culture in Ming China*, University of California Press, 1999.

＿＿＿＿, *Praying for Power: Buddhism and the Formation of Gentry Society in Late-Ming China*, Cambridge, Mass. and London: Harvard University Press, 1993.

Handlin, Joanna., *Benevolent Societies: The Reshaping of Charity in the Late Ming and Early Qing.*, JAS 46.2 (May 1987): 309~337.

Kieschnick, John., *The Impact of Buddhism on Chinese Material Culture*, Princeton and Oxford: Princeton University Press, 2003.

Li, Chu-tsing and Watt, James C. Y. eds. *The Chinese Scholar's Studio: Artistic Life in the Late Ming Period.* London: Thames and Hudson, 1987.

Yü, Chün-fang., *The Renewal of Buddhism in China: Chu-hung and the Late Ming Synthesis*, New York: Columbia University Press, 1981.

저자 소개

권석환(權錫煥)

성균관대학교 중어중문학과에서 학사, 석사, 박사학위를 취득하였다. 홍콩중문대학(香港中文大學)에 유학하여 연수과정을 마쳤고, 1995년 상명대학교 중국어문학과에 부임하여 20년 동안 학생들을 가르치며 연구하고 있다. ≪先秦寓言硏究≫로 박사학위를 받은 이후, 우언 관련 연구논문을 여러 편 발표하였다. 중국 산문을 연구 분야로 삼고 한국중국산문학회 창립에 참여하여 학회장을 역임한 바 있다.

중국 문화에 흥미를 느껴 백여 차례 중국의 각 지역을 답사하였고, ≪中國, 中國人, 中國文化≫(다락원, 2001) 출판을 통하여 중국문화의 원리를 제시하였고, ≪중국문화답사기1≫(다락원, 2002)·≪중국문화답사기2≫(다락원, 2004)·≪중국문화답사기3≫(다락원, 2006), ≪詩文을 따라 떠나는 중국문학유람≫(차이나하우스, 2008) 등을 통하여 문화지리학의 영역을 탐구하였다. 그 외에 ≪중국문자 텍스트의 시각적 재현≫(한국학술정보, 2010), ≪세계의 말 문화2 중국≫(한국마사회, 2010), ≪교훈의 미학 中國名言≫(박문사, 2015)을 출판하였다.

한중 문화 교류 방면에 관심을 가지고 ≪韓國古代寓言史≫(岳麓書社, 2004)·≪韓國古典文學精華≫(岳麓書社, 2006)·≪三國遺事(中國語譯)≫(岳麓書社, 2009)·≪金鰲新話(中國語譯)≫(岳麓書社, 2009)의 출간을 통하여 중국학계에 한국문화를 전파시키는 역할을 담당하였다. 현재 상명대학교 교수로 재직하고 있으며, 한국중문학회 회장(2013.9~현재)·한국중어중문학회 부회장(2011.1~현재)을 맡고 있다.